Regenhardt, Carl

Die deutschen Mundarten

Niederdeutsch

Regenhardt, Carl

Die deutschen Mundarten

Niederdeutsch

ISBN: 978-3-86741-573-6

Auflage: 1
Erscheinungsjahr: 2010
Erscheinungsort: Bremen, Deutschland

© Europäischer Hochschulverlag GmbH & Co KG, Fahrenheitstr. 1, 28359 Bremen (www.eh-verlag.de). Alle Rechte beim Verlag und bei den jeweiligen Lizenzgebern.

Bei diesem Titel handelt es sich um den Nachdruck eines historischen, lange vergriffenen Buches aus dem Verlag von Carl Regenhardt, Berlin (1895). Da elektronische Druckvorlagen für diese Titel nicht existieren, musste auf alte Vorlagen zurückgegriffen werden. Hieraus zwangsläufig resultierende Qualitätsverluste bitten wir zu entschuldigen.

Die deutschen Mundarten

Auserlesenes

aus den Werken der besten Dichter alter und neuer Zeit

herausgegeben

von

C. Regenhardt

Niederdeutsch

> Jede Provinz liebt ihren Dialekt;
> denn er ist eigentlich das Element,
> in dem die Seele ihren Atem schöpft.
> Goethe

Berlin

Verlag von C. Regenhardt

W., Kurfürstenstraße 37.

NACH EINER ORIGINAL-KREIDEZEICHNUNG VON MANZEL.

NACH DEM ORIGINAL DES HOF-PHOTOGRAPHEN JÄGERMANN.

Herrn Professor

Dr. Klaus Groth

in aufrichtiger Verehrung

gewidmet

vom

Herausgeber.

Vorwort.

Nicht die glänzendsten Farben eines Romanes und nicht die schönsten Gedichte unserer neueren oder selbst der klassischen Zeit des vorigen Jahrhunderts haben es vermocht, uns so sehr mit dem Fühlen, Leben und Denken des Volkes vertraut zu machen, wie es seit der Mitte dieses Jahrhunderts Klaus Groth, Fritz Reuter und viele andere unserer Dialekt-Dichter gethan haben. Denn wie und was das Volk spricht, kann uns nur in der Sprache des Volkes gesagt werden, da es heute ebenso geschmacklos wäre, wollte man einen Edelmann plattdeutsch reden lassen, als wenn wir einem Manne mit schwieliger Hand hochdeutsche Worte in den Mund legten.

Aus diesem Grunde ist es mir seit einer Reihe von Jahren eine Lieblingsaufgabe gewesen, aus dem großen Schatze mundartlicher Dichtungen, die sich in allen deutschen Gauen zerstreut vorfinden und oft nur in der engeren Heimat bekannt geworden sind, die wertvollsten Schöpfungen zu sammeln und sie einem größeren Kreise zugängig zu machen.

Dennoch war es nicht die Aufgabe des Herausgebers, in dem vorliegenden Buche nur eine Anzahl schöner Dichterwerke zu sammeln, sondern es sollte ein möglichst genaues Spiegelbild geben für das Wesen und den Charakter des Volkes, dargestellt in seinen Dialekten, die leider in den letzten zwei Jahrhunderten durch unsere einheitliche

Schriftsprache mehr und mehr verdrängt wurden, ja, in einigen Bezirken schon heute kaum mehr zu finden sind.

Ein doppeltes Unrecht wäre es daher, den Wert der Forschung nach den Urquellen unserer Muttersprache zu verkennen und diese als einen vermeintlichen Hemmschuh für die Entwickelung unserer Sprache zurückzudrängen, da gerade im Gegenteil der Volksdialekt ein dauernder Jungbrunnen unserer Sprache sein und bleiben muß.

Betrachten namhafte Gelehrte es seit vielen Jahren als die höchste Aufgabe ihres Lebens, den Sinn und Ursprung einer einzigen ägyptischen Inschrift zu entziffern, um wie viel mehr sollen wir nicht danach streben, den Ursprung unserer geliebten Muttersprache kennen zu lernen. Welche Bereicherung aus solchen Bestrebungen unserem deutschen Wörterschatz erwächst, das haben am besten die unvergänglichen Werke gezeigt, die wir den Gebrüdern Grimm zu verdanken haben.

Aus diesem Grunde wollen auch wir bestrebt sein, die Sprache unseres Volkes, die auch diejenige unserer Altvorderen gewesen, mehr und mehr kennen und lieben zu lernen, denn sie ist die eigentliche Muttersprache, in der unsere urkräftigsten Dichtungen, wie der Heliand und der Reineke Voß, geschrieben sind, sie ist die Sprache, in der die heilige Fehme ihr Recht gesprochen und in der die wichtigsten deutschen Angelegenheiten einst ihren Abschluß gefunden haben. Sie ist aber auch heute noch diejenige Sprache, die unser Herz wie keine andere zu rühren vermag. Das werden zahlreiche Proben zeigen, die ich bemüht gewesen bin in meinem Buche zusammenzutragen.

Können wir uns im Munde wettergebräunter Schiffer

eine andere Sprache denken, als die plattdeutsche? Man vergleiche nur einmal das hochdeutsche Gedicht von Herm. Almers mit dem hier wiedergegebenen niederdeutschen von Magnussen:

De Halligmatros.

„Kaptein, ik bidd Ju, lat mi doch fort,
O, latet mi fri, fünst lop ik vun Bord.
Ik mut to Hus, nah de Hallig. —
Vergahn fünd al dre ganze Jahr,
Dat ik jümmer to See weer un nich mehr dar
Op de Hallig, de lewe Hallig." —

„Min Jasper, ne, dat segg ik Di,
Noch düsse Reis makst Du mit mi,
Denn magst Du gahn nah de Hallig. —
Doch segg mi, min Junge, wat willt Du dar?
Dat is jo so eensam un trurig bærwahr
Op de lütje, armselige Hallig." —

„Och ne, Kaptein, dar is dat wull god,
Un narns in de Welt weer so mi to Mod,
So glücklich, as op de Hallig.
Of min Fru truurt üm mi so mennige Nacht,
Heff so lang ok nich sehn, wo min Kind mi tolacht,
Un min Hus nich un Hof op de Hallig." —

„So hör Du nu, wat ik Di segg, min Jung,
Dar keem vær de Hallig en trurige Stunn',
En bösen Dag vær de Hallig.
De Stormwind keem, as nümmer tobær,
Un dat Haff, dat wille, unnosele Meer,
Güng hoch, hoch æwer de Hallig.

Dar schast Du nich hen, værbi is de Noth —
Din Fru is dod, un Din Kind is dod,
Verdrunken fünd Beid op de Hallig.
Un Din Schaap un Din Lämmer de spölten fort,
Un Din Hus is weg — dat drev Allens nah Nord.
Wat wult Du noch dohn op de Hallig?" —

„Ach Gott, Kaptein, is dat dar geschehn,
Un schall ik dat Allens nich wedderfehn,
Wat so leeb mi weer op de Hallig?
Un Jem fragen mi noch, wat ik dar will dohn?
Ik will starben un deep in de Ere rohn
Op de Hallig, min lewe Hallig!"

Das ist in Wahrheit die lebendige Sprache gegenüber der heutigen — wie Schleicher sie nennt — schulmeisterisch gewordenen Schriftsprache.

Es lag ursprünglich in meiner Absicht, alle Mundarten der deutschen Völkerstämme in einen Band zusammenzufassen. Es fanden sich indessen während der Arbeit so viele treffliche Beiträge, die ich von der Aufnahme in mein Buch nicht ausschließen konnte, daß ich von diesem Plane abgehen mußte, und so überreiche ich hiermit zunächst nur die Abteilung „Niederdeutsch", während ich die noch reicheren Schätze „Mitteldeutsch" und „Oberdeutsch" in zwei ähnlichen Bänden werde folgen lassen.

Möge dieses Buch dazu beitragen, den Sinn für die deutschen Mundarten, die so wichtig für das Verständnis unserer Sprache sind, neu zu beleben und zu steigern; möge dasselbe die Liebe für die mundartliche Dichtung, in der sich ein so reiches Stück Volksleben spiegelt, befestigen helfen.

Berlin, im Oktober 1895.

Der Herausgeber.

Inhalt.

Westfälische Mundarten.

			Seite
Luafgesank	F. W. Grimme	Sauerland	1
Säinsucht	F. W. Grimme	Sauerland	3
De Schwalen	F. W. Grimme	Sauerland	4
Heer un Knecht	F. W. Grimme	Sauerland	5
De fruamme Mann	F. W. Grimme	Sauerland	6
Schulten-Hochtéit	F. W. Grimme	Sauerland	7
Himel well verdaint séin	F. W. Grimme	Sauerland	11
Trü Westfälen	Karl Prümer	Dortmund	12
Wu se Jochen Dirk u. s. w.	Karl Prümer	Dortmund	13
Frans kümp in Schole	H. Landois	Münster	18
An Sophie J.	Gottfried Bueren	Münster	25
Vorgeschichte	Wilh. Junkmann	Münster	26
Maidag	Herm. Wette	Münster	27
De stille Hottemann	Herm. Wette	Münster	28
De Austern	Ferd. Zumbroock	Münster	29
Giff Acht	Wilh. Oesterhaus	Lippe	31
Eun Austerdag	Wilh. Oesterhaus	Lippe	34
Dat Weserschart	Paul Luhmann	Minden	35
Integer vitae	G. L. Heidbreede	Ravensberg	39
Heimweih	Richard Knoche	Paderborn	40

Hannöverische Mundarten.

Leichenrede auf Wichmann	J. Sackmann	Hannover	40a
De Buur un de Uhr	F. W. Lyra	Osnabrück	41
Könk Helgo's Oog	Foocke Hoiss. Müller	Ostfriesland	43
By't Melken	Foocke Hoiss. Müller	Ostfriesland	45
Wat fück de Schwaalkes	Foocke Hoiss. Müller	Ostfriesland	47

			Seite
'n Huske steit an de Diek	Harbert Harberts	. .	Ostfriesland 48
Moi Hanne	Enno Hector	. .	Ostfriesland 50
An de Eene, de ick meene	Enno Hector	. .	Ostfriesland 52
Aldagsgebed	Karl Tannen	. .	Ostfriesland 53
Grootmoeders Avendgebed	Karl Tannen	. . .	Ostfriesland 54
Haal over!	Karl Tannen	. . .	Ostfriesland 54
Swinegels Wettloopen .	W. Schröder	. . . .	Stade 57
O schöne Tied . .	August Freudenthal		Nordhannöversch 61
Alleen	August Freudenthal		Nordhannöversch 62
Verlaaten	Fr. Freudenthal .		Nordhannöversch 63
Mariken un ehr Brober	Fr. Freudenthal .		Nordhannöversch 64

Oldenburgische Mundart.

Plattdütsch	Franz Poppe	. . . . Oldenburg 64
Wo büst Du so god?	Franz Poppe	. . . . Oldenburg 66

Bremer Mundart.

Plattdütsch Blot . .	Johann Beyer	. . . . . Bremen 67
Mutter un Kind . .	Marie Mindermann	. . . Bremen 68
De lahme Rieke . .	Willem Rocco	. . . . Bremen 70

Hamburger Mundart.

Kinnderspill . . .	J. N. Bärmann	. . . Hamburg 77
Wo mi to Mood is	J. N. Bärmann	. . . Hamburg 77
Jümmers foort so .	J. N. Bärmann	. . . Hamburg 78
Großmudders Wunner	. D. Bartels	. . . Hamburg 78

Holsteinische Mundarten.

De Fähnerich . . .	J. F. Ahrens	. . . Ditmarsch 82
Hartleed	J. W. Boysen	. . . Ditmarsch 84
De true Swester er Lied	J. W. Boysen	. . . Ditmarsch 84
De ohle Jehann . .	Sophie Dethleffs	. . . Ditmarsch 86
Gehorsam	Sophie Dethleffs	. . . Ditmarsch 87
De Ohlsche	Sophie Dethleffs	. . . Ditmarsch 88
Min Jehann . . .	Klaus Groth	. . . Ditmarsch 89
De Kinner larmt . .	Klaus Groth	. . . Ditmarsch 90
Hell int Finster . .	Klaus Groth	. . . Ditmarsch 91
Bi Norderwold . . .	Klaus Groth	. . . Ditmarsch 91
De junge Wetfru . .	Klaus Groth	. . . Ditmarsch 93
De ole Harfenistin . .	Klaus Groth	. . . Ditmarsch 93
Verlarn	Klaus Groth	. . . Ditmarsch 94
Min Annamedder . .	Klaus Groth	. . . Ditmarsch 95

Inhalt.

		Seite
Hanne ut Frankrik	Klaus Groth	Ditmarsch 96
Leeder för de dütsche Flott	Joachim Mähl	Ditmarsch 109
Tater-Mariken	Joachim Mähl	Ditmarsch 112
Kennst du dat Land?	Johann Meyer	Ditmarsch 132
Uenner de Koh	Johann Meyer	Ditmarsch 133
Herr Paster sin Lise	Johann Meyer	Ditmarsch 135
Grotvader	Johann Meyer	Ditmarsch 136
Günd, achter de Blompütt	Johann Meyer	Ditmarsch 137
Wihnachabend	Johann Meyer	Ditmarsch 137
O, wo du kannst, dar drög	Johann Meyer	Ditmarsch 138
Hans Höhnk	Th. Piening	Ditmarsch 140
Lehr't henn ik't doch	Julius Stinde	Ditmarsch 148
Taum Singen	Julius Stinde	Ditmarsch 149
Ik meen dat gaud!	Julius Stinde	Ditmarsch 150
So sünd de Jungs	Julius Stinde	Ditmarsch 151
De Lootse	Lüder Woort	Ditmarsch 151
Dionysius	Lüder Woort	Ditmarsch 154
Dat Leed von den Hirsch	Martin Asmuß	Ostholstein 155
De Heidblom	Joh. Hinr. Fehrs	Ostholstein 161
De Heiloh	Joh. Hinr. Fehrs	Ostholstein 162
Brochdörp	Paul Trede	Ostholstein 163
De Pogütz	Heinrich Jührs	Ostholstein 165
De Winterawend	Joh. Heinr. Voß	Sassisch 178

Schleswigsche Mundarten.

An uns' Modersprak	Friedr. Dörr	Schleswig 183
Schön-Elsbe	Karsten Runge	Rendsburg 185
Gaude Nacht	Theodor Storm	Husum 187

Mecklenburgische Mundarten.

Pingsten	John Brinckman	Rostock 188
More schellt all werre	John Brinckman	Rostock 188
Nu lat mi los	John Brinckman	Rostock 189
Kasper Ohm	John Brinckman	Rostock 190
Bedröfniß	Fr. Eggers	Rostock 202
An 'n Strann	Fr. Eggers	Rostock 202
Vergevs	Fr. Eggers	Rostock 203
De Morgen daut	Fr. Eggers	Rostock 204
De Proov	Karl Eggers	Rostock 204
Worüm?	Karl Eggers	Rostock 208
Dei arme Jung	L. Giesebrecht	Warin 209
Schipper sin Brut	L. Giesebrecht	Warin 210
De trurig Schipper	L. Giesebrecht	Warin 210
De Olsch weent	Ed. Hobein	Schwerin 211

		Seite
Weet nich, wat mi so traurig Ed. Hobein	. . .	Schwerin 212
De Börgers bi Regenweder Fr. Reuter	. .	Stavenhagen 212
Wat wull de Kirl . . . Fr. Reuter	. .	Stavenhagen 214
De Reknung ahn Wirth . Fr. Reuter	. .	Stavenhagen 215
Wenn einer dheit, wat . Fr. Reuter	. .	Stavenhagen 216
Oh, Jöching Pasel . . Fr. Reuter	. .	Stavenhagen 217
De blinne Schausterjung Fr. Reuter	. .	Stavenhagen 221
Dat heit ik anführen . . Fr. Reuter	. .	Stavenhagen 222
Tru un Glowen . . . Fr. Reuter	. .	Stavenhagen 224
De Obserwanz . . . Fr. Reuter	. .	Stavenhagen 226
De Wedd . . . . . Fr. Reuter	. .	Stavenhagen 229
Hanne Nüte		
Abschied vom Paster . Fr. Reuter	. .	Stavenhagen 233
Abschied von Rating . Fr. Reuter	. .	Stavenhagen 238
Abschied von Mutting Fr. Reuter	. .	Stavenhagen 242
Ut mine Stromtid		
En Grafniß . . . . Fr. Reuter	. .	Stavenhagen 248
Bräsing un de Wasserkunst Fr. Reuter	. .	Stavenhagen 259
Ut de Franzosentid		
De Gardinenbeddstell Fr. Reuter		Stavenhagen 267
De Kannebatenpredigt . Fel. Stillfried	. . .	Rostock 273
Smidten sin Fastlawenball Max Blum	. . .	Altstrelitz 276
Dat Fack . . . . . D. G. Babst	. . .	Altstrelitz 278
De beste Tid . . . D. G. Babst	. . .	Altstrelitz 280
Vorwort d. Scherzgedichte H. W. Lauremberg	. .	Rostock 281
Van allemodischer Poesie H. W. Lauremberg	. .	Rostock 283

Pommersche Mundarten.

Sei und Hart . . .	Oswald Palleske	. . Stralsund 286
An mine Jung's . .	Oswald Palleske	. . Stralsund 286
In de Schummerstun'n	Oswald Palleske	. . Stralsund 288
En beten Godsien .	. W. Weyergang .	. . Greifswald 290
Uns' oll Dokting . .	. W. Weyergang .	. . Greifswald 291
Lütt Hans	. Alw. Wuthenow	. . Greifswald 309
Dei Schippsjung . .	. Alw. Wuthenow	. . Greifswald 310
Im Frühjahr . . .	. Albert Schwarz .	. Hinterpomm. 312
Wettst noch? . . .	. Albert Schwarz .	. Hinterpomm. 313

Braunschweigische Mundart.

Slap in, min Kind .	Aug. Hermann .	. . Braunschweig 314
Se sünd nich owereins	. Th. Reiche .	. . Braunschweig 315
Fritze Tönepöhl . .	. Th. Reiche .	. . Braunschweig 316
In Harfste	. Th. Reiche .	. . Braunschweig 318

Mundarten der Provinz Sachsen.

Do haste Deine Part!	. F. Giebelhausen	...	Mansfeld 319
A hartes B	. . . . . A. Fischer	. . . .	Erfurt 323
Assen onn Drönken	. . A. Fischer	. . . .	Erfurt 324
Wuhllieblöch	. . . . . A. Fischer	. . . .	Erfurt 325

Brandenburgische Mundarten.

De Olle Fritz	. . . . W. Bornemann	. . .	Altmark 326
Sommers Kreftgang	. . W. Bornemann	. . . .	Altmark 330
Der Eckensteher Nante	Friedr. Beckmann	. . .	Berlin 332
Rentier Buffey	. . Adolf Glaßbrenner	. . .	Berlin 333
En Begräwniß	. . Hermann Graebke	. .	Priegnitz 346
Uns' Herrgott lacht	. Hermann Graebke	. .	Priegnitz 349
Up den Liem krüppt he nich	Jul. Dörr	. . .	Uckermark 350
De Gräffniß	. . . . Rudolf Hill	. .	Uckermark 351
Kanonen-Nante	. . . Karl Löffler	. . . .	Neumark 354

Westpreußische Mundarten.

De Seelenwandering	. C. von Almonde	. . .	Danzig 370
Am Niejaschhöllgeoawend	August Boldt	. . .	Elbing 373
Klookkoosa ut Schmedittke	August Boldt	. . .	Elbing 374
Woa geit de Wech u. s. w.	August Boldt	. . . .	Elbing 375
Verjahrslost	. . . . Robert Dorr	. . .	Elbing 376
Vor d. Herkulesbrunnen	Aug. Schemionek	. . .	Elbing 377

Ostpreußische Mundarten

Hans onn Trine	. . . Aug. Stobbe	. . .	Königsberg 378
Mutter onn Sähn	. . Aug. Stobbe	. . .	Königsberg 380
Wer nicht wagt	. . . Heinrich Toball	. . .	Königsberg 382
Sönd de Oftpreuße grob?	Heinrich Toball	. . .	Königsberg 383
Hans von Sagan	. . . R. Reusch	. . .	Königsberg 383
Dat söte Marieche	. Johanna Ambrosius	. .	Pillkallen 386
Anke von Tharaw	. . Simon Dach	. . . .	Memel 387

Verzeichnis der Schriftsteller 389

Für mich ist die niedersächsische Sprache unter allen deutschen Mundarten in der Wahl und Aussprache der Töne die sanfteste, wohlklingendste, gefälligste und angenehmste. Sie ist eine Feindin aller hauchenden, zischenden und blasenden Laute. Sie verachtet den unnützen Aufwand eines vollen, mit vielen hochtönenden Lauten wenig sagenden Mundes, ist dagegen reich an einer kernhaften Kürze, an lebhaften, treffenden Ausdrücken und naiven Bildern. Es fehlt ihr weiter nichts, als eine sorgfältige, verständige Kultur, um sie zur reichsten, angenehmsten und blühendsten Sprache zu machen.

Bürger.

Die Mundarten sind die natürlichen, nach den Gesetzen der sprachgeschichtlichen Veränderungen gewordenen Formen der deutschen Sprache, im Gegensatze zu der mehr oder minder gemachten und schulmeisterisch geregelten und zugestutzten Sprache der Schrift.

A. Schleicher.
(Die deutsche Sprache.)

Westfälische Mundarten.

F. W. Grimme.
(Sauerländische Mundart.)

Luafgesank oppet Strunzerdal.

Bat aller Ehr' un Luawes vull,
Diäß Ehre well if mehren —
If luawe méi méin Strunzerdal,
Dai Kraun' op Guaddes Eeren.

Saih' éi de Ruhr, dai graine Ruhr
Vam Biärge runner springen,
Wual in de Grund, dai fréie Grund
Met Riusken un met Klingen?

Saih' éi dai Biärg' op beider Séit
Bit in de Wolken räiken,
In iärem grainen Sumerstât,
Met himelhaugen Äiken?

Saih' éi dai schwarten Leggen[1]) nit
Bä ments[2]) de Schiuwiut[3]) nestet?
Diän haugen Thraun, bä sik alltéit
De Himel oppe restet?

Un latt ug op der Höchte nit
De Kaulebuarn[4]) taum Drunke?
Hör' éi nit réisen[5]) Sprink an Sprink
Béi jedem Stäin un Strunke?

---

[1]) Felsen. — [2]) nur. — [3]) Uhu, Schuhu. — [4]) der kühle Born. — [5]) rieseln.

Un hæer' éi nå dem Springe nit
Den Räihbock runner anken¹),
Den Räihbock, diäm des Jäggers Bléi
Is schlagen in be Flanken?

Héi briännt de Büssen üwerall
Op Hiärteböck' un Räihe,
Un lustig knaller't op der Palz
Des Muargens halwer twäie.

Doch sind de Leggen²) béi te richt,
De Biärge béi te hauge,
Wual in der grainen Wiesegrund
Is auk Vermak³) genauge.

Då riusker't⁴) van der Wiesenschlacht⁵) —
De Ruhr bai blenket helle,
Un düär det klåre Water schütt
De silwerblanke Frälle⁶).

Dåtau då schällert allerséits
En Singen un Gekroßel⁷),
Wual iut dem Busk de Nachtegall,
Wual iut der Schlucht de Droßel.

Un frauhe Luie⁸) stemmet in
Taum grainen Vugelsange;
Se gruißet ug met Sank un Klank
Op jedem Patt⁹) und Gange.

Sai bait ug fröntlik Dagestéit,
Un giew' éi ug ter Kunde,
Dann faihl' éi wual un häimisk ug
Foort in der äisten Stunde.

---

¹) ächzen. — ²) Felsen. — ³) Vergnügen. — ⁴) rauscht. — ⁵) Schleuse, Wehr. — ⁶) Forelle. — ⁷) Gezwitscher. — ⁸) frohe Leute. — ⁹) Pfad.

Gléik sin éi Frönd un Zächkumpier
Béim lustigen Gelâge;
Un mait' éi endlik föbber gâhn,
Det Schäien¹) gäit ug nâge.

Méi selwer sind be Strâten niu
Ganz anders füärgeschriewen:
Doch alltéit is méin Hiärt' un Sinn
In Strunzerdal verbliewen.

Un bâ ik gâh', un bâ ik stâh',
Well ik séin' Ehr' vermehren;
Ik luawe méi méin Strunzerdal,
Düt Himelréik op Eeren.

Säinsucht.

Jâ, ik well nâ déi,
Jâ, ik mott nâ déi,
   Laiwe Miäcksken!
Schäien¹) dâh sau läie,
Söchten²) is sau bitter,
Jâmer³) dött sau wäihe,
   Laiwe Miäcksken!

Jâ, ik well nâ déi,
Jâ, ik mott nâ déi,
   Laiwe Miäcksken!
Midden imme Schnaie
Blögget raue Rausen,
Wann ik wier dik saihe,
   Laiwe Miäcksken!

---

¹) Scheiden. — ²) Seufzen. — ³) Jammer.

Jå, if well nå béi,
Jå, if mott nå béi,
 Laiwe Miäcksken!
Wann't of Fuier spigget,
Wann de Himel knappet,¹)
Wann et Bränne schnigget,²)
 Laiwe Miäcksken!

De Schwalen.³)

Niu troppet sik de Schwalen,
Et is wual an der Teit;
Sai singet froih am Muargen:
„Adjüs, véi maitet wéit!"

Doch méi is Gréinens-Måte.⁴)
Ei Schwalen frank un fréi,
O, könn' if met ug flaigen,
Bå if terhäime séi!

Et is jå doch méin Häime
Nit, bå méin Huisken stäit —
Et is jå doch alläine,
Bå if méin Glücke wäit.

Ei Schwalen op der Reise!
Un wan éi Sai bå saiht,
Vertellet iär, vertellet,
Dat if sai gruißen lait.

---

¹) berftet. — ²) Bränbe schneiet. — ³) Schwalben. — ⁴) das Weinen nahe.

De Heer un sein Knecht.

Kauert[1]) was de Heer, un Koierken[2]) was de Knecht. Kauert kummandäierde nit viel, un Koierken paräierde nit viel; denn sai machten te viel Kumpanigge beím Schnapsglase, un be Schnaps, dat wiet éi alle, mäket Heer un Knecht gléik. Des Awends habden sai gewühnlik beide de Kraune vull, un duselben dann sau schlackerbäinig op iäre Schlopkabuisken, dat sik de Äine üwer ben Andern schüppede. An der äinen Wand habde Kauert séin Külter[3]), un an der andern Koierken. Niu krawwelden sai sik äines Awends auk mål imme schoin= sten Schrüf[4]) in iäre Bedde un fengen an te schnuarken, ase wann be Sagemühle genge. Ümmen Téit raip Kauert: „Koierken!" — „„Heer! battann?"" — „Koier= ken! méi bücht, et trekket op der Kamer." — „„Heer! dat bücht méi auk,"" un sai schlaipen födder.

Nit lange, då raip Kauert: „Koierken!" — „„Heer! battann?"" — „Koierken! méi bücht, dat Fenster stäit uappen." — „„Heer, et bücht méi auk!"" Koierken bläif leggen, un sai schlaipen födder.

Nit lange bernoh bå hett' et wier: „Koierken!" — „„Heer! battann?"" — „Koierken! méi bücht, et wör wual gutt, wann dat Fenster tau wör." — „„Heer, et bücht méi auk."" Koierken âwer bläif ruhig leggen un rüppelde un roierde sik nit; un sai schlaipen födder.

Endlik raip Kauert: „Koierken! mak dat Fenster tau!" Für saume Kommando kräig Koierken den Frochten, sochte séine Bäine iut dem Strauh, stont op un machte dat Fenster tau. Hai krawwelde an der Wand rümme un kraup wier in't Bedde; of hai in't richtige kam, wäit ik nit; un sai schnuarkeden wier nå Nauten.

Äwer nit lange, då senk Kauert ganz angesthaft an te raupen: „Koierken! Koierken!" — „„Heer, o

---

[1]) Kurt oder Konrad. — [2]) Konradchen. — [3]) Bretterverschlag in Bauern= stuben für das Familienbett, Bett überhaupt. — [4]) Rausch.

Heer! battann?"" — ""Koierken! et liet en Keerel in
méime Bedde!" — ""Heer! in dem méinen auf!""
— "It schméite den méinen beriut!" — ""Un ik den
méinen auf!"" — Un jeder fenk an, sik met séime
Keerel te frasseln, un dat gaffte en Sparteln imme Bedde,
dat de Lakens rieten un det Strauh rümme flaug. Op
äinmâl gafft' et 'ne Knall, dat de Bühn¹) biusede²), un
Kauert raip: "Oh! Koierken! oh! Koierken!" — ""Heer!
o Heer! bat is?"" — "Oh! Koierken! méin Keerel hiät
mik iut dem Bedde schmieten!" — ""Heer! un ik hewwe
den méinen riuter schmieten!"" —

Ase de Sunne all hauge stont un de Ziegenhäier
blais, do kam de Kleinknecht op de Kamer und woll den
Heeren wecken, un verwünderde sik in den Daut, dat
Kauert füär dem Bedde laggte, un Koierken berinne,
un dat det andere Bedde lieg was; un dai beiden riewen
sik de Augen un de Blesse³) un verwünderden sik auk,
un konnen gar nit begréipen, biu dat taugåhn was.
It gloiwe åwer, bai méi andächtig tauhäert hiät, dai
kann't sik an den féif Fingern aftellen.

De fruamme Mann.

Et was mâl 'ne Mann — ik well 'ne Kasper
doipen — dai wuste de ganze Bibel van biuten, un
was Kauersänger un saat imme Lätter, un machte det
grötteste Kruize in der Kiärken, un konn sau kräftig
biän, un wann Prossiaune was, dann sank hai füär
un stemmede den Rausenkranz an. Hai harr' all drei
Fruggens daut; un bat doh dai Duiker⁴)? hai woll of
de väierde hewwen. Hai verspräk sik met eme ganz

---
¹) Zimmerdecke, auch die Bedielung des Zimmers. — ²) knallte. —
³) Stirn. — ⁴) Teufel, Satan.

jungen, quellen Miäcksken, un genk näm Paftauern, be=
kannt unner dem Namen Gehannes van der Ruhr,
dat was fau'ne rechten Duitsken¹).

„Muargen, Heer Paftauer!"

„„Suih! — Muargen, Kasper! bat brengest diu
dann Guddes?""

„Heer Paftauer! wann éi fau gutt wören un raipen
mik Sundag van der Kanzel."

„„Bat, Kasper? hör' if recht? van der Kanzel
raupen?""

„Jäh, Heer Paftauer!"

„„Kasper! ümme Guaddeswillen! diu alle Keerel,
diu alle Stengel, diu west nau mål friggen?""

„Jäh, Heer Paftauer!"

„„Näi, Keerel, hör mål, me foll dik fau niämmen
un ftülpen dik ter Trappen runner! Gåh dik doch
hinner den Uawen sitten un kuck düär de Splieten²) un
låt dik Graußvaar heiten! Niem den Myrrhengarten
in de Hand un denk an den himmelsken Bruitigam,
dat is déi biätter!""

„Heer Paftauer! Sai mottet nit spotten! Sai
mottet nit meinen, if wær' af'en ander Menfke! et is
méi nit ümme dat Friggen te daun: if woll fau
geren naumål dat Saframänte empfangen."

Schulten-Hochtéit.

Op Aßmanns Huawe was graute Hochtéit. De
Kattenköppe³) biufeden, un Trumpetten un Klanetten
blaifen iäre Mäifte⁴). Un Alles was inlatt, Familge un
Fröndskop, Köfter und Paftauer; un felwer de Schwäine=

---
¹) Deutscher. — ²) Holzscheite. — ³) Böller (kleine Kanone). — ⁴) ihr Beftes.

un de Piärrejunge kriegen iäre Richtige: fette Büters met Schinkenfläiß. Sai läggten sik alle örntlik int Schmiär, un de Wéin flaut üwer de Diske. De olle Schültske was recht kuntant un sau lebändig as' en Immeken, schnäit un draug op. Ase äwer de Schinke ümmer klenner wårte, un ase me dem Bråhn¹) all op den Knuacken saihn konn, då käik sai sik doch mål schaif ümme, of de Réige nau nit klenner wåren wör; äwer näi, sai saaten ase de Pæ̂hle; un, o wäih! do biuten senk et an te riänen un te pleestern, dat sik känn Ruie²) op de Ståte wågede. „Jä, Schültske! véi bléiwet, bå ve unner Dak sind; véi mottet 'ne Nacht ox Aß=manns Huawe hållen." — „„Dat soll us recht laif séin! véi het jå Platz!"" saggte de Schültske un knäip an den Augen un stallte iäre Gesicht terechte, ümme fröntlik iuttesaihn. Un sai bliewen då. De Pastauer kam op de Heerenstuawe un kräig en Bedde sau hauge, dat me üwer den Staul stéigen mochte; wat kemen op de Ka=mern, Andre op de Hille³), un dai det grüäweste Wand⁴) amme Rock hadden, oppen Balken int Hai. De Schültske konn nit schlåpen, un helt äinmål üwer't andermål de Hand iut dem Fenster, of et nau riänte; un bå nau Alles schlaip, stånt sai all op un käik in de Wiähr=pårte⁵): de Himmel was duister, un et gaut met Mollen. Sai raip ganz verdraitlik: „Gerdruiken! hank den Kitel, näi, hank de Schütelpott op un kuack Kaffäi! mak 'ne åwer nit te stark, de Réige is lank."

Middlerwéile sümmen sik Alle in: iut der Heeren=stuawe, van den Kamern un van der Hille; un ok dai imme Hai rispelden sik op un strieken sik de Kletten un Spiere iut den Håren; un nit lange, då saat wier Alles richtopp ümmen Disk. De Schültske lait sai béim Kaffäi sitten bit tain Uhr; äwer et blåif amme Riänen, un sai mochte ok en Froihstücke brengen. De Mannsluie sochten de Kårten und schlaigen 'ne vernünftigen Solo

---
¹) Braten. — ²) Hund, Rüde. — ³) Stübchen über dem Rauchfang. — ⁴) Tuch. — ⁵) Wetterpforte (der nördliche Himmel).

an, de Frauluie kakelden un riepeden det ganze Kiäspel¹) düär; de Köster machte mål taur Veränderung 'ne Witz üwer't Wiär: „et riänt, ase wann't et in Ackord härr', jäh, ase wann't der Kraundalers met verdainte," un hinner diäm Witze hiär drank hai wier un dachte: „wann héi dat Gedränke nit opgäit, dann låt et riänen bit Sente-Merten!" Un de Schültske träntelde henn un hiär, ase wann sai Kuallen²) in den Schauen härr', un käik iut der Düähr inter Lucht³) un nå der Windfahne — åwer de Himel såh nau ümmer iut ase en Driägelaken, un et pleesterde, ase wann de Welt versiupen söll. „Jä, Schültske, véi sollt wuall naumål uge Middagesgast bléiwen maiten." — „„Jä, jä! 't is gutt!"" saggte sai, såh åwer dåbéi selwer iut, ase säz Wiäcken Riänewiähr. Sai haalte 'ne niggen Schinken van der Fläißwéinne⁴), beså̊h 'ne ganz wäihmaidig un dåh 'ne innen Pott. Ase gar was, schnäit sai Stückskes sau dünne, as' en Måhnblatt, un söchtede⁵) béi jedem Schniee. Béim Diske machte de Köster 'ne niggen Witz: „Schültske, ik hewwe Malöhr hat! ik öhmede⁶) en wennig stark, då is méi de ganze Schinke vamme Täller fluaggen; hogget der us nau mål anne riut!" Sai saggte nix un schnäit. Endlik harr' sai alle naumål saat. Åwer, o Jömer! et bläif då biuten amme Strullen, ase wann de Himel schmulten wäer. De Kärten kamen wier oppen Disk, un de Frauluie künnen nau ümmer wat te rantern un te riepen, un de Köster kam met séinem Hauptwitz annen Dag. „Schültske, ik wäit 'ne gudden Råth!" — „„O laiwe Heer Köster, dann låtet mål hæren!"" — „Hært! bit taum Kaffäidrinken well véi't nau mål ansaihn, allenfalls ok bit taum Åwendiätten; wann't dann åwer nit opphært met Riänen, dann make véi't, ase de Wullmerker⁷)." — „„Laiwe Heer Köster, biu maker't dai dann?"" — „Dai låtet et riänen." — De Schültske wårte falsk ase 'ne Spinne und saggte kein Wårt, genk riut un henk

---

¹) Kirchspiel. — ²) Kohlenmeiler. — ³) Luft, Höhe, Licht. — ⁴) Räucherboden. — ⁵) seufzte. — ⁶) athmete. — ⁷) Einwohner von Wulmeringhausen.

den Kaffäikitel op. „Gerdruiken! guit us dät Grüß van gistern op; dat is füär dai Schmalächters gutt genaug." —

Un sai drünken Kaffäi. Äwer 't wârte fäif, säß, siewen Uhr, et wârte duister, un Sente Päiter seine Sprütze was nau ümmer nit lieg. De Schültske meinte: „'ne Stücker säß Parplühs können véi wual béinäin brengen, un de Andern können use Tuffelnsäcke ümmehangen, un de Frauluie use Beddelakens." De Köster âwer meinte: „Et is doch en wennig te klandrig wâren, véi finnet keinen Buamm[1]) mehr op der Eere; véi nehmen ug den ganzen Kamp annen Stiewel met, un de armen Frauluie met iären papiernen Schaikelkes[2]) söllen méi van Hiärten läid daun. Schültske, wâget naumâl 'ne Schinken dran!" De Schültske schwäig stille un spiggede Gift; sai genk iut der Stuawe un rette[3]) den Salât, machte âwer keine Brögge[4]) van Sur[5]) un Baumuallig drüwer, ase gistern, sundern van Plundermilk, un op de Tuffeln keine gesmurte Butter met Päiterzilge, näi, Water un Miäll met Schraiwen[6]). Un béi jedem Handtast, diän sai däh, söchtede[7]) sai: „Dat Volk frietet enne nau pankrott!" — Sai draug Tuffeln un Salât op, un satte de graute Schütel met den Schinkenknuackens oppen Disk: „Héi is de ganze Räst; wann't opp is, häert et opp!" — „„Kinners, verschliuket ug nit!"" saggte de Köster; sai âwer genk un lait sik den ganzen Âwend nit wier saihn, taug den Schlütel iut dem Keller: „lât se béi't Pütt gähn!" un den Schlütel iut iärem Külter[8]), un laggte sik int Bedde un striepede den Riusenkranz ümme biätter Wiähr. De Gäste gäfften sik auk allmehlik ter Rugge, ter Trappen un tem Ledderken ropp. Sau mannegmâl, ase de Hahne kräggede, helt de Schültske de Hand iut dem Fenster: âwer et riänte, ase wann alle Bänne[9]) ümme det himelske Waterfatt buasten wären. Sai stänt opp. „Gerdruiken! hank den Schütel-

---
[1]) Boden. — [2]) Schühchens. — [3]) bereitete. — [4]) Brühe. — [5]) Essig. — [6]) ausgebratene Speckwürfel. — [7]) seufzte. — [8]) Bretterverschlag. — [9]) Bänder.

pott opp! âwer Zikurgen, nix ase Zikurgen! Zikurgen is auk en gutt Gedränke, un fuär dai Friättpæste nau viel te gutt. Fuär den Pastauer kannste enn wennig int Pöttken apart mahlen."

De Gäste sammelden sik wier ümmen Disk; sai drünken en Schölken fuär 't Nöchtern un verdräggeben hellesk de Augen. De Köster, dai süs fuär emme Dutzend nit bange was, stülpede gleik näm äisten rümme. „Heer Köster, settet naumål opp!" — „„Näi, Schültske! ik danke; be Kaffäi is van Muargen te starke, me kritt det Biewern dervan." — Sai seeten un seeten, un de Mannsluie kriegen wier de Kårten. Då âwer brak der Schültsken de Gebuld: sai genk riut un kam wier rinn un saggte béi vullem Stuärten un Strullen: „Et is âwer doch van Nachte schoine dicht riänt; et is ok, ase wannt sik en bittken oppklärte; bai niu bâ wöll, dann wär't gitzunders Téit; me wäit nit, bat et hernäh fuär Wiähr gitt. Heer Pastauer, is düt uge Stock? Heer Köster, is düt uge Kappe?" Då miärkeden âwer de Gäste doch endlik, bat op Aßmanns Huawe fuär Wiähr was, un de Köster slusperde dem Pastauern int Ahr: „Heer, véi sittet héi nit mehr schur, et riänt us tem Dake rinn." Sai säggten Adjüs und dankeden für de fröntlike Opnahme un machten sik, trotz Wind un Wiähr, iut dem Dampe. De Schültske machte en Kruize ächter 'ne rinn un saggte: „Méiner Lebstage nit wier! Wann use Kattréinken mål frigget, dann sall't ments 'ne Kaffäihochtéit giewen — dat segg' ik!"

De Himel well verdaint séin.

„Segg mål, Hannadam! ik hewwe dik all lange frägen wöllen: brümme west diu op déine ällen Dage nau wual friggen? diu könnst et doch sau gutt hewwen! kein Menske imme Duarpe biätter ase diu!"

„„Jä, dat fieſte wual, un déin dumme Verſtand wäit et nit biätter. Ik well't béi mål verduitsken. Suih: ik hewwe Hius un Huaff, fiftig Hauwen Wieſe=waß un hundert Muargen Wald, liegend Geld, un Geld op Ränte — kurzum: den Himel op Éeren. Awer en örntlik Chriſtenmenſke mott of ant Stiärwen denken un ſik den Himel verdainen in ginner Welt — — diär=ümme niämm' ik méi en Kruize un well't briägen met Gebuld. De Himel well verdaint ſéin."" —

Karl Prümer.
(Dortmunder Dialekt.)

Trü¹) Weſtfålen!

Min trutzig=trü Weſtfålenland,
Du büſt²) mi leif³) un werth,
So wit of Godes Sunne ſchint,
Hef ik keen Land ſo ehrt.

Wo mi de Moder⁴) lehrde fromm
'n hillig=trüen⁵) Sang,
Då denk ik dran, in Luſt un Leid,
Min ganzet Leewen lang.

Wo gollen=geel⁶) de Aehren lacht,
Un ik de Leiwſte⁷) fand,
Ut Heertens Grund: Got ſeegne di,
Mi trü Weſtfålenland.

---

¹) Treu. — ²) biſt. — ³) lieb. — ⁴) Mutter. — ⁵) heilig=treuen. — ⁶) goldig=gelb. — ⁷) Liebſte.

Un kömmt de leßte Stunne mi,
Leg' ik de Hand op 't Hee't¹)
Begraft mi in Westfälenland,
Dat ist min leßt Gebeet.

Dann ruscht,²) it hogen Eiken, wild,
It Stürme brust³) met Macht
Niem rohe⁴) Erde binen Suon,
Leif Heeme,⁵) gude Nacht.

Wu se Jochen Dirk verdulldöwen⁶) wollen.

Jochen Dirk was 'n Kötter un Fohermann un harr all vüle Jahre sine Kumpenie kummedeert: Lise, dat brune Peerd, un Lotte, den Appelschimmel. Un Kummando harr Jochen in sine Kumpenie mehr as mannicheenen Hauptmann, ower dat mot ik seggen, he harr ower ok sine veerbeenigen „Gemeinen" leiwer as de meesten Hauptlü ehre tweebeenigen. Jochen brukte nit: hot te ropen, ok nit: har, nit: jö, un nit: hü, sunnern he gong eenfölig vör sine Peerre un schwenkte bloß met de Schwiepe⁷), un Lise un Lotte verstonnen ehren Heren un döen, wat he woll.

Un met de Tid kannten et Lise un Lotte geno so gut, wo anhollen wor, as Jochen Dirk, un am Schlagbom stonnen se as de Piler,⁸) ohne dat Jochen: hü ropen oder met de Schwiepe schwenkt harr.

Ower so gern Jochen Dirk ok sine Peerre Rast un sik 'n kleinen Ollen gunnte, so grot was sin Eerger, wann he 'n Schlagbom sāh. Un kam em so 'n schwattwitt Holt te Gesicht, pock he sottens unner

---
¹) Herz. — ²) rauscht. — ³) braust. — ⁴) rothe. — ⁵) Heimath. — ⁶) verwirrt machen. — ⁷) Peitsche. — ⁸) Pfeiler.

finen bloen Kiel¹), holl de lütte Schnufftubaksdose, nahm sik 'n Schnüffken un schande luthals: Sühst Du wohl, dä steht wier eenen, et is doch te dull un te wahn. Soll me dat nu wohl för müglich hollen, dat een Mensch 'n annern so 'n hültenen Flügop in 'n Weeg settet. Het de leiwe Got vör sine Sunne ok Schlagböme? Lät he se nit öwerall hen schienen, op de ganze Erde, op Ales, wat geht un schwemmt un krüpt un flügt? Oder schickt he so 'n Greinrock un lät sik eerst twee Pennige betahlen? Fleitpipen deit he, et is ales fri, Locht fri, Erde un Water. 'n Lüning kann fleigen, wohen he well, un 'n Forsch öwer 'n Tun kletern, un ik sall mi nu as 'n bullen Rüe²) 'n Knüppel vör de Nase binnen låten? Ja, ja, ja, ja, wenn mi Lise un Lotte nit te leif wöen, ik jagte heelbömig³) dör 'n Schlag= bom, dat de Spöne däheer flüggen. So schannte Jochen sit Jåhr un Dag. —

An eenem frischen Herwstmorgen nu, as de eerste Ruhforst⁴) öwer de Feller gong un se utsöhen, as wüssen statt Erdappeln lutter Diamanten do, trock Jochen Dirk wier mol öwer de Landsträte. Twintig Schrie ächter em kamen Lise un Lotte, schwetteten,⁵) dat de Damp dovan schlog, un de olle Wagen knistete stark, 'n Teeken, dat he schwor genog beladen was.

Då van ungefähr was wier 'n Schlagbom te seihn, un as Jochen Dirk ne eewen ächter sik harr un noch ut Hertensgrunne ale Schlagböme verflokte, kam 'n Menschen, ganz in Börgerstracht, op em to un sag: „Zeig Er mal sofort seinen Chausseezettel, ich bin der Steuerbeamte Nothnagel." „Süh mål an," gaf Jochen te Antwort, „dann kannst Du wohl lachen un steihst Di beeter as ik." „Infamer Mensch, wie kann Er mich mit Du anreden!" reip de lütte Beamte un stallte sik op de Teewen. Ower Jochen bleef so stif as 'n Holschen⁶) un sag: „Wann hei mi ert, kann ik of Du to em seggen."

¹) blauer Kittel. — ²) Hund. — ³) heilbäumig (durch den geschlossenen Schlagbaum). — ⁴) Rauhfrost. — ⁵) schwitzen. — ⁶) Holzschuh.

Dā wār de Lütte öwer un öwer roth im Gesicht, stallde sik vör Jochen, un schreide: "Heraus, heraus mit dem Chausseezettel oder ich lasse Ihn binden und in's Gefängniß werfen!"

"Wat, Gefängniß?" reip Jochen. Un im Hand=
ümdreihen harr he den Lütten im Nacken, bog ne öwer
't Knei un schlog met 'm Nüsselend¹) drop los, dat de arme Düwel vör Pine luthals an te schreien fong.

Un nā 'ne Wile sag Jochen bedächtig: "So, dā
hest Du 'ne Affschrift van minen Schosseezietel, nu go nā Dine Mömme un lā se māl leesen." Drop nahm sik Jochen 'n Schnüffken un trock siner Weege. — —

Am selwen Dage, det Nomdags, sat de olle Stür=
roth Kauhfaut in sinen Sorgestohl, schmökte sine Pipe
un freide sik, dat et op de Welt noch Stüren gaf un Tubak, dā geht de Dör open, un herin kömmt: Nothnagel.

"Ei, ei, mein lieber Nothnagel," sag de olle Stür=
rath, "was führt Sie zu mir?"

"'n Buckel voll Schläge," gaf de Beamte te Antwort.

"Wie? ich verstehe nicht."

"Herr Rath, ein Fuhrmann, ein Scheusal, hat mich überfallen und blutrünstig geschlagen."

"Und Sie wissen seinen Namen nicht?"

"Freilich weiß ich ihn, er heißt Jochen Dirk und ist Fuhrmann, ich verlangte den Chausseezettel von ihm und statt dessen — — "

"Bekamen Sie Prügel," foll de Rāth in.

"Es ist so, wie Sie sagen, Herr Rath."

"Das ist freilich schlimm, aber, vor allen Dingen, haben Sie einen Zeugen?"

"Leider Gottes nein, der Wirth behauptet, nichts gesehen zu haben, und ich möchte meinen Kopf zum Pfande setzen, daß der alte Spitzbube Zeuge war, wie mich der Fuhrmann schlug."

---
¹) Kopfende der Peitsche.

„Da ist nichts Anderes zu machen, als den Fuhrmann zum Geständniß zu bringen. Ein guter Untersuchungsrichter muß Geduld haben und die Freundlichkeit selbst sein, umsomehr bringt er an's Tageslicht. Ich glaube, daß ich mich zum Untersuchungsrichter vortrefflich eigne, geben Sie mir nur einige Wochen Zeit, dann soll Jochen Dirk schon bekennen, daß er Sie überfallen hat."

Dämet was de Beamte ok heertlich tefreen, willen dat he vör Angst moch, bedankte sik im Vörut all un trock af.

Drei Weeken wöen all doröwer hengähn, da wär usse Jochen Dirk no 'n Stürräth bestallt, eenige Kippkaren vull Erdappeln te föhren.

Un Jochen spannte sine Lise in un foherte lustig drop los. Awends wöen de Erdappeln afladen, un am annern Morgen was Jochen fröh bi de Hand, üm sinen Foherlohn intefacken.

De Her Räth was de Fröndlichkeit selwst un fong an: „Die Kartoffeln sind wohl dieses Jahr überall prächtig gerathen?"

„Jo, dat is wåhr, Her Räth, et is 'n Stät met de Erdappeln, me soll eegentlich bi jedem Pannkoken: ‚Nun danket Alle Gott' singen."

„Das freut mich von Ihnen zu hören, umsomehr da die Dankbarkeit in der Welt immer rarer wird. Kommen Sie mal her, alter Knabe, nehmen Sie von mir mal eine echte Havanna-Cigarre, ich muß aber bitten, sie mit Andacht zu rauchen, es ist ein theures und feines Kraut." —

Jochen nahm de Cigarre, sag: „danke", beet 'n halwen Toll dovan un gaf sik an 't Schmöken.

Un de Her Räth keek vull Plaseer Jochen an un sag: „Schmeckst du prächtig! Das ist ein Kraut! Nun? Sie sagen nichts, wie schmeckt Ihnen denn die Cigarre?"

„Gar nit, Her Räth."

„Wa—wa—was ist das!" reip de Räth un konn

ut de Verwünnerung nit herutkommen, „die Cigarre schmeckt Ihnen nicht?"

„Nee, Her, de kraßt[1]) nit genog, dat is Stroh, wann if den Damp nit söh, glöf if sewwer nit, dat if am Schmöken wö."

„Ja, Menschenkind, welchen Tabak rauchen Sie denn eigentlich?" frog de Rath verwünnert.

„Richtigen Strang, dreimâl üm 't Lif för fif Groschen, de steht ördentlich in de Pipe un kraßt gehörig im Halse, un so mot et ok sin, met dem annern Tüg is 't luter Aperigge[2])."

„Na, wohl bekomm's, ich habe nichts dagegen," gaf de Rath te Antwort un lachte vör sik hen, keek Jochen nochmâl van de Sit an un sag: „Sagen Sie mal, haben Sie schon gehört, daß man sich höhern Orts mit dem Gedanken befaßt hat, die Schlagbäume abzuschaffen, weil das Barrièrengeld nur zu häufig Veranlassung zu Reibereien zwischen den Fuhrleuten und den kontrollierenden Steuerbeamten giebt?"

„Nee, Her," gaf Jochen te Antwort.

„Ich wäre herzlich froh," sag de Rath, „wenn es dazu käme, ich kann diese Einrichtung auch nicht gutheißen, und Sie, Jochen Dirk, werden jedenfalls bei der Aufhebung: Gott sei Dank! sagen."

„Dat is währ, Her, if hef all dusendmâl wünschet, dat 'n Gewitter in ale Schlagböme schleig."

„Haha", dach de Rath, „nun wollen wir den alten Racker schon kriegen," un reef sik vergneigt de Hänne.

„Vor drei Wochen," leit he sik hören, „ist wieder ein Steuerbeamter überfallen, haben Sie das auch gehört?"

„Jâ, Her Rath," sag Jochen un lachte vergneigt, „het Ink dat leed don?"

„Leid gethan? im Gegentheil, der Beamte war in Civil und forderte einem Fuhrmann den Chausseezettel

---

[1]) kratzt. — [2]) Afferei.

af, ich will Ihnen nur sagen, dem Beamten ist ganz recht geschehen, und wenn ich der Fuhrmann gewesen wäre, ich hätte es gerade so gemacht."

Un de Her Råth sprang op un sag: Jochen Dirk, ich frage Sie, hätten Sie ihn nicht auch so geprügelt, wie der Fuhrmann?"

Un Jochen kraßte sik vergneigt ächter de Ohren un sag verleegen as 'ne junge Deern: „Nee, Her Råth, dat härr mi doch te leed dån."

Met düsen Wården nahm Jochen sine Müsche un sag: „Abjüs, Her Råth, bis op 'n anner Mål."

H. Landois.

(Münsterländisch.)

Frans kümp in Schole.

(Aus: Franz Essink sien Liäwen un Driewen äs ålt Mönstersk Kind.)

Frans wår jüst up en Kopp 7 Jåhr ålt, äs he in de Schole quamm. He wär auk nu noch nich derin kuemmen, wenn sien Vader nich in Stråfe schlagen wär. „Na, — sagg Vader, — dann müett wi wull in den suuren Appel bieten, un den Jungen in Schole schicken. Awer dat segg ick, well de Kinder vüör 7 Jåhr in Schole döht, dat iss effen so'n grauten Narr, äs well mehr Stüren betahlt, äs he jüst mott." Frans hadde 'n grauten Schreck vüör de Schole. In Huuse hadde he beslank dohn un låten konnt, wat he wull; un Vader stack wull alle Jåhr to Sünteklås[1]) ne niee

---

[1]) St. Nikolaus.

Robe achter't Speigel, åwer de bleew auf de gantze
Tied sitten, wo se satt, un et wuorde höchstens elkereen[1])
dermet drüet. Acht Dage vüör de Tied wår Frans
met Vader lück[2]) de Kohkämpe up de Geist embilink[3])
gåhn — et waff jüst Sunndag Nåmiddag — he wull
tokieken, of et Kårn guet up en Halm stönn. Jüst äs
se üm ne Wallhiegge[4]) umbögden, sågen se den Magister
üör in de Möte[5]) kuemmen. Frans wull utneihen, åwer
Vader holl öm bi de Hand faste. „Nu häbb Di doch
nich so unwies, — sagg he, — so'n Magister hätt wull
mehr lährt äs andre Lüde un mag auk wull andere
Maneeren häbben, åwer 't iff doch immer noch en
Menfk, de up twee Vollens löppt. — „Jau, Vader, —
green Fränsken, — Du häst gued küren, Du bruekst
auk nich in Schole in." „Still, — sagg Vader, —
dat he dat nich häert, so Magisters häbbt glaue Åhren,
mak men en adigen Krasfoot[6]), dat süht he gärne." —
„Gueden Dag, Hallähr[7]), — sagg Essink un namm
sienen haugen Hod deip aff, — graute Åhre, dat man
Ihnen auk es achter de Wallhiegge süht." — „Ja, ja,
— sagg de Magister, — man muß sich mankst von sein
sauer Amt en Bisken resten[8]), un das thu ich am besten,
wenn ich in die holde Naturpracht Gottes herumwandle."
— „So, — sagg Vader, — ick mende süff, Se wullen
sick ut de Wallhiegge ne däftige Robe metniehmen.
Uöwer acht Dage geiht de Schole jä wier an. Ick
häww hier auk so'n kleinen Burßen, füör den't Tied iff.
Fränsken, giw Hallähr es de Hand." — Fränsken hadde
sick achter Vader sienen grauten Rockschlips verstoppt.
He wull nich tom Vüörschien kuemmen. „Se schient et
Handwiärk guet te verstähn, — sagg Vader, — et iff en
guet Teeken, dat de Junge sick vüör Ihnen so schaneert."
— „Lieber wär es mich, — sagg de Magister, — wenn
das Kind mir mit Liebe und Vertrauen entgegenkäm.
Man wird ja beinah für sich selbstens bange." —

---

[1]) jemand. — [2]) ein wenig. — [3]) quer entlang. — [4]) Wallhecke. —
[5]) entgegen. — [6]) Kratzfuß. — [7]) Herr Lehrer. — [8]) ausruhen.

„Marjo[1]), — sagg Essink, — dann will ick de Wærde van essen auk nich seggt häbben. Fränsken, du êsige Junge, wust Du wull dohn, wat ick Di segge?" Dåbi pock he öm bi'n Arm un stellde öm vüör den Magister dal. „Nu nimm gau de Kippe af, un giwst Magister en Händken," sagg he.

Fränsken leit den Kopp herunnerhangen. He wår vüör Benaudigkeit[2]) raud äs en Kriäft[3]), de Thrænen leipen öm üöwer de Backen, un sien eegen Moder hädde sick bedanken dåhn, wenn se öm en Mülken hädde giewen sollt. De linke Hand, well he gans schaneerlik henholl, wår auk de reinste nich.

„Ich denke, — sagg de Magister, — wir geben das Kind besser seine Entlassung. Es iss der ja doch nichts mit anzufangen." — „Fränsken, Du söst men nå Huuse laupen," sagg Vader. Fränsken leit sick dat nich tweemål seggen. He leip, wat he laupen konn. „Meister Essink, — sagg de Magister, äs de beiden alleene wären, — sonnen Lährer hat en schweren Stand. Er muß mit die Eltern eigentlich einen Paff gehen. Deßhalb fragt jeder orndliche Lährer nach, wie's mit die Familie und alle Verhältnissen aussieht. Ich habe von Jhnen immer gehört, daß Sie en guten, netten Mann wären und düftig was in de Milch zu brocken hätten." — „Jau, — sagg Josep, — soviel, dat se essen nich verhüngerden, häbbt Essinks alltied hatt, un füör guede Frönde, de eenen mankst en Gefallen deihn, — dåbi keek he den Magister mit een Auge an — wår alltied noch wull wat üöwer. — „„Hört Jhnen nich dies ganze Land, un haben Sie nich sieben Schweine in den Stall un düftig Kapitalien? Ich frage nich aus Neubegierde oder wegen meinethalben nach, aber in en gut Kind, was den Segen Gottes allzeit vor Augen hat, kommt oft von selbsten ein gut Gemüth un en dankbaren Sinn, daß es Eltern un Lährer gern Pläsier macht."" —

„Dä låten Se mi füör suorgen, dat Fränsken Jhnen

---

[1]) Maria Josef. — [2]) Verlegenheit. — [3]) Krebs.

mankst en Plaseer mäkt, — sagg Essink, — åwer wenn so'n Kind alltied düörsket¹) wäbb un achter an et Enbe sitt, bann geiht be Erkenntlichkeit licht fleiten." — „Ich werbe mich alle Mühe geben, — sagg be Magister, — daß bie gute Anlage nich im Keime erstickt wirb; tragen Sie ebenfalls bas Ihrige zu ihre weitere Aus= bilbung bei." — An be Pâte²) gongen be beiben ut en eene. Se gaffen sick be Hanb, be Magister sagg noch, man säg boch glicks, wat nette Lübe wæren, un jebbereen gonk sienen eegenen Patt³).

Fränsken gonk nich gärn in Schole; auk wuorbe he met ber Tieb en rechten Unbocht⁴).

Eenes schönen Dages kümmt Frans ne halwe Stunbe te late. „Was hast Du für eine Entschulbigung?" schnaube öm be Magister an. „„Mien Moder iss krank,"" sagg Frans. „Was fehlt ihr benn?" — „„Se iss so luurig, mi bücht, se häbb be Rüenkrankheit⁵)."" — „Dann sast Du auk Prüegel häbben, äs en jungen Rüen," sagg be Magister, namm öm unber ben linken Arm un trock öm büftig wat bervüör. „„Guott sie Dank, — bachte Frans, — bat mien Moder ben Grunbsatz häbb, en Schaben an miene Buckse alltieb met en büftigen Lappen Liäber te kureeren. Mien eegen Liäber iss mi boch be= büdenb leiwer, äs bat van en ollen Ossen.""

Eenmâl in be Wiäke, jebben Såterbag⁶), holl be Magister ne Hauptprüegelerie aff. He namm an, bat jebbe Junge minnstens eenmâl in be Wiäke wat ut= laupen leit, wat von öm nich bemiärket wüörbe, un bat soll siene Strafe bi büsse Geliägenheit häbben.

„Hallähr, Hallähr! — kleffebe eenes Dages so'n klein Jüngesken: — Pottmanns Willem hat gistern Üönern zwei Piäppernütte up en Sienb⁷) stuohlen.

„Also, — sagg be Magister, — auch noch Dieb= stahl! Kinber, hütet Euch vor bem Diebstahl, ber führt

---

¹) verhauen. — ²) am Thor. — ³) Pfab, Weg. — ⁴) Unart — Tauge= nichts. — ⁵) Hunbekrankheit. — ⁶) Samstag. — ⁷) Jahrmarkt.

zu Galgen und Rad. So war einstens bei Krakau" — „juchhe!" reip Eener achter in de Bank, un de Jungens lacheden.

„Wer hat da eben laute Störung gemacht?"

„„Essinks Frans! Essinks Frans!"" reipen se alle.

„Schnell in die Ecke, Frans! Du willst meinen Vortrag auf diese vorlaute Weise stören? — Ja, Kinder, es war einmal nicht weit von Krakau ein recht ungezogener Knabe, auch so im Alter von Frans Essink. Der stippte zuerst in Hause den Schmand[1]) van die Milch, knibbelde die Rändkens von die Pfannkuchens; und das ist das abscheuliche Laster des Naschens. In Schule stahl er einen Griffel, später sogar eine Bleifeder. So kam er also schon zu dem Verbrechen des Stehlens. Später stahl er von die Gärtens, er kroch durch die Hecken, also schon Diebstahl mit Einbruch — Prumen[2]) und Äpfel. Er wurde ein Dieb, ein Ehebrecher, ein Meineid, ein Wegelagerer, ein Mörder. Er kam an den Schandpfahl und später auf's Schandfott! Er wurde geköppelt. Und wann dann so'n Kopp derab ist — derab ist — wann dann — und wann dann — dann so'n Kopp derab iss"

„Dann iss dat Achterverdel nich viel mehr wärth!" schreide Frans ut de Ecke un leip ut de Schole herut.

De Magister, raud äs en Kriäft[3]), öm nä — 't wär en Glück füör den Lährer, dat Frans bi dat Utrieten stolperde un in de Gauske foll — dä kreeg he öm bi't Schlawittken.

Wat krijölden[4]) de Jungens, äs de Magister Frans an't Ährläppken wier in Schole broch.

„Das verdient eine exemplarische Strafe. Hier muß ein Exempel strategiert werden," sagg de Magister.

He namm en grauten Biädelkuorw[5]), settede den Frans drin, un honk öm so hauge an en Nagel an de

---

[1]) Rahm. — [2]) Pflaumen. — [3]) Krebs. — [4]) schrieen. — [5]) großer Waschkorb, Bretterkorb.

Wand. Jan van Leiden häbb sieker kien bedröwter Gesicht makt, äs he an Lamberti-Thärn in den isernen Vuegelkuorw uphangen wuorde, äs usse Frans in den Biädelkuorw an de Wand. He green¹). —

„„Bibbe, bibbe, Hallähr, ich will es mein Lebedag nich wier thun!""

„Nun, Kinder, — sagg de Magister, — wir erblicken dort in dem Korbe an der Wand ein Beispiel wahrer Herzenszerknirschung. Wir wollen alle dem jugendlichen Sünder herzlich und christlich verzeihen. Laßt uns zu seiner aufrichtigen Bekehrung ein Vaterunser beten."

Wat wass Frans froh, äs he wier tüsken de Jungens up de höltene Bank satt.

„Kinder, — sagg de Magister, — auch die Tugend der Dankbarkeit ist eine wahre Christentugend, welche sich in der Liebe gipfelt. Auch Kinder können schon dankbar sein; z. B. wenn Weihnachten ein Schwein eingeschlachtet wird, so kann ein Kind seine Eltern bitten, doch dem Lehrer eine Schweinerippe oder ein paar Mettwürste mitbringen zu dürfen. Das wäre schon ein höherer übernatürlicher Akt der Dankbarkeit. Es giebt aber auch einen geringeren Akt der Dankbarkeit, z. B. wenn ein Kind in einem solchen Falle dem Lehrer nur ein Mopkenbraut²) oder Pannhasen³) verehren wollte. Auch könnten wir es noch nicht Liebe nennen, wenn ein Kind bloß eine Blut- oder Leberwurst mitbringen wollte. — Der Lehrer ist ja stets für das Wohl und Wehe seiner lieben Kleinen bedacht. Er lehrt sie, er züchtigt sie, und auf des Lehrers Namenstag geht er mit de Jungens sogar heraus. Mein Namenstag ist nächste Woche. Diese Nacht träumte ich, daß ich von meinen Schülern auf'n Namenstag ein Mahagoni-Schreibpult zum Geschenk erhalten hätte. Ich will damit nich sagen, daß nun Einer von Euch von den Übrigen Geld zusammen

---

¹) weinte. — ²) Wurstbrod. — ³) Grütze mit Wurstbrühe.

sammeln sollte und den Schreibtisch, der bei Schröders auf'n Domplatz in'n Schaukasten steht, kaufen soll — ich sage nur, daß mir dieser Traum schon so viel Pläsier gemacht hat, und was würde erst die Wirklichkeit dieses geträumten Wunsches sein? Seht, Kinder, das ist wieder ein Beispiel gegenseitiger, christlicher Dankbarkeit. Jedoch wird sich dieselbe . . . ."

"Juch, ho, he!" gonk't in de ächtersten Bänke loss.

"Was ist denn da wieder für Störung?"

Essinks Frans hadde sick met Dreck en Askenkrüüz[1]) ŏdör de Stärne maket, äs wenn et Askemiddewiäken[2]) west wär, un dä mossen de Jungens so üöwer lachen.

"Also wieder der Essink! — Frans, kennst Du auch wohl ungebrannte Asche?"

Un dabi wees de Magister öm en hölten Lineal vüör. "Ick will Di es met düsse ungebrannte Aske den Rüggestrank inriewen[3])!"

Frans wär't nich immer alleene, well den Unterricht störde, andere Jungens tiärgeden[4]) öm auk wull es.

""Hallähr! — reip Frans, — sie haben mich eben in'n Nacken gespuckt!""

"Wer? Ich?," sagg de Magister.

""Nein, sie, die Jungens, die hinter mich sitzen.""

"Soll wohl der Peter Krautstengel gethan haben, — sagg de Magister, — komm mal heraus, ich will Dir Schmackhafer zu fressen geben", un dabi kreeg de Junge wat up't Jöl, dat et ne Freide wass.

't schlog teihn Uhr. De Jungens kreegen Verlöff[5]), üm üöre Buotterams[6]) te iätten; se hadden auk Schmacht[7]) un wassen froh, dat se wat in de Rinksten[8]) kreegen.

---

[1]) Aschenkreuz. — [2]) Aschermittwoch. — [3]) Rücken einreiben. — [4]) ärgerten. — [5]) Erlaubnis. — [6]) Butterbrode. — [7]) Hunger. — [8]) Rippen

Gottfried Bueren.
(Münsterländisch.)

An Sophie F.
1792.

O Hiärtens — beminte, o mine Sophi!
Bi Daag un bi Nachte verlang' ik na Di;
Wa'k gä oder stä, in Busk aber Feld,
Da hær'k Dine Stemme, da see ik Din Beld.

Äs de Maan an dem Hiemel in süskender¹) Nacht
Met goldenem Schine de Ärde tolacht,
So söete, so ställig, du leeweste Wicht,
So inniklick is mi Din Engel-Gesicht.

Din Oog äs de Hiemel so blälik un klår,
So smöe ässe²) Side Din goldene Hår.
Din lachende Mündken äs Roosen so root,
De ründlicken Bäkskes äs Miälke un Bloot.

Äs Düewkes³) in Unschuld sick leew hebt un küßt,
So küßten wi beid' us ahn Arg, ahne List;
Ik drückd' Di de Hände, ik nam Di in Aarm,
Da wuard mi min Hiärte so vull un so warm.

As wär' ik in Hiemel, so ställig was ik,
Ik hærd' Dine Wuärde, ik säg Dinen Blick,
Vergat mine Suargen, min Kummer, min Leed
Un Alles up Ärden, so wiet un so breed.

Wat wær mi datiegen wul Salomons Macht
Un all sine Freuden un all sine Pracht
Un all sin Rickdom un all sin Glück?
Tosaam nich so weert äs Din enzige Blick.

---

¹) süsken = im Schlaf wiegen. — ²) schmeidig wie. — ³) Täubchen.

Wul was mi¹) Salomons Pracht in de Welt
So schön nich äs bleiende Lilijen in't Feld;
Men²) schöner büs Du, ässe Lilijen men sind,
Asse Roosen men bleit, äs de Maane men schint.

O! wär'k ook en Künnink met Septer un Troon,
Un dröög ene gold'ne bemantene Kron'
Un wuend' in Paläften, un liäwde in Pracht,
Wat wärt ohne Di — men Droom in de Nacht!

Un wären de widesten Länder min Rik,
Wär' kiner van allen up Ärden mi glik,
Wärst Du nich de mine, wat hölpe't mi dann?
Ik wär' bi dem Rikdom de ärmeste Mann.

Met Di wuel ik liäwen in Kummer un Nood,
Met Di mi begnögen met Waater un Brood,
In't kleeneste Hüisken, de ärmeste Mann;
Doch quämen mi Kaiser un Künnink nich an.

Wilhelm Junkmann.
(Münsterländisch.)

Vorgeschichte.

Wat kikt us de Stärnkes so frönblik an;
    O Moder, wat häv ik di laiv!
O saih, wu se spielet un lachet us an,
    O Moder, wat häv ik di laiv!
Wat möcht' ik gärn spielen met är,
Moder, könn ik men kuomen to är! —

---
¹) wohl war mir. — ²) aber.

De Moder küßt swigend dat laiwe Kind.
„Wǣrn Stärnkes di immer so guet!"
Nu slutet se't düstere Hüesken up,
De Diör in de Klinke nu fǣlt.

O Moder, wat rück uesse Hus so fin,
  Wat is uesse Kücke so graut!
Moder, wat müegt dat för Lüchtkes sin,
  De waihet un schinet so raut?
Von luter Flämmkes so'n klainen Krink,
  De spielt wull up uessem Härd;[1]
Wat mot dat schön in'n Hiemel sin
Bi' Stärnkes un Engelkes sin[2])!

De Moder küßt swigend dat laiwe Kind:
  „Min Engel, Got lāte mi bi!"
Dat Morgenraut witte Händkes beschint,
De Moder sit swigend un grint[3]).

Hermann Wette.
(Münsterländisch.)

Maidag.

Maidag! wo büß du denn?
Segg mi doch, wo blifs du denn?
Liggs du no in daipen Slāp,
Un wi hö't hier al[4]) de Schāp?

---

[1]) Brennende Kerzen oder ein außergewöhnlich heller Schein zeigen einem Hausbewohner den baldigen Tod an. — [2]) fein. — [3]) weint. — [4]) hüten hier schon.

Maidag! so hör doch to!
Wacker op un töm¹) nich so!
Wees't nich: Kuckuck hät al²) schrait,
Un dat klain Biölken³) blaiht.

Maidag! de Märt is ut,
Kick es⁴) ut de Erd' herut!
Kine Köll'⁵) mär döt bi wat,
Kin Aprilschur gütt bi natt.

Maidag! du Wunnermann,
Gau treck't⁶) gröne Bückssken⁷) an
Un den bunten Blaumenrock,
Un bekräns di Haut un Stock!

De stille Hottemann.

„Nich, Mauder! laiwe Mauder!
Nu kümt he boll heran,
Op sinen witten Schümmel,
De stille Hottemann?

He sett't mi op den Schümmel,
De mi na'n Hiemel drägg,
He ritt met mi na boben
Den schönen, lechten⁸) Wäg!

De schöne witte Strâte
Met dusend gülden Stärn! —
O Mauder! moß nich grinen⁹),
Ik ri met em so gärn.

---
¹) säume. — ²) schon. — ³) Veilchen. — ⁴) schau mal. — ⁵) Kälte. —
⁶) schnell zieh's. — ⁷) Höschen. — ⁸) lichten. — ⁹) weinen.

Laif Süsterken¹) un Vader,
Wu Baibe sik wul frait,
Wenn se op witten Schümmel
Mi annekumen saiht!

O Mauder! moß nich grinen,
Ik was jä fromm un gut, —
Still! häst da nich de Klocken,
De Hiemelsklocken lutt?

Still, Mauder! moß nich grinen,
Schutzengel is bi mi,
De wät mi nich verlāten,
Schutzengel staiht mi bi.

Still! Hottemann kümt trügge²),
Dann büs nich mär alleen;
He ritt met bi na'n Hiemel,
Dann sind wi all bineen.

Still, Mauder!" — Still is't woren,
De Mauder sitt un grint.
Un met bedröfte Süffer
Waiht üm dat Hus de Wind.

Ferdinand Zumbroock.
(Münsterländisch.)

De Austern.

Jänsken wass en putzgen Jungen,
Un manchen Streich iss em gelungen. —
He satt es up'n Nåmiddag,

---

¹) Lieb Schwesterchen. — ²) zurück.

An'n Nienkrog, un üöverlag; —
Et waſſ der lange nicks paſſeert,
Wat em recht hiärtlik ammüſeert;
Äs in de Küek een Buersmann
Met ſine ſwåre Kipe quamm.

Deſpråt ſprack he: „Ick arme Mann,
„Wu fang ick arme Kärl dat an? —
„De krig ick nümmer üöver Weg!"
Un ſetteb' de Kipe an be Egg'.

Jänsken keek den Buersmann an,
„„Wo ſall't dann hän?"" — ſo frogg he dann,
„Nå Nottkiärken ſall't då met,
„Guod weet, wu dat noch gåhen wärd!"
„„Wat briäg ji denn, wat iſſ ſo ſchwår?""
„'k weet nich wu't hät, 't Tügs iſſ rår! —
„'t is van Dag', wu man't ſo nennt,
„Up Nottkiärken Traktement."
„„So, ſo! — a ha! —"" fong Jänsken an,
„„Låt't doch es ſaihn, wat hävv ji dann?
Wat? — ſweere Naub, dat ſall wull ſin,
Dat to driägen iſſ ne Pin!
Se hävv't ju de Kip vull Auſtern båhn,
Dat Utniem'n hävvt ſe nich verſtåhn,
Jä nu ſägg es! — ſon'n Buersmann,
Då fänk ſock Volk doch all's met an! —
Will ji de ſo nåt Schloß hän driägen,
Paßt up, dann ſall de Kock ju fiägen!""
„Jeſſes Här! — wu ſall'k 't dann maken
Ick kenn je nicks von ſocke Saken! —
Ick bliv kin Augenblick mehr hier,
Dat Kråmervolk, dat kriegg ſe wier!"
„„Ne, blivt män hier! ſett't ju, — Mann!
Ick will es ſaihn, off ick et kann.
Oh! — een'n grauten Napp, Mamſel!""
Då waſſ auk fåtts de Napp tor Stell;
Un Jänsken ſlog, ſlapp, ſlapp, — ſlapp, ſlapp,
De Auſtern alle in den Napp;

De Schålen däih he wier ganz nett
In be Kiep, un raip: „"Nu weg der met!""
„Jess's Här! — ick sägg ju busend Dank!
Nu hävv't doch nich son'n suren Gank,
Wåhrhaftgen Guod' nu is' 't doch wåhr!
De Kip is nu nich halv so swår!"
„"Jä! — gudde Raise! — 't is gärn' geschaihn!""
Sagg Jans, un daih sick't Böärdken klaihn¹).
De Buersmann streed den Weg entlank,
In eenen muntern, rasken Gank,
Quamm up et Schloß bi guede Tid
Met sine Schål'n; — was't andre quit. —
De Kock quamm in Verliägenheit,
De Gråv hävv sick deröver freut,
Un Jänsken hävv sik beene dåhn.
So hävv dat met de Austern gåhn.

Wilhelm Oesterhaus.
(Lippische Mundart.)

Giff Acht,
Wann Dui dat Glücke lacht.

Eun Suil'xer²) klage Dag för Dag:
„Wo habbe'k³) mui verquelen mag,
Wo'k spare, gnatse, schleuße⁴), schanße,
Dat helpet mui nich van den Danße.
Bet teu den ollerlät'sten⁵) Johren
Teu'k⁶) jümmer in der aulen Koren.
Ek greppe't⁷) Glücke wisse hast,
Wann't mui mol lache, heul' et fast."

---

¹) that sich das Bärtchen streichen. — ²) Silixer. — ³) stark. —
⁴) schleiße. — ⁵) allerspätesten. — ⁶) ziehe ich. — ⁷) griffe.

't was Sommerdag, den Sunnen sunk[1]),
Do Hollhof[2]) öbbert Bannreip[3]) gung.
Wo glinsterhelle, klore Strohlen
Deu leuben Schöpkens[4]) glönnig[5]) molen,
Deu boben an den Heben güngen!
Wo seute rings deu Vügel süngen!
Do Bunten Berg[6]) in Glanz un Pracht.
Dat Wittelse[7]) beschere[8]) Nacht.

Luchts sach heu Beukemejjers Kamp[9]),
Do, rechts, eun Fuier[10]) sunner Damp.
Wo't glönnig[11]) glemme[12]), sunk'le, lüchte[13]).
„Ah", se' deu Mann, „ei sui, mui düchte,[14])
Hür glück' et eunmol, antéusticken![15])
Dat sall mol schmecken! Will't mui wicken[16])."
Heu kreig den Lüns[17]) met frauen Sinn'
Un stecke'r sick eun Kölken in.

Up't Schmäukern[18]) was heu blaus bedacht
Un sach et nich, wo licht un sacht
Erdmännkens[19]) achter Steune läupen[20])
Un unner Brümsenbüsker[21]) kräupen[22])
Wo seu dann gluppen[23]), keiken, lustern
Un sachte met eneune flustern[24]).
Heu sach nich ühre graute Naut,
Heu kreig ja Fui'r, suin Glück was graut.

Heu stieb'le[25]) feuder[26]). Weck eun Tropp!
Wo velle Männekens: Heu, hopp!
Séu gung et öbber Büske, Steune,
Wo rogten seu den lüttken Beune!

---

[1]) sank. — [2]) falscher Name. — [3]) Hudefläche, nördlich von Lüdenhausen. — [4]) Federwolken. — [5]) glühend. — [6]) bei Göstrup. — [7]) tiefes Thal zwischen Lüdenhausen und Laßbruch. — [8]) beschattete. — [9]) gehört zu Asentrup. — [10]) Feuer. — [11]) glühend. — [12]) glomm. — [13]) leuchtete. — [14]) deuchte. — [15]) anzustecken. — [16]) vorhersagen. — [17]) hier: kurze Pfeife. — [18]) Rauchen. — [19]) Zwerge. — [20]) liefern. — [21]) Besensträucher. — [22]) krachen. — [23]) glotzten. — [24]) flüsterten. — [25]) stiefelte. — [26]) weiter.

Wat för eun Jiuchen, weck eun Springen[1])!
Un weck Gelache[2])! weck eun Singen:
„O Minskenkind! o Minskenkind!
Wo bist diu dumm! wo bist diu blind!"

Deu Hollhof wann're Féut[3]) för Féut.
„Wo schmeckt deu Puipen Toback géut!
Jo, könnt deu Minskenkinner schmäukern,
Deu Nesen mol en betten räukern[4]),
Dann wahrt[5]) deu Tuit nich half séu lange,
Dann es man wal un géut téugange."
Séu se' heu, kam no Hius. — „Niu hault[6])
Ek merk't deu Puipenkopp es kault[7])."

Heu klopp' en iut. „Ei, kling un klang!
Wat fellt up eumnol up deu Bank?
Eun Stücke Gold? Niu naumol kloppet!"
Deu Puipen was nau völlig stoppet!
Ek häbbe Gold för Fuiër haulen[8]),
Bedrogen sin ek van den Aulen,
Den Männkens, deu't jo Nemmet günnt[9]),
Dat Gold, wat seu téu Tuiën sünnt[10]).

Bedreubet[11]) stund deu Hollhof do,
Deu Lüchten[12]) kreig heu niu séu dro.
Deu Stië[13]) fuud heu, moßte feuken,
Van Fuiër was do gar nenn Teuken[14]),
Van Köllen nich un nich van Asken[15]).
Heu reup: „Seu bluibet le'g[16]), deu Tasken,
Diu häst mui socht[17]) un blifst[18]) mui wuit,
Diu Glücke för deu Liebenstuit!"

---

[1]) bedeutet hier Tanzen. — [2]) (Gelächter. — [3]) Fuß. — [4]) räuchern. —
[5]) währt. — [6]) halt. — [7]) kalt. — [8]) gehalten. — [9]) gönnen. — [10]) sonnen.
— [11]) betrübt. — [12]) Laterne. — [13]) Stätte. — [14]) Zeichen. — [15]) Asche. —
[16]) leer. — [17]) gesucht. — [18]) bleibst.

Eun Austerdag.
Ko'n Vertelln van euner Witfrubben.

Deu wuië¹) Welt was wieër nigge²) boren³),
Deu güll'ne Sunnen strohle van den Kloren,
Den blogen⁴) Heben⁵), Leuër⁶) wören wach
Wo wunnerseute bunte Vügel schlaugen⁷),
Wo frauë⁸) Minsken iut den Huisern taugen⁹):
Seu figgern¹⁰) olle frau den Austerdag.

Man eune Frubben¹¹) bleif¹²) in ührer Stoben.
Dat Auge wiske seu, seu keik¹³) no boben¹⁴)
Un süchte¹⁵): „Nammst den Mann un niu dat Kind.
Wat häbb'ek seuder¹⁶) up der armen Eren?
Vell scheuner es et öbber¹⁷) duinen Steren,
Seu man dat eww'ge Heil do boben winnt¹⁸)."

Nicks frögge¹⁹) seu, deu leube nich, deu läßte,
Deu lütke²⁰) Junge! Stam're't²¹) Ollerbeßte,
Seu heure't nich, an Dauë²²) dachte seu.
Heu woll ühr olle heuten Treinen dreugen²³),
Dat konn deu Mömmen jümmer nau nich reugen²⁴)
Wo habde²⁵) deu't den armen Kinne weu²⁶)!

Et grein²⁷) un gung²⁸). Seu leut²⁹) et still gewehren
Dann kam et wieër, öbber Locken, Steren³⁰)
Eun lause Ruiffenkrantz³¹), dür't Fenster sach't³²).
Deu Mömme fraug³³): „Wat kickst diu dür deu Ruten³⁴)?
Wat sall deu Krantz? Wat häst dui denn do biuten³⁵)?"
Do se' dat arme Kind, un bobui lach't:

---

¹) weite. — ²) neue. — ³) geboren. — ⁴) blau. — ⁵) Himmel. — ⁶) Lieder. — ⁷) schlugen — ⁸) frohe. — ⁹) zogen. — ¹⁰) feierten — ¹¹) Frau. ¹²) blieb. — ¹³) sah. — ¹⁴) oben. — ¹⁵) seufzte. — ¹⁶) ferner. — ¹⁷) über. — ¹⁸) gewinnt. — ¹⁹) freute. — ²⁰) kleine. — ²¹) stammelte. — ²²) Todte. — ²³) trocknen. — ²⁴) rühren. — ²⁵) sehr. — ²⁶) wehe. — ²⁷) weinte. — ²⁸) ging. — ²⁹) ließ. — ³⁰) Stirne. — ³¹) Kranz von Eberreis, eine Wermuthart, gebraucht zu Todtenkränzen. — ³²) sahe es. — ³³) fragte. — ³⁴) Scheiben. — ³⁵) draußen.

„Will geren sterben, will van düsser¹) Eren,
No muinen Bréuër²), will eun Engel weren,
Sui, Leuffste³), sui, dann denkst dui wal an mui."
Wo wort et do der Frubben angst téu Méuë⁴)!
Seu reup⁵): „Nei, bluif⁶) bui'r⁷) Mömmen leube Géuë⁸),
Diu seute Junge! Faste⁹) haul'¹⁰) ek dui!"

Niu flauten¹¹) ühre Threinen¹²) hadder, haster¹³),
Seu küsse, drücke't arme Kindken faster,
Dat warm an ühren trubben¹⁴) Herten lag.
„Kumm¹⁵) met", séu se' seu, „Heinerch, an deu Sunnen.
Vandage¹⁶) hät deu Here't Lieben wunnen¹⁷),
Kumm Kind! Wui figgert¹⁸) auk¹⁹) den Austerdag!"

Paul Luhmann.
(Mindener Mundart.)

Dat Weserschart.

Dei Herrgott hadd' dei Welt erschaffen
Met Planten, Diertern²⁰), Minsken, Affen
Und döh sick recht im Stillen högen²¹),
Dat sei sou herrlich ollerwegen.
Besonners döhen siene Blicke
Met Wohlgefall'n an jennem Stücke,
Wo hei den Harz met sienen Schätzen
Erbouet hadde, sick ergötzen.
Un ferner up dei schönen Gauen
Am Weserstrome döh hei schauen,

---

¹) dieser. — ²) Bruder. — ³) Liebste. — ⁴) Muthe. — ⁵) rief. — ⁶) bleib.
— ⁷) bei der. — ⁸) Guter. — ⁹) fest. — ¹⁰) halt. — ¹¹) flossen. — ¹²) Thränen
— ¹³) hastiger. — ¹⁴) treuen. — ¹⁵) komm. — ¹⁶) heut. — ¹⁷) gewonnen. —
¹⁸) feiern. — ¹⁹) auch. — ²⁰) Thiere. — ²¹) freuen.

Un wo bei lipp'schen Lanne liggen.
Un ollermeist keik met Vergnügen
Hei up den kräft'gen Minskenschlag,
Den hei in oller Unschuld sagg.
As hei nu noch ganz häglik¹) satt
Un sick erfreute öwer dat,
Tratt Satan denn an öhn heran
Un keik schilluh²) den Herrgott an.
Dei ohle Racker sagg met Neid
Dem Herrgott siene stille Freud'.
Dei Herrgott sprak: „Nah, ohle Sünner,
Die mot woll wat vom Herzen rünner?
Spreck frei herut, wat die bedrückt!"
Un grinsend up bei Düwel kieckt
Un seggt töum Herren: „Jenne Gauen
Sind jetz woll leiwlich antöuschauen;
Doch lättst du mie getrost in Ruh,
Ick deck sei tou. Wat weddest du? —
Wenn eck bet nägste Middernacht
Dei Sake sou wiet häwwe bracht,
Dat jenne Thäler ganz verschwinnen,
Met ollem, wat darup un innen,
Schall³) jenne Flag'⁴) denn miene sien,
Met ollem, wat darup un in?" —
Dei Herrgott lächelt still förr sick.
„Du bist und bliwwst ein Galgenstrick,"
Säh hei met Jrnst. „Eck häww' ut Nichts
Dei Welt erschaffen, ferrig sichs⁵),
Jn söß mal veer und twintig Stunnen. —
Wollan, bei Wedd' häst du gewunnen,
Wenn du nu in dersülw'gen Tied
Met dienem Werke ok sou wiet,
Dat jenne Thäler ganz verschwinnen,
Met ollem, wat darup un innen;
Doch hör noch, einet merke die,

---

¹) behaglich. — ²) eifersüchtig, mißgünstig (franz. jaloux). — ³) soll. — ⁴) Fläche. — ⁵) fix und fertig.

Dat du nich eh'r beginnest mie,
As bet dei Sunndag is tau Enne!" —
Un fröhlich tog dei Düwel denne[1]),
Hei dacht dat, ehrder[2]) dat vollbracht.
As nu dei Tied um Middernacht,
Makt hei sick an dei Arbeit an
Un schuftet[3]) los. Et was sien Plan:
Hei woll den Weserstrom updämmen
Un sou dei Gegend öwerschwemmen;
Gelang öhm dat, dann was't ja klar,
Dat sei verschwund denn ganz un gar.
Hei döh sick schon im Stillen hägen,
Wat woll dei leiwe Gott mögt seggen,
Wenn hei bet Samstag-Middernacht
Sien Werk oll dickeweg vollbracht.
Jedoch sou lichte güngt nich an,
Woll hei tourecht met sienem Plan,
Woll hei dei Gegend öwerschwemmen,
Moßt hei veel hunnert Fout hoch dämmen
Un veele hundert Stunnen lang.
Dartöu gebrukt hei männ'gen Gang.
Un jenne Flag, wo hei töum Damm
Dei Ird un Steine denne nahm,
Et was biem Oldenburger Land,
Dei Dümmersee darnach entstand.
Söu karrte nah und nah hei dann
Dei Weserberge mäuhsam an,
Vom Harz bet an dat Mönsterland
(As sei us hüte sind bekannt)
Bet up dat Flag, wo hüt'ger Tied
Dat Weserschart ein liggen[4]) süht,
Dei schalle denn dat Läste sien,
Dar schall dei läste Ladung rin.
Hei moßt' dei ganze Weeke racken[5])
Un jümmer Ird un Steine packen.

---

[1]) da weg. — [2]) bevor er. — [3]) karret. — [4]) jemand liegen. — [5]) scharren.

Schon nahte Samstag=Abend sick,
Wo foaken¹) hei ok regte sick,
Et güng tou Enne öhm bei Tied,
Denn Middernacht was nich mehr wiet.
Twars²) fehlt öhm eine Ladung noch,
Dei stoppen konn' dat läste Lock.
Hei ielte los, hol' glückt öhm dat,
Just bie der Flage³) was hei grad,
Wo ein bei Bölhorst⁴) hüte süht —
Dar schlöug et twölw', — üm was bei Tied.
Hei kippte schwank' bei Karren ut
Un leip darvon in willer Wut. —
Wo hei düss' läste Ladung leit,
Siet jenner Tiet dei Bölhorst steiht.

Sou sind bei Weserberg entstahn,
Dei Bölhorst ok. Det Düwels Plan,
Sou wiet hei öhm gelungen is,
Is goud förr us, dat is gewiß.
Un dör dat Weserschart hennschwemmt
Dei Weserwogen ungehemmt.
Un jenne wunnerschönen Gauen,
Dei eis⁵) bei Satan woll' versenken,
Kann jederein noch hüte schauen,
Un vele Minskenkinder lenken
Dei Schritt' darhenn un weiden sick
An öhrer Pracht met hellem Blick.

---

¹) oft. — ²) zwar. — ³) Fläche. — ⁴) ein kleiner Berg mit gleich=
namigem Dorf bei Minden. — ⁵) einst.

Gustav Ludwig Heidbreede.

(Ravensburger Mundart.)

Integer vitae scelerisque purus.

Wer nich Leiges[1]) böt un en got Gewiäten
Hät, de, Peiter[2]), kann siene Stroten[3]) siäker
Goh'n; sien Mest[4]), Pistollen un Ekenknüppel
Lät he to Huse,

Kümmt he van der Dönte[5]) allein in Düstern,
Van der Hochtiet oder der Hallsken Kiärmeß[6])
Dür den Barenbiärg[7]), wenn et graunt[8]) tor Nachttiet,
Schint auk de Mond nich.

Os ick lest[9]) mi habbe verlaupen, Peiter —
Blaut an Greten dacht' ick — up enmol stond ick
Bi de Papenkamer[10]); do leep en Voß mi
Tüsken[11]) de Beene.

Lache nich; keen Rüe nich, keene Katten
Hät sau scharpe Tiäne nich, os en Voß hät —
De sind Flaustiäk[12]) giegen den boisen Voßtan —
Wat ick verjagt[13]) waß!

Ober „Grete!" reip ick — an se just[14]) dacht ick —
Lüe[15]), wat leep de Voß met den Stärt[16]) no achter!
Un de Hiägert[17]) reep van de haugen Böken[18])
Achter den Voß hiär. —

Wenn dat lewe Lüt mi, de Grete, got is,
Goh' ick dür den düstersten Wald alleine;
Denk' ick an ihr frundlifet Plapperschnütken[19])
Schiärt mi[20]) keen Voß wat.

---

[1]) Böses. — [2]) Peter. — [3]) Straße. — [4]) Messer. — [5]) Haushebung. — [6]) Halle, Kreisstadt im Ravensbergschen. — [7]) der Barenberg zwischen Halle und Burgholzhausen. — [8]) ein Ächzen des Windes. — [9]) neulich. — [10]) Pfaffenkammer, eine Berghöhle in der Nähe von Burgholzhausen. — [11]) zwischen. — [12]) Flohstiche. — [13]) erschrocken. — [14]) eben. — [15]) Leute. — [16]) Schwanz. — [17]) Häher. — [18]) Buchen. — [19]) Plappermündchen. — [20]) kümmert mich.

Richard Knoche.
(Paderborner Mundart.)

Heimweih.*)

Sin ik feer¹) im frümeden Land,
Nümmes²) leiw un woählbekannt
O, dänn denk' ik, dat be Mynen³)
In der Heimat üm mik grynen⁴);
Sin ik feer im Frankenland,
Nümmes leiw un woählbekannt.

Na der Heimat steiht myn Sinn,
Mächtig tüiht⁵) dat Hiärt mik hün⁶);
Oll myn Sehnen, oll myn Liewen
Is jo do terügge bliewen.
Na der Heimat steiht myn Sinn,
Mächtig tüiht dat Hiärt mik hün.

Ach, de Heimat is seo schoin⁷),
Wer' ik je se wiederseihn?
Einen Griuß nau⁸) möcht ek sennen,
Ei, ik mot min Liewen ennen,
Ach, de Heimat is seo schoin,
Wer' ik je se wiederseihn?

Wiederseihn! — Wiederseihn! — —

---

*) Aus „Lähm up!" Wat de Trängsaldote Mattiges Pappstoffel, bei met synem Pasteoer im Franßeosenlanne wiäsen is, anplatz Köster, vam grauten Kryge so vertellen weit. Erlebnisse im Feldzuge 1870—1871.
¹) fern. — ²) Niemandem. — ³) die Wenigen. — ⁴) um mich weinen. — ⁵) zieht. — ⁶) mich hin. — ⁷) so schön. — ⁸) Gruß noch.

Hannöverische Mundarten.

Joßst Sackmann.*)
(Hannover.)
(1643—1718.)

Leichenrede,
gehalten bei Beerdigung des Schulmeisters Wichmann
zu Limmer bei Hannover.

Gar sünderbare un merkwürdige Woorde sünd et, myne Andächtige! welke wy by den ersten under den veer groten Propheten, eck meine den heil. Propheten Esaias, upgeteknet finnet, wenn he seck also vernehmen lett: Es spricht eine Stimme: Predige! Und er sprach: Was soll ich predigen? Alles Fleisch ist Heu. Düße Woorde stabt beschrewen im veertigsten Capittel, darsülvst im sößden Vers.

Myne Andächtige! Eck will my nich wietlöffig in= laten to ünnersöken, un ut düßen Woorden to bewiesen trachten, dat et schon to Esaias Tyden im Gebruk wesen, selig verstorbenen Personen eene christlicke Lieken=Predigt, oder wenigstens eene Standrede to holen, un dat dat veellicht schon damals den leiwen Propheten als een pars salarii met angereeknet worren, da Jy¹) ahndem sacht denken könt, dat eck van usen sel. Schaulmeester vor

---

*) Bei seinen Predigten bediente sich Sackmann sehr häufig der Mundart, was fast bis zum Anfang des jetzigen Jahrhunderts, namentlich auf dem Lande, nichts Ungewöhnliches war. An Derbheiten, die man jetzt im Munde eines Predigers für unpassend halten würde, nahm jene Zeit keinen Anstoß. Es werden daher auch die Leser dieses Buches den folgenden Abschnitt (selbst bei einigen unvermeidlichen Kürzungen) noch immer als einen werthvollen Beitrag der Kultur= und Sittengeschichte jenes Jahrhunderts willkommen heißen. Jedenfalls dürfte diese Leichenpredigt zu den sonderbarsten gehören, die jemals gehalten worden sind.
¹) Ihr.

düße Meuhe nicks nemen were, sondern eck will man sau veel seggen, aße eck am vorigen Frydag, da eck noch am Dische satt un eben myn beetchen Stockfisch met gröne Arvken[1]) to Lieve bracht habbe un een Schlückschen Kümmel-Aquavit darup setten wulle, myne jüngste Dochter Anntrienken togelopen kam, un ut vullen Halse reip: Papa, de Schaulmeester is dodt! Se habbe woll teuwen[2]) mögt, bet dat eck de Mahltyd geschloten habbe, awerst de Kinner verstaht dat sau nich. Aße myne Dochter, segge eck, my dat taureip, so düchte my dat eben sau veel to syn, aß wenn da steit: Es spricht eine Stimme: Predige! Und er sprach: Was soll ich predigen? Alles Fleisch ist Heu. Manch wiesnäsichte[3]) Kumpan mögte hier seggen: Wat predigt use Pastor? Is alles Fleisch Heu? so mot ook ja woll alles Heu Fleisch wesen[4]), my düchte awerst, he wull eene kruse Näse maken, wenn man em up de Köste[5]) anstatt Fleisch Heu vorsette. Ja, dat häbbe eck ook Orsake, du grave[6]) Gesell! Sollst du dynen Seelen-Hirten ook woll vor eenen Heu-Ossen ansehen? Daby süst[7]) du eben, wo[8]) un‑entbehrlicke Lüde Lehrer un Prediger sünd, um de Woorde recht uttoleggen. Alles Fleisch ist Heu, will sau veel seggen: Alle Menschen sind wie Heu, sind so vergänglich wie Heu, oder aß de christlicke Karke[9]) singet: Alle Menschen müssen sterben, Alles muß vergehn wie Heu. Alle Minschen, keenen utgenohmen, als Henoch un Elias. Awerst een oder twey Schwaalken[10]) maakt keenen Sommer. Ja, wenn seck de Dodt met Gelle[11]) wulle afkopen laten, so däde manch Schaab-Hals[12]) synen Harten noch woll eenen Stoß, un telle[13]) een dusend Dalerken af, un wenn et ook luter Willemannsdrittel wesen mußten. Awerst de Dodt lett seck de Hänne nich schmären, he maakt et aß use Schaulmeester, de plegte to seggen: Wat Vader, wat Fründ? Junge, treck de Böxen[14]) af! De Dodt lett seck

---

[1]) Erbsen. — [2]) warten. — [3]) naseweiser. — [4]) fein. — [5]) Hochzeit. — [6]) grober. — [7]) siehst. — [8]) wie. — [9]) Kirche. — [10]) Schwalben. — [11]) Geld. — [12]) habsüchtiger, filziger Mensch. — [13]) zählte. — [14]) Hosen.

ool· dorch Soldaten, dorch Hellebarden un Flinten nich
afschrekken.

Up den Schlosse to Hannower is immer eene starke
Wache, awerst se hett öhn doch nich afholen kunt, dat
he nich in de fürstlicken Gemacker henin drungen, un nich
alleen alle fürstlicken Kinner un Gemahlinnen, sondern
ook den Landesherren sülvest overwältiget hett. Up
düßen Schlosse wohne, aß eck noch een Schöler was, de
Herzog Georg Wilhelm. Awer wo is he blewen? mor-
tuus est. Aße düße na synes öldesten Broders Dode
dat Fürstendohm Zelle antrat, so trocke[1]) syn Broder
Johann Friedrich up dat Hannöwersche Schloß, awer
wo is he blewen? mortuus est. Düße wulle dat Zell-
sche Fürstendohm ook lewer hebben, wiel et een betschken
mehr indrägt, se trocken ook schon gegen eenanner to
Felde, dat er balle[2]) sauen Pannekokenkrieg ut entstahen
ware, awerst gode Lüde legten seck in't Middel, dat
Alles (lieben Herren! wie habt ihr doch das Eitle so
lieb? seggt David im andern Psalm) vergeten un ver-
geven were. Un dat is ook am besten. Friede ernähret,
Unfriede verzehret. Düße Johann Friedrich was een
braaf Mann, awerst dat gefull my nich, dat he katholisch
was, da kregen de Paters de Schloß-Kark in, un leisen
da de Messe, dat geef een groot Upsehen in Hannower.
Eck ging sülvest mannigmal hen, aß eck noch saun jung
Bengel was, deils ut Neuschierigkeit[3]), deils ook de schöne
Musick anthören. Ja, dat kann eck seggen, aß eck se
tom erstenmal höre, so dachte eck nich anners, als dat
eck im Himmel were, so kunnen de Blood-Schelmen
quinkeleiren[4]). Ole Kerels van dörtig, veertig Jahren
sungen eenen Discant sau hoch, sau hoch, aß de beste
Deern[5]), dat maakt awerst, dat se kapunet weren. . .
. . . .
Seht einmal! wat lacht dort de beyden groten Deerens
met eenanner? veellicht daröver, dat eck vom Kapunen

---

[1]) zog. — [2]) da bald. — [3]) Neugierde. — [4]) hoch und gekünstelt
singen, trillern. — [5]) Mädchen.

segge? Eck löve[1]), Jy weet ook schon, wo Barthold Must halet, un Juck[2]) were woll met sauen Kerel nich gedeenet, un wenn he noch sau schöne Stückchen sünge. Sau eenen armen Schelm is woll nich lachhaftig to Mode. Wie ein Verschnittener seufzet bey einer Jungfrauen, sagt der weise Salomo. Eck hole et ook vor Unrecht, dat se de Minschen sau verstümmelt, of et gliek wahr is, dat se ganz vordrefflick singet; doch dat gefull meck ook nich, dat se de Woorde sau dulle utsproken, tom Exempel, wenn er[3]) stund: Ceciderunt, so sungen se Tschetschiderunt. Dat is ja en dummen Snack[4]), welker Düvel sall dat raden, wat dat heten sull? Weren se by usen sel. Schaulmeester in de Schaule gahn, de wull se anners bookstaveren lehret hebben. Na Herzog Johann Friedrich kam syn Broder Ernst August naer Hannower. Awer wo is he blewen? mortuus est. Düsse Herr was awerst lutherischer Religion un Bischof to Osnabrügge, he habde ook eene Fru nach der Ermahnung Pauli: Ein Bischof sall syn synes egenen Weibes Mann. —

Da nu de Dodt de Fürsten, Käser un Könige nich eenmal verschonet, wat is et denn to verwunnern, dat he seck an usen Schaulmeester ook vergräpen hett, of he gliek eher een lank Läwen verdeine als manch Fürst un König, de met syne Underdahnen umgeit, als of se Hunde weren. Use sel. Schaulmeester was een sehr nützlich Mann in ganzen Dorpe. Et sünd zwar ook andere Hirten, also hat man Kau-Hirten, Schap-Hirten, Schwiene-Hirten, man hat ook Göse-Hirten[5]), awerst Jy dörf nich meinen, een Hirte is een Hirte, aß günne[6]) Mann säde: Een Ey is een Ey, un nam dat grote Ey vor seck. Nee vorwahr, sau groot de Underscheid is under Schaape, Schwiene, Ossen un Minschen, so groot is he ook under Seelen-Hirten un andere Hirten. Een solker Seelen-Hirte was denn ook use sel. Mitbroder. De gude selige Mann

---

[1]) glaube. — [2]) Euch. — [3]) da. — [4]) Geschwätz. — [5]) Gänsehirten. — [6]) jener.

habbe be jungen, eck hebbe be olen Seelen under myner Upsicht, he weide be Lämmer, eck be Schaape, ja, Schaape günge noch woll an, wenn man nich sau veele Böcke un Zögen¹) barunner weren.

Use sel. Schaulmeester empfund ook syn Deil, man weit woll, wat bat is, Jugend hat keine Tugend, awerst he was braaf hinderan, wenn se mautwillig weren oder öhre Lektionen nich lehret hadden. He ging awerst nich met se um, as en Böddel²) ober Tyrann, be se schinnen un villen³) wull ober se alle öwer eenen Kamm schore. Nadem eener sünnige, nabem worr he straft. Erst kreeg he Ohrfiegen, herna Handschmede ober Kniepkens, bann kreeg he eenen lebernen Ars vull (ba tog he em ganz stram in be Höchte, bat bat Hinderkastel ganz prall worb) met ben Stock vör be Bören, un wenn he et gar to groff maakt habbe, bann kreeg he eenen rechten met be Raube vör ben bloten Steert, nach ber Ermahnung bes weisen Königs Salomo: Wer sein Kind lieb hat, ber hält es unter ber Ruthen. De Rauden habbe he vorher in't Water legt, bat se beber bärtrocken⁴), un be Strafe is ook am besten, ba beholet be Jungens heile Knocken by. He habbe eenen besonderen Handgriff baby, wenn be Böre herunder was, so kreeg he ben Jungen twischen be Beene, schlaug syn rechte Knei ower em her, met be linke Hand heil he em bat Genicke nebber, ba habbe he öhn in syner Gewalt, bat he keen Spalks⁵) maken kunne, wenn he met be rechte Hand haue. Dat hebbe eck noch van em lehrt un by myne Kinner ook so maakt, benn artifici in sua arte credendum est. Mannigmal moßten se seck ook woll met be bloten Kneie up Kirschensteene setten, un bat halp by etlicken mehr als Schläge, na be Regul Pauli: Prüfet Alles, und das Gute behaltet. He heil⁶) awerst nich alleen ower gude Tucht by syne Lämmer, sondern he weide se

---

¹) Ziegen. — ²) Büttel (Gerichtsdiener). — ³) die Haut abziehen. — ⁴) besser durchzogen, durchdrungen. — ⁵) Lärm, heftiges Umherarbeiten mit Händen und Füßen. — ⁶) hielt.

ook so, dat se wat lehren. Veele ünner juck jungen
Bengels worren't sau wiet nich bröcht hebben, dat se et
mannigmal weitet, wenn eck een Vers oder Capitul
unrecht anföhre, wenn se nich sauen klooken Schaul=
meester hatt hadden. De was bibelfast un he wust et
geliek, of een Book im nieen oder olen Testamente
stund, un wenn eener by em nicks lehre, so lag de
Schuld nich an em. He was ook nich een Schaulmeester
na de gemeene Art, nee, en paar Mylen wieder van
de Stadt hadde he to'r Noth eenen Pastor afgeven
können, wenn he man were up Unversteiten wesen; de
andern Prediger ut der Naberschap heft seck oft over
em wunnert, wenn se em reden hören, un to my segget:
Herr Confrater! (so nennen wy Predigers uns under=
eenanner) wo hett he den klooken Schaulmeester her=
kregen? säune Gäste pleget den Pastor veel to daun to
maken, awerst dat bäde he nich, de selige Mann, he gaff
my alltied mynen Respekt, als synen Oberhaupt, nach
der Ermahnung Pauli: Ehre, dem Ehre gebühret. By
uns droop dat Sprickwoord in: Ole Lewe rustet nich;
denn eck hebbe em schon kennt, aß eck noch up de hoge
Schaule to Hannower ging, da was damals Rector:
Herr M. David Erythrophilus. Myn Vader hadde eenen
Breef an em schrewen, dat he my doch to eenem hospitio
verhelpen mögte, un eenen braven fetten Puderhahn daby
geschickt. Aß eck in syn Huus kam, drap eck da up de
Deele[1]) eenen met de Mantel an, de frog my, wat eck
wull, un säde, dat he vice-custos were. Jy mötet nich
meinen, dat dat een Türk wesen is, wiel türksche Bohnen
un Vice-Bohnen eenerley is. Düße melde my denn an
by den Rectore. Aß he de Döhre upmaakte, säde he to
my, accede, subjectum. Eck fing an to beben, as een
Espenloof un dachte: Snackt de vice-custos schon Latien
met dy, so werd de Rector woll gar met Grieksch an=
gestegen kamen; awerst Gott gaff Gnade, dat eck in dem

---

[1]) Diele (Flur).

examine woll bestund un in mynen exercitio bosen drey
oder veer vitia grammaticalia nich weren, worup he my
vorerst in Secunda sette, da de Subrector un Conrector
eent um't andere informeiren. He bedankte seck ook ganz
fründlick vor den Puderhahn, nam gratiarum actio est
ad plus dandum invitatio. Eck kreeg ook gelief een
hospitium up de Sagemühle, un de hospes was een
recht gud Mann, awerst dat Wief döchte den Düvel
nicks, et was een recht Hinderveerdel vom Satan un
habde den Haut¹) un de Bören²), aß ja leider de meisten
hebben by düßen letzten verderbten Tyden, gegen den
ausdrücklichen Befehl, der ihnen bey der Copulation vor=
gelesen wird: Und er soll dein Herr seyn. Myne Fruc
wull dat in Anfange ook so maken; wenn dat nich alles
na öhrem Kopp günge, so paue³) se my de Ohren sau
vull; se versolte⁴) my de leive Gottesgabe oder leit se
anbrennen. Wenn eck öhr wat befohlen habde, so däbe
se grade dat Gegendeil un wull my herna bereden, eck
häbde et sülvst so hebben wullt. Sull se my den Kragen
ummaken, so bund se immer sauen paar Nacken-Haare
met henin, dat et my, wenn eck in de Bewegung kam,
groot Kneipen verursake. Eck sach dat sau eene Wiele
met Gedult an. Aß et seck awerst nich ännern wull, da
dacht eck: sachte wat! Mannes Hand hört baven⁵), un
brukte myn Recht, aß et seck höret un gebeuhret. Wanne⁶),
wat kunne se gude Woorde geven! Sied der Tyd is se
schmiedig wesen, dat eck se woll habbe um en Finger
winnen können, un wat se my an den Ogen ansehen
kann, dat deit se. So balle eck des Morgens upstah,
so is myn warm Beer parat; se fragt: Vader, wat will
Jy äten? Sall eck ook wat ut der Stadt bringen laten?
Un dat Hart lacht öhr im Lieve, wenn se süht, dat et
my schmeckt. Ja, vorbüßen kunn eck noch woll mynen
Mann stahn; use Superndent un Ammann hebbt seck
mannigmal over my wunnert, wenn wy by Visitationen

---

¹) Hut. — ²) Hosen. — ³) klaffte, bellte. — ⁴) versalzte. — ⁵) oben.
— ⁶) ach.

tosamen kämen un to my seggt: Gott gebe es ihm zu
gute, Herr Sackmann, wie kann er essen! awerst by solken
Gelagen deit man denn ook woll een betschken mehr,
als wenn man alleene is; dat kummt nich alle Dage.
Eck daue, wat Paulus seggt: Wartet des Leibes, doch
also, daß er nicht geil werde. Nee, dat sall my keener
naseggen, wat etlicke van mynen geistl. Bröbern in Christo
(sull eck woll seggen, awerst in dat sünd et Schelme in
Folio) naseggt ward, dat een ehrlick Huusmann syne
Fru nich alleen vor seck beholen kann. Nein, ich bin
meinem lieben Weibe getreu, so wie sie mir getreu ist,
es ist unter uns ein Herz und eine Seele. Wenn ich
des Sonnabends aus dem lieben Beichtstuhl zu Hause
komme und müde bin von dem vielen Reden, so lasse
ich mir ein Fußbad zurechte machen von Kamillen-Blumen
un Weiten-Kleyen[1]), dann eck leve de Renlichkeit. Wenn
ich nun das Fußbad gebraucht habe, so leidet meine
liebe Ehefrau nicht, daß eine Magd mir die Füße ab-
trocknet. Wat! seggt se, sull eck dat leiden, dat eene
drecklicke Deern met öhren graven Buer-Füsten mynes
Mannes bloten Lief bereure, da he een Diener des Herrn
is? Damit strickt se dat Hembd van de Arme, settet seck
up de Kneie un dreugt my de Feute af. Se mot
et sehr hille hebben[2]), wenn se et eenen van öhren lief-
licken[3]) Döchtern överlaten sall. Und das hat auch die
Art nicht mit denen, sie wissen sich nicht so gut vor-
zusehen an gewissen Stellen, dann eck bin met de Kraien-
Ogen[4]) sehr geplagt. De Deerens sünd fünst gud, se
könt gud spinnen un flicken, Gesadenes un Gebradenes[5])
maken, un sull et ook eene Duven- oder eene Anten-
Pastey wesen[6]). Insonderheit kann myne Annetrienken
eenen Karpen met der polnischen Brühe torecht maken
trotz dem besten Koch to Hannower. Awerst noch gar to
unvorsichtig un butterhaft[7]) sünd se. Nühlich hadde my

---

[1]) Weizen-Kleien. — [2]) es sehr eilig haben, dringende Arbeiten haben. —
[3]) leiblichen. — [4]) Krähenaugen (Hühneraugen). — [5]) Gesottenes und Ge-
bratenes. — [6]) Tauben- oder eine Enten-Pastete sein. — [7]) ungeschliffen,
ungeschickt, linkisch.

de eische Söge¹) een Glas ut myne Brill entwey maakt, da eck erst in den Jahrmarkt in Hannower 8 Margen-Groschen vör geven habbe, wiel my de Brill sau vordrefflick tosäde. Dat Gesicht fangt meck jetzunder sehr an to dreegen, dat eck dat anner paar Ogen nich mehr entbehren kann, un wenn eck de Brill met eenen Glase up de Näse sette, dat lett ook man sau dulle.

Ja, un wenn se Männer kriegt, de mögt jym?) dat noch afgewöhnen, wat nich dögt, eck hebbe dahn, wat an meck is, und meine liebe Hausehre auch, welches gar eine andere Frau ist, als meine ehemalige hospita in Hannower. In düßem Huse worr eck bekannt met usen sel. Schaulmeester, de damals man een Current-Schöler was. Awerst was nich use sel. Herr Lutherus ook een Current-Schöler? Eck verholp em bien Cantor, dat he met in dat Schöler-Chor kam, da he mehr Geld verdeinde un ook de Musick etwas lehre. Wat he vör Coloraturen maken kunne, davon sünd Jy alle Tügen³). Aß eck na Unversteiten tog, da satt he in Tertia, da he ook en tämlick Fundament im Latien legt hatt, wovon Jue⁴) Kinner den Nutzen speuret heft. Dat hebbe eck Jyck⁵) oft by synen Läven noch seggt: Wiet un briet is sau en Schaulmeester uppen Lanne nich, aß Michel Wichmann. Wenn he de Predig in de Kärke herlaß, so wuste he to rechter Tyd syne Stimme to erheben, als eene Posaune, un to rechter Tyd leit he se wedder fallen. Met der Collecte hett he syn Dage keenen Pudel maakt, aß anderswo oft geschieht. Meck wörd nielich noch vertellt, dat to Isenhagen im Lüneburgischen, wo dat adeliche Jungfernkloster is, am ersten Wynachtsdage, da twey Predigten holen wart⁶), de Pastor up den Zettel, wo he de Gesänge upschrivt, des Namiddags settet: Die Collecte bleibet, wie sie diesen Morgen gewesen ist. Wat geschieht? Aß de Prediger vor den Altar tritt un singet: Ein Kind ist uns geboren. Alleluja! So antwortet de

---

¹) unartige (garstige) Sau. — ²) ihnen. — ³) Zeugen. — ⁴) Eure. — ⁵) Euch. — ⁶) gehalten werden.

dumme Düvel: Die Collecte bleibet, wie sie diesen Morgen gewesen ist. Alleluja! Wat mein Jy? Wenn hier de Schaulmeester sau en dummen Streich make, eck löve, Jy leipen stante pede na Hannower un verklagen den Pastor metsammt den Schaulmeester vor dem Consistorio. Ja, so geht's, Undank ist der Welt Lohn. Dat säde ook de Superndent, aß eck hier by Jnck inseuret worre: Eselsarbeit un Zieschenfutter worren Jy meck woll geven. Eck kann meck zwar eben sau groot nich beschweren, dat Jy meck wat enttogen heft, awerst dat weet Jy doch ook woll, dat de Parre sau indrägglick nich is, aß se ut-ropen ward, insonderheit, wenn man ein Häufchen lieber Kinder hat, wie ich habe. Veele Schwiene maakt den Drank dünne. Karsten¹) Dackstein hadde et zwar gud im Sinne, he hadde et meck gern af disputeeret, dat eck nich sau veel Schwiene in de Mast schicken kunne, aß eck wulle, awerst wo²) ging et em? Was he nich in eener Stunde lebendig un dodt? Wo he gefahren is, dat mag he weiten, eck will em nich richten, awerst dat was doch merkwürdig, dat eck eben moßte krank wesen³) un em also keene Liekenrede kunne holen weren, aß sünst Wiese un Manier is, tomal by sau en Principalburen, aß he was. Da ging et em, als den König Joackim: Man wird ihm nicht klagen: Ach Bruder, ach Schwester! Man wird ihm nicht klagen: Ach Herr, ach Edler! Er soll wie ein Esel begraben werden. Eck leit em mal to my ropen, aß he de Putzen⁴) anfung, un schlaug em de Bibel up, da da stund: Du sollt dem Ochsen, der da drischet, nicht das Maul verbinden. He wulle my da zwar veel Jnwendung maken, awerst eck säde em düchtig Bescheid nach der Ermahnung Salomons: Antworte dem Narren, daß er sich nicht weise dünke. Met usen sel. Schaul-meester hadde he et noch schlimmer vör. Et is van un-denklichen Tyden in Limmer Gebruk wesen, dat de Buren nich alleen dem Pastor, sondern ook dem Schaulmeester

---

¹) Christian. — ²) wie. — ³) sein. — ⁴) Possen.

eene gewiſſe Tal Eyer un eene brave groote Woſt alle Jahr gevet. Da wulle düße Karſten Dackſtein behaupten, dem Schaulmeeſter dat to geven, were keene Schuldigkeit, ſondern eene Gudheit, un he müße ſe alle Jahr etlike Wocken vorher darüm anſpreeken. He fraug meck um Rath. Eck ſäde, he ſulle dat nich dauen, dat Conſiſtorium würre em ſchon byſtahn. Wat geſchach? Karſten Dackſtein maakte dat ganze Dorp ravvelköppſch, un aße de Schaulmeeſter ſyne Eyer afhalen wulle, da habbe'r eene Uhle¹) ſäten, he moßte gelik een Memorial an't Conſiſtorium overgeven, awerſt de Buren ſtacken ſeck hinner'n Ammann, düße was meck damals ook eben upſettig, dat de Sake up de lange Bank kam.

Eck vergät et myn Dage nich, et was uppen Sonnbag Lätare des Abends, aß eck myne letzte Piepe Toback ſchmökte un mynen Stummel nun eben weglegen und mit meiner lieben Hausehre zu Bette gehen wollte, da worr een Geſchricht im Huſe, de Schaulmeeſter un Karſten Dackſtein wullen eenanner im Kroge umbringen. Eck ſchmeet gelik mynen Prieſterrock over, damit ſe mehr Reſpect vor meck habben, un ging ſo, aß eck was, im Broſtdook²) met de Mütze un up Tüffeln naen³) Kroge, habbe awerſt eenen davon underwegens in Drecke ſteken laten, wiel et ſtark geregnet habbe. Aße eck dahen kam, habben ſe eenanner noch in Haaren un wören ſau vergrellt⁴) up eenanner, dat ſe meck nich gewahr worren, un habben ſeck ook de Ogen ſau dick ſchlagen, dat ſe nich herunder ſehen kunnen. Dat ging, ligge unnen, ligge baven, ball behoolde de Schaulmeeſter, ball Karſten Dackſtein de Overhand. Eck ſach dat ſau en Wielken an, endlich ſäde eck: Pax vobiscum!⁵) Awerſt ſe wuſten vör Dullheit nich, dat eck et was, bet dat eck endlich ſäde: Schalom alechem!⁵) Aß de Schaulmeeſter dat Hebräiſche höre, ſo kunn he endlich woll denken, dat et Keener anders als de Herr Paſtor ſyn könne, un leit gelik loß. Eck

---

¹) Eule. — ²) Bruſttuch, Wams. — ³) auf Pantoffeln nach dem. —
⁴) ergrimmt. — ⁵) Friede ſei mit Euch!

wuſte woll, wer de meiſte Schuld habbe, darum ſäbe eck:
Michel Wichmann! warover hett de grave Oſſe met Ju
anfungen? Dat is ahne Twieſel over de Eyer herkamen.
Ja, Herr Gevadder, ſäbe he (eck bin een Vadder to ſynem
ölſten Söhn), Karſten Dackſtein ſeggt un flukt: Se heft
meck de Eyer afſchneden, un ſo wöre eck vorwahr en
elennen Kerel. Dat ſöllt ſe woll blieven laten, ſäbe eck.
Michel Wichmann, da will eck ſchon en Sticken byſteken¹),
gaht na Huus un lat Ju Fru Jyck dat Blood afwaſchen,
awerſt deck hannebunken Runks²) will eck up den Sonn=
dag de Predig leſen. He kreeg et ook, aß Jy Alle weetet.
Hadde eck bether³) den Stab ſanfte bruket, ſo brukte eck
nu den Stab weihe, un wiel't nich anners ſyn kunne,
ſo beet eck in eene harre Nott, ging hen tom Ammann
un verdrog meck met em. Da worren nich alleen den
Paſtor, ſondern ook den Schaulmeeſter ſyne Eyer ſau
faſte maket, bat ſe Keener wedder antaſten ward. Under=
deſſen will eck nich davör ſchwören, dat düſſe Sake dem
ſel. Mann nich en Nagel to ſynen Sarke weſen is.
Denn wenn em ſo wat begegne, ſo ſäbe he nich veel,
awerſt he fratt et in ſeck, un dat is veel ſchäblicher, aß
wenn et Eener herutbullern kann, wie mir Gott die
Gnade gegeben hat. Nun ſo ſchlafe ſanft in Deinem
Grabe, Du getreuer Hirte der Limmerſchen Lämmer! Ich,
Dein Oberhirte, der es doch wohl am beſten verſtehen
muß, lege das Zeugniß ab:

Michel Wichmann iſt nächſt dem Paſtor der nütz=
lichſte Mann im ganzen Dorfe geweſen.

---

¹) das will ich mir merken, da will ich ſchon Einhalt thun. — ²) grob=
knochiger (vierſchrötiger) Tölpel. — ³) bisher.

Hannöversche Mundarten.

F. W. Lyra.
(Osnabrückisch.)

De Buur und de Uhr.

Daar fällt mi just en Dööntken in,
Dat mog't wual hier to Passe sien:
Vor hundert Jahren fäund 'n Buur
    'ne schäune blanke Taskenuhr.

He, mi nicks, di nicks bück'de sick
Un dacht': „Du schast in miine Fick;
Blank bist du, as 'n Daaler is,
    En'n Daaler gell'st du ganz gewiß."

Dach, as he s'neiger bi bekickt,
Dau häert' he, dat dat Dinges tickt;
Still löt he 't liggen an der Eer',
    He mende, dat' 't de Düüwel wör'.

De Schreck bedrüüßelde[1]) en ganz;
„Wat het dat Best vor'n langen Schwanz!"
Röp he vull Angst un Schrecken uut,
    Keick hott un haa na Kopp un Schnuut'.

Met eenmal nam he wier en Hert',
He pack'de't bi den langen Steert,
Un hölt't'n Käären met Gemack
    An't Uhr; dau sä et: tick, tick, tack!

---

[1]) betäubte.

Nu bleiw em gaar nin Twiiwel¹) mehr,
Dat 't be Lüfhaft'ge²) sülwent wör';
Et wörd em ganz blöm'rant vor'n Augen,
He schmeit 'ne, dat de Stücke flaugen.

„Tööw!" siä he, „schast de Kränke kriigen,
„Ick will di up 'n Kittel stiigen;
„Vergaunen schall Di't Sehn un Hör'n,
„Schast ninen Minsken mehr verföhr'n;

Un paukede in dullen Sinn,
Met siinen Priekstock up en in,
Kloppd' ümmerto in eenen Taug³),
Dat Füür un Flamme uut en flaug.

D'rup gönk he wiider; un husk! husk!
Sprinkt Eener vor em ut 'n Busk
Un röp em to: Miin leewe Buur,
Fünbst du nich miine Taskenuhr?

„Den Düüwel," siä he, „heww' ick funnen,
„He ligt van hier 'ne Verrelstunn';
„Ick gaf em faartsens⁴) siinen Rest,
„Nu is he baut', un is'r west."

Sau was vor 'n düssen hier die Buur;
He kennd' un drög niine Taskenuhr;
Nu briäg't se s' met 'ner Sülwerkiie
Un doo't sick unwiis dick'r miie.

Van Jahr to Jahr geht 't häuger up;
Stönd'n hundertjährske Daaen⁵) up;
Bekeiken All's van Enn' to Wenn 'n,
Se scholl'n de Welt wual nich mehr kenn'n.

---

¹) kein Zweifel. — ²) der Leibhaftige (Teufel). — ³) in einem Zuge. —
⁴) sofort. — ⁵) Todte.

Fooke Hoissen Müller.
(Ostfriesisch.)

Könk Helgo's Dog.

Upt Solder baven¹) de Klippenkant
Daar sit Könk Helgo van Helgoland.
He met mit de Dogen de deepe See,
Nümmt het der en Doge so scharp as he.
By de Vissers²) geit et von Mund to Mund:
Helgo's Doge dat bahrt³) der en Schipp in Grund! —
Man Tied un Hartsär⁴) bleeken de Bart:
Könk Helgo truurt um sien letzte Fahrt
    Upt Eiland by Daag un by Nacht.

„Mien Hedda, wat kikst Du so bang henuut?" —
„„Et blitzt, leev' Ohm, un de Wind schütt uut."" —
„Kind, Kind, mien Dog ist noch heller un klaar:
„En Fastlandsbootje, dat drivt in Gefahr! —
„Mien Hedda, wat kikst Du so blyd up de Strand?" —
„„Leev' Ohm, de Visser hett wunnen dat Land."" —
„Kind, Kind, 't is de Junker. — He drogt sien Harp.
„Mien Doge is old, man mien Doge süt scharp
    „Upt Eiland by Daag un by Nacht." —

„Mien Hedda, wat lachjet hendaal doch dien Lipp?" —
„„Mien Tialda, leev' Ohm, klimmt up an de Klipp."" —
„Kind, Kind, mien Dog is so scharp als old,
„Dat Pad klimmt up Junker Ajobold." —
„Wäst willkaamen, Junker, in Helgo's Saal.
„Kaamt in un singt hum dat Leed noch mal, —
„Dat druuve⁵) Leed van sien laateste Fahrt,
„As Fro un Kinder he dochde verwahrt
    „Upt Eiland by Daag un by Nacht."

---

¹) oben auf. — ²) bei den Fischern. — ³) bohrt. — ⁴) Herzleid. — ⁵) traurig.

Dat Harpje klinget, de Junker singt,
Wo dapper Helgo sien Feende bedwingt,
Mit Mannen un Göderen sünder Tall¹)
Wer anleep Helgolands seeker Wall.
Man sien Königsschlöß, oh, wo fund he dat wer? —
De Halffscheed²) versunken in't deepe Meer.
Dat Ganze tovör was Helgo to kleen,
Dat Halve nu is hum to groot, alleen
    Upt Eiland by Daag un by Nacht.

Begraven in See mit dat halve Schlöß
Sien leevlyke Dochter von dree mal Seß, —
Sien wacker Söntje mit geel kruse Haar, —
Sien Gaade³) so leev un erstreben so swaar! —
Helge's Doge so scharp, dat dunkelt en Thran,
Sien Mannen alle de let he vandaan⁴).
Sien Süsterdochter, sien Hedda leev,
Was alles, wat der sien Hart noch bleev
    Upt Eiland by Daag un by Nacht.

De Junker schwigt! — Nachts klinget de Sang
Um Helgo's eensam Lager so bang:
Van den Harpner mit Leevde, Lüst und Weh,
Van Seemannsglück, van de tückiske See.
Se lockt den Starken wol in hör Schoot
Un givt hüm Gaven in Overflood;
Mit 'n Gröp⁵) dann nimmt se hüm't Leevste sien
Un spaart hüm't Läven för lange Pien
    Upt Eiland by Daag un by Nacht.

Upt Solder stigt Helgo naa Middernacht:
„Wat schlierket⁶) de See um de Watten so sacht? —
„Strand of en Bootje, wu ilig dat glid! —
„Dat 's Hedda, de by de Junker sitt!
„Laat fahren de Jung, laat fahren dat Wicht⁷)!
„Laat liggen dat Letzte, waar Alles liggt!" —

---

¹) ohne Zahl. — ²) Hälfte. — ³) Gattin. — ⁴) er entließ sie. — ⁵) mit einem Griff. — ⁶) gleitet. — ⁷) Mädchen.

Wat deit de Jögd¹) by de olde Mann?
Dat Klagen hört der to druuv²) sück an
 Upt Eiland by Daag un by Nacht.

„„Och Ajobold, Ajobold! — 't har³) ber'n Droom!
„„Van't Solder baven keek baal mien Ohm! —
„„By de Vissers geit et von Mund to Mund:
„„Helgo's Doge dat bahrt der en Schipp in Grund,
„„Un Dien Bootje⁴), et drivt Di immer in Kring⁵),
„„Je veller⁶) Du rojest⁷), je enger de Ring!"" —
Un be Strand an dreef en verfluchtet Paar,
Man hört der van seggen wol mennig Jahr
 Upt Eiland by Daag un by Nacht.

As't daagde, de Vissers kaamen un gaan:
„Dat het Könk Helgo's Doge gedaan!"
Man König Helgo upt Solder hoch,
De har der vör immer geslooten sien Dog. —
Siet König Helgo sien Doge sloot,
Brochd mennig Meisje⁸) de Leevde in Nood,
Schleit mennig Junker dapper de Harp:
Man givt et noch Königsoogen so scharp
 Up Erden by Daag un by Nacht? —

By't Melken.

Kumm'r her, Oll'⁹)! Kumm'r her, Oll! Kumm!
 't is Saterdag un Avendtyd.
 Wollehr, wollehr¹⁰) — wat was ik blyd¹¹)!
 Ik wünschte man, dat't Sönndag weer.
 So is 't nu heel un dall¹²) nicht mehr.

---

¹) Jugend. — ²) traurig. — ³) ich hatte. — ⁴) kleines Boot. — ⁵) Kreis. — ⁶) schneller. — ⁷) ruderst. — ⁸) Mädchen. — ⁹) Alte (Kosename, hier zu einer Kuh gesprochen). — ¹⁰) früher. — ¹¹) froh. — ¹²) ganz und gar.

Kumm'r her, Oll'! Kumm'r her, Oll'! Kumm!
De Mester lüdt¹). Dat klingt so wied.
Nu sünt de Lüh²) de Sörgen quiet³).
Dok ik wollehr — in een, twee, dree —
Was darten⁴) as dat junge Veh.

Kumm'r her, Oll'! Kumm'r her, Oll'! Kumm!
He was so good, so leevdevull.
Man ik — ik wuss nich, wat ik wull.
Siet he to See ging uut Verdreet⁵),
Hebb ik nu all dat Harteleed.

Kumm'r her, Oll'! Kumm'r her, Oll'! Kumm!
Kunn ik hüm man noch eenmal sehn,
Of ik dat Hartleed drag alleen.
Sach ik sien Oog, un sä dat Ja,
Weer ik tofrä — mi dücht bina.

Kumm'r her, Oll'! Kumm'r her, Oll'! Kumm!
Sach mi sien Oog, un sä dat Nä,
Mi dücht, denn weer ik ganz tofrä. —
Denn geev he mi ook wol de Hand,
Un ik weer siens to See, to Land.

Kumm'r her, Oll'! Kumm'r her, Oll'! Kumm!
't is noch nich lang, — 't is noch kien Jahr; —
Un wat sünt mi de Emmers swaar.
Kummt he nich boll wer⁶) an de Wall,
Denn weet ik nich, wo't worden sall!

---

¹) der Schulmeister (hier in seiner Eigenschaft als Küster) läutet. —
²) Leute. — ³) los. — ⁴) lustig. — ⁵) aus Verdruß. — ⁶) bald wieder.

Wat sück de Schwaalkes vertellen.

Schwaalkes¹), leev' Schwaalkes,
　Seggt, wat vertell ji jo²)? —
Van'n Jungtje³), 't was der de best in 't Loog⁴),
Van'n Meisje, so nüver⁵) un blau van Oog.
He gung alleen, se sat alleen
Un sung hör sööt Döntjes⁶) hier up de Steen
　In Dunkeln under de Boom.

Schwaalkes, leev' Schwaalkes,
　Seggt, wat vertell ji jo? —
As dat Jungtje nu quamm un der lüsternd⁷) stund,
Do kloppt hör 't Hartje, do schweeg hör Mund.
He kunn't nich draagen⁸), he muß hör sehn:
Nu satten se selig un stil to Tween⁹)
　In Dunkeln under de Boom.

Schwaalkes, leev' Schwaalkes,
　Seggt, wat vertell ji jo? —
Van'n Vader, de der sien Kind utschull¹⁰);
Van'n Dochter, de hüm to Footen full¹¹), —
Van'n Meisje, dat der vergung vör Leed
Alleen hör bittere Thranen kreet
　In Dunkeln under de Boom.

Schwaalkes, leev' Schwaalkes,
　Seggt, wat vertell ji jo? —
Wi togen vandaan över 't wiede, wiede Meer,
Do quamm der en Schippje van't Noorden her:
„Leeve Schwaalkes, jagt nich so gau¹²) vörbi,
Seggt, sitt se wol noch un denkt an mi,
　In Dunkeln under de Boom?"

---

¹) Schwalben. — ²) was erzählt ihr euch. — ³) von einem Jungen. — ⁴) im Dorf. — ⁵) von einem Mädchen so niedlich. — ⁶) ihre süßen Lieder. — ⁷) da flüsternd. — ⁸) ertragen. — ⁹) zu Zweien. — ¹⁰) ausschalt — ¹¹) fiel. — ¹²) schnell.

Schwaalkes, leev' Schwaalkes,
　Seggt, wat vertell ji jo? —
Wi togen wer um, dat Schipp stürde¹) Noord,
Sien beste Matrose full över Boord:
„Leeve Schwaalkes, do't et de Wind tovör²)
Un bringt mien letzte goode Nacht to hör
　In Dunkeln under be Boom."

Schwaalkes, leev' Schwaalkes,
　Seggt, wat vertell ji jo? —
Wi quammen wer an; — wat het uns groo't³)!
Wi finden't jo alle hier uut un doob!
Wi bo'n⁴) unse Hüüsken nu anderswaar⁵),
Hier füchtet und klagt et so sünderbar
　In Dunkeln under be Boom.

Harbert Harberts.
(Ostfriesisch.)

'n Huske steit an de Diek⁶).

'n Huske steit an be Diek,
'n Huske steit an be gröne Diek,
Dar wohnt 'n junk, junk Wicht⁷).
　't Wichtje in 't Hus,
　De Bulgen⁸) sünt krus.
De Bulgen sünt krus, und be Bulgen sünt leep⁹),
De Nordsee is wied, und be Nordsee is deep,
　Seg an, waar is bien Jung¹⁰)?

---

¹) steuerte. — ²) zuvor. — ³) gegraut. — ⁴) bauen. — ⁵) anderswo. — ⁶) Ein Häuschen steht am Deich. — ⁷) Mädchen. — ⁸) Wellen. — ⁹) schlimm (böse). — ¹⁰) hier: Bräutigam

Mien Jung is up de See,
Mien Jung is up de wiede See,
Un fahrt up 'n old, old Schipp,
  't Schipp is al old,
  Un 't Water is kold.
Un 't Water is kold, und de Nachten sünt lank,
Unner 't Water dar schult¹) de sanderge²) Bank. —
  Wat weit de Wind so hol!

De Planken driefen an d' Diek,
De Planken driefen³) an d' gröne Diek,
Dar steit 'n junk, junk Wicht,
  Water und Wind,
  Unner 't Hart is 'n Kind.
Mien Jung is verdrunken, verdrunken is hee,
Mien Ollen in 't Karkhof, mien Jung in de See,
  Geen⁴) Vader vör mien Kind.

De Köster sleit de Klok,
De Köster sleit de Dodenklok
Wal⁵) over 'n swart, swart Graft.
  Eerde und Sand,
  'n Paar Planken in d' Kant,
Un unner un boven 'n Paar Planken swartbunt⁶),
Mit d' Jung in de See erst, mit d' Ollen in d' Grund
  Un nast⁷) hör lütjet Kind.

---

¹) verbirgt sich. — ²) sandige. — ³) Bretter treiben. — ⁴) kein. —
⁵) wohl. — ⁶) schwarzbunt = schwarz-weiß. — ⁷) demnächst.

Enno Hector.

(Oſtfrieſiſch.)

Moi Hanne.[1]

De Nachtwind de ſtrickt döer de Bladen[2] hendöer[3]),
De Bullmahn de kummt achter Wulkens hervöer.

Moi Hanne de geit[4]) aver 't Feld mit de Wind; —
Wot will ſe bi Nacht woll ſo ielig[5]), dat Kind?

Will aver de eenſame Heide woll gahn,
Dar ſücht ſe de düſtere Niclaas ſtahn.

„Gob'n Avend, moi Hanne, waar willt Du noch hen?
Dat ſallt Du mi ſeggen, wi ſünd nu allenn."

„„Och, lat' mi doch, Niclaas, wat hebb' ick Die dahn?
Wi ſünd nich allennig, hell ſchient je de Mahn.

Dat ſegg' ick Di nich, waar mien Loop hengeit;
Och, lat' mi, ick mutt noch döer Busk un Reit[6]).""

„Willt Du mi nich ſeggen Dien Weg un Steg,
Kummſt Du van de Heide nich leventig weg."

„„Sall ick van de Heide nich leventig weg,
Denn mutt ick Di ſeggen mien Weg un Steg.

Mien Hildebrand het upp de Nacht mi beſtellt,
He wacht upp mi achter dat Heidefeld.

Ick bidd' Di, nu lat' mi nich langer hier ſtahn,
Ick bidd' Di, nu lat' na mien Leevſte mi gahn.""

---

[1]) Schön Hanne. — [2]) Blätter. — [3]) hindurch. — [4]) geht. — [5]) eilig. — [6]) Buſch und Ried.

„Moi Hanne, woll achter dat Heidefeld,
Dar wacht¹) he Di, de Di dar henbestellt.

Ja, bet²) an den jüngsten Dag wacht he Di dar,
He wacht Di noch, wenn all schneewitt Dien Haar."

„„Segg', Niclaas, wu³) heft Du Dien Fingers so roth?
Dien Fingers de laten⁴) so roth van Blot.""

„Woll fünd mien Fingers van Blot so roth,
De hebb' ick mi wusken⁵) in Minskenblot."

„„Wat sall denn de spitzige Degen Dien,
Wat willt Du darmit bi Mahnenschien?""

„Ick hebb' mit de spitzige Degen mien
Dien Hildebrand umbrocht bi Mahnenschien.

„Ick hebb' hüm begraven woll unner een Steen;
Moi Hanne, nu bin ick Dien Leevste alleen." —

Woll aver dat Heidefeld suuset de Wind,
De Vullmahn⁶) kruppt achter een Wulken geschwind.

Moi Hanne ritt⁷) Niclaas de Degen van d' Siet
Un steckt in sien Hart hüm so deep un so wiet;

Löppt aver de Heide woll hen un her,
Se söcht na höer Leevste, un findt hüm nich weer.

---

¹) erwartet. — ²) bis. — ³) wo. — ⁴) die aussehen. — ⁵) gewaschen. —
⁶) Vollmond. — ⁷) reißt.

An de Eene, de ick meene.

Du, mien Gedank bi Nacht un hellen Dage,
 Du, mien Gedank bi Sünn= un Mahnenschien,
Du, de ick in de Sinn so lank all drage,
 Du witte Rose, weerst Du mien!

Ick kann Di nix anbeden¹) as mien Leven,
 Nix as een Hart vull Leevd un Troh²) darbi.
Dat will ick ganz, man mehr kann 't Di nich geven;
 Du witte Rose, willt Du mi?

Denk' ick an Di, seh' ick de Himmel apen³),
 Denk' ick an Di, föhl' ick geen Angst of⁴) Pien;
Denk' ick des Nachts an Di, kann ick nich schlapen;
 Du witte Rose, weerst Du mien!

Um Di wull ick mi döer de Flammen schlagen,
 Um Di leep ick döer Störm un Dönnerwehr,
Um bi wull ick woll Noth un Sörgen dragen,
 Du witte Rose, un noch mehr!

Sall ick man um Di wesen in mien Drömen?
 Man in Gedanken Alles dohn um di?
Segg', sall ick Di nich ganz mien eegen nömen?
 Du witte Rose, willt Du mi?

Woll huult de Wind, de Waterbulgens⁵) grahlen⁶),
 Geliek darupp all schwiggt dat wilde Spill,
Man in mien Hart — willt Du de Störm nich dahlen⁷),
 Du witte Rose, word 't nich still.

---

¹) anbieten. — ²) Liebe und Treue — ³) offen. — ⁴) oder. —
⁵) Wasserwellen. — ⁶) brausen. — ⁷) vermindern (beschwichtigen).

Karl Tannen.
(Ostfriesisch.)

Aldagsgebed.

Du leeve God!
In Dyner Hand
Ligt week un warm
Dat Vaderland.

Slaa up Dyn Oog'!
Süü gnädig neêr¹)
Up Land un Volk,
Up Stroom un Meer.

Lenk' Hart un Hand
Van Först un Raad²);
Dat Hart up Döögd³),
De Hand up Daad⁴).

Gif Jedereen⁵)
Wat deenen mag⁶)
Vöör disse Tyd,
Van Dag toe Dag⁷).

Gif Först un Raad
Gerechtigkeit,
Un Stad un Dörp
Toevreedenheit⁸)!

---

¹) Sieh gnädig nieder. — ²) Fürst und Rath. — ³) Tugend. — ⁴) That. — ⁵) Jedermann. — ⁶) was dienen mag. — ⁷) von Tag zu Tag. — ⁸) Zufriedenheit.

Grootmoeders Avendgebed.

Du leeve God! Hier lig ik neêr,
Ik bün soo möe un slaaprig weêr.
Du leeve God! Waak Du vöör my,
  Ik bidde Dy!

Du leeve God! In Dyne Hand
Leg ik myn Leven, Goed un Land.
Du leeve God! Waak Du my weêr¹),
  Hier lig ik neêr.

Du leeve God! Bewaar uns all'
Vöör Brand un elkeen²) Unglücksval.
Du leeve God! In Dyn' Almagt
  Slaap ik de Nagt.

Du leeve God! Nuu goede Nagt!
Du overnimst vöör uns de Wagt³).
Du leeve God! Soo waak Du my⁴),
  Dan dank' ik Dy!

Haal over!⁵)

De Veerman⁶) steit an 't Öever⁷)
Un markt up elken⁸) Luud. —
„Wat süüt de leie Jochen
Vandaage munter uut!"

„Süü, höört he man „haal over!"
Van güntsyd⁹) is he klaar,
Un a's 'n Pyl van d' Blitsboogen¹⁰)
Soo schüt dat Boot, nee=waar?"

---
¹) Wecke Du mich wieder. — ²) jeden. — ³) die Wacht. — ⁴) weck Du mich. — ⁵) Hol über! — ⁶) Fährmann. — ⁷) am Ufer. — ⁸) jeden. — ⁹) jenseits. — ¹⁰) Pfeil vom Blitzbogen.

Soo segt verwundert Jan-Dom,
De naa by't Fenster sit,
Un markt neet, dat syn Dochter
Sük wißkt 'n Traan van't Lid[1].

Lei Jochen luurt up Anna,
Jan-Domkes Greetje schreeft[2].
My dügt, in beider Harten
Is Ebb' un Vloed der Leefd'[3].

De Veerman syns dat puffert
Un hooger wast de Vloed[4];
Syn Anna blift soo lange,
Hum wordt bedrükt toe Moed.

Se had hum segt, bet Avend
Wul wesen se an 't Veer[5],
He sul man goed uppassen,
Wen se „haal over!" reer'[6].

Dat Water süüt he wassen,
Syn Angst wast mit de Vloed,
He steit un staart henover —
Daar röög' sük nog gyn Voet[7].

Jan-Dom ligt al toe Bedde,
Snuurkt a's en Sagemööl;
He's möe[8], de olle Staffert,
Syn Hart is old un köel.

Up Disk de Dögt in d' Lampe
Wil uutgaan, soo um't Haar,
De olle Klok de tiktakt,
Twalf Üür is 't nuu al gaar.

---

[1]) eine Thräne vom Lid. — [2]) Grete weint. — [3]) Ebbe und Fluth der Liebe. — [4]) höher wächst die Fluth. — [5]) wolle sein sie an der Fähre. — [6]) rufe (weine). — [7]) kein Fuß. — [8]) müde.

„'t is Middernagt", segt Greetje,
„'t is Tyd, de Vloed is heer.
Wat slöpt he deep, de Olle!
Neet deep genoeg, — och Heer[1])!"

En Traan valt uut höör Ooge,
Toe trekt se de Gordyn,
Puust't uut dat Lügt[2]), a's wul se
Verslaapen sülfst höör Pyn. —

———

De Nagt, de was soo ruuig,
De Maan seil stil syn Streek[3]),
Doo sleek a's 'n Spöek[4]) naa 't Öever
En Wigt[5]) verweent un bleek.

Daar staar', in b' Slaap verbystert[6]),
De Veerman up syn Boot,
Hum was, a's of 'n „haal over!"
Hum schüddel' uut Drööm um Noob.

Un a's he sük vermünderb'[7]),
Kreeg he 'n balbaab'gen[8]) Schrik —
He höört in 't Water pülsken[9])
Un sügten[10]) naa by sük.

„Haal over!" höört he reeren
Van güntsyd haast[11]) toeglyk,
Un naa by sük nog eenmaal
Weêr sügten jammerlyk.

„Da 's Anna!" reert he gresig[12]),
Dan smit he sük henin, —
Dat Water trekt syn Kringen,
A's smeedst du 'n Steen derin. — —

---

[1]) ach Herr! (hier ein Ausdruck des Bedauerns). — [2]) bläst aus das Licht. — [3]) der Mond segelte still seine Strecke. — [4]) Spuk. — [5]) Mädchen. — [6]) stierte schlaftrunken. — [7]) ermuntert. — [8]) gewaltigen. — [9]) plätschern. — [10]) seufzen. — [11]) fast. — [12]) gräßlich.

De Emse¹) was a's altyd,
Holt stevig²) Ebb' un Bloed;
Am Mörgen by de Veere
Daar stent 'ne ollet Bloed³).

Am Mörgen by de Veere
Daar schreift 'n junge Deern; —
De Emse spöelt syn Bulgens⁴)
In d' See naa wyd un veern.

Wilhelm Schröder.
(Stader Dialekt.)

Dat Wettloopen twischen den Swinegel un den Hasen up de lütje Haide bi Buxtehude.*)

Disse Geschicht is lögenhaft to vertellen, Jungens, awer wahr is se doch! Denn mien Grootvader, van den ick se hew, pleggte jümmer, wenn he se mi vertellde, dabi to seggen: „Wahr mutt se doch sien, mien Söhn, anners kunn man se jo nich vertellen!" De Geschicht hett sick awer so tobragen.

Et wöör an eenen schönen Sündagmorgen to'r Harvsttiet, jüst as de Bookweeten bloihde. De Sünn wöör hellig upgaen am Hewen, de Morgenwind güng warm öwer de Stoppeln, de Larken süngen inn'r Lucht, de Immen sumsten in den Bookweeten, un de Lühde güngen in ehren Sündagsstaht nah'r Karken, un alle Kreatur wöör vergnögt un de Swinegel ook. De Swinegel awer stünd vör siener Döhr, harr de Arm ünnerslagen, keek dabi in den Morgenwind hinut un

---
¹) Der Fluß Ems. — ²) steif, fest. — ³) altes Blut. — ⁴) Fluthen.
*) In schöner illustrierter Ausgabe erschienen bei Schmorl und von Seefeld in Hannover.

quinkeleer'de¹) en lütjet Leedken vör sick hin, so goob un so slecht, as nu eben am leewen Sündagmorgen en Swinegel to singen pleggt. Indem he nu noch so half liese vör sick hin sung, füll em op eenmal in, he künn ook wol, mittlerwiel siene Fro de Kinner wüsch un antröcke, en beeten in't Feld spazeeren un mal tosehn, wie siene Stähkrömen²) stünden. De Stähkrömen wöören awer de nöchsten bi sienem Huuse, un he pleggte mit siener Familie davon to eten, darüm sahg' he se as de sienigen an. Gesagt, gedahn. De Swinegel maakde de Huusdhör achter sick to un slög den Weg nah'n Felde in. He wöör noch nich gans wiet von Huuse, un wull jüst üm den Stühbusch, de da vör'n Felde liggt, nah den Stähkrömen-Acker hinupdreien³), as em de Haas' bemött⁴), de in ähnlichen Geschäften uutgahn wöör, nämlich um sienen Kohl to besehen. As de Swinegel den Haasen ansichtig wöör, so böhd' he em en fründlichen „Go'n Morgen!" De Haas' awer, de up siene Wies' en vör= nehmer Herr was, un grausam hochfahrtig dabi, antwoorde nicks up den Swinegel sienen Gruhß, sondern seggte to'm Swinegel, wobi he en gewaltig höhnische Miene annöhm: „Wie kummt et denn, datt Du hier all bi so fröhem Morgen im Felde rumlöppst?"

„„Ick gah spazeeren,"" seggt' de Swinegel.

„Spazeeren!?" lachde de Haas', „mi dücht, Du kunnst de Been' ook wol to betern Dingern gebruuken!"

Disse Antwoord verdröot den Swinegel ungeheuer, denn Alles kunn' he verdreegen, awer up siene Been' leet he nicks komen, eben, weil se von Natur scheef wöören.

„„Du bildst Di wol in,"" seggt' nu de Swinegel to'm Haasen, „„as wenn Du mit Diene Been' mehr uutrichten kannst?""

„Dat denk ick," seggt' de Haas'.

„„Dat kummt up'n Versöök an,"" meent' de Swinegel, „„ick pareer, wenn wi in de Wett' loopt, ick loop Divörbi!""

---
¹) trällerte. — ²) Steckrüben, Mohrrüben. — ³) sich hinaufwenden. —
⁴) begegnete.

„Dat is tum Lachen, Du mit Diene scheefen Been' seggt' de Haas', „awer mienetwegen mag't sien, wenn Du so öwergroote Lust hest. Wat gilt de Wett'?"

„„En gold'ne Lujedor un'n Buddel Brannwien!"" seggt' de Swinegel.

„Angenahmen!" spröök de Haas', „sla in, un denn kannt' gliek losgahn."

„„Nä, so groote Ihl hett et nich,"" meent de Swinegel, „„ick bün noch ganz nüchdern; eerst will ick to Huus gahn un en beten fröhstücken; in'ner halwen Stünd' bün ick wedder hier up'n Platz."

Damit güng de Swinegel, denn de Haas' wöör et tofreden.

Ünnerwegs dachte de Swinegel bi sick: „De Haas' verlett sick up siene langen Been, awer ick will em wol kriegen; he is zwar en vörnehm Herr, awer doch man'n dummen Keerl, un betahlen sall he doch!""

As nu de Swinegel to Huuse ankööm, spröök he to sien Fro: „Fro, treck Di gau¹) an, Du must mit mi nah'n Felde hinut!"

„„Wat givt et denn?"" seggt' sien Fro.

„Ick hew mit'n Haasen wett't üm'n gold'ne Lujedor un'n Buddel Brannwien; ick will mit em inne Wett' loopen, un da sallst Du mit dabi sien!"

„„O mien Gott, Mann!"" füng nu den Swinegel sien Fro an to schreen, „„büst Du nich klook, hest Du denn ganz den Verstand verlaarn? Wie kannst Du mit den Haasen in Wett' loopen wollen?!""

„Holt dat Muul, Wief!" seggt' de Swinegel, „dat is mien Saak! Resonehr nich in Männergeschäfte. Marsch, treck Di an, un denn kumm mit!" Wat sull den Swinegel sien Fro maken? Se mußt' wol folgen, se mugg nu wollen oder nich! —

As se nu mit enander ünnerwegs wöören, spröök de Swinegel to sien Fro: „Nu paß up, wat ick seggen will. Sühst Du, up den langen Acker dar wüll wie unsen Wettloop maken. De Haas' löpt nämlich in der

---
¹) schnell.

eenen Föhr un ick in'ner andern; un von baben fang wi an to loopen. Nu heft Du wieder nicks to dohn, as Du stellst Di hier ünnen in de Föhr, un wenn de Haas' up de andere Siet ankummt, so röpst Du em entgegen: „Ick bün all hier!"

Damit wöör'n se bi den Acker anlangt; de Swinegel wiesde siener Fro ehren Platz an un güng nu den Acker hinup. As he baben ankööm, wöör de Haas' all da.

„Kann et losgahn?" seggt de Haas'.

„"Ja wol!"" seggt de Swinegel.

„Denn man to!" un damit stellde jeder sick in siene Föhr; de Haas' tellde: „Hahl Een! Hahl Twee! Hahl Dree!" — un los güng he, wie en Stormwind, den Acker hindal. De Swinegel awer lööp ungefähr man dree Schritt, dann duhkde he sick dahl in de Föhr un bleev ruhig sitten.

As nu de Haas' in vullem Loopen ünnen am Acker ankööm, röp em den Swinegel sien Fro entgegen: „Ick bün all hier!" De Haas' stutzt' un verwunderde sick nich wenig; he meende nich anders, as et wöör de Swinegel sülvst, de em dat torööp'; denn bekanntlich süht den Swinegel sien Fro jüst so uut, wi ehr Mann.

De Haas' awer meende: „Dat geiht nich to mit rechten Dingen! Noch mal geloopen! Wedder üm!" Un fort güng he wedder wie en Stormwind, datt em de Ohren am Koppe flögen. Den Swinegel sien Fro awer bleev ruhig up ehrem Platze. As nu de Haas' baben ankööm, röp em de Swinegel entgegen: „Ick bün all hier!"

De Haas' awer, ganz uuter sick vör Ihwer[1]), schreede: „Noch mal geloopen! Wedder üm!"

„"Mi nich to slimm,"" antwoorde de Swinegel, „"mienetwegen noch so oft, as Du Lust heft.""

So lööp de Haas' noch dreeunsöbentig Mal, un de Swinegel höhl et ümmer mit em uut.

Jedes Mal, wenn de Haas' ünnen oder baben ankööm, seggten de Swinegel oder sien Fro: „Ick bün all hier!"

---

[1]) Eifer.

Tunn veerunsöbentigsten Mal awer kööm de Haas' nich mehr to Ende. Midden am Acker stört he to'r Eerde, dat Blohd flög em uut'n Halse, un he blev doht up'n Platze.

De Swinegel awer nöhm siene gewunnene Lujedor un den Buddel Brannwien, röp siene Fro uut der Föhr aff, un beide güngen vergnögt mit enanner nah Huus; un wenn se nich storben sünd, lewt se noch.

So begew et sick, datt up de Burtehuder Haide de Swinegel den Haasen dohd loopen hett, un sied jener Tied hett et sick keen Haas' wedder infallen laten, mit'n Burtehuder Swinegel in de Wett to loopen.

De Lehre awer uut disser Geschicht is: Erstens, datt Keener, un wenn he sick ook noch so förnehm dücht, sick sall bikomen laten, över'n geringen Mann sick lustig to maken, un wöör't ook man'n Swinegel; un tweetens, datt et geradhen is, wenn Eener freet, datt he sick 'ne Fro uut sienem Stande nimmt, un de jüst so uutsüht, as he sülvst. Wer also en Swinegel is, de mutt tosehn, dart siene Fro ook en Swinegel is; un so wieder! —

August Freudenthal.
(Nordhannöverisch.)

Up wiede Heide.

O schöne Tied![1])

Dat wör en Sönndag hell un klar,
En Sönndag, wie nich väl in't Jahr.
Wi Beiden güngen dör dat Koorn,
Dör Wisch un Holt, dör Busch un Doorn.

---

[1]) Diese beiden Lieder wurden von Carl Götze († 1886 in Magdeburg) komponiert. Namentlich das erstere, mit dem späteren hochdeutschen Text desselben Verfassers ist weit bekannt und in die englische, schwedische, dänische und holländische Sprache übersetzt worden.

De Leerk de süng, de Sünn de schien,
As woll dat ewig Sönndag sien. —
  O schöne Tied, o selige Tied,
    Wo liggst du feern, wo liggst du wied!

Wi güngen langsam, Arm in Arm,
Dat Hart so vull, dat Hart so warm.
Din blauen Ogen, söte Deern,
De lüchden as twee helle Steern,
De lüchden in dat Harte min
Wied schöner as de Sünnenschien!
  O schöne Tied, o selige Tied,
    Wo liggst du feern, wo liggst du wied!

De Heide wör so still ümher, —
Da höl sick Hart un Hand nich mehr.
Ick küß Di up den Mund so rood
Un frög Di lies: „Bist Du mi good?"
Da seegst Du mi so eegen an:
„Dat weest nich mal, Du böse Mann?" —
  O schöne Tied, o selige Tied,
    Wo liggst du feern, wo liggst du wied!

Alleen.

Up wiede Heide so ganz alleen,
Wenn baben blinkern de Steern,
Dar hew ick so deep in de Ogen Di sehn,
Di küßt un drückt, min Deern!

Up wiede Heide so ganz alleen,
Woll ünnern Machannelboom,
Da wören wi sicher, da stör us nich Een
In usen seligen Droom.

Up wiede Heide so ganz alleen —
Wo loppt de Tied vörbi! —
Du liggst nu all lange ünnern Kerkhofssteen,
Un ick, ick ween üm Di!

Friedrich Freudenthal.

Verlaaten.

De Nachtigal von Noth nich weet,
Se singt dat ele lewe Leed,
Se singt de ganze Welt in Slap,
Blot ick, ick hew keen Ruh —
O harr ick Di mindaag¹) nich sehn,
Wo glücklich wör ick nu!

Harr ick nich löwt²), Du wörst nich so,
So wör ick noch vergnögt un froh!
Daför, dat ick mi schenken leet
Din siden Band un Tand,
Daför, dat ick so leew Di harr,
Hew ick nu Schimp un Schand!

Ick arme Deern, wat fang ick an?
Nüms hew ick, de mi helpen kann —
De Möhlendiek is still un deep,
Leeg ick darin, so wör't vörbi —
Ick löw, ick mut in't Water gahn,
Dat is de Weg för mi!

---

¹) mein Lebtag. — ²) geglaubt.

Mariken un ehr lütt' Broder.

En Engel is min lüttje Broder,
Blau sünd sin Ogen, jüst as min,
Sin Haar is hell, so harr't us Moder —
Se ward nu woll in'n Hewen sin.

„Nu ween nich, Hans, wenn Hus un Garen
Us uk verkofft de Nawersmann[1])
Ick will di hegen, will di waren[2]),
So god as't man en Moder kann.

„Ick will di dregen, will di plegen,
Di halen Melk un Brod torecht,
Un gode Lüd gifft[3]) allerwegen —
Man blot de Nawersmann is slecht!

„Nu ween nich, Hans, süs[4]) schillt us Moder,
Eija popeija, Hans, slap in!
Bist jo en Engel, min lütt' Broder,
Un Engels de möt artig sin!""

Oldenburger Mundarten.

Franz Poppe.

Plattdütsch.

Se säen[5]), wi Noorddütschen
Verstunnen kin Gesang,
An'n Rhien un an de Donau,
Dar harr[6]) de Sprak blot Klang.

---

[1]) Nachbar. — [2]) bewahren. — [3]) giebt es. — [4]) sonst. — [5]) sagten. — [6]) hätte.

Dat hett us lang verdraten¹),
Dat se us so veracht't,
As harren se't Recht tom Singen
Fär sick alleenig pacht't.

Hebbt wi nien²) Hart in'n Liewe,
Dat föhlt so Freid' as Leid?
Hebbt wi nien Hart in'n Liewe,
Wat fär de Freeheit sleit³)?!

Gott hett us nich verlaten
In'n hogen, kolen Noord;
Hier kamt de schönsten Blomen,
De schönsten Froens⁴) foort.

De Nachtigal un Bokfink,
De Spree⁵) un Droßel sleit't,
De Lauerk⁶) singt so lustig
Hoch äwer de gröne Heid!

Un wenn där düster Dannen
De Winterstoorm hensus't,
Dat klingt, as wenn dat Ordel⁷)
Mit all' Registers brus't.

Dat Meer sleit an de Küsten,
As wenn de Klocken klingt,
So deep, so holl, so mächtig,
As wenn't den Grundbaß singt.

Us' Sprak is as us' Heiden
Ursprüngelk noch un free,
Us' Sprak is deep⁸) un mächtig
Un prächtig as de See.

---

¹) verdrossen. — ²) kein. — ³) schlägt. — ⁴) Frauen. — ⁵) Staar. —
⁶) Lerche. — ⁷) die Orgel. — ⁸) tief.

Dar kann m' getrost mit segeln
Där't wille Lebensmeer;
Se föhrt där Stoorm un Brannung
So männig Schipp hendär!

Min Moderspraak, wo klingst Du
So söt un doch so stark!
Wo leew ick di van Harten,
Du Land vull Kraft un Mark!

En Hoch, Jungs, för dat Plattdütsch,
Lat't brusen as dat Meer!
En Hoch, Jungs, för den Noorden,
Dar lävt un starvt wi för!

Wo büst Du so god!

Wo büst Du so god, un wo büst Du so schön!
Min Dag' hef'k¹) so'n Engel as Du büst nich sehn,
As'n Lilje so rein, as de Himmel so klar!
Ja, kiek mi man an, wat ick segg'²), dat is wahr.

Ja, kiek mi in't Og' man, denn schast³) Du't woll sehn,
Wat'n Engel Du büst un wo trö dat ick't meen!
Min Og' is Din Spegel, kickst Du dar henin,
Denn spegelt de gantze Himmel sick drin.

---

¹) habe ich. — ²) sage. — ³) sollst.

Bremer Mundarten.

Johann Beyer.

Plattdütſch Blot.

Bi Sunnſchin und bi Aanwär[1]), in god un ſlechter Tid,
Dar ſteit us Tagenbaren[2]) us Plattdütſch treu tor Sid.
Et klingt ſo treu un hartlich, et klingt ſo lew und god,
Et klingt ſo kort un däftig, hett jümmer Hand un Fot.
Denn nums nich[3]) is im Lanne ſo ehrlich, treu un god,
As wie ſo'n tagenbaren[4]), ſo'n echtet plattdütſch Blot.

Un ſin wi inner Frombe[5]), to Lanne or tor See,
Un hört dar plattdütſch ſnacken, dann deit dat Hart us weh.
Denn denkt wi an us Heimath, de us ſo lew un weert,
Un an us lewe Mubder, de us dat Plattdütſch lehrt.
Denn nums nich is ſin Heimath, ſin Mubder jo ſo god,
As wi ſo'n tagenbaren, ſo'n echtet plattdütſch Blot.

De ſchönſten Deerns vun allen, de wahnt bi us to Land,
Dar anne Waterkante — 't is wiet un ſiet bekannt,
So friſch as uſe Seewind, ſo ſnicker[6]) — ſtur[7]) un ſin —
Aer klare, blaue Ogen, de ſin us Sunnenſchin.
Un nums nich is ſin Lewſte ſo recht vun Harten god,
Als wi ſo'n tagenbaren, ſo'n echtet plattdütſch Blot.

---

[1]) Unwetter. — [2]) Eingebornen. — [3]) niemand. — [4]) eingeboren. —
[5]) in der Fremde. — [6]) ſauber. — [7]) kräftig.

Marie Mindermann.

Mutter un Kind.[1]

De Mutter bringt er Kind to Bedd.
„Dar liggst int warme Neest,
Nu sol Din Hänne hübsch un fram
Un be ok, wat Du weest."

De Lüttje[2] bet: „„Mein Herz ist klein,
Nich, Mutter, so is't god?""
„Ja wol, min Kind, nu be' man fort,
Du lüttjet, framet Blod!"

„„Mein Herz ist klein, soll wohnen d'rin
Nur Jesus Christ allein!
Och, Mutter, wat en schön Gebett,
Wat lutt[3] dat doch so fein!""

„Ja, wol is dat en schön Gebett.
Un nu slap in mit Gott!
Do man Din klaren Ogen to,
Du hest jo kene Noth."

„„Go' Nacht, min Mutter, ik slap in
Un do de Ogen to.""
„Go' Nacht, min Kind, Gott höe Di,
Slap söt' bit morgen froh."

De Mutter geit de Trepp' hendal;
Dat Kind sloppt noch nich in,
Dar buten brust de Wind so lut,
Dat holt em wach den Sinn.

De Regen an de Finster sleit,
Et ruscht dat Loof vann Bom.
Dat Kind, dat ward up eenmal angst,
As keem en bösen Drom.

---

[1] Geschrieben am 7. November 1854. — [2] Kleine. — [3] klingt.

Et smitt inn Bedd sik hen un her,
Et puckt sin lüttjet Hart.
Wat will dat Wicht? Wat plagt et wol?
Wat föhlt so'n Kind for Smart?

„„Och Mutter, Mutter!"" roppt et lut
Un weent, as weer et sük¹) —
Un as de Mutter et wenen hört,
Do kumt se ok al glik.

„Wat hest Du denn? Wat scha't²) Di, Kind?"
Se nimmt et in den Arm,
Se strakt em sachte dat Gesicht,
Kußt em de Lippen warm.

Dat Wicht sleit beide Arms um er,
Et weent un snuckt³) so lut.
„„Ik bin so bange, dat Du starvst!""
Dat bringt et endlich rut.

„Is't wider nix?" de Mutter seggt
Un druckt er Kind ant Hart.
„Ik starv nich, wenn Du artig bist,
Un makst mi kenen Smart."

„Wes man hübsch fram, un hör up mi
Un do, wat Vatter seggt;
Denn bliv ik leben, denn kumt nums⁴),
De in dat Grav mi leggt."

Dat Kind kikt er mit Thranen an,
„„Och Mutter!"" roppt et denn,
„„Ik will ok ummer artig sin!""
Un folt de lüttjen Hänn'.

„So, nu bist du min wacker Kind!"
Nu legg di ruhig dal,
Un slap man in. Dar hest en Kuß!"
„„Noch een!" „So denn, noch mal!"

---

¹) krank, siech. — ²) fehlt, schadet. — ³) schluchzt. — ⁴) niemand.

De Mutter geit; — se luſtert noch.
Dat Kind ſpricht vor ſik hin:
„"Wenn't artig bin, ſtarvt Mutter nich!""
Un ruhig ſloppt et in.

Willem Rocco.

De lahme Rieke.*)

„Du denkſt doch daran," ſä Mudder Schumann to Trina, „dat Rieke hüte kummt? Kak ehr naher man'n friſche Taß Koffee. Un denn ſett ehr den Korflehnſtohl an't Finſter un legg dar'n Ruggenkuſſen up. Denk Di Trina, ſe will eegentlich gar nich mehr utgahn to neihen, blot to us will ſe noch kamen."

„Dat kann ick ehr ok gar nich verdenken," ſä Trina, „ſe hett jo ſovӓl, dat ſe dat gar nich mehr nöbig hett."

Ick gung up min Stuben un ſtudeerde en nee Rulle. Twee gode Stunnen ſeet ick dabi, un wiel mi da de Kopp en bäten wat düſig von worrn weer, ſchow ick dat Book tor Sid un gung na Mudder Schumann runner, um mal'n bäten in de „Hamborger Narichten" rintokieken.

As ick in de Wahnſtuben treet, ſeet dar'n fine ohle Dame, un ick woll mi gau wedder truggetrecken, wiel ick glowte, dat Fro Schumann Beſöck krägen harr. Se weer mi aber doch gewahr worrn un reep: „Kamen Se man brieſt rin, Swartkopp, Se ſtört us nich; kamen Se, ick will Se glieks mit mine ohle Frundin bekannt maken; „Mumſell Hollmann," ſä ſe denn un wieſde up de Dame.

---
*) Aus der Erzählung: De Komödjanten=Mudder.

„Och Mudam Schumann," sä de Mumsell, wildeß ick minen Kratzfot makte, „nennen Se doch man glieks den Namen, unner den mi de Lüde kennt; denn dreihde se sick nah mi um un säh: Min leewe Herr, ick bin de lahme Rieke." — Wi wesselden nu en paar unschullige Redensarten, un as Mudder Schumann na'n Wile ehre Gardinen, de Rieke stoppen scholl, up'n Disch leggt un sick to de Mumsell an't Finster sett harr, greep ick nah de Zeitung un versochte to lesen.

Weer dat nu, dat dar nix instund, wat dat Lesen weerth weer, oder wat weert sonst, genog, ick keek meist äwer dat Blatt weg, ick konn nich anners, ick moß de Dame mit de frommen blauen Kinnerogen doch mal genau ansehn. — Bi'n ohle Fro mit sneewitte Haar harr ick so'ne hübschen Kinnerogen noch min'r Lewdage nich funnen. — Ehr Gesicht, mit twee witte Locken an jeder Sid, harr man schön nennen konnt, wenn nich so'n Tog um ehren Mund legen harr, de vermoden leet, dat Gram un Kummer ehr den ingraben harrn. Un disse Dame mit dat fromme Gesicht un de trohartigen Ogen nennde use dumme Trina „lahme Rieke". No, töw[1]), wenn ick dat blot noch eenmal wedder von ehr hör, denn kriggt se't mit mi to dohn.

De beiden Froensüde seeten tosamen un vertellden sick wat. Mumsell Hollmann sä', se weer verledden[2]) Sonndag in'r Karken wes'n, de Pastor harr herrlich predigt. — Se muß ok den Text noch un sett'te dat Mudder Schumann utenanner. „Wunnerbar schön," sä se, „harr de Pastor dat utleggt." Use Mudder gefullt dat, se harr de ganze Tid nippe[3]) tohört, denn aber sprung se up, so fix, as dat bi ehr Bulligkeit man jichtens[4]) gahn woll. „Kinners", sä se, „ick mutt jo in de Käken, Trina is mit Fro Hertels na'r Rullen. — Mein Gott, wo doch de Tid hengeit, al halw Ölben vorbi!" un darmit weer se rut.

---

[1]) warte. — [2]) vorletzten. — [3]) aufmerksam. — [4]) irgend.

Lange Tid seet ick noch mit de ohle Dame alleene un unnerheelt mi mit ehr. Allens, wat se sä, weer so klar, so verstännig, so vornehm un doch nich äwerkroppsch¹), dat ick ehr geern tohörde. As toletzt de Rede up ehr lahmet Been keem un ick frog, up welke Wise se to Schaden kamen weer, wurd' se still — se woll nich mit'r Sprake rut. — „Dat weer en lange Geschichte," sä se, „un keen Thema for junge Lüde, se woll leewer darvan still swigen." — As ick aber nich naleet, hartlich to bidden, se mog doch mal ehr Hart utschüdden, geew se nah.

„Up use Naberschupp," vertellde Mumsell Hollmann, „wahnde en Stutenbäcker²) Namens Herzog, en rieken Mann, as de Lüde säen. Min Vadder weer Tunnenmaker; he harr ok'n godet Geschäft un en eegen Hus, wenn ok keen so grotet, as use Naber gegenäber.

Herzog sin Sähn Hermann weer binah sief Johr oller as ick, un as wi noch lüttjet weern, plegde he af un to mit annere Naberskinner vor use Husdähr to spälen. Ick droff³) ummer blot tokieken, denn min Mudder leet dat nich, dat ick mitspälde, se sä ummer, et schickte sick nich for Deerns, mit Jungs rumtojachtern, Jungs bi Jungs, Deerns bi Deerns. Bi mine Ollern harr Hermann en Steen in't Brett, wiel he keen Rubell⁴) un Undägt un ummer like⁵) frundlich un höflich weer. Wenn Hermann an usen Huse vorbigung, keek he na use Finster, un wenn he dar den eenen oder annern von us stahn seeg, denn neehm he sine Mutzen af un grüßte, un dat freide ok mi.

As ick ungefähr tein Jahr ohld weer, seet ick mal an so'n schönen Sommernamdag mit min Mudder vor d'r Husdähr up'r Bank, min Mudder harr ehr Stricktüg in Hännen, un ick stickte an'n Hubenstrich vor ehr. Hermann schiende nich to Hus to sin, denn so oft ick ok na Herzogs Hus räwerkeek, he leet sick nich sehn. Eerst as dat anfangen woll, schummerig to weern, keem he de

---

¹) überschwenglich. — ²) Kuchenbäcker. — ³) durfte. — ⁴) Rüpel. — ⁵) gleich.

Straaten langs mit'n groten Rückelbusch in'r Hand un grade up us to.

„Junge, Hermann," sä min Mudder, „wo hest Du all de schönen Blomen her?"

„De heff ick ut min'n Unkel sin'n Gaarn halt, de hett mi seggt, ick scholl mi dar man alle Dage en Rückelbusch plucken, he harr d'r genog von. Bitte, Fro Hollmanns, nehmen Se sick de Hälfte davon af."

„Nä, min leewe Junge," sä min Mudder, „so weer dat nich meent." As se aber sin bedröwdet Gesicht seeg, sä se: „No, denn will'ck mi disse schöne Rose nehmen, mehr aber nich. Ick dank Di ok, Hermann."

„Rieke mutt ok en paar Blomen nehmen," sä he, un denn sochte he mi de veer besten ut; en Moosrosen weer dabi, so wunnerschön, wie ick se noch nich in Hännen harrt harr.

„Ick danke," sä ick liese.

„Deern, hest Du up'n Mal keen Sprakwater mehr," fung Mudder an, „spräk doch luut, so kann Di jo keen Minsch verstahn."

Ick versochte nu, resoluter to spräken, man dat woll mi nich gelingen, dat Blot weer mi to Kopp schaten, un ick wuß den Ogenblick vor luter Verlegenheit nich, wat ick seggen scholl.

Naher heff ick de Blomen in't Water sett't, heff se plägd, bit se verwelkt weern un denn heff ick se drögt un in'n Pappkasten leggt, un dar liggt se hüte noch in.

As Hermann dat Jahr naher kunfermeerd wurd, gung ok ick na'r Karken; ick woll an sinen Ehrendag inch fehlen. In'r Karken weer dat so still un fierlich, im wurd ganz eegen to Moe, dat Hart kloppte mi, ick moch kum Aten hal'n, un as denn up eenmal de grote Orgel to spälen anfung, schot ick tosamen, so harr ick mi verfiert.

De heilige Handlung neehm ehren Anfang; Hermann seeg mi nich, he weer bleeker as sonst un keek still vor sick hen. As denn de Pastor un sine Kunfermanden up de Knee fullen, hockte ok ick dahl, mi weer dat so, as wenn de leewe Gott min Gebet for Hermann denn bäter verstahn wurd.

Hermann weer for sin Leben geern Landschaftsmaler worrn. Sin Teekenlehrer harr ok dafor spraken, wiel he de beste von sine Schöler weer, aber sin Vadder meende, dat weer blot en broodlose Kunst, he woll in sinen Jungen keenen Hungerlieder grottrecken, Hermann scholl Schipper weern, dar paßte he am besten to. Acht Dage na'r Kunfermatschon gung he to'r See. Seß Jahre gungen hen, Hermann keem von Tid to Tid trugge un gung wedder weg, un ummer harr he glückliche Reisen hartt. Ick sleep keenen Abend in, ahne for em en Gebet ton leewen Gott schickt to hebben, un ick harr dat Geföhl, dat de leewe Gott min Gebet erhörde. Mi wurd twars ummer dat Harte swar, wenn he to us rawer keem, um Affscheed to nehmen, un manche Thranen heff ick denn heemlich um em weent, — aber wenn he denn gesund un munter wedder truggekeem, denn weer ick jedesmal vor Freide glücklich, un so wurd denn dat Frundschuppsband, dat use Harten tosamenheelt, von Jahr to Jahr faster und starker. Minschen konnen dat nich mehr utenannerrieten.

As he mal wedder von'r Reise truggekeem, harr he for mine Ollern en Papagei mitbrocht, for minen lüttjen Broder en Kasten vull wunnerschöne Muscheln, un mi geew he'n gollen Ring. „Noch eene Reise," sä he, un keek mi dabi so eegen in de Ogen, „denn rae mal, wat denn ward?"

Mi ahnde woll, wat he meende, aber ick konn em keene Antword geben. Ick slog de Ogen dahl un wagte gar nich wedder uptokieken, so schamerhaftig und doch so glücklich wurd mi to Moe.

Min Mudder woll'r nix von wäten, dat ick den Ring beheelt, wiel se glowte, dat sine Ollern nix davon wußten; ick smeichelde aber so lange um ehr rum, bit se „Ja" sä, dat ick den Ring beholen droff; blot brägen scholl ick'n noch nich.

Um Pingsten, as Hermann al wedder seß Wäken up See weer, keem sin Mudder to us räwer.

„Nabersche", sä se, „ick heff minen Sähn verspräken moßt, to se to gahn, un ick heff noch allmindage min Wort hol'n. Ick glow, dat ward Se nich entgahn sin, dat use Kinner sick leew hebbt, un wenn Se und Ehr Mann damit inverstahn sind, denn kann jo ut de Beiden en Paar weern; se sind aber noch Beide jung un känt geern noch en paar Jahre töwen, dat brukt jo nich Hals äwer Kopp to gahn. Wat meent Se dato?"

Mine Mudder nickkoppte un geew ehr de Hand.

„Un dat Du nix dagegen hest, min gode Deern", sä Fro Herzogs to mi, „dat seh ick an Dine glucklichen Ogen. Di gunn ick minen Hermann am leewsten; he is en Prachtminsch un Ji weerd glucklich mit'nanner weern. Min Man is twarsten noch nich ganz damit toräe, aber he is hartensgood, un wenn he ok towielen en bäten gegen mi anbullert, tolett deiht he doch ummer, wat ick will. Se wät't jo Bescheed, Nabersche."

Mine Mudder lachte un nickkoppte ehr to. Ick fullt ehr aber um den Hals, denn ick weer äwerglucklich un konn vor Freide nich spräken. Ick weende blot, un as se mi an sick druckte un mi en Kuß geew, weenden wi tolett alle Dree.

Wo langsam vergung mi ditmal de Tid, bit Hermann wedder trugge keem. Sin Reise duurde binah en ganzet Jahr, un ick wuß nix bäters antofangen, as alle Schippslisten in de Bläder genau därtosehen. Mine Gedanken weern immer bi em up'r Reise. Endlich, endlich keem de Nahricht, dat sin Schipp glucklich un wollbeholen in Curhaven inlopen weer un ick konn mi vor Freiden nich helpen. En paar Dage noch, un he moß bi mi sin. Ick sleep kuum noch de Nacht, dachte nich an Äten un Drinken un harr immerfort Hartkloppen, wenn ick an dat Weddersehen dachte. Harr ick fleegen konnt as'n Vagel, ick weer sicher to em flagen.

In usen Huse wurd schürt un reinmakt, use ohle

Sofa wurd gau¹) noch neet uppulstert un darämer wurd dat Vadderunser in'n gollen Rahmen hungen, dat mine Ollern mi to minen Geburtsdag schenkt harr'n. Darunner hung, ok in'n Goldrahmen, min Kunfermatschonsspruch: „Sey getreu bis in den Tod." Ick harr min Taschengeld tosamenspart un dafor en grote schöne Dischdäken kofft. Ick kann gar nich beschrieben, wo schön dat mi bi us utseeg.

As et sowiet weer, dat Hermann jeden Ogenblick in't Hus träen konn, sette min Mudder ehre beste Huben up, un ick trock min Sonndagskleed an.

De Dag vergung — och Gott, wo langsam, — he keem aber nich; ok de anner Dag weer bald vergahn, un Hermann harr sick noch immer nich sehn laten. De Angst snörde mi de Bost tosam; ick konn't nich länger utholn un gung na Herzogs näwer, quanswiese um en paar Rundstucke to halen.

As de Ladenmumsell mi dat Brod geew, seeg ick, dat se weent harr, dat ehr de Ogen noch vull Thranen stunnen, un as ick se nu mit bewernden Lippen frog, wat ehr fehlen däh, schuddelde se blot mit'n Kopp, geew aber keene Antword.

Do keem Hermann sin Mudder, de mi där dat lüttje runne Finster in'n Laden stahn sehn harr, ut de Stuben stortt, un luthals weenend fullt se mi um den Hals un sä: „Min gode Deern, use Gluck is to Enne, — use Hermann is gistern ut'n Mast fulln — he is dod." —

Se hebbt mi denn na Hus dragen, seßtein Wäken heff ick in'n Nervenfeewer legen, un as ick wedder to mi keem — wurd ick gewahr, dat min eenet Be°n lahm weer; un dat is denn ok lahm bleben.

---

¹) schnell.

Hamburger Mundarten.

Jürgen Niklaas Bärmann.

Kinnderspill.
(Sonett.)

Blänkert Leev doch in Dien'n klaren
Ogen, un van Dienen Lippen.
Mutt 'nen söten Kuß ick nippen;
Schallst nicks Leegs[1]) darbi erfahren!

Bruukst Di nich so bang to wahren,
Nich so schelm'sch mi uuttowippen:
Süh, ick hoold Di fast bi'm Slippen;
Denn Verstand kümmt nich vör Jahren.

Laat de Dolden bäden, gröölen,
Schellden, brummen, locken, hissen[2])
Un sick hüüt üm morgen kwälen!

Hoold Di an den Spruch, den wissen:
„Kinnder sünd wi un mütt't spälen,
„Un de spälen deit, mütt küssen!"

Wo mi to Mood is.
(Triolett.)

Datt ick den Häwen[3]) inst schall winnen,
Kann'ck in leev Doortjens Ogen läsen.

---

[1]) Böses. — [2]) hetzen. — [3]) Himmel.

Vör Freuden kaam ick noch van Sinnen,
Datt ick den Häwen inst schall winnen.
 Mit ährem suckersöten Wäsen
Kreeg mi heel gauw¹) leev Doortjen binnen;
Datt ick den Häwen inst schall winnen,
 Kann'ck in leev Doortjens Ogen läsen.

Jümmers foort so.
(Triolett.)

So lang' mien Doortjen mi man noch leevt,
 Bün ick vergnögt un tofräden.
Nicks kann dar geschehn, wat mi bedrövt²),
So lang' mien Doortjen mi man noch leevt;
Un Allens, wat sünst dat Glück noch klövt³),
 Will'ck nich naa lungern um nich naa bäden.
So lang' mien Doortjen mi man noch leevt,
 Bün ick vergnögt un tofräden.

Daniel Bartels.

Watt Großmudder for'n Wunner passir'.

Ach, wo is doch de scheune Tiet,
De Tiet der Wunner bleeven,
Bun de manch intressante Siet
Steiht in de Kronik schreeven!
Se is nich mehr; se is verweiht!
Watt jetzt sick mal ereegnen deiht,
Un watt man woll as Wunner priest,
As puuren Swindel sick erwiest.

---

¹) gar schnell. — ²) betrübt. — ³) darbietet.

Wie oft vertell mien Großmama, —
Ick weet noch, watt wi keeken, —
„As ick noch jung weur, Kinners, na,
Watt geev't vör Wunnerteeken!
Bald speuk datt twischen Twölm un Een,
Bald leet sick wo de Deubel seh'n;
Wakeen[1]) kann all den Kram behool'n.
Ja, Kinners, datt weur noch tom Grool'n!"

So klöön[2]) se. Aver een Geschicht
Is't, d'ran denk ick beständig;
Dabi steiht Großmamas Gesicht
Vör mi so ganz lebendig.
So'n Wunner ook, ick will parir'n,
Kunn bloß mien Großmama passir'n;
Weur ick datt west, ook nich de Proov
Weur mi passirt, mi fehlt de Gloov.

Mien Großmama, dat gleuvt man geern,
Jetzt is se ja en Schatten,
Weur, as se jung, en hübsche Deern
Mit heete Leev im Hatten.
Ehr Schatz hett bestens to ehr paßt;
Jetzt is ook he en olen Knast;
Ick seh den Dolen jeden Mor'n.
Mien Großpapa is he nich wor'n.

Großmudders Vadder har en Piek
Op em, un stets en Makel.
Mal bröch he ehr en Nachtmusik.
O weh, gew datt Spektakel!
Mien Großmama muß Knall un Fall
Nah'n oole Tante. Do weurt all;
Denn Jungfer Tant' leed keen Amour
Un leeg wie'n Scheethund op de Luur.

---
[1]) wer. — [2]) plauderte.

Doch Weiberlist, wie Jeder weet,
Finnt överall en Haken.
Wenn Tante vör de Bibel seet,
Heet se sick sehn un spraken.
Da plötlich geev man em en Wink.
He güng un schenk ehr noch en Ring;
De Ring, de har en deepen Sinn,
Et stünn „Vergißmeinnicht" darin.

„Vergißmeinnicht!" düt scheune Woort
Wart leider oft vergeeten.
Js, de datt wünschen beiht, erst foort,
Js't Band gar bald terreeten!
So güng't ook bi mien Großmama.
Se heirahd mienen Großpapa;
Wie man tor Tiet woll Mucken kriggt
Trotz Ring und trotz Vergißmeinnicht.

Großmudder aver hööl den Ring
Doch ümmer hoch in Ehren;
Un meen, ehr ganzes Glück versünk,
As se em muß verleeren.
Biem Baden rutsch he mal herav
Un fünn im Strom sien nattes Grav;
So däd't Vergißmeinnicht verswinn',
Un Keener kunn dat wedder finn'.

Watt hett se weent! De Ring, de bleev
Versunken un verswummen;
Doch da se vör de erste Leev
Har all en tweete funnen,
Läd¹) sick ehr Kummer nah un nah.
Man finnt sick in sien Schicksal ja,
Wenn Allens hen, wat man erhofft;
Doch an den Ring dach se noch oft.

¹) legte.

Twee Jahr all weur verheirahd se,
Da treed mal op en Morgen
In't Huus en ooles Mütten, de
Ehr däd mit Fisch verforgen,
Se bröch en Heekt vun'n Footer veer[1])
Un geev nich nah un güng nich eh'r,
Bet Großmama, im Vörgeseul
Vun datt, watt keum, den Fisch beheul.

Mien Großpapa har sick to Disch
En paar Geschäftsfrünn' laden,
Un vör jem stünn de groote Fisch,
Gar prächtig blau gesaden.
Großmudder eet so geern den Kopp;
Se lad sick düssen also op,
Betracht em lang un süng alsdann
Denselben to terleggen an.

Kuum har se aver, wie geseggt,
Fein säuberlich un putzig,
Den Heektkopp uuteenannerleggt —
Da — plötzlich wurr se stutzig!
Se puhl un puhl — watt weur se flink —
In'n Kopp — na, köönt Ji't rahden?
Funn se — natürlich — watt? den Ring? —
Ne, Kinners, funn se Graaden!

---
¹) von vier Fuß.

Holsteinische Mundarten.

J. F. Ahrens.
(Ditmarsch.)

De Fähnerich.

Se trocken int Feld, he drog de Fahn,
    Un dat Volk, dat stunn dar un keek;
Welk[1]) reepen Hurrah, welk rolln de Thran
    Lank de Backen, so blaß un bleek.

„Gewiß, de lett de Fahn ni fahrn!"
    So snaken[2]) de Lüd, de dar stunn.
Gewiß, he ward se tru verwahrn,
    Un kost dat ok Blot un Wunn[3]).

Wi de Hagel dicht, de int Saatfeld sleit,
    Oppe Höch un inne Grünn[4]),
De Kugeln de Reegen[5]) rünner meiht,
    Se leegen dar, wi se stünn.

De Kugeln grünsen, un Bli un Stahl,
    De heeln er blödige Ahrn[6]);
Nu riet se ok den Fähnerich dal[7]),
    Nu geit woll de Fahn verlarn! —

Ach, sin Kameraden, de müssen darvan;
    Se kunn'n dat Stück[8]) ni bwingn;
Verlarn güng'n dar de drütte Mann,
    De bleewen wi Garwen dar liggn.

---

[1]) einige. — [2]) plauderten. — [3]) Wunden. — [4]) in den Gründen. — [5]) Reihen. — [6]) Ernte. — [7]) nieder. — [8]) die Sache.

J. F. Ahrens.

Un as de Fiend na de wunnen Slacht,
  De Drägers to'n Oprüm¹) schick,
To retten, wat der na Leben mag,
  Funn se ok den Fähnerich glik.

„Ik ligg hier schön, ik ligg hier god,
  Gaht na de Annern man henn
Un bringet er Hölp, mi deit't ni mehr Noth,
  Mit mi is dat bald to Enn."

Do leeten se em erst still betehm²). —
  Wi schien sin Ogen so hell!
Doch as se nahsten³) we'er to em keem,
  Stünn Athen un Puls all still.

Do bär⁴) em Een lisen den Kopp inne Höch — —
  „Süh, darum heet he uns gahn —"
Reep ganz verwunnert, de sik dal na em bög,
  „Süh, ünner em liggt sin Fahn!"

„Un hest Du so tru Din junges Lebn,
  Un hest Du Din junges Blot
Vör Din Vaderland, vör Din Fahn hergebn,
  Er⁵) tru bet an den Dod:

Wi hebbt se in'n ehrlichn Kampf Di ni nahm,
  Wi nehmt se Di nu ni mehr!
Ji stunn tosam, un ji solln tosam,
  Nu slapt ok tosamm inne Eer!"

---

¹) Aufräumen. — ²) gewähren. — ³) nachher. — ⁴) hob. — ⁵) ihr.

Joh. Wilh. Boysen.
(Ditmarsch.)

Hartleed.

Och Gottes! min Nawersche¹), denk se sik doch,
Min Mann de weer fischen und kreeg man en Pogg²).

Ik heff mi meist³) loopen uut Hoasen en Saln⁴),
Um Botter to koopen und Nelken to haln.

Wo heff ik dat hild⁵) hatt und schüert und spœlt,
De Messen de blenkert, de Bratpann is œlt.

Och Gottes! min Medderſch, wat fang ik nu an!
Dar stat nu min Schütteln, min Putt⁶) und min Pann.

De true Swester er Licht⁷).

Er Edlef Broder güng to See,
Smuck Elke stunn und ween,
De Backen witt as witten Snee:
Schull⁸) see en wedder seen?

Op Groonland foer sin smuckes Schip,
Und leep fœr frische Bris;
See sluck und snucker⁹), bleek um't Nipp¹⁰),
Se dach an Storch und Is.

---

¹) Nachbarin. — ²) Frosch. — ³) beinahe. — ⁴) aus Strümpfen und Schuhsohlen. — ⁵) geschäftig. — ⁶) Topf. — ⁷) ihr Licht. — ⁸) sollte. — ⁹) schluchzt — ¹⁰) Mund.

Min Süſter, ſäd he, as he uut
Van't Land in See nu led¹),
Van't Harwſt den ſett en Lich fœrt Nut²),
Dat ik drap³) de rechte Sted.

De Stormmand brook mit Weddern loos,
Er leeg't⁴) ſo angſti an,
Und nix ni geew er Hæg⁵) und Troos,
See ſeeg ern Brooder man.

Dat Haff⁶) dat bram's⁷) toer Rügfartid⁸);
Fœr't lütje Nut de Lich,
De glem dœr Guus⁹) und Hees ſo wit,
Wit œwer Watt und Büch.

Alabends brenn ſe klar und hell,
Doch keem ni Schip noch Mat¹⁰)
Und nümms, de er dervan vertell,
Und't worr in't Jar all lat¹¹).

De Winter gung, dat Fœerjar keem,
Dat lüch¹²), dat wit man't ſeeg;
As wen de Dod de Farw er neem,
Keek Elke uut ſo leeg¹³).

Un ſæben Jare gungn in't Land,
De Sweſter brenn er Lich;
De See de ti¹⁴) an'n Halligſtrand,
Se broch den Broder nich.

Doo ſeegen ins de Nawerslüd,
Dat Alls dar düſter weer;
Se giſſen¹⁵): Wat dat wull bedüd?
Und worrn all halfwegs heer¹⁶).

---

¹) ging. — ²) Scheibe. — ³) treffe. — ⁴) lag. — ⁵) Freude. — ⁶) Meer.
— ⁷) brandete. — ⁸) Rückfahrzeit. — ⁹) Nebel. — ¹⁰) Geſelle. — ¹¹) ſpät. —
¹²) leuchtete. — ¹³) elend. — ¹⁴) kam mit der Fluth. — ¹⁵) vermuthen. — ¹⁶) froh.

Wat fee wull makt be true Diern?
Is doch er Broder bar?
Und leepen lank, um mit to fiern;
Doch weer der nix van war.

Dat Kaat¹) was still und to be Klink;
Se brooken angsti rin:
Dar seet se, Dodes swar be Plink²),
Dat Gesich na't Water hin.

Sophie Dethleffs.
(Ditmarsch.)

De ohle Jehann.

Ick wull dak'n³) Kind weer! dat wünsch ick mi so,
Och, as ick'n Kind weer, wo glücklich weer'ck do!

Da seet ick in Blomhof un bun mi en Strus,
Un baben bu Hardbar⁴) en Nest sick op't Huus.

Un da löpt de Bäk noch, un da geit de Möhl,
Un da is de Platz, wo ick Hinkelputt⁵) spæl.

Un Abends von't Spælen reep Moder mi 'rin,
In't Bett muß ick bäden, un glick sleep ick in.

Un nu bin ick ohlt worn, und grau sind min Haar,
Un wenn ick torück seh, ist Hart mi so swar.

---

¹) Häuschen. — ²) Augenlid. — ³) daß ich ein. — ⁴) Storch. —
⁵) ein Kinderspiel.

Da baben wahnt Hardbar noch jümmer op't Dack;
Un ick hef herumswarmt, hef Dack nich un Fack.

Min Hart is voll Unruh, min Leben voll Sün,
Fremd stah ick an Tun¹) hier, un nims²) rept mi in.

De Hunnen de belt na den schäbigen Mann,
Keen Nahber seggt fründlich: god'n Abend, Jehann!

Wa³) is mi so eensam un trurig to Mood!
Ick wull, dat'n Kind weer! — ick wull, ick weer dod!

Gehorsam.

„Anna, segg mi, mut dat sin,
Mußt Du'n Smidt sin Peter fri'n?"

„Moder bäd, un Bader schellt,
Allens blot um't leve Geld.

„Doch mi grut, ick mut daran,
Un ick krieg den Smidt ton Mann."

„Anna, hör mi, seggst Du ja, —
Gah ick na Amerika!" —

„Gah mit Gott! ick bliev Di gut,
Sööt Du Di en anner Brut!"

„Anna, segg, is dat Din Spaß?"
„Nä, ick meen dat ehrlich, Clas;

---
¹) Zaun. — ²) niemand. — ³) wie.

„Ahn de Oellern Segen fri'n —
Kun ick glücklich mit Di sin?"

Clas de gung, se blev em tru,
Doch se wor de Smidt sin Fru,

Doch, un schick wul oft so weh
De Gedanken öber See.

De Ohlsche.[1])

Och, Moder, wat sitt se dar so alleen?
Se kann wul de Wulken an'n Himmel nich sehn?
Se kann wul nich hören, de Nordwind weiht
So isig hier öber de graue Heid,
De Abend de grut, un dat ward all lat[2]),
Se schall sik man spod'n in[3]) er warme Kaat[4]).

Ja wul weiht de Nordwind, wul ward dat lat,
Ick mag nich torög in min stille Kaat.
Drägt öber de Heid mi de möben Fööt —
Och, öber de Heiloh[5]) kummt nüms mi to mööt[6]),
Em hebbt se begraben, min eenzig Kind.
Och, lat mi hier sitten in Küll un Wind!

Och, lat mi hier sitten bi Nacht op'n Steen,
Mien Huus is so groot, un ick bin so alleen;
Da sitt ick, nü rüster[7]) mit Abendbrod
Un hef doch keen Hunger un hef keen Mood.
Suns hör ick sien Foottritt all öber den Sand,
Nu ligt he un slöpt an de Karkhofswand.

---

[1]) Die Alte. — [2]) spät. — [3]) sputen hineinzukommen. — [4]) Häuschen.
— [5]) Heidestrecke. — [6]) entgegen. — [7]) bereit halten.

Wer fodert¹) dat Swin, un wer drift mi de Koh
Nu Abends de lurige²) Stallung to?
Wer sitt nu bi Fierabendstied mit mi vör Dör
Wer litzt mi ut' Salmbook³) den Segen vör?
Du gnädige Herrgott, erbarm Di min!
Och, lat mi doch bald bi em baben sin!

Klaus Groth.

Min Jehann.

Ik wull, wi weern noch kleen, Jehann,
    Do weer de Welt so grot!
Wi seten op den Steen, Jehann,
    Weest noch? bi Nawers Sot⁴).
      An Heben seil⁵) de stille Maan,
      Wie segen⁶), wa⁷) he leep,
    Un snacken, wa de Himmel hoch
    Un wa de Sot⁴) wul deep.

Weest noch, wa still dat weer, Jehann?
    Dar röhr keen Blatt an Bom.
So is dat nu ni mehr, Jehann,
    As höchstens noch in Drom.
      Och ne, wenn do de Scheper sung,
      Alleen int wide Feld:
    Ni wahr, Jehann? dat weer en Ton!
    De eenzige op de Welt.

---

¹) füttert. — ²) warmen. — ³) Psalmbuch. — ⁴) Brunnen. — ⁵) am Himmel segelt. — ⁶) sehen. — ⁷) wie.

Mitünner inne Schummerntid,
  Denn ward mir so to Moth,
Denn löppt mi't langs den Rügg so hitt,
  As domals bi den Sot.
    Denn dreih ik mi so hasti um,
      As weer ik nich alleen:
    Doch Allens, wat ik finn, Jehann,
      Dat is — ik sta un ween.

De Kinner larmt.

Luri¹) treckt de Abendluch²)
Œwert Feld so g'lind;
Wenn'k mi nu wat wünschen much,
Weer'k noch eenmal Kind.

Lisen³) weiht er Lust un Larm
Wit hendal na't Moor,
As Musik, so week un warm,
All as weer't en Chor.

Kumt mi nich min Leben vær
As en swaren Drom?
Wak ik so mal up as Gœr⁴)
Abends ünnern Bom!

All min Freid is sünner Klang,
Un min Hart is arm,
Hör'k in Schummern as Gesang
So de Kinner larm';

---

¹) warm. — ²) Abendluft. — ³) leise. — ⁴) Kind.

Sackt¹) mi rein de Spaden dal
Ut de sware Hand.
Gravt de mi den Weg wul mal
Rin int Kinnerland?

Hell int Finster.

Hell int Finster schint de Sünn,
Schint bet deep int Hart herin;
All, wat kold ist, dump un weh,
Daut se weg, as Is un Snee.

Winter weent sin blanksten Thran,
Vœrjahrsathem²) weiht mi an,
Kinnerfreid so frisch as Dau
Treckt mi bœr³) vunt Himmelsblau.

Noch is Tid! o kamt man in,
Himmelblau un Vœrjahrssümm!
Lacht noch eenmal warm un blid⁴)
Deep int Hart! o, noch ist Tid.

Bi Norderwold⁵).

Dat weer en lusti Burgelagg,
Dat Junkvolk danz de hele⁶) Nacht.

De schönste Diern un de der danz,
Dat weer de bleke mit den Kranz.

---

¹) drückt. — ²) Frühjahrsathem. — ³) durch. — ⁴) freundlich. — ⁵) Gehölz bei der Stadt Heide in Norderdithmarschen. — ⁶) ganze.

De Schipper hett de krufen Haar,
Dat weer vunnacht¹) dat schönste Paar.

„Nu segg mi, Hans, un is bi't mit?
Din Swester ward so bleek un hitt.

Nu segg mi, Hans, un sühst Du wul?
He danzt mit er, as weer he bull!" —

„Min hartleef Swester, seh doch mal,
Din lange Haar fallt los hendal!

Ut Haar dar fallt Di los' de Kranz,
Du büst so hitt un bleek vun'n Danz." —

Un as se gungn de lange Strat.
Wer keem in Düstern achterna²)?

Un as se gungn de enge Weg,
Wer keek to Siden æwert Steg?

Un as se gungn int düstre Holt:
Do full en Schuß bi'n Norderwold.

„Och Broder, nu is grote Noth,
Wulf Jäger schütt den Schipper dot!"

Se keemn bet an dat Steg torügg,
Dar leeg de Schipper opt Gesich.

„Vergev Di Gott, wat hest Du dan?"
„Ik heff de krufe Schipper slan.

Dat Gott in Himmel mi vergev!
Ik harr Din Swester all to leef!"

---

¹) diese Nacht. — ²) hinten nach,

De junge Wetfru.

Wenn Abends roth de Wulken treckt,
So denk ik, och! an Di!
So trock verbi dat ganze Heer,
Un Du weerst mit derbi.

Wenn ut de Böm de Blæder fallt,
So denk ik glik an Di:
So full se menni brawe Jung,
Un Du weerst mit derbi.

Denn sett ik mi so truri hin
Un denk so vel an Di.
Jk et alleen min Abendbrot —
Un Du büst nich derbi.

De ole Harfenistin.

Jk weer mal junk un schön,
Dat's nu ni mehr to sehn.
Jk harr de Rosen op de Back,
Jk harr de Lucken um de Nack;
  Wa¹) weer ik junk un schön!
  Wa weer ik junk un schön!

Jk sung vær Lust un Moth,
Jk sung vær Kleen un Grot,
Un Alle, de mi hörn un sehn,
De sän²), ik weer so junk un schön.
  Wa harr ik Lust un Moth!
  Wa harr ik Lust un Moth!

---

¹) wie. — ²) sagten.

Ik dach ni an de Noth,
Ik dach ni an den Dod.
Vun Mark to Mark, vun Hus to Hus,
Un wo ik keem, dar weer't en Lust:
Wer dach wul anne Noth?
Wer dach wul an den Dod?

Ik sing noch jümmer fort,
Un krup vun Ort to Ort,
Un wenn ik sing vun Lust un Lev,
Wer fragt mi nu, warum ik bev[1])?
Ik sing man jümmer fort,
Ik sing man jümmer fort.

Verlarn.

Sin Moder geit un jammert,
Sin Vader wischt de Thran,
Ik melk de Köh un feg de Stuv,
Mi lat se stan un gan.

De Nawers kamt to trösten
Un snackt en hartli Wort,
Un wenn se tröst, un wenn se weent,
Slik ik mi truri fort.

Des Abends inne Kamer
Bi depe düstre Nach,
Denn ween ik all de Laken natt,
Bet an den hellen Dag.

---

[1]) bebe, zittere.

Se hebbt je noch en annern,
Se hebbt je noch en Sœn:
Ik heff je nix as bittre Thran'n
Un mutt se heemli ween'n.

Un kamt sin Kameraden
Un seggt, wa brav he weer,
So mutt ik rut alleen nan Hof
Un legg mi anne Eer.

Mi dünkt, ik hör dat Scheten,
Un wa de Kugeln fallt,
Mi dünkt, ik hör, he röppt, he röppt:
Min Anna, kumm man bald!

Min Annamedder[1]).

Ei, Du lüttje Flaskopp,
Ik fret Di vœr Leev op!
Wat hest Du værn Pusbacken,
Noch söter as Twebacken!
Ei, Du lüttje Flaskopp,
Ik fret Di noch op!

Ei, Du lüttje Wisnut[2]),
Wa börst Du[3]) Din Hans ut!
De Tung geit as en Lammersteert[4]),
Din Hans is keen Dreelnk[5]) weerth.
Ei, Du lüttje Wisnut,
Wa schellst Du mi ut!

---

[1]) Anna Mühmchen. — [2]) Naseweis. — [3]) wie schiltst Du. — [4]) Lämmerschwanz. — [5]) Drelink, 3 Pfennige.

Ei, Du lüttje Witt=Tähn¹),
Wat mag'k Di geern dull sehn!
Wa se klœtert²) as en Kaffemœl,
Wa se plœtert³) as en Möserstœl⁴)!
Ei, Du lüttje Witt=Tähn,
Wat mag'k Di geern sehn!

Ei, Du lüttje Keithahn⁵),
Wat kikst mi kasprat⁶) an!
Kumm, wullt mi to Kopp flegn?
Jk heff noch keen Düt⁷) kregn!
Ei, Du lüttje Keithahn,
Wat kikst Du mi an!

Ei, min lüttje Annameller⁸),
Kannst mi afwischn as'n Briteller,
Kannst mi utwrengn as'n Fatdok⁹),
Jnne Eck stelln as'n Handstock.
Ei, min lüttje Annamedder,
Jk bün slantig¹⁰) as en Dok!

Hanne ut Frankrik.

„Garderut mutt Een vertelln, se weet je son nüdlige Stückschen!"
Seggt Anngreten un smustert un pult in'ne Lamp mit den Knüttwir¹¹),
Schult¹²) dat Gesicht mit de Hand un kikt na de Eck achtern Kachlab'n.
„Dat ni umsunst, dat ik kam! Vunabnd is en Wedder, dat dull is!
„Harr Jehann Paul mi ni holn, bi de Farwer sin Eck weer ik wegweiht;
„Awer ik weet ni, wa't kumt, is de Kœk rein, mutt ik nän Klingbarg!"
Seggt se un glupt na de Bank, wo Paul sitt so stramm as en Halsbinn'.

---

¹) Weißzahn. — ²) klirrt. — ³) plaudert. — ⁴) Mörserstiel. — ⁵) scherz=
haft: ein Mädchen von keckem Wesen. — ⁶) desperat, vor Zorn außer sich. —
⁷) Kuß. — ⁸) Anna Mühmchen. — ⁹) Tellertuch. — ¹⁰) schlaff. — ¹¹) Strick=
nadel. — ¹²) verbirgt.

Paul weer de Bruer sin Sœn, un Greten er Vader weer Wewer,
Un se wev em en en Ked, noch finer as Harstid¹) en Spinnwipp,
Fein un mit dammasten Inslag, un spol em nu fast, dat en Lust weer!
Awer bi Garden²) an Barg dar knütt³) se de Fisseln tot Fangnett.

Dar weer dat Junkvolk er Börs', de Anwaß⁴) lehr dar dat Smöken.
Sünndags keem Hans mitte Fleit⁵), denn petten se ok wul en Danz af.⁶),
Un achter Permark⁷) in Heid, so öben se hier sik de Leder.

Jüst as Anngreten noch snack, do schall der ant Finster en Fottritt,
Denn knarr de Klink un de Dœr, un en Baßstimm tramp sik den Snee af,
Grappel⁸) nan Dreier, tred in un stunn as en Bom vœr de Stubndœr.
„Hartwi!"—„Gunabend, Anngret! Gardrutjen, wat is dat en Sneejagd!
„Dat Di! de Döwel swingt Flaß und smitt uns dat Schev umme Ohren.
„Sieh doch! Jan Paulohm dar ok? de Haspel is jümmer bi't Spinnrad!"
„Hatti," fallt Greet em int Wort, „ik bed ebn ol Garden⁹) um'n Märken,
„Awer se's stumm as en Stock, se hett wul vundag'¹⁰) nich ern Guden."

„Märken?" lacht Hartwi, „man to, man recht en ol Stück ut de Muskist!
„Weet se noch, Garden? son Dünjen¹¹) as dat vun de Diern, de sik dot ween,
„Oder as dat, wo de Kerl mit blödige¹²) Thran noch en Bref schrev!
„Och, dat's so röri to hörn, — vœr allen, wenn man daran wackelt,
„Un wenn Anngreten dat Klun söcht¹³) un gau¹⁴) ünnerwegens de Ogn wischt.
„Och, son barmharti Geschicht — is söter as Sucker un Tittmelk¹⁵)!"

Darbi vertrock he den Mund un schür sik de Nœs mit sin Jackslipp¹⁶),
Greten smeet snippsch mit den Kopp, un Paul mak en Flip as en Geestrun¹⁷);
Awer Gertrude war dull un scholl op den weligen¹⁸) Unchrist:

Scham Di wat, Hartwi, Du Sleef¹⁹)! de Spott is de Böse sin Angel!
Mennig Een stichelt so lang, bet em sülften de Natel int Hart stickt;
Fatst Du em an, geit he deper, un treckst Du em ruter, so blöttst Du!
Lat Di noch warschu'n²⁰) in Tiden: de Œwermoth kumt vœrn Fallen.

---
¹) Herbstzeit. — ²) Gertrud. — ³) knotet. — ⁴) die heranwachsende Jugend.
— ⁵) Flöte. — ⁶) traten (machten) sie auch wohl einen Tanz. — ⁷) Pferdemarkt.
— ⁸) griff. — ⁹) alt Gertrud. — ¹⁰) heute. — ¹¹) Schnurre. — ¹²) blutige. — ¹³) das
Garnknäuel sucht. — ¹⁴) schnell. — ¹⁵) Muttermilch. — ¹⁶) Jackenzipfel.
— ¹⁷) und Paul sieht trübselig aus wie ein Geestbauernpferd. — ¹⁸) ausgelassenen.
— ¹⁹) Schlingel. — ²⁰) warnen.

Weer ni de Püttjer[1]) sin Hans? dat weer ok jümmer son Wißnut,
Rappmuli[2]) weer he un spöttsch un jümmer vull Witzen un Faxen:
Drill[3]) he de Dierns bi den Danz, so brü'[4]) he de Oln bi de Arbeit;
Lewer to Mark as to Kark, un sin Globen sin deftigen Knaken[5]).
„Hol Di an Tun[6]),“ weer sin Wort, „de Himmel is doch nich to recken[7])!“
Awer nu hollt dat sik wat! nu humpelt he lahm un an Krücken.
Doch Du büst ni so slimm, Di stekt man mitünner de Fettbun[8]).
Fasslabnd[9]) — dat weer Di son Streich — den Snider in'n Kohlhof to smiten!
Harr he de Leden[10]) verrenkt, so war he Di knipen in'n Zwickmoel[11])!

So sünd de Jungen, Gottleider! se weet ni vær Wel[12]), wat se opstellt,
Un ward wi stukflig[13]) un old, so sünd wi tofredn, wenn wi Ruh hebbt,“ —

Seggt se, as weer se alleen, un snack mit er egen Gedanken,
Mummel[14]) un schütt[15]) mit den Kopp un nül sik tosam[16]) in ern Læhnstohl.
Ünner den Koppdock seegn 'n paar Spilen[17]) vun isgraue Haar rut,
All de Runzeln warn deper, as jüs dat Licht oppe Back schin,
Un as dat knœkrige[18]) Kinn in de knœkrige Hand oppe Bost[19]) full.
Ganz verdeept in sik sülm so huck se in Dutten[20]) un gruwel,
Mummel und schüttel den Kopp und krau sik de Back mit'en Finger.

Hartwi sett sik an'n Disch, un Greten knütt as en Uhrwark,
Seeg sik ni op un ni um un hör ni, wat Hartwi er topust[21]).
Garderut kenn' se opt Prick[22]), de leten se ruhig betemen[23]),
Harr de er Schur[24]) œwerstan, so rich se sik op as en Wichel[25]),
Bögt se sik, brickt se doch nich, un will se sik richen, so knarrt se.

„Gœrn[26]), weet ni, wat se bedrivt, un jammert denn, wenn dat to lat[27]) is!
Eerst stöt se't Glück mit de Föt un sammelt de Stück denn mit Thranen.
Awer de Oln ward ni hört!“ — un darbi glup se na Hartwi,
Wa he dar seet as en Eek[28]) un bi em Anngret as en Hofros',
Un er oln Ogen warn blank, un de runzligen Backen warn glatter.

---

[1]) Töpfer. — [2]) rappmäulig. — [3]) drehte. — [4]) neckte. — [5]) derben Knochen. — [6]) Zaun. — [7]) erreichen. — [8]) Dich plagt nur mitunter der Übermuth. — [9]) Fastnacht. — [10]) Glieder. — [11]) in die Enge treiben. — [12]) Übermuth. — [13]) gebrechlich. — [14]) murmelt. — [15]) schüttelt. — [16]) sinkt zusammen. — [17]) Spitzen. — [18]) knöcherne. — [19]) Brust. — [20]) zusammengekauert. — [21]) zublasen, zuflüstern. — [22]) ganz genau. — [23]) gewähren. — [24]) Schauer. — [25]) Weidenbaum. — [26]) Kinder. — [27]) spät. — [28]) Eiche.

„As ik noch junk weer," so klœn¹) se, un allnagrad²) rich se sik höger,
„Lepen wi jümmer bi'n Discher un spunn' unse Flaß inne Warksted.
Dar harrn wi't Rik denn alleen, wenn de Oln in Dörnsch³) al to Bett weern.
Dat's nu al menni Dag her, al lang vœr de Brand inne Burstrat.

Wo nu de Kaspelvagt⁴) wahnt, stunn do en prächtiges Burhus,
Orndlich en Pump inne Strat un en Blomhof vœrt Finster mit Stackelsch⁵).
Witt as en Krid weern de Stipers⁶) un jede mit Grön oppen Tippel⁷),
Un oppe Pump weer en Steern un baben an Gewel en Inschrift,
Ok en Kastanje vœr Dœr mit en Bank rum, in Schatten to sitten.
Keemn wi int Fröjahr ut Feld, so seegn wi den Bom al vun Feerns,
Dicht besett vunne Blöm, un rund, as in Winter en Sneebarg.
Gungn wi denn dweer⁸) œwern Karkhof un keken bi'n Steen dœr de Porten,
Seegn wi so seker as wat — as baben an de Karkwand de Sünnuhr —
Ünner den Bom oppe Bank ol Mumme alleen mit de Kalkpip.

He harr uns bannig in Schock⁹), denn plücken wie Blöm in sin Grashof,
Darmit so stov he herut un smeet na uns Dierns mit de Nachmütz.
Ik weer noch Kind un weer schu, un hör ik em slurrn op sin Tüffeln,
Flog ik, as harr ik wat sehn. — Ik seeg em noch jümmer inn Kneebüx¹⁰),
Sülwerne Spangn anne Sit un de Strümp as en Dischdek so sauber.
He goll vœr rik as en Steen, un weer seker en schewigen Gizhals.
Lüttje Lüd trocken ern Hot bet na Eer, wenn he blot anne Mütz tück.
Bi em keem der keen Minsch, as dann un wann de Persepter¹¹),
Oft snack he lud bi sik sülm un krau mit de Kalkpip int Nackhaar,
Schov sik de Mütz int Gesich un rev sik de Steern mit de Fingern:
Ole Lüd plegden to seggn, he rev sik sin Fru int Geweten.

De weer vœr Jahrn al storben, man meen, vœr Kummer un Hartleed,
Awer de Armen un Swachen de drogn er noch lang int Gedenken.
Se weer en finere Fru, as sunst sik nan Dörpen herutfinnt,
Hochdütsch kunn se un all, un lidsam weer se un weekli¹²),
Rein so bleek as en Lik¹³) un swartli vun Haar un vun Ogen.
Mellersche plegg mi to seggn: se weer as en Mutter Maria.

---

¹) so erzählte sie weit ausholend. — ²) allgemach. — ³) Stube, heizbares Zimmer. — ⁴) Kirchspielvogt. — ⁵) Stackett. — ⁶) Stackettstäbe. — ⁷) Spitze. — ⁸) quer. — ⁹) gewaltig in Schach. — ¹⁰) Kniehosen. — ¹¹) Präzeptor, Lehrer. — ¹²) weichlich, zart. — ¹³) Leiche.

Wat er Familie weer, dat kregen wi nümmer to weten;
Mumme weer fröher op Scholen un broch er mit sik ut Dütschland.
Ewerflot harr se genog, doch kümmerli gut vun er Leben:
Welk se doch hin as en Lilg int fette Land sünder Regen.
Een lütt Diern leet se na, de weer er as ut't Gesich snedn:
Jüs so düster vun Haar un smetsch un rank¹) as en Pappel,
Un vun Backen so fin as en Blatt ut en Knuppen vun'n Maandros'²).
Mumme nöm³) er Johanna, un wi sän⁴) wul Hannchen ut Frankrik.
O! wa weer dat en Diern! wa kunn se lesen un beden!
Un wat harr se en Stimm! un wa stunn' er de Knoern⁵) tum Danzen!
Awer se harr ok wat kost an all dat Papier un de Böker,
Un bi Persepter alleen — ik löv, he nöm dat Privatstunn.
Noch na de Konfermatschon, dat weer uns min Dag noch ni værkam',
Gung se des Abends na Schol un drog langs dat Dörp mit er Böker.
Schrad gegn de Schol wahn de Discher; de Warksted gung na de Strat rut.
Seten wi dar denn in Schummern, so keken wi rœwer dœrt Finster;
Denn seet se iwrig un les' un de Psepter le er de Schrift ut,
Wis' mitte Finger int Bok un gruwel un teken Figuren,
Fech⁶) mit de Arms, stunn op un tippel er nös⁷) oppe Backen.
Keek se denn op na de Ol, so weer se doch jüst as en Engel,
Un de Persepter so blid⁸), as harr he en Narrn in er freten.

Speln dè⁹) se wenig as Kind: dat kunn ol Mumme ni liden,
Utgan — dar gev he nich um, un sin Hus — dar weer uns dat gruli.
As wi nu opbedn harrn¹⁰) — Johanna weer wücke¹¹) Jahr jünger —
Kreegn wi er kum mehr to sehn, as nözen⁷) des Abnds bi'n Persepter
Un oppe Strat dann un wann, wenn se hingung oder to Hus leep.
Vœrjahrs — dat twete darna — se harr Winters værher inne Kark bedn,
Seetn wi ok Schummern to spinn'— dat weer jüst so luri¹²) int Wedder,
Summer un Winter de scheedn sik, an Heben hung swar en Gewitter —
Dat's mi noch jüst as vundag' — un all de Finstern weern apen —
Wi sungn: Willkommen o selger," dat weer do vœr korten eerst opbrocht, —
Sieh! dar keek Een int Finster, un jede reep: Hannchen ut Frankrik!
Alle weern still as en Mus, un dat Singn keem op eenmal int Stocken,
Awer se bed uns mit Eens: wi muchen dat Leed doch to Enn' bringn.

---

¹) biegsam und schlank. — ²) Knospe von einer Mondrose. — ³) nannte. —
⁴) sagten. — ⁵) Fußknöchel. — ⁶) fuchtelte. — ⁷) nachher. — ⁸) freundlich. —
⁹) that. — ¹⁰) konfirmiert waren. — ¹¹) einige. — ¹²) lau.

„Hannemus! kumm doch mal rin!" reep do de Möller fin Trinken,
„Süh, dat Gewitter kumt op, denn hollt de Persepter keen Lehrstunn;
„Hier sünd wi hartli vergnögt, denn wüllt wi dat Leed ok to Enn' singn."
Darmit so leep se hinut un trock er an Arm inne Warksted.

„Na! denn man los!" sä se denn, un sett sik in Eck oppe Snibank¹);
Un as wie Anneren sungn, do hör se un wisch sik de Ogen.
„Wat's dat en köstliches Leed!" so frei se sik, as wi dat ut harrn.
„Awer nu mutt ik to Stunn, dat Wedder kumt doch ni ton Utbruch,
„Un de Persepter ward bös, wenn son groten Scholjung noch schulnleep²)."
Darmit wünsch se Gunnacht un trippel schreeg œwer de Strat weg,
Sä ok, wenn't wedder so paß, so keem se en Abend mal wedder.

Mank uns jungn Lüd, de der keem, weer ok de Möller sin Vetter,
'n Bengel, as weer he di dreiht³) un smuck, as ut Kokendeeg wültert⁴).
Börtig weer he ut Möldorp un gung dar Jahren op Scholen,
Awer sin Moder weer storbn, un nu wull he lehrn op en Thierarzt.
Bi sin Vetter de Möller dar seeg he na't Plögen und Seiden⁵),
Un bi de Mekelnborgsch Smid dar öv he sik in op dat Smeden.
Na un na war he bekannt un keem ok mitünner bi 'n Discher —
Niederträchti⁶) un nett, un lehr uns de nüblig̈sten Leder.
Jümmer ging he inn Rock mit en goldroth Band umme Mütz rum,
Eersttid ok mit en Snurrbart, doch harr he den widerhen afnahm'.
Trinaken much em wul liden, un erumlütt⁷) sä se: min Vetter;
Un wi Æwrigen meen', dat war mit de Tid wul en Brutpaar:
Trina weer drall un adrett, er Vader weer Möller un Krogweerth;
Gev he em Geld to studeern, so gev he em seker sin Dochder. —
Keemn se, so keem se tosam, un gungn se, so gungn se mitander.
„Trinaken" achter un vœr, mitünner ok „lüttje⁸) Cousine".

Abends darop, as wi spunn', wer wedder keem, weer unse Hannchen,
Seet inne Eck oppe Bank un hör na uns Pappeln un Lachen,
Plœter⁹) ok sülbn mal Eens mit, un ded, as wenn se dermank hör —
Hermann un Trinaken ok, un Trinaken bi er to ficheln¹⁰).
Bald keem keen Schummern int Land, dat Paar keem tosam achtern Dik¹¹) um,
Hanne gung linglangs de Strat — un dropen sik jüst bi den Discher.

---

¹) Schneidebank. — ²) die Schule schwänzt. — ³) gebrechselt. — ⁴) als aus Kuchenteig gewälzt. — ⁵) Pflügen und Säen. — ⁶) bescheiden. — ⁷) alle Augenblick. — ⁸) kleine. — ⁹) plauderte. — ¹⁰) liebkosen, Backen streichen. — ¹¹) Teich.

Och, wat weern dat vœr Abends, wa weern wie fröhli un glückli!
Alle noch junk un vergnögt, un kennen keen Grillen un Sorgen!
Jümmer snacken un lachen, as wenn der keen Tall[1]) un keen Enn' weer.
Hannchen harr allerlei les't un sprok mit Hermann ut Böker,
Un se vertelln sik de Räuber, dat weer en gruliges Schuspel.
Hannchen harr dat man les't, un Hermann harr't sehn opt Theater:
Wa dar een Broder den Broder bedröwt, bet de Een inne Krieg geit,
Un wat sin Brut to Hus weent, un de Anner mit Listen er vœrsnackt,
Wa he sik schändli verstellt, un sin listigen[2]) Vader in'n Thorn[3]) smitt,
Dat he lebenni verhungert, un wa nu de Anner to Hus kumt,
As Räuwerhauptmann, un wa he em sinn' deit, un ruttreckt — sin Ole,
Un de Bedreger sik dot stickt un darop lebenni na Höll fahrt:
O! dat weer gruli to hörn, Een kropen de Gresen[4]) den Rügg lank ...
Wat ik man seggn wull — mitünner so sungn de Beiden en Stückschen,
Hannchen so fin as en Swölk[5]), un Hermann en Stimm, dat de Stuv klung;
Alltosam hörn wi denn to un wunnern sik, wa dat doch mæglich.

Gegen de Aarn[6]) hinut muß Trina en Tidlang to Hus blihn.
Denn er Vader weer Möller un de Tid gewöhnli na Heide[7])
Oder na Möldorp to Mark, un Mittweks na Marsch[8]) op den Handel,
Of weer der sunst wat to don, un Een harr genog anne Weerthschop.
Hermann stell sik doch in, un wie Annern all as gewöhnli.
Hannchen er Mod[9]) weer dat al, to Hus mit de Beidn achtern Dik um,
Un as Trina nu fehl, spazeerten de Twee der settander[10]),
Hannchen an Hermann sin Arm, un snacken — as junge Lüd Bruk is.

Mal ins do gungn se ok weg — dat weer oppen Sünndag vœrt Jahrmarkt —
Och, ik weet't noch so gut! wi snacken des Abends vunt Danzen,
Wa wi na'n Möller hin wulln, un wanehr un wasück un wadenni,
Un wi sticheln op Hermann, ob de uns den Block ok wul afneem[11]),
Durn ok all œwer[12]) Hanne, dat se des Abnds ni ut Hus kunn.
Peter Wilhelm un ik — de später min selige Mann weer —
Seten noch ruhi to snacken — de Twee gungn jümmer wat fröher,
Dat ol Mumme sik inbild', sin Dochder keem vun Persepter —

---

[1]) Zahl. — [2]) leiblichen. — [3]) Turm. — [4]) kroch der Schauder. — [5]) Schwalbe. — [6]) Ernte. — [7]) die Stadt Heide in Norddithmarschen. — [8]) das tiefliegende Flachland in Holstein. — [9]) Mode, Gewohnheit. — [10]) selbander. — [11]) ob er auch wohl das Mädchen zuerst zum Tanz auffordere. — [12]) bedauerten auch alle.

Seten noch ruhi to klænen¹) — mit eenmal flog bi de Dœr op,
Störtt dar Een rin na de Stuv un lingelang hin oppen Fotborrn²),
Leeg dar un wülter³) sik rum un schreeg un harr sik vertwifelt.
Wilhelm reep: „Hermann, wa is Di! wat feilt Di, wat hett Di bedrapen?
„Kumm inne Höch un sta op un segg uns, wat is Der vern Unglück?
„Is der Een dot oder krank? Is Trinaken Möllersche dot blebn?"
Darmit brok dat herut: „Johanna!" un „Hanne! min Hanne!"
Ween he ni lud as en Kind, un weer doch en Kerl as en Eekbom,
Snucker⁴) un kunn sik ni faten un wander herum inne Warkfted.

Wilhelm weer gänzli entzückt⁵) — doch ik harr al lang de Gedanken,
Dach un dich⁶) in min Sinn: wenn dat man en glückliches Enn' nimmt!
Och! nu harrn wi de Noth! un dat Unglück treb œwern Drüssel⁷)!

Allnagrad keem em de Sprak, un he sä⁸) uns de ganze Geschichte:
Hannchen un he weern sik gut un harrn sik dat lang apenbaert;
Trinaken muß der nix af, de harr he geschick achtert Licht föhrt;
Geld muß sin Vetter em gebn, sunst kunn he op Scholen keen Land sehn,
Harr he wat lehrt un weer Thierarzt, so dacht he em tru to betalen;
Awer sin Dochder to nehm', dat weer em vun Harten ni mœglich.
Mumme? dat weer ni to denken, as wenn he en Mann weer, de Brot harr.

Eben weern se nu beid achtern Dik gan un harrn dat bespraken,
Gungn bet na Mœl anne Brügg, wo dicht ant Stegelsch⁹) de Bank steit,
Setten sik dal in Gedanken un bu'n sik en glückliche Tokunft,
Gänzli vergeten un seli, un Een mit de Arm um de Anner:
Mutt dar ni jüst de Böse de Trina na'n Waterbek rutföhrn,
Oder en Fikenvertellersch¹⁰), de Annerlüd Rüigkeit todriggt —
Seker kunn he't nich seggn, doch hör he in Drom as en Ammer¹¹),
Denn stunn in Maanschin en Schatten, un vœr em — sin Vetter, de Möller:
Hest Du mi, kannst Du mi! sieh! un lacht as de Döwel bi'n Schandpahl,
Fangt an to schantern¹²) un schelln un „Kumm mi man nie œwern Drüssel!"

Ruhi hört he em an, as en Sünner dat Heider Consteren¹³);
Doch as he Hannchen beschimpt, er breet vœrt Stegelsch in Weg tritt,

---
¹) gemütlich zu plaudern. — ²) Fußboden. — ³) wälzte. — ⁴) schluchzte. —
⁵) entsetzt. — ⁶) dachte und dichtete. — ⁷) Schwelle. — ⁸) sagte. — ⁹) Vorrichtung
zum Übersteigen eines Zaunes. — ¹⁰) Klätscherin. — ¹¹) es war ihm, als hätte
[er das Klappen eines Eimers gehört. — ¹²) schimpfen. — ¹³) Consistorium.

As he er „Minsch" nömt un „So Een" un Trina er Kopp umme Eck schult[1]),
Stiggt em de Gall inne Bost un löppt em de Lus lank de Lewer:
Kriggt den Möller to faten un smitt em koppheister[2]) in'n Mœlnbek.
Hanne schriggt op un darvun, un he löppt in Rasen na'n Discher.
Nu weer gude Rath dür! de Möller kunn jüst ni verdrinken,
Awer de Unglücksknner un all dat Jammern un Hartleed!

Mumme war je katholsch, denn de Möller war je nich swigen[3])!
Un wi dachten an Hanne er unglückselige Moder;
War er dat eben so gan, so leeg se wul bald oppen Karkhof.

Awer de grötste Noth de weer mit den rasenden Hermann!
Kum mit Vertellen to Enn', so smeet he sik œwer de Snibank,
Denn sprung he op un leep rum un sä, he wull glik na ol Mumme,
Warrn kun nu doch nix ut em, so wull he denn Bös un Gewalt don.

Wilhelm tüsch[4]) em un bed em, un ik weck de Discher sin Vader —
De harr en anslägschen Kopp, harr reis't, weer old un vernünfti —
Sä em gau de Geschich un vertell em dat, as he sik antrock,
Bed em vun Himmel to Eer, he schull doch sin Best don, wat mœgli.

Gutharti hör he mi an, doch schüttel he oft mit den Graukopp,
Gung denn herin na de Warkfted un söch ok Hermann to trösten.
„Nich to hasti, min Sœn, wull[5]) weet, wa Allens sik dreihn kann!"
Sä he un fat em de Hand un tippel em sach oppe Backen.

Eerstan weer he ok still, doch full he bald wedder int Rasen,
Slog sik un fluch op sik sülbn un harr sik, as wull he sik umbringn.
Endli keem he to Ruh, un wi menen, nu kunn dat noch gut warrn,
Dachten gar nich daran, wa vel dar sunften noch tohör.
Bleek as en Lik seet he dar un trock sik de Mütz inne Ogen,
Stunn denn op un gung rut, wi leten em ruhi betemen,
Dachten, he war sik besinn' un seten gedülli to töben[6]).

As wi so lurn un lurn, de Tid war länger un länger,
Hermann keem ni torügg, wi wussen nich, wa dat wul togung,
Schicken wi Wilhelm herut, dat he na seeg, wo he doch afblev.

---

[1]) lauernd blickt. — [2]) kopfüber. — [3]) verschwiegen. — [4]) beschwichtigt. —
[5]) wer. — [6]) geduldig zu warten.

Wilhelm ruter, un seeg, un söch, un nöm em, un reep em —
Gung noch den Hof langs un pral[1]) — de ni antworten dè[2]), dat weer
Hermann.
Weg weer he, weg as verweiht, Gott wuß, wo he stabn oder flagn[3]) weer.
Annern Dags fragden wi rum un söchden in Söd[4]) un in Dit na,
Dachten noch jümmer, he keem, verfeern[5]) uns, wenn Abends de Dœr gung,
Sproken vun nix as vun em — de ni wedderkam' dè, dat weer Hermann.
Eerst weern wi All as verlaten, de Discherwarkstted as utstorbn,
Allnagrad keem wi wul wedder, doch wull dat min Dag' ni mehr flaschen[6]).
Nößen verteℓℓ uns en Slachter, de fette Ossen heropbroch,
He harr in Hamborg Een sehn vun Buart jüst as de Thierarzt —
So war he nömt vun de Lüd —, he weer em bi'n Eck ut Gesich kam'.

Hannchen weer ok as verswun'n, un keem mit keen Fot œwern Drüssel[7]).
Wi harrn en Schrecken un Angst, ol Mumme much er wat to neeg don[8]).
Krüschan de Farwer, de Ol, de nu so krumm un so stif is,
Weer do en hennigen[9]) Jung un flink oppe Been, as en Vagel,
De muß denn öfter to Weg' un rin in Kastanje to luern.
Denn vœr de Wahnstuv weern Luken[10]) un dicht bi de Pump leeg de Kednhund.
Nix weer dœrt Lichtlock to sehn, as Mumme sin Müt un de Kalkpip,
Jümmer in Eck op sin Stohl, un Aℓℓens so still as en Beenhus[11]).

Mumme sin Knechen un Dierns harrn er Stuv rut na'n achtern bi'n Pesel[12]),
De kunn' uns ok nix verteℓℓn, un Een arm Dirn muß wul swigen.
Dat weer en Stukel[13]) un dof, witlöfti vun Mumme sin Fründschop,
Keem ok int Jahr ni to Strat, un eet er barmhartige Gnadbrot.
As ik er doch enmal drop bi'n Kopmann, wo Mumme Tabak hal,
Wink ik er to mitte Hann' un schreg inne Ohren: „Johanna!!"
Och! wat mak se'n Gesich un keek, as wenn se verblixt[14]) weer,
Neem denn de Eck vunne Schört un wisch sik de Ogen un sä denn:
„Weent jümmer los, jümmer los" — un mit dem so streek se ut Hus rut.

So vergung wul en Jahr, min Wilhelm un ik geben Hochtid,
Grotvader Discher blev dot un de Möller trock[15]) rœwer na't Holsten[16]),
Aℓℓens war anners un still, un bi Mumme dar grön de Kastanje.

---

[1]) rief laut. — [2]) that. — [3]) gestoben und geflogen. — [4]) Brunnen. — [5]) erschreckten. — [6]) von Statten gehen. — [7]) Schwelle. — [8]) einem etwas zu fügen, was an Gesundheit und Leben geht. — [9]) behende, flink — [10]) Fensterladen. — [11]) Beinhaus, Leichenhaus. — [12]) der am Hinterende des ditmarscher Bauernhauses liegende Saal. — [13]) Krüppel. — [14]) vom Blitz getroffen. — [15]) zog. — [16]) Holstein.

Ik un min Mann weern tofreden un jümmer den Dag lank bi't Arbeidn,
Sproken of selten vun Hanne: dat weer uns, as wenn se begravt weer.
Do mal en Morgen, noch fröh, ik stunn bi de Tassen to waschen,
Kumt dar de junge Barbeer, de sik hier in Winter eerst sett harr,
Kumt un læhnt sik ant Schapp[1]), min Mann weer of vun sin Kunden,
Hett sik un beit sik so wichtig, as wenn he den Freden in Sack harr,
Seggt: „Nu weet ik wat Nies: ol Mumme sin Dochder schall'n Mann hemm."
Slog mi dat doch oppet Hart, as de Dunner bi helligen Sünnschin!
Full mi de Taß ut de Hand un entwei, un ik frag em: „Wokeen[2]) denn?";
„Rath enmal," seggt he, un grint, un na Nœlen, un Dweren[3]), un Quälen
Keem denn doch endli de Kater tum Sack rut: de Vullmach[4]) sin Steefsœn!
Dat weer keen boshaften Minschen, doch ni weer't en Bengel tum Breken,
Drœni[5]) un tauli[6]) un tœsi[7]) un rech as en vulle Verstandskist:
Gras hör he waffen un Geld kunn he rüken[8]) un Allens besiweln[9]);
Næswater[10]) nœm' wi en jümmer un of wul Herr Vullmach sin Handlamm[11]).
De un Hannchen? — dat weer mi, as kreeg de Prinzessin den Kohharr[12]),
As uns wul Märkens vertellt — wo de Kohharr sik awer verwandelt.
Disse seet fast in sin Hut, de war sik gewiß ni mehr pöppen,
Weer al so drög[13]) inne Wickeln, as anner Lüd hoch inne Föffdig.
Awer de Bengel harr Geld un Utsicht ton wichtige Arffchop;
Mumme bereken sin Zinsweerth un keek na't Gesich oppe Speetschen[14]).

Doch ik much dichen un denken, un dat dat ni mœgli un mœgli:
Enige Weken derop, do stunn' se tosamen væern Altar. —

Breken vull weer de Kark; se stegen op Stöhl un op Banken,
Kopp an Kopp bet na't Chor, un Persepter de spel oppe Orgel.
Hanne kunn ik ni sehn vœr all de Minschen un Kinner;
Awer as se torüggkeem un langs den Stig na de Dœr gung,
Sän de Kinner: „Wa witt!" un wücke[15]) sän: „Mutter Maria!"
Och! dat drop mi de Seel, un ik slog de Ogen na baben,

---

[1]) Schrank. — [2]) wen. — [3]) Zögern und Hin- und Herreden. — [4]) Landesbevollmächtigter, ditm. Landesdeputirter aus dem Bauernstande. — [5]) dröhnig, von zögerndem, knarrendem Sprechen und entsprechendem Charakter. — [6]) die Worte im Sprechen ziehend. — [7]) schleppend, langsam. — [8]) riechen. — [9]) altklug bemäkeln, beklügeln. — [10]) Nasenwasser, sprichw. Schimpfname für einen unberufenen altklugen Tadler. — [11]) ein Lamm, das handzahm ist, der Hand seines Herrn folgt. — [12]) Kuhhirten. — [13]) trocken. — [14]) Speziesthaler, 1½ Thaler preußisch. — [15]) einige.

Sieh! un seeg den Persepter, de ærwert Geländer herasskeek;
Och! wa schov he sin Kapp, de ol Mann, un wa bitterli ween he!
Un as se alle herut weern, do spel he noch lisen: „Was Gott thut."

Jahren verlepen un kemen, dat weer inne grulige Kriegstid,
Nix as vun Krieg un vun Krieg un von Bonpart un all, de he dot slog,
Eerst ut de Feern un Avisen¹), un bald darop neger un neger.
Denn keem de schreckliche Winter vun Veertein un mit em de Russen,
Nößen de Dütschen un Spanjer, Franzosen un all wat en Nam' harr.
Nargens en blibende Sted, un dat Volk as wenn't jümmerlos umtrock.
Denn keem de Brand inne Burstrat, de't halwe Dörp inne Asch le;
Mumme sin Hus brenn ok af, mitsamt de grote Kastanje.
Mumme weer al begrabn bi den Steen, wo ik sunst dær de Port keek,
Un unse Bullmach sin Steefsœn de kreeg to vel bi dat Redden.
Kümmerli sük he der hin un leeg ok bald oppen Karkhof.
Gott heff em seli darna! op Eern harr he weni Vergnögen!
Mumme bruk em as Knecht un stött mit em rum as en Tüffel²),
Hannchen much em ni liden un dach wul noch jümmer an Hermann,
Kinner harrn se ok nich, de sunst doch de Harten tosamholt;
Un bi all sin Vernunft un bi all sin Knausern un Schrapen³),
As de wirrige Tid keem, verlor he sin Kopp un sin Rikdag⁴).
Mumme harr sülbn nich so vel, as wi tovœrn uns wul inbilln,
Arfschop un Allens blev ut, de Lasten stegen un stegen,
Rüggwarts gung dat un rüggwarts, bet Föhr un Fähr⁵) oppen Sand seet:
Hannchen harr kum noch to leben, as endli de Burstell verkofft war.

Harstid darop ins en Dag do heet dat, nu keemn der Soldaten,
'n heel⁶) Regiment un so vel, as wi noch min Lebend ni sehn harrn.
Ik stunn jüst vœr de Dœr, dat weer en mulleri Wedder⁷),
Gegen Martini un so, de Kreiden⁸) spazeern oppe Straten.
As ik so stunn un dat hör un jüst nix Wichtigs to don harr,
Neem ik min Knüttüg⁹) in Hand un gung hinop na den Karkhof.
Dar weer do wit hin en Utsich, as Mumme sin Hus noch in Dutt¹⁰) leeg,
Wit langs de Landstrat hentlank bet baben na't Holt anne Heidbarg.

---

¹) Zeitungen. — ²) Pantoffel. — ³) Scharren. — ⁴) Reichthum. — ⁵) Furche und Fuhre (Haus und Hof). — ⁶) ganzes. — ⁷) trübes, aber warmes Wetter. — ⁸) Krähen. — ⁹) Strickzeug. — ¹⁰) Trümmern.

Nichti! dar weern se to sehn, vun Norwold bet dal na de Depen,
Jüst as en Ked sünner Enn', de de Schipper ut Water heruttreckt.
Al as de vœrsten verswunn' vœr de sottigen[1]) Muern un Balken,
Keemn wedder nie[2]) ut Holt, de eben de Ogen noch recken[3]).

As ik so keek inne Feern, ob noch nich de letzten to sehn weern,
Trampeln al Per oppe Brügg, wo de Bek achter Mumme sin Hof leep,
Un in den Ogenblick drop so keem' of de Eersten tum Vœrschin
Twischen de Prester un Mumm', wo de enge Strat na de Weg föhrt,
Hoch to Per un bestaben[4]), mit rode Röck un mit Säweln,
Reden heran na de Mur un heeln mi to Föten ann Karkhof.

Een dervun smeet sik vunt Perd un gev en Annern sin Tœgel,
Steeg denn herop na de Port, as wull he sik of mal herumsehn,
Lik op mi to[5]), denn ik stunn op den Steen dicht achter de Müer.
He weer en Kerl as en Esch, mit rode Backen un Snurrbart.
Langsam tred he hinin un seeg sik um un herummer,
Westen un Süden un Norn, un harr sik, as weer he verbistert,
Söch wat un kunn dat ni finn', un wuß doch, wo he't verlarn harr.
Endli seeg he op mi un de Likensteen, wo ik hendalkeek —
Mumme sin Fru leeg derünner un sleep er selige Dodsslap,
Un er Nam stunn derop, doch leeg der nu Steengrus un Schutt rum,
Wegen den gruligen Brand un all dat Fahren un Smiten —
Tred heran mi un lesp' mit dütligen Worten: „Johanna..."
„Mumme..." dat keem der ni rut, so fulln em de Arms na de Kneden,
Sunk em de Kopp op de Bost un he mummel: „So ruhe denn selig!"
Denn keek he op na'n Heben un stunn mi jüst pall[6]) vœr de Ogen.

Herr Du mein Gott noch mal to! — un weer he eben lebenni
Ünner min leb'ndigen Föt ünnern kolen Likensteen rutkam:
As ik de Ogen anseeg, so blau, un de brünlige Snurrbart —
Hermann, de Thierarzt, he weer dat!

                    Ik full em to Föten int Steengrus,
Grappel dat Sand vun de Schrift un wis' em: „geborene Weinberg".
„Garderut," reep he un kenn mi, „och Garderut, segg mi doch, levt se?"
Awer wat kunn ik wul seggn, ik ole barmhartige Sünner?

---

    [1]) rußig. — [2]) neue. — [3]) reichen. — [4]) bestaubt. — [5]) gerade auf mich
zu. — [6]) steil.

Stunn if doch sülbn un snucker un wisch mi de Ogn mitten Platen¹),
Fat em ann Arm, as weer't stumm un trock em in Bistern²) vun Karkhof,
Lik œwern Damm dœrn Grasweg, achterum dœr bi den Bäcker,
Dal na de niebuten³) Hüs', wo Johanna den Summer to Hür⁴) wahn,
Reet em de Stratendœr op un de Stubendœr, een mit enanner,
Un noch en Ogenblick drop, do heeln se sik beid inne Armen." —

Garden sack wedder tohop⁵) un bewer un sä man noch lisen:
„Bald war de Freden of slaten un Allens keem wedder int Ole;
„Hermann weer Regiments-Thierarzt un hal sin Hanne ut Frankrik,
„Fohr mit er weg inne Kutsch un lev mit er glückli in Preißen."

Garderut sweeg un seet still, de Wächter tut eben to Negen⁶).
Greten harr Thran'n inne Ogen un wümpel er Knüttüg tohopen⁷).
Hartwi stunn op un wull gan, weer still un deep in Gedanken,
Awer Jan Paul oppe Bank seet stramm un snurk as en Stallfoh.
Greten sä: Lat em slapen, Du kannst mi je ok wul to Hus bringn?
Darbi keek se em an, as ded se em Afbed wœrn Unrech.
Hartwi weer still as en Lamm, sä lisen: „Gunnacht, Mümme Garden!"
Tred herut innen Snee un heel Anngreten sin Hand hin.
Doch bi de Farwer sin Eck dar drück he er fast annen Bossen,
Seggt: „Anngret, wullt mi gut wen, so büst Du min Anne ut Frankrik."

Joachim Mähl.
(Ditmarsch.)

Leeder för de dütsche Flott.

Ankerlichten.

Hühup! den Anker in de Höh —
He — i — juchhe!
Nu geiht dat wedder in de See —
He — i — juchhe!

---

¹) Schürze. — ²) im trüben Wetter. — ³) neugebauten. — ⁴) zur Miete. —
⁵) zusammen. — ⁶) Neun. — ⁷) legte ihr Strickzeug zusammen.

Un denn geiht dat mit Sing un Sang
De leeve Gotteswelt hinlang —
He — i — juchhe!

So'n Theerjack is wat stief un swart —
He — i — juchhe!
Doch lustig sleit ehr Seemannshart —
He — i — juchhe!
Un kamt dar Wind un Wellen an,
Wi dampt¹) dar lustig gegen an —
He — i — juchhe!

Un hult de Storm ut Ost un Nord —
He — i — juchhe!
Un gaht de Wellen öber Bord —
He — i — juchhe!
So is uns' Herrgott ok in Sicht,
Un de verlett keen Theerjack nich —
He — i — juchhe!

Un lett he uns ok ünnergahn —
He — i — juchhe!
So maet wi em man recht verstahn —
He — i — juchhe!
Denn bringt he uns mit Mann un Mus
Ja blot torüch int Vaderhus —
He — i — juchhe!

Adjüs.

Adjüs! Adjüs! min leeve Diern,
Nu geit dat in de See!
Du blivt to Hus, Du blivt to Hus,
Un dat deit mi so weh.
Adjüs! Adjüs! min leeve Diern —
Süh, dat deit mi so weh.

---

¹) dampfen.

Un doch, min Kind, nu wes'¹) man still,
Ick nehm Di doch ja mit;
Büst ja min Kind, min hartleev Diern,
De mi in'n Harten sitt.
Min hartleev Kind, min hartleev Diern,
De mi in'n Harten sitt.

Dar hest Du fasten Ankergrund,
Dar ritt Di nicks nich rut,
Du büst min Kind, min hartleev Kind,
Min hartleev lütje Brut. —
Adjüs, min Diern, adjüs, min Kind,
Min hartleev lütje Brut.

Un mutt ick blieben up de See,
An'n Grund dat bleek Gesicht —
Ick hev Din Wort, ick hev Din Wort,
Süh, Du vergittst mi nich. —
Adjüs, min Kind, min hartleev Diern,
Süh, Du vergittst mi nich.

Na Hus.

Na Hus, na Hus, dat is en Wort,
Un dat is en Geföhl,
Süh, dat so geit Een dær un dær,
Geit Een dör Lief un Seel.
  Na Hus, na Hus!

Na Hus, na Hus, na Vader hin,
Na Moder un — Juchhei!
Un hin na ehr, na min leev Kind,
Dat is en grote Freid.
  Na Hus, na Hus!

---
¹) sei.

Na Hus, na Hus, dar steit min Sinn,
De Welt de is woll schön —
Na Hus, na Hus, dar is min Glück,
Dar is dat ganz alleen.
  Na Hus, na Hus!

Tater=Mariken.

An einem kalten Abende des Winters 1812 kehrte bei dem Bauern=
vogt in Ostwelsbrook ein Tater= (Tataren= oder Zigeuner=) Mensch ein, das
für sich und sein Kind, das sie in einem Sacke auf dem Rücken trug, um
eine Unterkunft anflehte. Nachdem Mutter und Kind von der gutherzigen
Vogtsfrau, einer Schwester des Poßetters (Präceptor oder Schulmeister),
gepflegt war, wurde die Zigeunerin von dem Bauernvogt auf den Heuboden
geführt und ihr dort, so gut es eben ging, unter Pferdedecken eine Lagerstätte
bereitet. Am anderen Morgen wurde dem Vogt, als er noch im Bette lag,
die Nachricht gebracht, daß die Zigeunerin durch die Lute gefallen sei und
todt auf der Diele liege.

Das ganze Haus ist von dem Unglück sehr ergriffen. Auch Poßetter
wird hinzugerufen, der als alter Junggeselle sein Hauswesen durch das
ehrbare Mariken in Ordnung halten ließ. Es wird beschlossen, die Ver=
unglückte ehrenvoll zu bestatten, und Poßetter erklärt sich bereit, das Kind
zu sich zu nehmen, ja, er bittet sogar, ihm das Ding ein wenig einzuwickeln,
um es sofort mitzunehmen, während seine Schwester verspricht, eine Wiege
sofort nachzuschicken. Mariken aber will von dieser Vermehrung des Haus=
standes durchaus nichts wissen und erklärt, wenn er auf seinem Vorsatz
beharre, das Haus sofort verlassen zu müssen. Was werden die Leute dazu
sagen?! Poßetter aber bleibt standhaft, und schließlich erkennt auch Mariken,
unter diesen Umständen das Haus vollends nicht verlassen zu können.

's Namiddags nu, as Mariken er Schötteln wuschen
un eren Kram buten¹) al torecht hett, löst se den olen
Poßetter erst en mal an de Weeg²) af, un de geit sik
na sin Gretjen Süster³) un vertellt de dat All von A bet
Z, woans em dat gahn is, un sin Süster freit sik bandig,
un as he man na den Buddel⁴) fragt, seggt se glik: „Ja,
Hans, so'n Buddel hef ik grad nich mehr, de is mi en
mal twei kommen, æwer dat Sugdings un den Proppen
hef ik noch, den brukst Du blot up en Halwenplanks=
buddel to steken, denn is de Kram wedder in de Reeg⁵).
Æwer as ik seggen wull: Ji moet den Proppen blot
jümmer aftrecken un in kold Water leggen, wenn dat

---

¹) braußen. — ²) Wiege. — ³) Schwester. — ⁴) Flasche — ⁵) Reihe.

Kind sagen¹) hett; denn fünst ward de Melk suer un de Lütj kriggt Liefknipen un ward süsig²), un schull dat Gœr sik en mal versluken, denn sett Ji dat glik steil up un slat dat düchtig achter in'n Rügg, un von Water un Melk nehm Ji halw Een un halw Anner, un de Melk am besten von een un desülbige Koh, minenwegen von Din Buntkopp, un wenn Ji dor en lütj Stück Zucker insmiet, so kann dat nich schaden, blot nich to veel." —

"Dat wöll wi woll drapen," seggt Poßetter; "œwer een Deel — dor weet ik keen Lock in to finden, oder ik mutt friegen³)." — "Wat seggst Du, Hans?" seggt sin Süster. — "Oder ik mutt friegen," seggt Poßetter un sitt deep in Gedanken. — "Waso meenst Du, Broder?" seggt de Buervœgsch un kikt em ganz wunderlich an, as wenn se nich weet, wo he rutwill. "Wat is dat denn?" — "Süh," seggt Poßetter, "dat is von wegen's Nachts. Hef ik de Weeg vœrt Bett, so ward mi dat up de Längn to suer, denn ik schall's Nachts ok man min Rau hebben, un Mariken kann ik dat alleenen ok nich tomoden, — de hett Dags ok er Arbeit, un nu erst recht, un lat wi uns dat ümgan — dat is ok so'n Sak, un grad ut seggt: ik wull de Lütj⁴) ok nich gern ahnig wesen⁵)." — "Un dor weeßt keen Lock⁶) in to sehn?" seggt sin Süster. "Dor is ja licht Rath: Mariken kann er Bettstell ja man mit na Din Slapkommer rinsetten, — grot noch is de ja, — un denn sett Ji de Weeg merrn⁷) twüschen Ju hin." — "Dat is lichter seggt, as dan," seggt Poßetter; "dat deit Mariken nich, un dat is en Sak, wo se sik nich dwingen lett, un wo ik er ok nich dwingen mag; denn Allens hett sin Grenz. Æwer hör en mal, Gretjen, wenn ik wüß, dat Mariken dat dè, — ik frieg er; denn kunnen wi dat mit Ehren don, un se hett dat ehrlich an mi verdeent, un fœr dat lütj Gœr, glöf ik, is't of beter." — "Dat mußt Du sülben am besten weten, Hans," seggt Gretjen, "un wenn dat Din Ernst

---
¹) gesaugt. — ²) kränklich, siech. — ³) freien. — ⁴) das Kleine. — ⁵) entbehren. — ⁶) Loch, Ausweg. — ⁷) mitten.

is, so hef ik dor nicks bi intowenden, un wenn Du dat wullt, kann ik Mariken up düt Flagg[1]) ja en mal up de Tähnen föhlen." — „Ne," seggt Poßetter, „um Himmels= willen nich! Dat kann ik beter alleenen, un ik hef mi dat fastsett: ik will't don, un wenn sik dat jiggens[2]) so hinpaßt, vondag[3]) noch, un de Lüd mœgt seggen, wat se wöllt, dor — na, Du versteist mi." — „Dor hest Du Recht," seggt sin Süster, „dat is Fiselfasel[4]); dat kannst Du mit Ehren don un Mariken ok, un Gott gef! — wenn dat so ward, — Unkop[5]) heist Du nich an er." —

Poßetter blifft dor nu noch bet in de Schummertid, do stickt he denn sinen Proppen mit de Spitz in de Tasch un geit wedder na sin Mariken, un as he dor ankummt, is de grad bi un wascht de Lütj, un Poßetter fragt er denn un seggt: „Na, hett de Lütj ok veel schriet?" — „Ne," seggt Mariken, „dat geit; œwer hett He en Buddel?" — „Buddel grad nich," seggt he, „œwer en Proppen mit so'n Dings up," un kriggt em ut de Tasch, „den brukt wi blot up en Halwenplanksbuddel to steken." — „So'n Ding hef ik noch," seggt Mariken; „saat He de Lütj mal en Ogenblick an; ik will dat glik torecht= maken," un se geit na Kœk un beit dat, un Poßetter geit mit sin lütj Dochder up un dahl un kikt er an, un denn schient he wedder deep in Gedanken.

Nu, — Mariken kummt all wedder rin, un seggt: „Nu wöll wi dat glik mal mit den Buddel versöken; mi schall verlangen, wat se dat Dings woll anfaat," un se nimmt de Lütj up den Schoot un stickt er dat Ding in'n Hals, un — ne! noch will dat nich. „Dor is doch Luft in?" seggt se un suggt[6]) dor sülben mal up, un: „Jawoll," seggt se, „gan beit," un stickt de Lütj dat wedder rin, un richtig! nu kummt dat Gœr dor achter, un kik! wa dat suggt un möppert un sik plegt, un de ol Poßetter freit sik as en lütj Kind.

„Dat schall woll gan," seggt he; „œwer een Deel,

---

[1]) auf'n Fleck. — [2]) irgend. — [3]) heute. — [4]) Faselei, Geträtsch. — [5]) schlechten Kauf. — [6]) saugt.

dat weet ik nich, wa dat warden schall." — „Waso? wat meent He?" seggt Mariken un leggt grad de Lütj in de Weeg. „Ja," seggt Poßetter, „ik meen: 'keen von uns schall nu 's Nachts de Lütj bi sik hebben un er weegen un to Hand gan, wenn er wat ankummt?" — „Dor brukt He sik nich üm to quälen," seggt Mariken; „ik nehm de Weeg 's Abends mit na min Kommer, un He is nu jawoll nich mehr bangn, dat ik em dat Kind wedder wegdreg." — „Dat grad nich," seggt Poßetter; „æwer, Mariken, dat kann ik Di nich tomoden un an'n Sinns wesen; Du heft Dags Din Arbeit, un nu erst recht, un Din Rau 's Nachts grot nödig." — „Un He ok," seggt se. — „Ik will Di wat seggen," seggt Poßetter, „wi kunnen Din Bett mit in min Slapkommer setten un de Weeg in de Mitt; süh! denn kunnen wi uns dat ümgan laten." — „Herr," seggt Mariken mit enmal, „wo denkt He hin! Dat is doch woll nich Sin vullen Ernst? — un wenn dat Sin Ernst wesen schull, denn will ik Em man glik seggen, dat dor nicks ut ward, un is He erst Herr bleben, un dat mit Recht, as ik nu inseeg, — up düt Flagg blief ik Herr, un ik will en mal sehn, 'keen[1]) mi dorto dwingen will!" un dorbi kikt se em an, as wenn se seggen will: „Wenn Du mi nu wat wullt, denn kumm rut!" — „Tom Spektakel lat ik mi nich maken!" seggt se noch. — „Warr man nich glik wedder dullerhaar[2])," seggt Poßetter; „dat is ok noch langn nich min Ernst; æwer wenn Du mi versprickst, dat Du mi ruhig un bet to End anhören wullt, denn will ik Di en mal kort un ernsthaftig wat seggen." — Ma=
riken, de dat lütj Gœr weegt, lett vœr Wunder de Weeg en Ogenblick stahn, un kikt em an un seggt: „Na, dat schall mi doch verlangen, wat He mi to seggen hett!" — „Ja," seggt he, „erst versprick mi dat, un segg: ‚Ja‘!" — „Na — Ja denn," seggt se; „denn lat He dat en mal hören." — „Süh," seggt Poßetter, „ik weet keenen

---

[1]) Abkürzung von wokeen = wer. — [2]) böse.

betern Rath, as wi Beiden mœt uns friegen, un wenn Du so wullt, as ik, denn fier wi Kindböp un Hochtid up eenen Dag." — Hier swiggt he still un nimmt sik en Fidibuß un stickt sin Pip an, un as Mariken nu seggt: „Is He nu klar?" do seggt he noch: „Du schast mi richtig verstan: wi lewt denn eben so tohopen[1]), as nu, denn ut Flœt[2]) un Narrenkram schall dat nich so warden, dor sünd wi Beiden œwerhin; œwer ik meen: dat is beter fœr uns un am End of fœr dat lütj Gœr. So," seggt he noch, „nu bün ik klar; Du kannst Di dorup bedenken; ik verlangn nich, dat Du glik: ‚Ja' seggen schast," — un he stickt sin Pip wedder an, wil sin ol Philister em wedder utgan is. Mariken halt hoch Luft, un as Poßetter sin Pip wedder in'n Brand hett, seggt se: „Is dat Sin vollkommen Ernst?" — „As ik segg," seggt Poßetter —: „min vollkommen Ernst." — „God," seggt se, „nu tik He mi en mal grad an; denn will ik Em ok en mak wat seggen, un dat is ok min vollkommen Ernst: So wahr as ik hier vœr Em un unsen Herrgott sitt, dor hef ik nich eenmal andacht, dat ik Em noch en mal friegen kunn, of nich, as wi noch jung weeren; œwer ik seeg nu sülben in: dat kann nich anders gan, un wenn He will, kann't minenwegen losgan, wenn't schall, un de Lüd mœgt seggen, wat se wöllt, dor — na, — dat is von unsen Herrgott!" — „God," seggt Poßetter, „dor hest min Wort un min Hand," un gift er de hin, un se gift em er, un de Beiden sünd nu fast, un blot de Dod kriggt er wedder voneen. — „Æwer nu mußt Du ok ‚Du‘ to mi seggen," seggt Poßetter. — „Ne," seggt se, „dat blifft All bi'n Olen; œwer wenn ik erst Sin Fru bin, denn schall min Bett in Sin Slapkommer rin, un de Weeg schall twüschen uns stan; so langn helpt wi uns woll un slat uns woll so dœr." — Un se helpt sik ok so langn, un is dat ok ja nich langn mehr hin. —

---

[1]) zusammen. — [2]) Dunst.

Den andern Dag, so eben værn Schummern, schall nu de dobe Taterolsch¹) begraben warden; de Armendischer hett all so'n Ding von Armensark ut en paar ruge²), witte Bred tohopen slagen, mit en platten Deckel up, so'n: „Näsendrücker", un in be Armsündereck, twüschen de groten Lindenböm up'n Karkhof, schall se liggen. Veer Mann hoch hebbt bi so'n Gelegenheit dat Geschäft un bregt den Doden weg, so as se gat un stat: in'n linnen Kittel un op hölten Tüffeln, ahn Sang un Klang, un keen Minsch folgt na un weent, un bütmal har dor am End of keen Minschenseel weent, wenn't de ol Buervœgsch nich dan har, un keen Minschenseel nafolgt, wenn be ol Poßetter nich achteran gan weer un sin Swager, de Buervagt. Denn kort vorher is de ol Poßetter na sinen Swager hingan, in sinen besten Antog un Kledagsch, mit sinen breden swarten, rugen Filzhot up, so'n Art Spintsmaat, blot baben breeder, as nerrn³), un hett to sinen Swager seggt: „Jochen, ik will folgen, — dat is min Dochder er Moder; do mi den Gefallen un ga of mit." — Un kik! dor kamt se mit er andregen, un Poßetter un sin Swager gat ernsthaft un andächtig achteran, hebbt Veid er Handen folt, un er Justhandschen hingt er blot œwer'n rechtern Arm, un as se bi Poßetter sin Hus værbigat, kikt de Ol dor int Finster, un Mariken steit dor achter un hett dat lütj Gœr up'n Arm, dat hett he er so seggt, as wenn de dobe Olsch er lütj Kind noch enmal sehn schull un dat dat in gode Handen un god uphaben is, un süh! de ol Mariken lopt ok de Thranen œwer de Backen. — Na, se gat denn wedder, un wahrhaftig! dicht vær de grot Karkhofsportj tritt de ol Herr Paster mit sinen griesen Kopp ok noch bi, un se bringt de Olsch to Rau. Herr Paster sprickt nu noch den Segen, do bed se en Vaderunser, un nu gat se wedder to Hus. — „Un ik will dor noch en lütj Krüz upsetten laten," seggt de ol Poßetter to sinen

---

¹) Zigeunerin. — ²) grobe, rauhe. — ³) unten.

Swager, „dat dat Gœr naher doch weet, wo er Moder afbleben is, — un Gott hef er selig!"

As he wedder to Hus ankummt, bi sin Mariken, is de wat still un he ok, un de Ol kikt dat lütj Gœr ganz buersam[1]) un barmhartig an un seggt: „So langn as ik en Stück Brot hef, min Dochder, schast Du ok wat hebben, un so langn as uns' Herrgott lewt un ik, büst Du nich verlaten, denn naher weet he woll wedder Rath," — — „un so langn as ik de Ogen apen heff," seggt sin ol Mariken, „will ik er Moder wesen un dat letzt Stück Brot mit er deelen," un de beiden Olen geft sik de Hand un verstat sik, as en Paar richtige Christenkinder, un dat is nog.

Naher, en gode söß Wekens Tid achterna, as de Olsch graben is, lat Poßetter un Mariken sik in er Rath still tohopengeben un de Lütj dat Christendom, un de ward up „Mariken" döfft, un dor is sünst keen bi as Jochen un Gretjen un Appelmütjen, de dor garnich god up to spreken is, dat er ol Broder dat Gœr annommen hett un up sin olen Dag noch friegen deit, un de er Mann, un natürlich Herr Paster, un dat geit dor ganz still und fierlich her, un Appelmütjen lett sik vœr Herr Paster nicks ankommen, un Herr Paster, as he er antrut, is so ruhig un so würdig, un de Thranen blinkert em in de Ogen, un he seggt in sin Red, dat em dat en Ehr un'n Freid un'n Gnad von Gott is, so'n würdig Paar tohoptogeben un so'n Gottskind, as he de Lütj nömt, wil he meent, dat uns' Herrgott se schenkt hett, dat Christendom to geben, un segent er denn All in mit sin bewerige Stimm, dat dat Appelmütjen örndtlich antreckt un se hoch upsüfzt, as Herr Paster: „Amen, in Jesu Namen!" seggt.

Dat is 's Namiddags, Klock dre, un do drinkt se Kaffee, un as se den Kaffee uthebbt, is Köst un Kindböp of ut, un as Herr Paster un de Gäst weg sünd, hett

---

[1]) bedauernd.

Poßetter noch Tid nog un sleit Mariken ehr Bettsteh in sin Slapkommer up, un Mariken makt sik er Bett, un's Abends steit de Weeg mit dat lütj Gœr twüschen er, un dat is god hinsett: up beid Sieden en ehrlich, christlich Hart un von baben Gotts Segen.

Un dat is richtig so, as wenn Gotts Segen nu erst recht bi den olen Poßetter introcken is; denn dat is em nu erst recht un ganz gemüthlich in sin Kath, un dat kummt em so vœr, as wenn sin ol Mariken langn so rug nich mehr is, as fröher, veel stiller, gedüldiger un liebsamer, wenn't ok noch en mal so'n lütj Battailje mit gift, un he kann dat nu al briest mit wagen un sin Pip in Gedanken in dat blanke mischen Spienapp[1]) utpurren — Mariken seggt em nicks, un sin Karkenböker hebbt nu ok Ruh un Freden vœr er; denn er lütj Dochder steit vor ok ja mit inschreben up unsen Herrgott sin Folio un Namen.

So geit denn een Dag na'n andern in Ruh un Freden hin un de Lütj nimmt sik sichtbarlich un ogenschienlich to: wat hett se al sœr lütj nüdliche, dralle Been, un wat sœr lütj witte, runde Arms, örndtlich en lütj Kuhl[2]) up'n Ellbagen, un rein so'n weeke runde Backen, man so tom Inbieten, un so'n lütjen söten Zuckermund, — en Kind as ut'n Deeg wöltert[3]), so nüdlich un pummelig — en Zuckerpummel von Gœr! Un dat kriggt ok noch enmal gneterswarte[4]) Haar un swarte Ogen, dat is nu all to sehn.

So wasst de Lütj denn ünner Gotts Segen up, tru un hartlich verplegt, un ward jümmer grötter, — kann nu al up all Veer krupen un steit al ganz alleenen an'n Stohl up, löpt ok woll von eenen Stohl na'n andern, oder von Poßetter sin Arms in Mariken er, wenn de Beiden sik hükert[5]) hebbt, seggt ok al nett mit an, wenn er wat ankummt, — vergitt dat œwer ok noch en mal mit. Süh, nu vergitt se dat al webber, — steit ganz

---

[1]) messingnen Spucknapf. — [2]) Grübchen. — [3]) als aus dem Teig gewälzt. — [4]) pechschwarze, glänzend schwarze. — [5]) hükern = frei in sitzender Stellung verharren.

still in de Eck, — un Poßetter will sik en Spaß maken un seggt: „Töf¹), Du aische Diern! kannst Du nich anseggen? Mariken hett erst eben utfegt un witt Sand streit! Ik mutt woll man en mal de Roth kriegen!" un he behrt²) so, as wenn he sik dat Stück Dings ut de Schol halen will. As Mariken dat æwer man hört un süht, seggt se: „He schull sik man blot en mal ünnerstan un mi dat Kind slagen! — Kumm Du man na mi, min Dochder; he schall Di nicks don." — „Na," seggt Poßetter, „dat mark ik al: Du warst dat Gœr noch nüdlich vertrecken!" — „So—o?" seggt se, — „He meent man jümmer — slagen! He schull Sin unartigen Scholkinder man wat geben; æwer min lütj Mariken lett He mi in Ruh un Freden." — „Süh! süh!" seggt Poßetter, „weeßt ok, wat in Gotts Wort steit? — Wer sein Kind lieb hat, der züchtigt es!" — „Dat is al recht god," seggt Mariken, „æwer All mit Ünnerscheed, un dat hett All sin Maat un sin Grenz, un bi Em is dat Slagen al so in de Gewohnheit. Unnersta He sik nich, un hal He mi de Roth! Wat weet son lütj Gœr dorvon, — un He hett dor ja nicks mit to don, un dat gift sik von sülben." — „Na, denn lat't!" seggt de Ol un behrt, as wenn he heel³) verdreetlich is, smustergrient⁴) æwer so in sik, un von Mulen is keen Red.

Un dat gift sik ok, Mariken hett Recht, un dat lütj Gœr ward jümmer nüdlicher un jümmer grötter, kann al wiesen⁵): wa grot — „So grot!" un „Kuchenbacken" — „Schuf in'n Aben! Schuf in'n Aben!" — un waßt jümmer wieder un lustiger ut'n Dreck, kummt naßen ok bi Poßetter in de Schol un lehrt den groten A in de Hahnenfibel, un Schrieben un Reken un de Geboten un dat Christendom un to Wiehnachten: „Also hat Gott die Welt geliebet," — hett en kloken Kopp un nimmt sik bandig up un ward jümmer schöner: hett so'n witte Tähnen un so'n fine Hut, so'n ganz betjen brun, un swarte Ogen un gneterswarte Haar! Kikt dat Gœr man blot en mal

---

¹) warte! — ²) geberdet sich. — ³) ganz. — ⁴) lächelt schmunzelnd. — ⁵) zeigen.

an: Ji kennt dat garnich wedder! — Wenn de Taterolsch er nich sülben sögt har, schull man glöben: se har dat Gœr en Prinzessin ut de Weeg stahlen, so nüdlich un prächtig süht dat Ding ut! — Se lehrt ok Allens, un nich blot bi Poßetter, in de Schol, — ok bi Mariken: Schötteln waschen, Kaffee kaken, neihn un knütten[1]), un stoppen un flicken, un hekeln un sticken, un er Namdok kann sik al sehen laten. Hett se den olen Poßetter nich al ganz alleenen en Sammtkapp makt för sinen olen grisen Kopp un en Paar swart wullen Fingerhandschen knütt, dat em sin Finger nich verklamt, wenn he up de ol kold Orgel fingereert, wo he so al sin Plag mit hett, un em dat nich All tom heiligen Christ bescheert? — Wat er Ogen man von Mariken seht, dat könnt er Handen maken, un in de Schol is se de Best.

As se söftein Jahr old is un Ostern ut de Schol schall, do is se fœr er Oller al düchtig rutwussen, un wahrhaftig bi Gott! as se in de Kark bi de andern Dierns in'n Gang steit un insegent warden schall, süht se bi de Andern ut, as wenn se würklich en Prinzeß weer, up un dal! De ol Poßetter kikt ok stief von sinen Orgelbœhn up er hindal, un sin ol Mariken kikt von nerrn[2]), un All hebbt se er int Og: de Olen un de Jungen, un as nu de ol Herr Paster mit sinen witten Kopp er sin Hand up eren lütjen Engelskopp leggt un er insegent un seggt: „Behalte, was Du hast, daß Dir Niemand Deine Krone raube! Der Herr segne Dich und behüte Dich. Der Herr hebe sein Angesicht auf Dich und sei Dir gnädig. Der Herr lasse sein Angesicht leuchten über Dir und gebe Dir seinen Frieden! Amen." — do sitt den olen Poßetter dat Hart baben in'n Hals, un de Thranen staht em in de Ogen, un sin Kinn flüggt em ganz liesen up un dal, un sin Handen hett he folt, un he bed, un kik! sin ol Mariken ok, un kann eren olen Kopp nich en mal mehr still holen, so zittert un bewert

---

[1]) stricken. — [2]) unten.

he al vœr Öller, denn se geit nu al in er dreunsöbentigst
Jahr un Poßetter in sin sießunsöbentigst, is œwer noch
veel rüstiger as sin ol Mariken un noch so rüstig, dat
he sinen Kram noch complett vœrstan kann, wenn dat
mit sin Örgelspill of so nich mehr flaschen will, als
wolleher¹). Æwer wat Mariken is, de hett nu ja al en
Stütt an er leew Dochder. Da süht man glik, as se nu
to Hus gat; denn dat Gan ward de Olsch al wat suer
mit eren olen zitterigen Kopp, un glattis't hett dat of,
un wa schull se na Hus kommen, wenn er lütj leew
Marikenkind er nich inhakt har un er na Hus bröch! —
Poßetter mutt ja noch erst tom Utgang spelen: „Unsern
Ausgang segne Gott" un de Karkendœr tosluten.

As se nu All wedder to Hus sünd, do küßt de lütj
Mariken eren Olen un er ol Moder, un de Olen sünd
ganz rührsam, — un wat he is, Poßetter, he gift sin
ol Mariken of en Kuß, den ersten, den se sik gest, un
viellicht of de letzt. 's Namiddags list he er en Kapitel
vœr ut de Huspostill mit de grote grawe²) Schrift in, un
dat is dor so heilig un so still, as wenn se bi unsen
leewen Herrgott in sinen groten Himmelssaal sünd, oder
uns' leew Herrgott bi er in de lütj Kath, — dat kummt
Allens up Eens 'rut, un wöll wi man wünschen, dat
Herr Paster sin Segen an dat Kind wahr ward, un uns'
leew Herrgott sinen besten Himmelsdau an sin Gottsblom
von Diern hingt un sinen besten Sünnenschien dorup
hindal lachen lett.

So gehen Jahre auf Jahre dahin in Frieden, Freude und Arbeit.
Tater-Mariken wächst heran zu einer stattlichen Jungfrau und ist von ihren
Eltern und Angehörigen geliebt und verehrt. Auch Clas hat ein Auge auf
sie. Seine Eltern aber, Hanshinnerk und seine Frau Appelmütjen, haben
für ihren Sohn die reiche Nichte Trina im Auge und hatten schon um sie ge-
worben. Nur aus Gehorsam, nicht aus Liebe verspricht Clas, der heimlich
bei seinen Pferden bittere Thränen weint, dem Willen der Eltern zu folgen.
Er konnte das Leiden seiner Mutter, die erklärt hatte, daß es ihr Tod sein
werde, wenn er Mariken heirate, nicht länger ansehen.

„Vader," seggt he do malins to sinen Olen, „kam
he en mal eben mit mi na'n Saalbœhn rup." — „Wat
wullt Du denn dor?" fragt de Ol. — „Ik wull Em

---
¹) früher. — ²) grobe.

man en Wort alleenen seggen," seggt Clas. De Beiden stiegt denn rup. „Vader," seggt Clas, as se baben fünd, un de Thranen kamt em in de Ogen, „if kann dat mit Moder nich länger ansehn; segg He er: ik will de Trina hebben." — „Gottlof un Dank!" seggt de Ol, „un unf' Herrgott segen Di fœr düt Wort! Ik wull Di nich dwingen; ik hef dat woll seggt: wenn Du Di man erst besunnen harst, denn wör noch Allens god." — „Jung," seggt he, „ik glöf, dat is ok hoch Tid; ik will glik hin= dal un er dat seggen, — naßen will ik Di ropen." De Ol geit sik denn hindal, so flink, as he man kann, un de Olsch is grad in de Slapkommer un list in er Psalmbok. „Moder," seggt he, „weeßt wat? He will de Trina nu hebben." „Wat seggst Du?" seggt de Olsch un dreit den Kopp in End, as wenn en Minsch ut'n Drom upwakt un sik erstan nich so recht besinnen kann. „He will de Trina hebben," seggt de Ol, „un ik schull Di dat seggen." — „Is dat wiß?" seggt se. „Ja, ja," seggt he, „as ik segg, un ik hef dat ja jümmer seggt, he müß sik man erst besinnen un mit sik sülben torecht warden." — „Vader," seggt se, „dat kann ik so noch nich glöben." — „Wat ik Di segg, Moder," seggt he; „he hett mi na'n Saalbœhn¹) ropen un dor hett he mi dat seggt; ik will em glik halen, denn kannst Du dat ja ut sinen eegen Mund hören, wenn Du mi nich glöben wullt," — un de Ol geit hin un halt den Jung.

As se bi de Olsch ankamt, sitt de dor un weent un seegt: „Na, min Jung, Du hest Di nu besunnen un wullt de Trina hebben?". — „Ja, Moder," seggt he un dat Kinn flüggt em up un dal, as he sin ol Moder süht mit dat Psalmbok in de Hand. „Denn kumm her," seggt se, „denn büst ok wedder min ol leew Jung; ik har dat ok nich aflewt." Un se faat em bi de Hand an un seggt: „Dat ward Di gewiß suer; œwer dat is Din Glück, un dat gift sik, un dat Ander geit nich.

---

¹) Saalboden.

Up be Diern weet if nicks, un bat se nicks hett — bat is bat of nich; œwer bedenk bat Anber all un be arm Trinabiern. Ne, bat güngn nich." Clas seggt nicks, he steit stief, as en Pahl, un be Thranen glinzert em in be Ogen. „Is bat nu of richtich Din Ernst?" seggt se noch. „Ja," seggt Clas ganz verzagt. „Na, min Jung," seggt se, „benn is't of All webber gob, un uns' Herrgott warb uns woll bistahn, bat of webber Allens finen Schick kriggt." Nu steit be Olsch benn up un kriggt sik en Stapel Spetsches¹) her unb seggt: „Süh ba, min Sœhn, be kannst Du Trina as Gottspinn²) geben up „Ech un Tru," wenn Du Di bat Jawort halst; wenn wi be Saat erst in be Eer hebbt, wöll wi sülben mit Di hinföhren un bat All webber in be Reeg kriegen."

Un so wiet is bat gob, so to seggen, — wenn of noch langn nich gob. De Olsch besinnt sik bi Lütjen woll, von Dag to Dag jümmer mehr; œwer wat er Clas is, be warb von Dag to Dag jümmer brömeriger un stiller, as wenn he sin ol Moder be sware Last von be Schullern nommen hett un sik sülben webber upleggt, un jüsterment hett he bat of ban, wil he glöft hett: he kunn se mit sin jungen gesunden Knaken woll beter bregen, as sin ol Moder; œwer wat bat Unglück is: be Last liggt nich up be Knaken, sonbern up sin Seel un sin Hart, un be hett he en betjen to veel tomoth, un be hebbt nu er sware, grote Dracht. Ja, all wat minschen= mœglich is, œwer wat to veel is, bat is to veel! He geit bor still bi lang, un wil he be letzt Tib al jümmer so still west is, fallt er bat erstan nich up, un wenn he sik mennigmal in'n Peerstall satt weent, so süht bat keen Minsch: bat weet blot uns' Herrgott un he sülben, un wenn be keen Insehn beit, benn is be Sak noch grab eben so leeg³), as se west is, un vielticht noch leeger, un wenn uns' Herrgott keenen Rath weet, ik weet keenen. He mutt't ja weeten.

---

¹) Speziesthaler. — ²) Gottespfennig. — ³) schlimm.

Toletzt ward dat mit den Jung æwer noch jümmer
leeger, un de Olen kummt dat doch sonderbar vœr, de
Olsch ok, de em jümmer scharp int Og hett, un as Clas
mal in'n Peerstall is un weent, kummt grad de Grot=
jung rin un will den lütjen Zütjen börnen¹), un Clas
geit flink ut de Achterdœr, dat de Jung dat nich süht,
as sin ol Moder dor grad achter steit un stillswigens
en Band ünner de Dackleck inkleien²) will, wo se en lütj
Diern de Wortjen³) mit afbunden hett, un as Clas sin
Moder süht, verfehrt⁴) he sik, un as sin Moder em süht,
verfehrt de sik ok un seggt: „Jung, hest Du weent?" —
He begrippt sik flink un seggt: „Waso, Moder?" — „Du
hest ja ganz rode Ogen!" seggt se. — „Ne, dat nich,"
seggt he; „mi hett man en Strohhalm int Og steken un
nu thrant se mi all beid," un as he dat seggt, ward he
æwer un æwer roth, so roth as sin Ogen. „Jung,"
seggt se, „kumm enmal mit rin na Döns⁵)." He geit
denn mit. „Jung," seggt se wedder, „ik glöf, Du lüggst;
Du hest doch weent. Segg, fehlt Di wat?" — „Ne,
Moder," seggt he, „mi fehlt nicks." — „Di fehlt doch
wat," seggt se; „Du warst mi von Dag to Dag jümmer
stiller, un wat dat bedüd, dat weet ik; segg grad ut:
kannst Du de Mariken nich verwinden?" — „Wat fragt
Moder dor na?" seggt he; „dat is vœrbi." — „Ja,"
seggt se, „ik weer al bangn, dat Du Di dor wat von
to Kopp nommen harst." — „Ne, Moder," seggt he,
„dat is ut; ik hef Er ja seggt, dat ik Trina hebben
will." — „Ja," seggt se, „denn is't ok god; denn wes'⁶)
ok vergnögt; Sünndag, will's Gott der Herr, wöll wi
ok hin, un denn schast Du Di dat Jawort halen." —
Un dormit is dat ut. Clas geit wedder rut un an sin
Arbeit un nimmt sik nu noch buller in Acht, as sünst,
dat sin ol Moder nicks markt, un wenn de em süht,
oder sin Ol, denn dwingt he sik mit Gewalt un snackt

---

¹) das kleine Füllen tränken. — ²) unter die Dachrinne verstecken. —
³) Warzen. — ⁴) erschreckt. — ⁵) Wohnstube. — ⁶) sei.

un behrt so, as wenn he vergnögt is, un lett sik nicks ankomen, so suer as em dat ok ward. —

De Sünndag kummt nu ran. Dat Wedder is so schön, as dat in'n Oktobermand man jiggens wesen kann, de Nasommer is richtig schön, un de Fleegen spelt noch örndtlich in de Sünn, un se wöllt nu mit Clas hin, dat he sik dat Jawort halt un sin lütj Brut den Gottspinn gift up „Ech un Tru", un se hebbt eren besten Staat an: Hanshinnerk sin Lakenschjack[1]) mit de groten sülbern Knöp in, de dat Stück en Mark Lübsch köst, un sin Meerschumpip mit dat sülbern Beslag up, de sin Olsch em noch as Gottspinn geben hett, as se sin Brut worden is, un Clas is ni-e[2]) von ünnern bet baben, hett sogar en splinterni-e Pitsch, un he sitt al vær up'n Wagen, un de Grotknecht hollt de olen weligen[3]) Kracken witz[4]), un de beiden Olen stigt ok al up; dat is 's Namiddags, so hinner Klock twe. —

Jochen un Gretjen un Trina ahnt sik von nicks, un wat de beiden Diern̅s sünd, de Trina und Lena, de sünd sik en betjen na er Süster Mariken gan, denn so veel holt se von er, un de dre Diern̅s sitt bi Poßetter vær Dær, ünner den groten Kastanjenbom, de achter't Finster steit, un de lütjen Diern̅s neit un knütt un vertellt sik wat, von düt un dat, un von dat Ander weet lütj Mariken keen Starbenswort; denn Trina hett ja nicks seggen dörft un hett ok reinen Mund holen, so suer er dat ok worden is. Dor sitt se, un dor sitt se schön in'n Schatten un könnt lang den ganzen Weg kiken, wat dor paßeert; dor paßeert blot nich veel.

As se dor nu so sitt, do is Clas al mit de Olen ünnerwegens, un je neger he na Düwelsbrook kummt, je swarer ward em to Sinn un je duller kloppt em dat Hart, un as he dicht vær't Dörp is, noch en lütje viertel Stünden dor von af, do fangt de een ol Bleß so mit'n Stert an to slagen, un dat is grad en fief Minutens

---

[1]) Tuchjacke. — [2]) neu. — [3]) übermüthigen, kräftigen. — [4]) fest.

Tid vær den olen Holtvagt sin Hus, mit dat Hirschhorn an'n Gebel, wat dor buten alleenen vær't Dörp liggt, un de ol Bleß de sleit un sleit un kriggt dat jümmer hilder¹), un sleit mit den Stert æwert Lei, un hett dor en Peerfleeg ünner, von de tagen²), breden, un Clas nimmt de Pitsch un will de weg stækern; æwer knapp föhlt de ol Bleß, dat em dor noch mehr ünnern Stert kettelt, as he tospringt, un de anner spielt de Ohren un springt ok to, un nu springt se all Beid, un Clas hollt witß un stramm un will dat Lei ünnern Stert utkriegen, un dat will em nich glücken, un ward argerlich un verdreetlich, em is so ja al so snaksch, un will grab de Pitsch nehmen un dor enmal örndtlich ræwer ballern³), un de Ol seggt noch: „Man sarch! man sarch! Man mit Sanftmüthig=keit!" — do kommt dor grab tom Unglücken den olen Holtvagt sin grot Köter von Waldmann dær'n Knick breken, achter en groten, grisen Kater her, un de Peer kriegt dat mit de Angst un den Düwel, un „Heft Du nich, kannst Du nich!" — dor gat se hin! — un an Holen un Stüern is nich to denken. —

Ol Hanshinnerk mutt Clas man von achtern üm'n Lief faaten, dat se den Bengel nich von'n Wagen riet, denn dat is noch so'n oldmodschen, de vær apen is, un Appelmütjen schriet, un as dat een Achterrad æwern Kant= steen geit, dat de ol Wagen meist ümkippt, do will se blangn up den Tritt stiegen un raffspringen, schier as wenn se unklok is: keen Ruh un keen rein Geweten hett, un wenn Hanshinnerk ok schriet: „Sitt doch man still! Moder, hol Di witß!" — an Holen is bi er ok nich to denken, un Hanshinnerk kann ja den Clas nich loslaten, un se pett⁴) to un haft mit den Rock fast un steit mit een Been up'n Tritt un mit dat anner in de Luft, un er ward grön un gel vær Ogen, un dat geit All veel flinker, as ik Ju dat hier vertellen kann, un de Peer ward jümmer unkloker un dat geit sin Dag' nich gob! —

---

¹) eiliger. — ²) zähen. — ³) knallen. — ⁴) tritt.

De Lüd kamt al ut'n Huf' un lopt achteran un wöllt de Peer gripen: Hans Münster lett al sin Tüffeln in'n Stich un up Hasensöcken achterin, æwer nu lop Du un denn faat de unkloken Kracken mal an! Un wenn dat bi Peter Langloh üm de Eck geit, wo he sinen groten Barg Buschholt liggen hett, denn riet se de Olsch von'n Wagen un se ward rædert bi lebendigen Lief. — —

„Wat is dat?" seggt binah de dre Diern3 to gliker Tid, de den Wagen dor günt ansusen kommen seht. „Gott! dat fünd Hinnerkohm sin Bleßen," seggt Trina, un de Diern3 schriet, un wat de Mariken is, de smitt er Knütthas¹) an de Sid, löpt hin, un de Diern is jawoll unklok! — Se stellt sik dat Deufterhal! vœr de Bucht mern in'n Weg hin un hett er Schört bi beide Ecken tofaat un hollt de hoch in'n End, vær er Gesicht, un weiht dor mit up un dal un seggt: „Sch—sch! Sch—sch!" as wenn se Höhner wegjagen will, un de ward ok rædert! — „Diern, wahr Di! Och Gott, och Gott!" — Jk mak be Ogen to; 'keen²) kann dat sehn! — — —

Wat is dat? Wa is dat mœglich! De Peer staht, un de Mannslüd holt er wiß, un Mariken liggt in'n Weg as dod. — Hett se wat kregen? — Ne, de Peer fünd vær er Schört bangn worden un an de Sid sprungen, oder wat Clas wat naholpen hett, genog: se fünd mit den Distel in Langloh sinen Busch jagt un darin faft worden, un de Mannslüd hollt er nu ja wiß, un lütj Mariken hett sik man beswögt³) un kummt nu ja al wedder to sik sülben, un Appelmütjen is von'n Tritt sackt und hett sik ok beswögt, un is mit eren Kopp ant Rad fullen, un er Værkopp blött, un — „mein Gott! de Olsch is doch nich dod?" — Is man god, dat de Peer stat — „Un man glik Een na'n Smidt," seggt Hans Münster, „dat he de Olsch de Ader sleit!" — Æwer de ol Poßetter, de mit sin ol Mariken dor nu

---

¹) Strickstrumpf. — ²) wokeen = wer. — ³) ist nur ohnmächtig geworden.

of al is, de seggt: „Se blött al dull nog, dregt er man gau na min Hus un wascht er mit Eßig un kold Water — hörst Du, Mariken? Lütj Mariken, de nu al wedder ganz bi sik sülben is, geit ok mit, as se de Olsch dor fœr dod hindregt, un Hanshinnerk un Clas ok, un de Beiden sünd liker slagen un trostlos, un de andern Mannslüd bringt de Peer na Jochen-Vagt lang, wo Trina un Lena al værutlopen sünd un dat Mallör vertellt hebbt, un halt Vader un Moder, de wieder int Dörp lang wahnt, binah up'n andern End, ok na Poßetter hin.

Bi Poßetter leggt se Appelmütjen nu up't Bett un wascht er mit Eßig un kold Water un lat er rüken, un — ne! — „Æwer de Pulsader sleit er noch," seggt Poßetter un hett sin Süster bi de een Hand to faat, „wascht man jümmer to un jümmer frisch Döker up un lat er man rüken," un richtig! tolezt halt se Luft un rifft sik mit de ander Hand de Ogen un makt de apen un seggt: „Wo bün ik?" — „Du büst bi Dinen Broder," seggt Poßetter un eit er œwer de Back, un se kikt sik rund, un so bi Lütjen kummt er dat wat bekannt vœr, un is er, as wenn se eren Hanshinnerk un Clas süht un will in'n End kommen, un süh! dor sackt se wedder hin un makt de Ogen wedder to. „Er is wedder slimm," seggt ol Mariken, „Mariken, lat er rüken!" un richtig! dat helpt, de Ogen kamt wedder apen un blieft nu ok apen, un se köhlt un wascht er noch jümmer to. As se nu bi Lütjen jümmer mehr to sik sülben kummt un de Andern reeglangs ankikt, ok Jochen un Gretjen, de mittlerwiel al mit Trina un Lena ankummen sünd, seggt ol Hanshinnerk: „Na Moder, wa is Di denn?" — „O," seggt se, „ik besinn mi al wedder. — Hebbt Ji ok wat kregen?" — „Ne," seggt Hanshinnerk. — „Clas ok nich?" fragt se wedder. „Ne", seggt de Ol, uns fehlt nicks, wenn Di man blot nicks fehlt." — „Hett Din Kopp ok leden?" seggt Poßetter. — „Ik glöf nich, Hans," seggt se; „mi ward nu al heel wat anders to Moth." — „Mariken," seggt Poßetter to sin Dochder,

„kunnst nu man erst Kaffee kaken, denn kann Mütjen en Taß swarten Kaffee drinken, dat lett nicks Bös' to." — Mariken geit na Kœk; œwer Appelmütjen seggt: „Lat mi man erst en Glas Water kriegen," un se bringt dat, un de Olsch drinkt un seggt: „Süh so, nu ward mi beter. — Kinders, wa is œwer Allens so kommen?" — „Dat wöll wi Di naßen vertellen," seggt Poßetter; „nu ligg man still un slap en betjen; wi wöllt so langn na Döns gan, un Du, Mariken," seggt he to sin Olsch, „Du kannst so langn bi er blieben." De Andern gat denn mit Poßetter all rut, un de ol Mariken mit eren olen zitterigen Kopp blifft bi Appelmütjen, un er ol Kopp de flüggt un bewert er noch buller, as sünst. „Och," seggt Appelmütjen to er, as de andern rut sünd, „wat Hans woll meent? ik un slapen! Weeßt Du nich, wa Allens so kommen is?" — „Ja," seggt Mariken, „wenn Di dat man nicks deit, — sünst will ik Di dat ja gern vertellen." — „Dat deit mi nicks," seggt Appelmütjen; „de Schreck un de Angst is dat meist west." — „Ja," seggt Mariken, „dat har ok slimm nog warden kunnt, un 'keen weet, wa dat aslopen weer, wenn de Mariken dor nich west weer." „'keen, seggst Du?" fragt Appelmütjen. „Uns' Mariken," seggt Mariken. — „Waso?" seggt de Olsch. „Ja, denk Di blot an!" seggt ol Mariken. „Mi ward noch grön un gel vœr Ogen, wenn ik dor blot an denk. De Diern hett sik mern in'n Weg hinstellt un er Schört in de Höch holen un dormit weiht, un dor sünd de Peer bangn vœr worden un sidwarts na Naber Langloh sinen Busch rinlopen." — „Dat hett de Marikendiern dan?" seggt Appelmütjen. „Ja," seggt ol Mariken, „de Diern har rœdert warden kunnt! Naher leeg se ok in'n Weg un har sik beswögt." — „Mein Gott!" seggt Appelmütjen, — „dat hett de Diern dan! — Gott vergef mi all min Sünden! — Gott," seggt se nu to Mariken, „rop mi dat Kind en mal rin." Ol Mariken geit denn rut un will Mariken ropen, un as se na Kœk kummt, — de is grad œwer Poßetter sin

Slapkommer, wo Appelmütjen liggt, — do steit de
lütj Diern vær'n Füerheerd un kakt Kaffee, un er Ge=
sicht is er wedder ganz glönig¹) von de groten Löchen
up'n Heerd, un as Mariken er nu röppt, geit se mit.
As Appelmütjen den lütjen Engel nu süht, winkt se er
un seggt: „Kumm en mal her, min leew Dochder, —
un Du hest Di mern in'n Weg hinstellt, vær de bullen
Peer?" — „Ja," seggt lütj Mariken. „Diern," seggt
Appelmütjen, „wa büst Du dor to kommen? Du harst
ja rædert warden kunnt!" — „Dat weet ik sülben nich,"
seggt lütj Mariken; „ik seeg, dat dat de Bleßen weeren,
un do wull ik se möten." — „Du büst en rar Kind,"
seggt de Olsch in'n Bett; „ik bedank mi denn ok erst
enmal, un wi ward uns noch wedder spreken," un dorbi
eit se de lütj Mariken æwer de glönigen Backen rein so
fründlich un leewlich, as man dat garnich bi er gewennt
is. „Nu ga man wedder hin un kak Kaffee," seggt se,
„dat ik wat to drinken krieg," un as Mariken wedder
rut is, seggt se to de ol Mariken: „Do mi den Ge=
fallen un rop mi minen Hanshinnerk un Clas enmal
her, æwer alleenen, un denn lat uns mal en Ogenblick
sœr uns, — hörst Du?" — Un ol Mariken geit un
röppt de Beiden, un se kamt. „Kinders," seggt se, as
de man eben de Dœr tomakt hebbt, „wat hett dat leew
Marikenkind dan! — Nu seggt mi nicks von dat Ander,
un Clas, wenn Du de Mariken noch hebben wullt, so
in Gotts Namen! Un mit lütj Trina will ik woll snaken;
de lütj Diern kriggt ok woll en goden Mann; denn düt
is von unsen Herrgott, un gegen den will ik mi doch
nich upsetten. Ne, Gott vergef mi all min Sünden! —
Segg, Clas, wullt Du de Mariken noch hebben?" —
„Ja," seggt Clas, un dat is em, as wenn em en groten
Steen von'n Harten fullen is, „wenn Moder dat ok will
un gern will, denn will ik dat: ik har ahn Mariken ok
doch nich leben un glücklich warden kunnt." — „Jung,

---

¹) glühend.

nu warr ik klok," seggt be Olsch; "warüm hest mi dat
toletzt nich seggt, as ik Di borna fragen dê?" — "Ik
weer bangn, dat Moder dor to veel æwer kreeg," seggt
Clas, "un ik luer nich up Moder eren Dod," un dorbi
stat em de Thranen in de Ogen. — "Nu will ik Di
wat seggen," seggt de Olsch: "nu schast Du er hebben,
so wahr as en Gott in'n Himmel is!"*)

Johann Meyer.
(Ditmarsch.)

Kennst du dat Land?

Kennst du dat Land
An'n Holstenstrand,
Vun'n Elvstrom bit de Eiderkant?
Wo wit de See, bald lud, bald sacht,
Sick vær di dehnt in all er Pracht?
Wo ruscht dat Reth un singt de Swan,
Wo Segel swevt op blaue Bahn?
Dat smucke Land
An'n Holstenstrand,
Dat is min Heimathland!

Kennst du dat Land
An'n Holstenstrand,
So lütt, — un doch so weltbekannt?
Versteken achter Dik un Damm?
Mit Hemmingstedt un mit de Hamm?
Wo Hunnert gegen Dusend sla'n?
Wo Graf un Fürsten ünnergan?
Dat lüttje Land
An'n Holstenstrand,
Dat is min Heimathland!

---
*) Mit Genehmigung des Verfassers und der Verlagshandlung.

Kennst du dat Land
An'n Holstenstrand,
Vun Segen rik ut Gottes Hand?
Wo lustig twischen Heck un Dorn
De Wischen¹) grönt un brust dat Korn?
Wo Lurken singt? — wo blöht dat Saat?
Un wo in'n Wold de Eeken stat?
Dat schöne Land
An'n Holstenstrand,
Dat is min Heimathland!

Kennst du dat Land
An'n Holstenstrand?
Ick füll min Glas bit hoch an'n Rand!
Un fœr min best un lewstes Gut
Drink ick den letzten Drüppen ut!
Gott's Segen denn vel dusend Mal
Darœwer hin! — darop hindal! —
Hurrah! min Land
An'n Holstenstrand!
Hurrah! min Heimathland!

Unner de Koh.

Kumm, Olsche, kumm!
Wat kikst so klok un stumm
Un fragst, wo is he bleben? —
He hett mit mi na Melken gan,
He hett mi nix as Lewes dan,
As Lewes dan,
Weer all min Glück, min Leben.

---

¹) Wiesen.

Sta, Olsche, sta!
De böse Krig weer da,
Dar muß dat Lewste wannern; —
Dar hett he mi so hartli küßt,
Dar sä he mi sin letz Adjüs,
Sin letz Adjüs,
Un tog mit alle Annern.

Hopp, Olsche, hopp!
Na't Norden gung dat rop,
Och, wit herop na't Norden!
In Friederic wull achter'n Wall,
Dar sammeln sick de Dänen all,
De Dänen all,
Un wulln de Dütschen morden.

Sach, Olsche, sach!
Nös¹) keem de düstre Nach,
Wo all dat Blot vergaten.
Dar weer des Morrns dat Gras so roth,
Un lanks de Koppeln²) sleep de Dod,
Ja, sleep de Dod,
Dar funn em sin Kamraden.

Still, Olsche, still!
Ick weet ni, wat ick will
Vœr luter Leid un Jammer,
Un wenn ick sitt un melk de Köh,
Denn deit mi, och, dat Hart so weh!
Dat Hart so weh!
Denn fallt be Thran in'n Ammer³).

---

¹) nachher. — ²) Äckern. — ³) Eimer.

Herr Paster sin Lise.

Herr Paster sin Lise — och Jung, wat en Diern!
Twe Ogen — ick segg Di, so hell as de Steern,
So blau as de Heben un deep as en Sot¹),
Un de, der man rinkikt, hett seker sin Noth!

O, o, wat en Kopp! as en Engel so schön!
Keen Blom kann der smucker un levlicher blöhn!
Un Lucken darum, as Kastanjen so brun,
Un krus as en Hoppenrank buten in'n Tun²)!

Herr Paster sin Lise — och Jung, wat en Diern!
Ick wull man, Du seegst se, — Du schullst Di verfeern³)!
Ick wull man, Du hörst se, — dat schull Di mal smön!
Keen Nachdigal singt der so lisen un schön!

Un kummt inne Kark se des Sünndags herin,
Wer kickt ni bischurns⁴) æwer't Psalmbok mal hin?!
Un predigt tonößen⁵) vun'n Himmel de Ol,
Wer denkt ni bischurns an den Engel in'n Stohl?!

Herr Paster sin Lise — och Jung, wat en Diern!
Un weerst Du en Deuwel, se kunn Di bekehrn!
Un meent ok de Lüd all, Du geist wull to Grund,
Herr Paster sin Lise, de makt Di gesund!

Se swevt as en Wulk, un se flüggt as en Reh!
Is roth as en Ros' un so witt as de Snee!
Keen Bild is der smucker, un smucker keen Brut!
Keen Kind is der beter, so fram un so gut!

Min Vader un Moder sitt beid op Verlehn⁶)!
Un ick schall en Fru nehm — un weet ni wakeen? —
Herr Paster sin Lise — och Jung, wat en Diern!
Un wull se man, — de ick't, wa geern, o, wa geern!

---

¹) Brunnen. — ²) draußen am Zaun. — ³) erschrecken. — ⁴) bei Schauern, dann und wann. — ⁵) nachher. — ⁶) Altentheil.

Grotvader.

Grotvader geit de Port hendœr,
Is just en Jahr genau,
Da drogn se oppe swatte Bœr
Grotmoder all to Rau.

He stolpert lis den Stig hendal,
Sin Schummerngang he hölt;
In'n Bom sleit hell de Nachtigal,
Sunst liggt as dod de Welt.

Dar bögt he umme Eck un steit
Un blift un geit ni mehr, —
Un wo de Wind de Rosen weiht,
Dar süht he still to Eer.

He nimmt den Hot vun'n Kopp so kahl
Un sett sik ünner'n Bom,
Em lopt de Thran de Backen dal
Un blinkert oppe Blom.

Un wat he denkt, un wat he bed?
Wo he am lewsten weer? —
Am lewsten weer em wull de Sted
Dar ünner't Gras bi er.

An'n Heben¹) kammt de Steerns herop,
Un ruhi slöpt de Eer, —
He folt de Hann, — em sank de Kopp, —
Grotvader, — — is ni mehr!

---
¹) Himmel.

Günd, achter de Blompütt.

Günd[1]), achter de Blompütt[2]), schreg æwer de Strat,
Persepter sin Döchder, — dat is di en Staat!
Persepter sin Lischen, sin Witjen un Trin,
Dre Dierns, as dre Rosen, — künnt all dre all frin.

Wa hebbt se fær Haar, — rein so blank un so glatt!
Un Ogen, — de Swatte as Aalbein so swatt,
De Gele, — so blau as Vergißmeinnichtblom,
De Brune, — so brun as Kastanjen vun'n Bom.

Se danzt, un se springnt, un se hüppt as en Reh,
Sünd roth as en Ros' un so witt as de Snee,
Se singt as en Drossel un lacht as en Duw[3])
Un scheert sik den Deuwel um Hochtid un Huw[4]).

Günd, achter de Blompütt, schreg æwer de Strat,
Persepter sin Döchder, — dat is di en Staat!
Un schull ik Een rutnehmn, un günn he mi Een,
Ik sä: Herr Persepter, all Dre — oder — Keen!

Wihnachtabend.

So still un sach, so still un sach,
As wenn dar buten Predig wer;
De Schummerntid verdrängt de Dag,
Un düster ward de Eer;

Un baben schint vun'n Himmelssaal
Vel dusend Lichter æwer't Feld,
Un Engeln swevt der op un dal
Mit Gaben dær de Welt;

---

[1]) dort, drüben. — [2]) Blumentöpfen. — [3]) Taube. — [4]) Haube.

Un weeft Du ni, wat dat bedüd,
Wenn so en Engel kummt un geit?
Dat is de Tid, dat is de Tid
Voll luter Seligkeit!

Denn wo he kem un wo he wer,
Dar is ken Leid, ken Kummer mehr,
Dar steit de Dannbom hell un grön,
Un nicks as Lust to sehn.

Nu's Tid! — süh dar — nu kummt se an! —
O, töw¹) un freu di'n Ogenblick!
Se bed, se folt de lütten Hann
Un lacht vær luter Glück;

Un denn en Larm, un denn en Lust,
Wo Vader oder Moder steit; —
Vel dusend Dank! un Kuß um Kuß,
Dat sülm²) de Engeln freut. —

Un sühst Du wull de Öllern stan
So still un sachen? — süh, se meent,
De Lichter makt de Ogen thran'n,
Un mark ni, dat se weent.

Denn ward so grot dat lütte Hart,
Un hin is all uns Gram un Leid;
Denn föhlt wi, dat wi Kinner ward
Un uns as Kinner freut. —

O, wo du kannst, dar drög de Thran.

O, wo du kannst, dar drög de Thran!
Du deist en Wark um Gotteslohn!
Un hest Du Minschen Gudes dan,
Se ward bi't wull mal wedder don.

---
¹) wart'. — ²) selbst.

Wa mennig En geit in sin Leib
Verlaten un alleen to Grunn,
Un har doch mit en Klenigkeit
Vellich sin Leben weller¹) wunn!

En gudes Wark, en warmes Hart
Is mehr as Gold un Edelsteen;
Un wenn of gar ken Dank di ward,
Dat lohnt sik in sik sülm alleen.

O, hölp din Broder, ehr't to lat²)!
Un wes³) mit Trost un Rath bereit
Un denk daran, dat oppe Strat
So menni Brave betteln geit.

Un drückst du em ni deper dal
Un lettst du em ni kolt alleen,
Paß op, dat dünkt bi alle Mal
Tonös⁴), as weer't en Engel wen⁵)!

As har he bi den Freden bröch⁶)
Un har bi segnt fær't ganze Lebn
Un har't an alle Minschen seggt,
Wat du em mal to Lewde gebn.

Un büst du denn mal slapen gan,
Se sat din Sark mit Wehmoth an,
Se streut di Blom, — se weent di Thran
Un sät: dar slöpt en Ehrenmann!

---

¹) wieder. — ²) spät. — ³) sei. — ⁴) nachher. — ⁵) gewesen. — ⁶) gebracht.

Th. Piening.
(Ditmarsch.)

Hans Höhnk.

Dat weer'n prächti Wedder, as uns' Jägerkorps in't Jahr achteinhunnert neg'n un veerti op'n Sünndagnamdag in dat lütte Dörp H.... ankeem. Op min Quarteerzeddel stunn: „Hans Höhnk". Ik wull jüst'n lütt'n Jung frag'n, wanem de Buer Hans Höhnk wahn' dè, as ik op eenmal dich achter mi 'n Kerl mit'n Bar'nstimm schrieg'n hör: „Jungs, wakeen schall vun jüm na Hans Höhnk?" — Ik dreih mi um un seeg dar'n Kerl vœr mi stan, denn ik dat glik anseeg, dat he dat wull seggt hebb'n muß, so'n Kerl weer dat. He weer minstens noch'n Kopp grötter as uns' Flügelsmann, de ok jüst ni lütt weer, un harr Schullern noch'n mal so breet, un Arms un Been as'n Peerd. „Na, de mutt awers Knäw¹) hebb'n!" dach ik, un glik schull ik't wies warrn²).

As he noch eenmal anfung to schrieg'n: „Wakeen schall na Hans Höhnk!" geev ik em min Zeddel. Nieschiri³) keek he mi an vun nern bet baben, awers he harr ni sobald min Fännritressen un min groten Sawel seh'n, as he anfung to schrieg'n: „Hurrah, ik heff'n Fänneri²)!" — un een twe dre nehm he mi oppen Arm, as'n lütt Kind, un draw mit mi af. Na, ik harr al Velens belevt, awers so wat weer mi in min ganz Leben denn doch noch ni passeert! Ik arger mi ni weni, dat en Buer sodenni mit mi umsprung, mit mi, den Fänneri, de so'n wichtige Person weer un jo keen lütt'n Hup'n, dat man em man so as'n lütt Dietdeik'n⁴) hüscheln⁵) kunn. De Major un Afzeers heel'n sik den Buk un lachen, dat se de Thran' ut de Ogen keem', un de Jägers schreeg'n ganz verwunnert: „Jesses, nu fikt ins denn dicken Fänneri an! wanem will de hen!" — Hans Höhnk draw mit mi af un kehr

---
¹) Kraft, Stärke — ²) gewahr werden. — ³) neugierig. — ⁴) verhätscheltes Kind. — ⁵) schaukeln, wiegen.

sik ni an min Spatteln. Ik seeg ok bald genog in, dat
mi dat nix hölpen worr — denn de Kerl heel mi so fast
as'n Schrumstock — un dat weer darum ok dat Beste,
wat ik don kunn, de ganze Sak fœr Spaß to nehm'.
Ik trock also min Sawel ut de Scheed un kummandeer:
„Marsch! marsch!", un Hans Höhnk leep as dat beste
Peerd. Wat kunn de verdöwelte Kerl lop'n! Dat du'r
ok keen dre Minuten, so weer'n wi bi sin Hus.

To'n Glück'n worr ik bitid'n wies, dat dar man'n
lütt Dœrlock weer, sunst harr he mi in sin Freud wull
ok noch denn Kopp mit afret'n. „Holt Pusz, Hans
Sievers!" schreeg ik, „prrrr!" Dat hölp, he stunn still
un sett mi ganz sach'n wedder dal. Mit dat blidste[1])
un fründlichste Gesich vun de Welt kneep he mi nu to'n
Willkam' so gräßli de Hand, dat ik vœr Wehdag[2]) meist
lud utschreeg'n harr; awers dat mark he gar ni, he harr
sik wull gar nix dabi dacht, un de dat ut luder Frünn-
schopp fœr mi. He muß dat awers doch wull ni so rech
fœr passend hol'n, dat he mi oppen Arm na Hus drag'n
harr; denn he sä na'n lütten Stot[3]): „Herr Fänneri, se
hebbt dat doch wull ni fœr ungut nahm', ik freu mi so
unbanni, dat ik mi ni hol'n kunn!" —

Na, wat schull ik don! — Ik harr't gewiß lewer
sehn, wenn he sik ni so unbanni freut harr; denn mine
Kammeraden worrn mi gewiß noch lange Tid damit
fœr'n Narr'n hol'n, un min Hand de mi ok noch gruli
weh; awers ik mak so'n blid Gesich, as ik man jichens
kunn, un sä, dat he mi'n grot Pläseer makt harr. Da
juch he op un schreeg: „Hurrah!" dat de Finstern klarr'n,
un as sin Olsche rutkeem un frog: „Tum Döwel, Kinners,
wat geit hier los?" so harr weni feilt, un he harr mi
wedder oppen Arm nahm un mit mi rum danzt oppe
Grotdel[4]). Sin Fru freu sik ok gewalti œwer de grote
Ehr, dat se'n Fänneri mit'n groten Sawel in't Quarteer
kreg'n harr, un wuß gar ni, wat se mi All'ns to Lew

---

[1]) sanftesten. — [2]) Pein, Weh. — [3]) Augenblick. — [4]) die große Diele, Dreschdiele vorn im Hause.

don schull. Cen twe dre worr hulter de pulter de Kaffeeked'l rinbrocht un Botterbrodt un Kees oppen Disch sett, un nu schull ik'n beten Fröhkost to mi nehm'.

Mit sin verfluchte Fründlichkeit un Freud harr Hans Höhnk mi nu meist all wedder toschann makt; he krag[1]) mi so vel Tassen Kaffe in un propp mi so vel Botterbrodt in'n Hals, dat ik meist keen Luff krieg'n kunn. Endli leet he mi tofred'n, un nu mak ik, dat ik na min Stuv keem. Hier smeet ik mi in'n Lehnstohl un japp[2]) na Luff. Min Bedeenter much mi wull sær verrückt hol'n, denn he mak'n ganz verwunnert Gesich, as ik anfung to schimpen æwer min slech Quarteer. „Herr Fänneri," sä he, „dat is ja'n ganz schön Quarteer! — beter kriegt se dat narms!" — Na in sin Sinn harr he Rech, denn he weer'n Fretsack, de mit sin Ratschon sin Dag ni utkam' kunn, un sik hüt mal ornbli wedder satt eten harr; un ik harr to vel kreg'n un schull meist baff'n[3]).

Na'n paar Dag mak ik min gud'n Weert dat awers begriepli, dat'n Fänneri ni so vel eten kann, as'n Buer, un he leet ok sin Kragen na; awers jeden Middag, wenn ik min Gawel weglegg, keek he mi so ganz aparti an, schütt mit'n Kopp un sä: „Herr Fänneri, se mæt mi awers wahrhafti mehr et'n, se kamt mi sunst ganz vun de Föt!" —

Wi worrn nu vun Dag to Dag jümmers betere Frünn, un he drück mi ok ni mehr so fast de Hann, as he mark, dat ik dat ni verdreg'n kunn. Ik much em oppen letzen Enn höllisch geern lid'n, denn wenn he ok malins mit de Plumpkül[4]) keem un een mit de Mistfolk ketteln[5]) wull, so weer he doch vun Hatt'n en prächtig'n Kerl un meen dat gut.

Wat harr de Minsch awers sær Knäv: dat weer wat grulichs! He kunn ganz flödi[6]) en Peerd oppe Nack nehm', un sakens[7]) ins seeg ik em de steile Bæntrepp roplop'n, ünner jeden Arm 'n Tün[8]) Weet oder ok Bohnen,

---

[1]) nöthigte. — [2]) schnappte. — [3]) fast bersten. — [4]) lange, dicke Stange. — [5]) mit der Mistgabel kitzeln. — [6]) leicht. — [7]) oft. — [8]) Sack.

un dabi smök he ganz lusti sin Bräsel¹), as weer dat gar nix. De lewe Gott weet dat all'ns doch eigentli prächti intorich'n: hitzige Lüd, de jümmers glik dat Füer to't Dack rutgeit, bünt²) tomeist man flödi³) un lütt, un so'n grote Kerls, de Bar'nkräff hebbt, bünt so gut un langmödi un brukt er Kräff ni, wenn so'n lütt'n Jisser⁴) vun Kerl se an de Kleeder kummt. So gung dat ok mit Hans Höhnk; he weer so gutmödi un leet sik lewer slan, as dat he sülm wat utdeel. Dat Tügniß geev em ok sin Persetter⁵), de em ach Jahr in de Mak hat harr un em oft oppen Dössel⁶) sitt'n muß. — Dumm weer Hans Höhnk egentli ni, denn as he kunfermeert warrn schull, kunn he all ganz billi lesen, wenn er sik mit dat Bokstabeern en beten Tid leet; un wenn he in't Schrieb'n un Rek'n jümmers de ünnerst in de Schol weer, so leeg dat, sä de Persetter, blot daran, dat he keen Anlagen dato harr. Sunst muß he bi allbem doch'n kloken Jung wesen, denn Ostern un Martini broch he jümmers'n wunnerschön prenntes⁷) Tügniß mit na Hus, warin hübsch un dütli to lesen stunn, dat Hans Höhnk jümmers fliti un opmerksam wesen weer, un banni vel lehrn dë. — De bösen Lüd sän frili: „dat kummt vun de Eier un setten Gös⁸), de jümmers op denn Persetter sin Kækendisch leggt ward," awers wenn man all'ns löb'n⁹) will, wat de Lüd seggt, denn kann man unklok warrn; de Lüd snackt wull wat

As Hans kunfermeert warrn schull, snack der Persetter frili ganz anners un sä, dat Hans so dumm un däsi¹⁰) weer, as sin Vader sin Kalwer; awers dat harr sin guden Grünn.

De Persetter harr nämli de leidige Maneer, wenn he tageln¹¹) wull, denn Kopp vun de Jungs mank sin Been to stek'n un denn düchti optodunnern. Hans Höhnk harr ok malins wat utfreten: ik löv¹²), he harr

---

¹) kurze Pfeife. — ²) sind. — ³) leicht, schwach. — ⁴) buchst.: Jungfer, hier: zimperlicher Mensch. — ⁵) Lehrer. — ⁶) Nacken. — ⁷) gedrucktes. — ⁸) Gänse. — ⁹) glauben. — ¹⁰) verwirrt. — ¹¹) prügeln. — ¹²) glaube.

de Jungs, de vœr em seet'n, achter mit'n Nadel prickelt.
Dat mak em nämli jümmers en gruliches Pläseer, un he
wull sik meist bot lachen, wenn so'n Jung op eenmal
ut'n Drom in de Höch flog, as weer de Bank, wa he
op seet, op eenmal glöni¹) worrn. Hüt harr he sik denn
Spaß ok wedder malins makt; awers he muß wull en
beten to deep stek'n hebb'n; de Jung tier sik, as weer
he unklok, stunn toletz op, heel sin Hand in de Höch
un schreeg: „Herr Persetter, Hans Höhnk hat mir mit
eine Nadel gesteckt!" — Hans Höhnk schreeg glik dar=
mank: „Jung, wat kannst du leeg'n! Herr Persetter,
dat's gewiß ni wahr, dat het Krischan Jensen dan, ich
habe es sülm gesehn!" — De Persetter schin dat awers
ni to löb'n, denn he kreeg sin Hasselstock her un sä:
„Hans Höhnk, komm 'mal raus!" — un Hans Höhnk
muß ut de Bank rut. De Scholmeister nehm Hans nu
bi'n Kragen, steek sin Kopp mank sin Been un ledder
em düchti af²). Hans Höhnk hul un schreeg: „Ach Gutt,
ach Gutt, Herr Persetter, ik will es ok nich wedder
thun!" — awers dat hölp nix, he dösch³) jümmers fix
to. Oppen letzen Enn worr Hans dat doch to dull:
he rich sik op, dat de Persetter mit sin Kopp an'n
Bœn⁴) stött.

De annern Jungs wull'n sik meist toschamm lachen,
as se dat segg'n. Dat weer ok wirkli spasi antosehn,
as de grote Hans Höhnk mit denn Schulmeister op de
Nack dastunn un sik de Thran afwisch un tonöst ganz
vergnögt anfung to grin'⁵).

De Persetter weer gräsi dull un harr Hans gewiß
toschann haut, wenn he an de Eer wesen weer. Hans
wull em awers ni wedder dallaten, wenn he ni versprok,
em ni to slan.

As de Persetter oppen letzen Enn dat don muß,
wil de Jungens so gräsi to Gast gung'n, sett Hans em
ganz sachen wedder dal. — In de Schol kunn Hans

---
¹) glühend. — ²) und strafte ihn tüchtig ab. — ³) drosch, schlug. —
⁴) Boden. — ⁵) grinsen.

Höhnk nu ni mehr blib'n, un he worr mit'n fürchterliche
Strafred wegjagt. Da dat dich vœr de Kunfermatschon
weer, so mak dat of so vel ni; denn Hans wuß sin
Kattechiffen eben so gut as de annern. — De Persetter
kunn em dissen Streich awers nie wedder vergeten, un
drog em dat noch lange Tid na. Siet de Tid hett
he awers ni eenmal wedder en groten Jung na de ole
Maneer bœrhaut.

As ik Hans Höhnk kenn' lehr, weer he wull eben
in de Dörti[1]), un smeet jeden, de't mit em in't Faten[2])
opnehm' wull. Jn't Dörp harr'n se em oft ins fœr'n
Griesen, un he leet sik dat ruhi gefall'n, oder of he
mark dat gar ni. —

De gewöhnliche Snack, wenn se in'n Krog mit em
anbunn', weer jümmers: „Minsch Hans Höhnk, ik löv,
du kunnst wull'n Hirsch hol'n!" — Hans Höhnk fung
denn tomeist an to grin' un plegg to antwoort'n: „Ah
nä, Jung, dat löv ik ni!" —

Dat kettel em jümmers bœr un bœr, wenn de Lüd
vun sin grote Kraff snacken, un he hör dat banni geern,
wenn de Lüd so wat to em sä'n. Wakeen hett ni sin
swache Sid, wa he lich to faten is! — De Een hett
dit un de Anner dat Steckenpeerd, worop he geern ritt,
un Hans Höhnk much dat hattli geern hebb'n, wenn de
Lüd sän, dat he wull'n Hirsch fast hol'n kunn.

Een Sprickwoort seggt: Vœr Malheur kann keen
Minsch, un wenn da jüst'n Unglück passeern schall, fallt
man oppen Rügg un brickt de Näs, un wenn man
vun'n Döwel snackt, so is he ni wid. — Hans Höhnk
schull dat ok bald wies warrn.

Jns mal, dat weer jüst in de Aarnt un banni
hilt[3]) — wull he hen na sin Land gan un ins tosehn,
ob sin Lüd ok fliti weer'n, un all orri[4]) wat beschickt
harr'n. Da he keen Fründ vun't vele Lopen weer, gung
he'n Richstig[5]) bœr't königliche Holt.

---

[1]) Dreißig. — [2]) Faffen, Greifen. — [3]) geschäftig. — [4]) ordentlich,
einigermaßen. — [5]) Richtweg.

As he mern¹) darin is, süht he an'n Enn vun'n Weg 'n Hirsch ligg'n un slap'n. Hans Höhnk steit still un rögt sik ni; dat Hatt puch em vær Freud — he dach an sin Frünn un Navers, de jümmers sän, dat he wull'n Hirsch hol'n kunn — un nu! — nu leeg dar een — de Spaß, düch em, muß versöch warrn. He muß man blot ni, wasück he dat anfangen schull, dat de Hirsch em ni stött; denn vær sin Hör'n harr he'n gewaltigen Respekt. Dat Thier schien düchti afjagt to wehn un harr em ok denn Rügg todreiht. De Wind weih ok so, dat he keen Weddern²) vun em krieg'n kunn, un Hans dach: „Wenn'k mi so ganz sachen an em ran slik un eerst æwer em stah, will'k em all fast hol'n. Bi't Æwerlegg'n ward sin Luß noch grötter, un gau³) treckt he sin Jack un de Schoh ut un slickt op Hassöcken neger. Jümmers neger un neger kummt he ran; — de Hirsch markt nix! — Hans Höhnk ward all driester un denkt: „Denn dar will'k all krieg'n!" — Noch twe Schritt is he vun em af, da kann he sik ni länger hol'n — as'n Tiger springt he mit'n gewaltigen Satz oppen Hirsch un drückt dat Geweih dal. De Hirsch, ganz verschrocken æwer denn Rider, springt in de Hög un makt'n Satz wull tein Fot wiet. —

Dabi hett das Thier denn Kopp so wiet torüchsmet'n, dat dat Deert mit sin grot G'weih Hans Höhnk sin dicken Lenn inklemmt, dat he ni wedder loskam' kann. Hans Höhnk is in Dodesangst, schriggt: „prrr! prrr! — will he mal stan! — prrr!" — un will rasstig'n; awers he kann ni: he sitt so fast, as weer he ansnört. De Hirsch mak noch'n paar Sätz, um sin Rider aftosmit'n, un as dat ni lücken⁴) wull, neih he ut, as weer de Düwel achter em. Hans, sunst so stif un ungebahrt, buck sik bald an de Eer, bald vær, bald achteræwer, as'n Kunstrider, um sik denn Kopp ni tweitostöten an de Böm. Ik weer bideß ok malins na't

---

¹) mitten. — ²) Witterung. — ³) schnell. — ⁴) glücken, gelingen.

Land gan, um totosehn, un de Lüd wull'n jüst mit't letzte Föder na Hus fahr'n, as de Lüttjung, de babn op't Föder seet, schreeg: „Holt gau mal still, da kummt wat!" —

De Jung weer as'n näswiesen Bengel, de geern brüden¹) much, bekannt, un de Grotknech sä to em: „Jung, wullt Du mal ruhi wehn!" — æwers de Annern fung'n of an to schrigg'n: „Holt still, wat is dat! Wat kummt da her!" — Ik keek of hen un seeg'n Minschen oppen lütt Thier op uns to susen. — „Jeses!" schreeg de Jung, „dat is, straf mi, Hans Höhnk, he ritt oppen Hirsch!" — un richti, dat weer so. As he neger keem, schreeg de näswiese Bengel vun Jung em in de Möt²): „Uns' Herr, wa will he denn so gau hen!" —

As'n Blitz sus he an uns vorœwer, un wi hör'n em blott segg'n: „Dat weet Gott un de Hirsch!" —

Ik sä to de Annern: „Kinners, wi mät em na, dat geit ni!" — un gau smeet'n wi uns op de Peer un sett'n achter em in. Dat weer gut, dat wi't dan harr'n, denn de Hirsch weer mit sin Rider in't Moor lop'n un wi keem' jüst to rechter Tid, em vær't Versupen to rett'n. — As wi Hans Höhnk los makt harr'n, sä he keen Woort. De näswiese Jung, de dat Brüden ni nalaten kunn, frog em: „Uns' Herr, geit dat gut, oppen Hirsch to rid'n?" — As Hans Höhnk em æwers darop sin fief Finger in't Gesich smeet, heel of de Jung sin Pipen in Sack.

De Lüd in't Dörp wull'n sik dot lachen, as se vun de Geschich hör'n dän, un Hans Höhnk muß noch lange Tid damit herhol'n.

Dat bünt nu all seben Jahr her, un Hans Höhnk hett all'n Barg Kinner mit sin Fru; awers jedesmal wenn he'n Hirschgeweih süht, kratzt he sik in'n Kopp un makt'n grimmi Gesich. As ik vœr veer Weken in't Schleswigsche weer, sä een in'n Krog to em: „Hans

---

¹) necken. — ²) ihm entgegen.

Höhnk, it löv, du kannst doch'n Hirsch hol'n!" — Hans Höhnk sä nix, drunk sin Glas ut un gung ut de Stuv; so arger em dat.

Julius Stinde.
(Ditmarsch.)

Lehr't heww is't doch.

In de Schaul, da hewwt se
De Sprüch mi verhört,
Dar heww ik ok Reken
Un Schriwen lehrt.

Op Buervagts Schimmel,
Dat ol blinne Peerd,
Dar heww ik bi lütten
Dat Riden lehrt.

In'n Graben in't Redder[1]),
Wo Nümms uns hett stört,
Dar heww ik ganz heemli
Dat Smöken lehrt.

Un wie ik ok grüwel,
Ik raad doch verkehrt:
Wo heww ik denn bloß wol
Dat Küssen lehrt?

---

[1]) ein Feldweg zwischen Knicks.

Taum Singen.

Dar in den Gar'n, da steit en Baum,
Wa sünd de Blæder grön,
Un op de Twigen Blaum an Blaum,
So köstli antosehn.
Twee lütje Vagels hewwt sik dar
Dicht bi en anner sett:
So'n paar Verlewte, de sünd doch
Tau nüdli,
Tau nüdli,
Tau nüdli un tau nett.

An'n Abend lat[1]), wenn Alles still,
Denn ga ik vœr de Dœr.
Denn duert dat ok garnich lang,
Denn kummt dar wen daher.
He fat mi lisen an de Hand,
Seggt, wi he lew mi hett.
So'n bitten Schummertid is doch
Tau nüdli,
Tau nüdli,
Tau nüdli un tau nett.

Geit Sünndags he mit mi tau Danz,
Wat is dat denn en Staat;
Sin Uneform in vullen Glanz
Smitt Schatten op de Straat.
Keen Anner danzt so fein wie he,
So forsch un so adrett.
En flotten Miletär is doch
Tau nüdli,
Tau nüdli,
Tau nüdli un tau nett.

---

[1]) spät.

Un bün ik erst sin lütte Froo,
Wat ward dat denn en Freid:
Een hört denn ganz den annern tau,
So lang dat Hatt noch sleit.
O gipt dat woll en gröter Glück,
Als wenn man Lewsten hett?
So'n bitten Liebe is denn doch
Tau nüdli,
Tau nüdli,
Tau nüdli un tau nett.

Ik meen dat gaud!

Nu kumm mal, Anna, un hör mi too:
Tau Wihnachden ward wi Mann un Froo,
Tau Wihnachden sünd wi Froo un Mann
Un treckt denn neben den Nawer an:
Denn hewwt wi uns Eegen, denn sünd wi alleen —
Och Anna, Du weeßt nich, wie gaud ik dat meen.

Als min oll' lew lütt Mudder noch lewt,
Wat hett se spunn'n, wat hett se wewt:
Nu sünd de Laken so witt un week,
Ik seet ja dabi bet Nachts op de Bleek;
Ja, Anna, dar seet ik denn ganz alleen —
Un wüß nich, wie gaud ik dat mit Di meen.

Och Anna, wenn bloß irst Wihnachd wör,
Dar buten freert dat denn vœr de Dœr;
Dar bellt mal'n Hund, de Wächter, de tut't,
Un warm is dat binn'n un't Licht is ut.
Och Anna, min Anna, denn sünd wi alleen,
Du kannst ja nich weeten, wie gaud ik dat meen.

So sünd de Jungs.

Hüt Middag kümmt min Jung ut Schaul
Un röpt, wat he man kann:
„Hurrah! nu lach ik all wat ut,
Nu sitt ik baben an."

Hüt Nambag kummt min Jung ut Schaul,
Ik frag: „Wat seggt Din Frünn'n?"
„Och," seggt he, „de hewwt garnix seggt:
Ik sitt all wedder ünn'n." —

Ludwig Woort.
(Ditmarsch.)

De Lootse.

De Nacht is gräsig, de Wind brüllt lud,
Hushoch smitt Wachen[1]) de See.
De Lootse kikt to de Dœr henut,
Wo heran sik drängt un wöltert[2]) de Bö[3]).
Nu kann he nich länger raun[4]) in de Kojen.
Dat drift em, henut up't Water to rojen[5]).

Sin Froo umhalst em un holt em torügg.
Is bange vœr Lebensgefahr;
Doch he kehrt koltblödig er to den Rügg,
Will hebben, dat Süchen[6]) un Thranen se spar,
Un sett sik gau[7]) in de Schipperjacken
Un tüht den Südwester œwer den Nacken.

---

[1]) Wogen. — [2]) wälzt. — [3]) Schauer. — [4]) ruhen. — [5]) rudern. —
[6]) Seufzen. — [7]) schnell.

He geit in'n Düstern herüm up'n Dik,
Wo de wötende See sik brickt.
De wide, wille See is sin Rik,
De mit scharpen Ogen he æwerkikt;
Doch lett se sik marken, dat se em foppe,
Smitt eenen Pulsch¹) em nan annern to Koppe.

Dat hult un brummt un geit to Wark,
As wenn Water un Wind sik slat;
Dat brascht un bruset un suset stark;
Dat pullert un bullert ahn Enne un Maat,
Un de Wind pitscht twüschen de schümenden Wachen
Un smitt se de holle See in'n Rachen.

De Lootse schöttelt dat Water af
Un krault²) henünner nan Kahn.
Doch dar finnet he nix as en seker Graff;
Denn dat Water is dar heræwergan.
He mött sik wedder nan Dik begeben,
Wenn länger he denkt to beholen sin Leben.

Doch kik! wat bibbelt dar hen un her
Vær en Licht: dat is nich en Steern.
Keen Steern is to sehn bi dat dunkle Wer,
Ok de Lüchthorn schint nich so hell van feern.
En Lut un Geschricht is to hören eben,
As weer in Gefahr en Minschenleben.

Nu holt dat den Lootsen nich uppen Dik,
As de See so flüggt em sin Blot;
He mött in de wille See soglik,
Un schüll he ok ünnergan in de Flot;
He rojet henut in de lüttje Jölle,
As güng in'n Krieg he gegen de Hölle.

---

¹) Welle. — ²) krabbelt.

Doch jüst, as de Jölle vant Öwer geit,
Hett en Waterboje¹) an packt,
De em deep hendal in de Düpde²) sleit,
Dat he meent, he is al to Grunne sackt,
Doch jagt un slat sik stark in sin Nögde³)
De Wachen un drivt de Jöll in de Höchde.

So geit bargup, bargdal dat mit em,
As wenn em de Bumbam⁴) smitt,
Wobi bald ünnen he kummt in de Klemm,
Bald thormhoch baben up Bojen he sitt.
He kann nich gegen de See anstreben;
In'n Bumbam hangt sin Liv un Leben.

Doch hör! dar dunnert en Schœt an de Klipp,
De drœhnt em dœr Knaken un Mark.
Nu kann he nich dwiweln⁵), dar sitt en Schipp;
He stürt de Jölle un quält sik stark
Un bwingt de gewaltigen Waterbojen,
Dar mitten hendœr na de Klippe to rojen.

Wol teinmal smitt em torügg de See;
Doch teinmal holt he er Stand
Un kumt hen na de gefährliche Ste,
Wo dat Schipp mit de Minschen sitt uppen Strand.
Dar gift dat en Lebensfreid, en Ropen;
Denn Alle hapt⁶) nu, den Dod to entlopen.

Doch hett sin Jölle vær Twe man Rum,
Wenn se schall nich to Grunne gan.
He bringt eerst Twe dœr den Waterschum
Mit Lebensgefahr ton Öwer henan.
Sin Knaken sünd matt; he hett Rau grot nödig
Un kikt up de störmende See wehmödig.

---

¹) Welle. — ²) Tiefe. — ³) Nähe. — ⁴) Schaukel. — ⁵) schwanken. —
⁶) hoffen.

De hult un brummt un geit to Wark,
As wenn Water un Wind sik slat;
Dat brascht un bruset un suset stark;
Dat pullert un bullert ahn Enne un Maat,
Un de Wind pitscht twüschen de schümenden Wachen
Un smitt se de holle See in'n Rachen.

Doch den Lootsen is de Gefahr nich to grot,
Wenn noch Minschen sünd uppen Strand.
Wol noch teinmal wagt he sik dær de Flot,
Bet den Lesten he seker hett brocht ant Land.
Nu seggt, wo en Kriegsheld mag sin Leben,
Den mit Recht wi beter en Lov künnt geben.

Dionysius.

Up dat Leher Karkenwapen steit en Mann, de wunnerbar
Uppen Rumpe nich den Kopp driggt, ünnern linken Arm sogar.
Fragst du, wat dat schall bedüden? Dionysius sin Bild
Stellt dat vær ut ole Tiden, as de Lüd hier weern noch wild.

Dionysius, de frame, lehr de Sachsen Gottes Wort;
Awer Wittekind un Sachsen lohnen schrecklich em mit Mord.
Uppen Klushof dicht bi Lehe harr he de Kapelle boo't[1]);
Doch de Sachsen worrn em möe[2]) un vergoten dar sin Blot.

As de Feend em wullen köppen, be he glöbig, fram to Gott,
Soch[3]) noch Heiden to bekehren, trö den Heiland bet ton Dod,
Wünsch, dat noch sin Blot as Samen seihet[4]) wor vær
                                                Christendom,
Dat he sturf in Gottes Namen un to sines Heilands Rohm.

---

[1]) gebauet. — [2]) müde. — [3]) suchte. — [4]) gesäet.

„Wenn de Dad vulltagen¹),“ reep he, „gevt den Kopp mi
ünnern Arm,
„Gott, de alletid is gnädig, mag sik awer Jo²) erbarm.
„Wenn he will, so deit he Wunner noch an mi na minen Dod.
„Denn bekehr sik jeder Sünner to den rechten, wahren Gott."

Niegir³) drev de frechen Mörder, wat he seggt harr, to
vulltehn,
Un se kregen glik en Wunner na de böse Dad to sehn.
Mit den Koppe ünnern Arme leep he na den Büttel hen,
Wo he hensunk sanft ton Starben, wo se em to Grabe len⁴).

Pilger wannern her van widen, op sin Graff Gott antobe'n,
Un wi künnt up sinen Grabe nu den Rasenplatz noch sehn.
Wat he wunsch, warüm he glöbig bè to Gott, de Märtyrer,
Güng darup bald in Erfüllung: Götzenbilder sünd nich mehr.

Up dat Leher Karkenwapen künn wi sehn en Mannesbild,
Dat den Kopp holt ünnern Arme, loppt darmit un hett dat hild⁵).
Fragst du, wat dat schall bedüden? Dat is Dionysius;
He is storben, liggt begraben dichte bi den Geestefluß.

Martin Asmuß.
(Ostholsteinisch.)

Dat Leed von den Hirsch.

I.

Kummt her un sett ju all in Kring⁶)
Un hört, wat ick vertellen will,
Un häwelt⁷) nich, sitt müschenstill,
Wat ick vertell', beholt et flink!

---

¹) vollzogen. — ²) Euch. — ³) Neugier. — ⁴) legten. — ⁵) eilig. —
⁶) Kreis. — ⁷) unnöthige Umstände machen, tändeln.

Dat is bina nu dusend Jahr,
Dat Karl de Grote Kaiser was,
Em seht nich Kopp, nich Hart værdwas¹),
Un wat he wull, dat wur em klar.

De Heiden led he eenmal nich,
Da gung he henn mit blanken Swert,
Un leet nich af, bitt se bekehrt,
Dat könnt ji glöwen sekerlich.
So tög he ok in't Sassenland,
Da wahn en düchtig Minschenschlag,
De stunn em mennig Jahr un Dag
So pil, as eene Felsenwand.

Doch Karl, de wunnergrote Held,
De was as Eekbom in den Forst;
De was as Adler up sin Horst,
Un leet de Sassen nich dat Feld.
As dree un dörtig Jahr værbie,
Da was de Elf' de grote Schal,
Darin he döpt se altomal
Un makt dat Land von Götzen frie.

Nu keem dat Swert to Ruh un Rast,
Værbi was Minschenjagd un Slagt;
Nu wurr up Hög' von allmann dacht,
Se föhlt sick seker as en Gast.
Dat gung nu Hussach! dœr den Wald,
Mit blanken Jagdspitt, Hunn' un Hoorn,
Brus' Hingst un Rüter dœr de Dohrn,
Datt wid umher et knallt un schallt.

Hört, wat dat rahstert deep in Busch!
Hört, dœr de Telgen²) brickt mit Macht
Sick wat hervör ut Waldesnacht!
Nu is dat wedder still un kusch?

---

¹) schief. — ²) Zweige.

Dat ruscht allwedder! Still, ganz nah
Kümmt uns de Telgenbräker! Still!
Wer weet, wat dat noch warden will!
Ah! Seht! En Hirsch! Nu steit he da!

Nich wider kann he! Ach, en Ast
Hett sick in sine Hör'n verschlung'n
Un düssen kecken Löper dwung'n;
He ritt un splitt: doch blifft he fast.
Em schümt dat Muul, so witt as Snee,
Em will de Luft bina vergan;
He kann fast up keen Been mehr stan
Un sinkt mit eennmal in de Kne.

Da bruhst de Hingst mit Kaiser Karl heran,
   All wat he kann;
Et glänzt dat Jagdspitt von poleertem Stahl
   Im Sünnenstrahl;
He süht den Hirsch, de Anblick hemmt den Arm:
Wat up de Kne ligt, find bi em Erbarm.

He stött in't Hoorn, dat wid et in den Wald
   Mit Machten schallt;
De Jägers kam up den bekannten Roop
   Stracks all to Hoop;
Se löst dat Deert, un dat is fram un still,
Geit as en Lamm, wohenn de Kaiser will.

Et was dem Kaiser nu von düsse Stund'
   Tru as en Hund;
He legt em um den Hals von Deamant
   En prächtig Band;
Un wo he gung un stunn, was ok dat Deert,
Un was Tid Lebens em so lew as werth.

Doch, as dem Kaiser Karl dat Stundenglas
   Utlopen was,
Un he sick in dat letzte Hus begaff,
   In't stille Graff;

Da was de Hirsch mit sinem Halsband fort,
Et sach von nu em nümms an keenem Ort.

II.

Noch eenmal mutt wi up de Jagd,
Um unsen Hirsch to jagen!
Vœrbi was nu de Kriegesnacht,
De Freden wull all dagen.
Wenn Fred' is, denn is lewe Tid,
Dem Buern grönt un blöht de Fliet;
Dat Swert verrußt am Nagel.

Seht doch de grönen Felder an
Un lat de Ogen grasen
Un hört den stillen Schäpersmann
Sien Fleit von Widen blasen,
De Traw de blänkert bœr dat Land,
De witten Lämmer stan am Rand
Un kiken in den Spegel.

Un höger up, de swarte Wald
Von Eken un von Böken;
Hört doch, dat söte Waldhoorn schallt,
Da lat uns Schatten söken.
Herr Hinrich[1] is ut Brunswiek kam,
Un schön Mathild', sin trute Dam:
Im Wald ward wi se sehen.

Ick har wol Recht. Da jagt se all:
Vœran de Löw'[1] un Tilde.
Dat brust un sust as Waterfall!
Se hefft vondag et hilde[2].
Nu kamt de Ridders blink un blank,
Uns Burgemeister ok da mank,
To Peer fix as to Rathhus.

---

[1] Heinrich der Löwe. — [2] sie sind heute sehr eifrig.

Martin Asmuß.

Dat geit Halloh! un Huffafah!
Man hört dat Hoorn erschallen;
De Hirsch is da, de Hirsch is da!
Hört man et wedderhallen.
Un all Mann is dar achter her,
Bald sühd man keenen Rüter mehr,
Se hett de Wald verslungen.

Dat arme Deert was leeg daran,
Wat hülp em all sin Lopen;
Hüt wull em jeder Jägersmann
Sin Fell un Flehsch afkopen.
Herrn Hinrich was em up de Nath;
De Annern keemen veel to lat,
Em har de Löw' all drapen.

As nu Herr Hinrich neger ging,
To sehn, wat he gefangen,
Da sach he enen Demantring
Um sinen Halse hangen,
Drup stunn geschräwen klar un wahr,
Dat he vœr bald veerhunnert Jahr
Was fung'n von Karl den Groten.

Dem Hirsch was ut de Brägenpann'
En dubbelt Krüz entspraten;
Da stunn nu Knapp un Riddersmann
Un kunn dat all nich faten.
En Wunner was et, dat is wahr;
Nümms sehg min Dag' en Wunner klar!
Wat helpt da Koppterbräken.

Den Hirsch un Halsband legt se bald
Up enen groten Wagen,
Nu gung dat lustig ut den Wald,
Um na de Stadt to jagen.
Da was de Jubel erst recht grot:
Da blew' nich Blinn', nich Hinkepot
In sin lütt lew' Kabüschen.

In Lübeck was den sülben Dag
De Bischop kam ut Bremen,
As he dat düre Halsband sach,
Wuß he sick to benehmen.
Erst sach he an den Wunnerring
Un denn de Ridders all in Kring
Un säd': „Hört to, ji Lüde!

Dat is en wunnersam Geschick!
Lat wi uns nich bedenken,
Worum uns Gott dütt grote Glück
Dær sine Gnad' lett schenken.
Herr Hinrich, lat ji uns davær
En Hus em bu'n, to siner Ehr,
So schön, as't nich to finden."

De Löw segd: „Ja, vær düssen Schatz
Wöl wi en Hus em buen,
Un in dem Wald fall sien de Platz,
Dem wi et anvertruen."
Dem Bischop flirrt de Ogensteern;
Sowat, dat hört he gar to geern,
Un „Amen," säd he, „Amen!"

Lacht nich ærwer de Mär, de ick værn Dag ju vertellt heff;
Seht, de prächtige Karf! Huppert vær Häg¹) nich dat Hart?
Hüt noch steit he, de Dom, in Düster von Eeken un Böken;
Ehrfurcht füllt mi dat Hart, wenn ick den Riesen mi denk!
Karl de Grote is Stoff, un Stoff is Hinrich de Löwe;
Awer de Kark steit noch fast; awer de Böm' sünd noch grön!
Böm' un Kark ward vergan; awer wat blivt denn von Allen?
Wat na de Heimath sick sehnt, dat geit nich unner! Gewiß!

---

¹) Freude.

Johann Hinrich Fehrs.

De Heidblom.

Dar blöht en schöne Heidblom,
De is so rosenroth;
De rükt so krüberig¹) un frisch,
So schön un frisch,
Un be er Sommers sinn deit,
Den ward dat Hart so grot.

Se blöht dar in de Lunken²)
Versteken un alleen,
Un wenn se blöht so rosenroth,
So rosenroth,
Denn singt von'n blauen Heben
De Lerch noch mal so schön.

Un lisen æwer de Heiloh
Dar geit de Sommerwind;
He weiht er an den ganzen Dag,
Den ganzen Dag,
Un weckt ok all be Swestern,
De noch nich opstan sünd.

De lütte Imm küßt heemlich
De stille smucke Blom,
Flüggt üm er rüm un brummt un singt,
Un brummt un singt,
Denn hett de lütte Heidblom
Den allerschönsten Drom.

Denn hett de lütte Heidblom
Den allerschönsten Drom;

---

¹) würzig. — ²) Vertiefungen.

Denn geit se as dat Abendroth,
Dat Abendroth,
Gelgöschen singt so trurig
Hindal von'n Ellernbom¹).

De Heiloh²).

Bi't Hünengraff dar is dat schön!
Dar wokert de Kratt so düstergrön,
Dar schient de Bram so gel as Gold,
Dar lacht de Königsblom so stolt
In Moß un Heid,
Wenn de Sommerdag æwer de Heiloh geit.

Denn brust de Bek un ruscht dat Reet,
Gelgöschen³) singt dat ole Leed,
De Heidlerch trällert, de Kuckuk röppt,
Eerdlöper⁴) liggt an de Sünn un slöppt
In Moß un Heid,
Wenn de Sommerdag æwer de Heiloh geit.

Un blömt sik de Heben mit Maan un Steern,
Denn schriggt de Ul ut wide Fern,
Un nerrn⁵) in'n Dümpel geit wat um,
Dat stähnt un süfzt un biestert rum
In Moor un Heid,
Wenn de Sommernacht æwer de Heiloh geit.

Un baben op't Graff dar wiest mit'e Hand
En olen König in't wide Land,
Sin Haar is so witt as Blöt op'n Doorn,
He draut na't Süden, he winkt na't Noorn
Æwer Moor un Heid,
Wenn de Sommernacht æwer de Heiloh geit.

---

¹) Erlenbaum. — ²) Heideland. — ³) Goldammer. — ⁴) Eidechse. — ⁵) unten.

He söcht sin Stadt, sin Borg un Palast, —
Dat's all tobraken as Schörren¹) un Glas,
Verstaben sin Volk, begraben sin Kind,
Sin Lustgarn liggt wöst — nu klagt de Wind
Dær Moor un Heid,
Wenn de Sommernacht æwer de Heiloh geit.

Un dochen: stiggt de Sünn æwer't Holt,
Denn glinstert dat Feld in Perlen und Gold,
Denn blinkert un blöht dat wid un sid,
Un de Vageln singt von de ole Tid —
O schön is de Heid,
Wenn de Sommerdag æwer de Heiloh geit!

Paul Trede.

Brockdörp²).

Se sünd dar noch bi't Habermeihn,
De Weet steit al in Hocken.
Wa klingt dort æwer't Feld so rein,
Se lüd wul al de Klocken.
To Kark! to Kark! De ole Klang, —
Ik kenn em al vun Widen.
Dat geit dar all sin olen Gang, —
Un doch — wa fleegt de Tiden!

Sünd mehr as dörtig Jahr vergan,
Do hör ik to bin Kinner;
Do heff ik mank de Hocken stan
In't Feld as Garbenbinner.
Ik mutt di doch mal wedderseh'n,
Min Dörp, in Sünndagsfreden, —
Hier is ja doch min Heimat wen,
Hier güng ik mit tom Beden³).

---

¹) Scherben. — ²) Dorf an der Elbe in der Wilster Marsch. — ³) zur Vorbereitung der Konfirmation gehen.

Förwahr, di sünd de langen Jahrn
Noch gar nich an to spören,
Mi dünkt, du büst noch smukker warn, —
Wi weern ja do noch Gören! —
Dar kikst du ut'n Dak¹) herut, —
Dat is ja wul din Sleier? —
Jüs as so'n junge, smukke Brut,
De utsüggt na den Freier.

Dat is man Spaß, du weetst dat wul,
Se mœgt ja All di liden,
Se sünd na di ja rein so dull,
Se kamt vun alle Siden
Un wöllt di sehn in all din Staat,
Din Feld vull Gottessegen, —
Un all so schier un so akrat,
Dar kommt so licht nix gegen.

De Elwstrom²) awer hett bi fat³),
De kennt di un versteit di,
De sichelt⁴) mit di fröh un lat
Un strakelt di un eit di.
Wa nett, dat ik em ok mal drap,
Mag geern mal mit em snakken,
He sung mi mennigmal in Slap
Un köhl de hitten Backen.

Ja, ja, dat weer vœr Jahren mal,
Do weer min Og noch heller,
Do güng't bargop, nu geit't bargdal, —
Un doch kenn ik di weller,
Un doch kam ik so geern mal her
Un much wat vun di weten,
Un wenn ik ok vergeten weer,
Ik kann di nich vergeten.

---

¹) Nebel. — ²) Elbe. — ³) hat dich gefaßt. — ⁴) liebkost.

Doch nu Abjüs, vel dusendmal,
Min Dörp, so still un lurig!
Ik kam ja sach mal wedder bal,
Doch Scheeden makt mi trurig.
Min Haar ward nu bi lütjen gries,
Ik bün nich mehr so stewig¹); —
Dat kann ja wen — un wenn't nich is,
Na, denn Abjüs op ewig!

Heinrich Jührs.

De Pogütz²) oder de Vorbedüdung.

Unmittelbar dicht an Hamborg ligt Altona un 'n halbe Stünn afwarts von düsse Stadt de Ortschaft Bahrenfeld. Hier wahn dicht an de Landstrat de Wittwe Becker oder „Puttbeckersch", wie er de Lüd gewöhnlich nennen. De Fro weur in de sosztigen, un vor'n Jahrener fief, as er selige Mann noch lev, harr de in Altona an de Eck von de Hochscholstrat en Steentüchgeschäft³) hatt. He harr sik von lütt up na un na heroparbeit, un sin „Scharnänchen", wie he sin Fro gewöhnlich to nennen plech (wiel se Krischane mit Vornamen heet un de Afkörtung Schane em to simpel klung), harr sik bi all er utergewöhnliche Korpulenz nich afhollen laten, em tru to Sid to stan bet an sin selig End. — Dat weur domals en wahre Freud mit antosehn, wie leisig⁴) de vullwichtige Person Trepp op un Trepp dal klabaster⁵), von'n Bœn na'n Laden, un von'n Laden wedder sosunveertig Stufen na'n Bœn, wo dat Lager weur. Dabi weur't ok kamen, dat se mal en Fehltritt de, von de Trepp hendal segel un sik unglücklicher Wis' dat Been ut de Hüft sett. Sid de Tid lumpt se mit dat rechte so'n beten achter dat linke her.

---

¹) stark. — ²) Frosch. — ³) Steinzeug-, Geschirrgeschäft. — ⁴) rasch, geläufig. — ⁵) polternd gehen.

Wie gesegt, reugt[1]) hebt sik de Beiden in jemmer[2]) Leben, Mann as Fro! Aber mit Herr Becker weur't eben so gan, wie't bina ümmer geit.

In jungen Jahren, wo man mal Lust verspürt, achterut to slagen, da fehlt de Mittel, un naher, wenn't op'n paar Kræten[3]) nich ankummt, denn stöhnt de Een öber't Krüz un de Anner öber Wehdag[4]) in'n groten Tehn; un wenn sik utnahmswis' mal hier un da Cener oprappelt un to en sideelen Sprung ansett, if wett tein gegen een, denn is Hans Klapperbeen[5]) nich wid, uns en Knüppel mank de Been to smiten. Ehr man't sik versüht, ward uns de Deckel op de Näs klappt; un of öber de besten „Utstände" in uns' Lebenshauptbok, wo op de een Sid nix steit as: Meuh, Plag, Qual, un op de anner nix as: Hoffnung, Hoffnung, Hoffnung, makt de Dod en dicken Querstrich.

Herr Becker harr sik langsam von'n Husknecht herop= kræpelt ton Huseegendeumer; dat harr so temlich veertig Jahr durt, na un na weur he bi dat Stück Arbeit grau un stif worden, un as he op't letzte End davon snack, dat Geschäft an'n Hot to steken un dat Leben in alle Ruh noch en Stremel[6]) to geneeten, da meuk he sin Reken ohne den bekannten Sensenmann; denn kum dat de von düssen Vorsatz wat to Ohren kreeg, rutsch smeet de Herr Becker en hitzig Feeber an'n Hals un besorg em en ruhigen Platz op'n Kirchhof, wo em dat Putt= geschäft keen Koppterbreken mehr meuk.

Dat Chepaar Becker harr man een Dochder, de in Hamborg an en Kopmann, en Kartonnagenfabrikanten, verheirath weur. Na Herr Becker sinen Dod besorg de Swigersœhn den Verkop von dat Becker'sche Geschäft, un de Wittwe trock, sobald de Nasolger den Kram antreed, na Bahrenfeld rut. In de erste Tid gefull er dat hier garnich, aber na un na lev se sik doch herin in de nien Verhältnisse. Wenn of bi all er Don un Laten de Ge=

---

[1]) geregt. — [2]) ihrem. — [3]) Geldstücke. — [4]) Weh. — [5]) der Tod.
[6]) kurze Weile.

danke an den sworen Verlust nich von er leet, 't geef hier doch mancherlei Annehmlichkeiten, de se in de Stadt nich harr hebben kunnt. Am meisten Freid meuk er de Gaarn, de achtert Hus leeg; da plant un pussel se rum na Hartens Lust. In'n Husstand harr se sik en junges Mäken to Hülp nahmen, un so gung een Wochendag na'n anner hen. Sünndags geef't en lüttje Afweßlung; denn keum er Dochder un de Swigersœhn to Beseuk. So weurn nu al en Jahrener sief in't Land lopen, un Fro Becker lev in eren nien Besitz so tofreden, as weur't sin Dag nich anners west.

Як se noch in de Stadt wahn, lev nich wid von er en ole Jumfer, en recht vergneugte Seel. Еen= oder tweemal de Woch keum disse Person des Namiddags bi Fro Becker in Bahrenfeld angewackelt. De Beckern meuk en deftigen Kaffe torecht, un de Smidten lewer denn de neudigen Niigkeiten. Dat ol Fräulein weur to allens to gebruken; wenn Fro Becker tom Bispil mal in de Reegde¹) en Besök maken wull, muß de Smidten ümmer mit, de weur beter to Fot as uns' Wittwe; denn haken de Twee sik in, dat Fräulein geef denn en präch= tige Stütt af. Smidten weur Fro Beckern er Lif= un Magenplaster.

Hüt gung se er Fräulein ok to Hand. Den Dag vorher weur Fro Beckern er Geburtsdag west. Dochder un Swigersœhn harrn den Dag mit firen holpen. Dat weur Abends en beten später worden as gewöhnlich, un dat Fräulein harr de Nacht öber in Fro Beckern er Stuv slapen. Dat paß sik ganz god, tomal se doch hüt Abend mi de Beckern en lüttje Extratur vorhärr. De Swiger= sœhn harr sik anbaden, twee Billjette to't Hamborger Theater to besorgen, un denn sullen de beiden olen Frün= dinnen, glikfam as Nafier von den Geburtsdag, sik de Komedi ansehn. Se sullen da wider gar keen Umstände von hebben, de Swigersœhn wull Alles in de Reeg²)

---

¹) Nähe, Umgegend. — ²) Reihe.

bringen. He sulber kunn Geschäfte halber leider nich mit, aber Fräulein weur ja to Hülp bi Fro Becker, se sullen sik also man parat hollen. De Karten schick he mit de Post, un Klock soß sull de Wagen for de Dœr stan; denn kunnen se bequem na Hamborg drosseln, op'n Trückweg¹) kunn de Kutscher de Smidten in Altona bi er Loschie affetten un Fro Becker webber alleen na Bahrenfeld beforgen. So weur't afmakt.

So'n Geburtsdag bringt ümmer Unruh. Den annern Morgen holp de Smidten büchtig de Stuben webber in Ordnung to setten. De Geburtsdagsbisch stunn noch von gestern upgeputzt da. Eben as dat Fräulein dabi is, de Blomen frisch Water to geben, kummt Fro Becker na de Dœr herin:

„Smidten, Smidten, wenn von'n Dag man nich noch wat passirt!"

„Wieso?"

„Je, as ik eben den ersten Tritt na'n Gaarn rut- sett, kruppt mi da en Pogütz övern Tüffell, un as ik em eenen versetten will, da slippt he mi weg unner den Stickbernbusch. Se söllen mal sehn, dat bedüdt wat."

„O, wat sull't wol, dat's Heunergloben²)! Dat bedüdt höchstens Regen, un dat deit nix, wi fahrt ja in'n Droschke!"

„Seggen S' dat nich, Smidten; wenn't wider nix Slimmes ward as en Flag Regen, sall mi't nich leed sin, aber in de Stadt, in unsen Kantüffelkeller geef't ook manchmal Pogützen, wenn mi so'n Undeert övern Weg kreup un ik geef em nich eenen mit'n Tüffel op'n Bonaß, dat he nog harr: regelmäßig heff ik an den Dag en Stück Steentüch tweismeten. So'n Pogg makt mi ümmer besorgt."

„Warum man nich gar!" sä dat Fräulein, „man mut sik man nich selber dumm Tüch in'n Kopp setten. De Inbillung is starker as de Pest. — Prächtigen

---

¹) Rückweg. — ²) Hühnerglauben.

Geruch!" fahr se fort un holl er spitze Näs öbern Rosenstock. In'n nächsten Ogenblick harr se al en elegantes Portmanee von'n Geburtsdagsdisch nahmen un versoch't apen to maken.

„Seggen S' mal," wennd se sik an Fro Becker, de dat Spillwark tosehn harr un lach, „wie is dat eegentlich mit dat Dings? Ut de Maschineri bün'k gestern Abend nich recht klok worden."

Fro Becker wies er nu, wie't makt wor, drei dat Portmanee na alle Kanten herum, drück an en ganz versteken Snepper, trock en lütten Schüber trüch, un apen weur't. Dat gung frielich erst mit Umstänn, denn Fro Becker harr dat Ding erst gestern von eren Swigersœhn, den Kartonnagenfabrikanten, schenkt kregen un weur noch nich so recht leisig op de Mechanik. De Swigersœhn harr er dat extra na en ganz nies Modell to'n Geburtsdag maken laten.

„Dat wöllt wi hüt Abend glik inweihn," sä Fro Becker, gung na den Sekretär, steek en paar Daler herin, knipp to un scheuf't mit eens in de Tasch.

In't Theater gan, — dat passir nich oft bi de beiden Fronslüd, dat weur en Begebenheit, un as nu gar gegen Klock dree de Billjette mit de Post ankeumen, da kregen se't hild. Glik na'n Kaffe gung't Rüsten los. Klock soß rull richtig en Droschke vor de Dœr, de Kutscher klapp mit de Pitsch, Doris, dat Deenstmäken, mak den Slag apen, un as de beiden Fronspersonen instegen weurn, reck se jem[1]) noch dat Opernglas un en reines Taschendok na. Darop freug se den Fohrmann:

„Na, Kutscher, Se weten doch Bescheed?"

„Jawol, Fräulein! na't Hamborger Theater! Hui Liese!"

Dat Pêrd kreeg eenen mit de Swèp, un de Fahrt gung for sik.

Ungefähr na'n Stünns Tid keumen se an Ort un

---

[1]) ihnen.

Stell an. Dat schien vull to warden hüt Abend, denn vor be Dœr stunn Kutsch an Kutsch. Endlich keumen ok onse Fronslüd an be Reeg. De Portjeh mak jem den Slag apen, Smidten bugsir er Fründin glücklich ut'n Wagen un sä to den Kutscher:

„Gegen halbig tein halen Se uns wedder af."

De Kutscher nick er to, un so gungen be beiden herin na be Vordèl¹) von't Theater.

„Smidten," sä hier Fro Becker, „dat kunn wol nich schaden, wenn wi uns en Programm koffen, man kann sik doch beter ut be Komedi vernehmen."

„Jawol, be sünd hier an be Kass' to kriegen," antwor dat Fräulein.

„Hebben Se Kleengeld, Smidten? ik heff bloß Blockstucken bi mi."

„Dat will ik wol besorgen," damit dräng sik Fräulein Smidt an be Kass'.

Fro Becker lä sik unnerdeß mit'n Puckel gegen en Piler un verpuß sik von be Fahrt. Na'n korte Tid keum Smidten torüch, weih mit dat Programm vergneugt in de Luft un reup er to:

„So, dat is besorgt, nu man rop, twee Treppen hoch."

Damit kreeg se er Freundin unner de Schuller fat un lots er vorwärts. Baben schient de Kram al losgan to sin, be Muskanten weurn al in vulle Arbeit. As se nu, so flink as Fro Beckern er Dickigkeit dat togeef, de Gardrov afgeben harrn, sull't ringan in dat Vergneugen. Op de Mitt von'n Korridor keum jem en Lakai entgegen, holl beide Hänn apen un sä: „Darf ich bitten, meine Damen?"

Fro Becker fullen all er Sünden bi. „Jesus, nochmal, de Karten! Wo heff ik denn de! Smidten, ik heff se doch mitnahmen! Richtig, de stekt noch in de Binnentasch von den Paleto, den ik eben in de Gardrov afgeben heff."

---

¹) Vorhalle.

De Gardrovenheudersch[1]) mutß nu den Paleto noch mal wedder herlangen, un as de Smidten de Billjetten den Logenwächter henreck, süfz Fro Beckern, de ganz ut de Pust von dat Treppenstigen weur: „Gott sei Dank, nu is ja wol Alles op'n Dutt!"

De Lakai schien aber noch nich tofreden to sin, he drei de Karten von een Eck na de anner un endlich sä he höflich: „Entschuldigen Sie, meine Damen, die Karten haben hier keine Gültigkeit."

„Wat is da los, — Spaß!" reup Fro Becker, „keen Gültigkeit? Min Swigersœhn hett se vor echt betalt."

„Thut mir leid, es muß ein Versehen sein. Die Billette sind für's Thalia-Theater gelöst, aber nicht für hier, für's Stadttheater."

Fro Becker öberleup dat heet un kolt. „Könnt Se uns de Dinger denn nicht umtuschen?" frag se.

„Das wird wohl nich gehen," kreeg se to Antwort; „aber sie können sich ja an der Kasse neue lösen!"

„Se meenen wol, dat mi dat Geld op'n Puckel waßt; ik warr doch keen baare sif Mark na de Strat smiten. Ne, denn ga ik mit min Karten na't Thalia-Theater. Smidten, weten Se den Weg dahen, is dat wid?"

„Ja," sä dat Fräulein, „da kamt wi wol hen. Denn aber rasch, sünst geit't da los, ehr wi da sünd."

Se leten sik jemmer Tüch wedder geben, Smidten holp Fro Beckern den Paleto öber de breeden Schullern, un as se tosamen de twee Treppen runnersteegen, jammer de Beckern eenmal öber't anner: „Smidten, denken Se noch an den Pogütz von hüt Morgen? Ik heff mi dat glik dacht, dat da wat von scheef gung."

As se buten rut kamt, weur't unner de Tid anfungen to regen.

„Dat geit nich," sä de Beckern, „dat bring ik in

---

[1]) Garderobenhüter.

de dünnen Tüchstéweln nich fertig. Smidten, don Se mi en Gefallen un besorgen Se uns en Wagen."

Fräulein hör dat man half, er weur de Gedanke dorch'n Kopp schaten: Wenn de Kutscher, de uns hierher fahrt hett, uns hüt Abend wedder afhalt, denn gift dat en schönen Wirrwarr, denn lurt wi op'n Pèrmark op em un he bi't Stadttheater op uns, da mutt Rath schafft warden.

Hier holp jem de Portjeh ut de Noth. „Haben die Damen etwas vergessen?" frag he, „ich meine, Sie sind erst eben gekommen?"

„Jawohl," neum Smidten dat Wort, „Sie hatten uns ja noch aufgemacht. Es hat da en Verweßlung stattgefunden, von wegen die Billeters, das wär so nich in Richtigkeit," un nu sett se em dat ut'neen.

„Hm!" sä de Portjeh, as he't begrepen harr, „denn ist's das Einfachste, ich dirigire Ihren Kutscher, wenn er Sie hier nachsucht, nach dem Thalia-Theater."

„Ach ja," wenn Sie die Gütigkeit haben wollen, wäre uns dies äußerst zu Dank," sä dat Fräulein mit'n deepen Knix.

„Gewiß! Welche Nummer hat Ihr Kutscher?"

Dat wuß Smidten nich, aber Fro Beckern harr se sik tofällig markt. „Nummer dottein[1])," sä se un sett hento: „of'n Unglücksnummer!"

De Portjeh besorg jem nu en Wagen, un Smidten drück em dat letzte Fifgroschenstück in de Hand, wat se noch in't Portmanee harr, denn as se vorgestern ut'n Hus gung, bi de Beckern Geburtsdag to firen, da harr se sik natürlich op so'n Extrautgaben as Gardrov, Programm un Drinkgeld nich richt. — Ewer düsse Geschichte weur nu god en halbe Stünn verstrecken, de Klock weur al na halbig acht, un de Kutscher harr Opdrag fregen, en beten slank totofahren. De Beckern weur de halbe Freid al verdorben, se harr sik ganz verstimmt in de

---

[1]) dreizehn.

Eck rinlehnt un hung so er eegen Gedanken na. Darin spel de Pogütz von hüt Morgen en Hauptrull. Se kunn de Ahnung nich los warden, dat er hüt noch mehr Unheil bevorstunn. Se wor in er Beschaulichkeit erst stört dorch'n lustige Militärmusik. Dat wor ümmer lebhafter op de Strat, un de Wagen, de sünst in'n Draff fahrt harr, stunn stil.

„Wat is da los, Smidten?" freug se.

Dat Fräulein lehn sik ut't Wagenfinster un frag den Kutscher, warum he nich wider fahr.

„Ik kan nich dorch," kreeg se to hören, „de 86er kamt trüch von't Manöver."

Se teuben wol en gode tein Minuten; do wor Fro Becker unruhig.

„Kutscher," reup se den Fohrmann to, „geit't denn noch nich bald wider?"

„Da's noch garnich an to denken, Madam, unnern veddel Stünn nich; dat's dat ganze Regiment."

„Denn sta uns Gott bi! Könnt wi den nich en annern Weg fahren?"

„Dat is noch eben so, de Tog is to lang."

„Mutt ok dat noch passeern," brumm Fro Becker, „mi sall bloß mal verlangen, wovel ik noch von de Komedi to sehn krieg."

De Kutscher harr Recht. De Klock weur meist[1]) acht, as de letzte Natrab vorbimarcheer. Nu gung't wider, un bald holl de Wagen vor't Thalia-Theater.

„Wat kriegen Se?" fragt Fro Becker den Kutscher.

„Ja, ik heff länger Ophollung hatt as sünst; dat mutt ik mit reken. — Twee Mark."

„Schön," sä Fro Becker, langt in de Tasch na dat Portmanee, un as se't ruthett, fummelt se en ganze Tid an dat Ding herum un kann't nich apen kriegen. „Smidten, dat Ding will nich apen, könnt Se nich uthelpen mit twee Mark?" wendt se sik an er Fründin.

---

[1]) beinahe, fast.

Smidten trock dat Gesicht scheef. „Ok nich mal mit twee Groschen, dat Letzte heff ik an den Portjeh geben."

„Du meine Güte," klag Fro Becker, „to Hus gung't doch." Se wor immer hittliger, un nu gung't erst recht nich. Se versocht dat von alle Kanten, de Smidten ok, aber dat Portmanee weur to un bleef to. De Fronslüd wußten sik garnich to helpen. In den Kutscher steegen indeß allerhand Gedanken op, un dat kunn man em nich verargen. Vorgestern harr em erst Eener um fif Mark prellt. As nu dat Portmanee nich apen wull, dach he, dat weuren Finten[1]), un sä ärgerlich: „Stigen Se man in, ik fahr Se na't Stadthus, da ward't wol apen gan."

„Warum nich gar?" demonstreer Fro Becker dagegen an. „Ik bün Fro Becker ut Bahrenfeld, ik heff noch min Dag nix mit de Polizei to bon hatt; ik kann de ol neemodsche Knip nich apen krigen. Geben Se mi Er Adreß, ik schick Jhnen morgen gern dat Dubbelte."

„Warum nich leewer glik dat Teinfache?" höhn de Kutscher; „ne, min Beste, op so'n Liem ga ik nich. Geld oder na't Stadthus!"

„Gott, o Gott!" jammer de Smidten; „Fro Becker, wat ward Er Swigersœhn seggen, wenn he dat hört!"

Swigersœhn! — Dat Wort broch de Beckern op anner Gedanken. Er Swigersœhn kunn hier alleen helpen. „Kutscher," wenndt se sik an den mißtruischen Fohrmann, „min Swigersœhn wahnt op'n Grindel, — —"

„Dat is wid," sä de Kutscher koltbleudig.

„Wat wöllt Se vor de Fahrt dahen hebben?"

„En halben Daler, aber nich ut dat Portmanee, wat nich apen geit. Denn man rin ‚in die beste Stube'!" mit de Weur[2]) scheuf he de beiden Fronspersonen grade nich sanft na'n Wagen rin, frag na de Husnummer un nu gung't na'n Grindel.

De beiden Fründinnen weuren mehr bod as lebendig vor Arger un Opregung. Fräulein Smidt harr nog

---

[1]) Flausen. — [2]) Worten.

an de Beckern to trösten, dat se ja bi den Swigersœhn
Geld kreegen un denn ja alles gob weur. 't weur rein,
as wenn de Deubel sin Spill harr hüt Abend. As se
op'n Grindel ankamt, is keen Seel to Hus; sogar dat
Deenstmäken utflagen. Nu weur't also wedder so wie
vorher. Den Kutscher sin Geduld weur ok to End.
„Twee Mal hebt Se mi nu vorn Narren hollen," schimp
he, „nu heff ik't dik. Marsch rin in de Bod!" Damit
schupps he jem na'n Wagen rin, sleug to, un in so'n
lütten Hunn'ndraff gung't na't Stadthus. Fro Becker
weur nah daran, en Ohnmacht to kriegen. Smidten
weur kouraschirter, se tröst sik mit er gob Gewissen.

„Nu man mal vor't Brett," reup de Kutscher, as
he vor't Stadthus holl. So holp't denn nich, de Frons=
lüd mussen herin na't Polizeibüro.

De Beamte kenn den Kutscher noch von vorgestern.

„Na, Meyer," red he em an, „was haben Sie
denn schon wieder?"

„Ja, Herr Inspekter, dat is wedder eben so'n fidele
Fuhr as vorgestern mit den Berliner. Bi't Stadttheater
schienen se al Kuschelmuschel mit de Billjetten makt to
hebben, dat geit mi ja aber wider nix an, dat is ja
Pollini[1]) sin Sak; aber as ik de beiden Vagels na't
Thalia=Theater fahrt heff, do könnt se dat Portmanee
nich apen krigen; ik gleuf, dat sünd Finten, de Olsch
hett da garnix in."

Smidten un Fro Becker wullen platzen vor Wuth.
„Herr Inspekter," fungen se an —

„Scht, ruhig!" wink de Beamte, un de nieder=
trächtige Kutscher fahr fort:

„Do versprök se mi, ik sall bi jemmern Swigersœhn
op'n Grindel Geld hebben, un as ik de Beiden da hen
drossel, is de Bod puttdicht to, un ik krieg wedder nix
to sehn. Do heff ik de Sak öber't Knee braken un de
twee Kollis hier na't Stadthus fahrt."

---

[1]) Hamburger Theaterdirektor.

„Hm!" sä de Beamte un wenndt sik to Fro Becker: „Verhält sich die Sache so? Was haben Sie darauf zu erwidern? Können Sie nicht zahlen oder wollen Sie nicht zahlen?"

„Entschuldigen Sie gefälligst, Herr Inspekter, die Sache is nämlich die," neum Smidten dat Wort; wider keum se aber nich, denn de Beamte sä luder, as neudig dé:

„Entschuldigen Sie gefälligst, Fräulein, die Sache ist nämlich die, daß Sie den Mund zu halten haben, bis Sie gefragt werden."

Dat harr Smidten noch keener baden. Se smeet den Beamten en furchtbar verächtlichen Blick to, verholl sik sünst aber ruhig, un Fro Becker fung an:

„Du leewe Tid, betalen will ik ja herzlich gern, œwertügen Se sik selbst. Wenn he uns vor Snurrers holt, denn sünd dat infame Lœgen von den Kutscher. Hier sünd de Billjetten, un da is de verfluchte Knipptasch; dat Eene is so echt as't Anner."

Der Beamte keek sik Beides an. „Die Billette," sä he, „gehören nicht zur Sache," dabi schüttel he dat Portmanee, „es scheint ja Geld darin zu sein," meen he, aber apenmaken kunn he't ok nich.

„Wie kommen Sie denn zu einem Portemonnaie, das Sie selber nicht zu öffnen verstehen?" frag he.

„Hüt Morgen heff ik't ja ganz god kunnt, aber bi all den Wirrwarr bün ik so konfus in'n Kopp worden, dat ik selber nich mehr weet, an wat for'n End ik drücken mutt. Minwegen slagen Se't mit'n Biel apen; Geld is drin, betalen will ik ok, aber ut de Hut kann ik mi nix sniden." Dabi leupen Fro Beckern de hellen Wuth= thränen œwer de Backen.

„Wenn es Ihnen auf eine Zerstörung des Porte- monnaies nicht ankommt, so wäre ja Allem abgeholfen, wenn wir die Taschen aufschneiden," meen de Inspekter.

„Is mi ganz egal, wenn ik bloß ut den Kutscher sin Klauwen rutkam."

Nu wor denn Rath schafft. De Beamte weul mit

de grote Papierscheer en deftiges¹) Lock in de Sidenwand von't Portmanee, un richtig: da keumen denn twee Sülberfritzen ton Vorschin. Fro Becker japp hoch op.

„Da löst sich ja alles in Wohlgefallen auf," sä de Beamte, as he sehg, dat he dat mit ehrliche Lüd to don harr. „Was haben Sie zu fordern, Meyer?"

„Von Dammdor bet na't Thalia-Theater un Ophollung, twee Mark, von da na'n Grindel un wedder trüch na't Stadthus, ok twee Mark."

„Macht also vier Mark. Können Sie wechseln?"

De Inspekter kreeg nog twee Mark wedder rut, de he mit samst dat tweie Portmanee an Fro Becker utlewer.

As de Kutscher sin Geld instreken, weur he wie umgewandelt. „Sall ik de Herrschaften ok wedder na't Thalia-Theater henfahren?" frag he höflich.

„Dat ik da noch eben tosehn kann, wie se den Vorhang dal lat, nich wahr!" sä Fro Becker. „Ik heff hüt al nog Komedi hatt un kann min Weg alleen finnen."

Damit leet se den Kutscher stan un humpel, op Smidten eren Arm stütt, na de nächste Droschkenstation. Hier nehmen se en Wagen na Bahrenfeldt. Erst kort vor Altona full't de Smidten in, dat se ja eren ursprünglichen Kutscher dorch den Stadttheater-Portjeh na'n Thalia-Theater bestellt harrn.

„Lat em to'n Deubel luren, wenn he nog teuft²) hett, will he wol to Hus fahren," schull Fro Becker.

Smidten wor al in Altona bi er Logis afsett un Abends halbig elben keum Fro Becker alleen in Bahrenfeld an.

As dat Deenstmäken er den Slag apen meuk, kreeg se glik den Opdrag, den Kutscher toerst to betalen, un as se na de Stuv herinkeum, sack se op'n Stohl tosamen.

Dat Mäken wor ganz ängstlich un frag mit Deelnahm, ob se sik nich amüseert harr, un ob dat Komedi-

---

¹) großes. — ²) gewartet.

stück so angrēpen harr; ēr Swigersœhn harr doch seggt, dat weur en Stück ton Doblachen.

„Ja, Doris, ton Doblachen ist't ok," sä Fro Becker, „wat sull ik mi nich amüseert hebben! Wat heff ik nich alles to sehn krēgen, erst dat Stadttheater, do dat Thalia=Theater, do den Grindel, un to goderletzt noch de Polizei. Dabi heff ik nich mal de Billjetten brukt un kam to Hus mit'n Lock in't Portmanee."

Damit gung Fro Becker to Ruh.

As aber den annern Morgen de Kutscher, de jem nich bi't Thalia=Theater drapen harr, for dat unnütze Teuben[1]) en Rēken von twintig Groschen präsenteer, smeet se em ärgerlich en Tweemarkstück op'n Disch mit de Weur:

„Un dat Alles bloß wegen so'n versluchten Pogütz."

Joh. Heinr. Voß.
(Sassisch.)

De Winterawend.[2])

Peter.

Strackt sik de Kater den Bard, so bedüdet et Frömd'[3]): is en Spräkword.
Nu to![4]) Keerl un keen Ende![5]) wat släpst Du vœr Tügs[6]) up dem Puckel?
Büst Du, mit Gunsten, de Draak? un kumst doch nich) dœr den Schorsteen?

Krischan.

Wäder, da keem' unnode[7]) de Satrian! As in der Hölle
Fluckert im Aawen dat Für, da künn of en Osse bi braden!
Wo grotmächtig de Keerl as en Vagd[8]) fuhlenst in dem Lehnstohl!
Un wo[9]) de Backen em bleustern[10]), so rood as de Maan, wenn he upgeit!

---

[1]) Warten. — [2]) Der Dichter, der bei Abfassung dieser Idylle in Wandsbeck lebte, gebrauchte hier weder den reinen holsteinischen, noch auch den pommerschen oder mecklenburgischen Dialekt, sondern benutzt eben diejenigen Ausdrücke, die ihm gerade für seine Dichtung angemessen erscheinen. — [3]) Fremde, Besuch. — [4]) Ausruf der Befremdung. — [5]) sagt man von Einem, der unendliche Kraft und Verwegenheit zeigt. — [6]) Zeug. — [7]) ungern. — [8]) Vogt. — [9]) wie. — [10]) leuchten, glühen.

Du heſt Melk un Gemack[1]); man if Wehdage bi Waddik[2])!
Bauz! Hier bring' if Di Huſarbeit, Du froſtige Peter,
Schüppen un Läppel un Slew'[3]), in warmer Dönſe[4]) to klütern[5]):
Maſer un ſchier Haböiken[6]) un Spillboom[7]). Awer den Krüzdorn
Schrapſt un beezeſt Du mi to'm Sünndagsſtock, de vœr ſmucken
Lüden ſik wieſen[8]) kann, um de Krück' hübſch nürige[9]) Snörkels:
Vœr en Mauſchelgeſicht, un achter en ſchuppige Fiſchſwans.

Peter.

Regſtens dankt ut dem Knuuſte[10]) mit apenem Mule de Langbard.
Sett Di dal; Du kumſt mi to Paß. Indruſen[11]) gedieht nich.
Lat uns en bitjen trallaren; et is jo morgen doch Sünndag.

Kriſchan.

Dwr! if bün ſo däger[12]) verflaamt! If meide dar Isreed[13]),
Hus un Schüne to decken, un ſneed' in den Knicken dat Ruttholt.
Buten is daakig[14]) de Lucht; et früſt[15]), dat et wid in den See knackt;
Wit ſünd Böm' un Geſtrück', as im Blöitenmaande, van Ruhriep[16]);
As man ſtappt[17]), ſo bungt[18]) et un gniſtert de Snee; un de Oſtwind
Küſelt[19]) un fägt, dat if œwer de Straat mit ſluddernden Schöten
Sägelde. Lat mi tovœr updaun, ſonſt flütt[20]) de Geſang nich.

Peter.

Œwerhaſte Di nich! Wenn dat häwige Frejen[21]) gedämpt is,
Sing' uns dat putzige Leed, wo bedröwt Maz Pump un ſin Anhang
Achter den Müren verkehrt un in ewigem Murren un Jachtern[22])
Sik um dat Läwen bedrügt. If hörd' en Vœgelken pipen,
Dat et de Deerens ſo kettelt un högt[23]), wenn des Awends am Spinnrad
Dine Süſter et ſingt. Du kreegſt et verlädenen[24]) Maandag,
As Du de Kaar Wallnœt' un Wiehnachtsappel na Lübeck
Fohrſt; un et koſtede Di dree Sößlinge. Het Di de Blixkeerl
Man nich wedder beſchuppt! Denn, Kriſchan, nimm et nich öwel:
Din old Schillingsdöhnken[25]) vam Lindworm dögt[26]) Di nich ſo vel!
Wat ſo ne malle[27]) Kumpan henſummelde, klingt nich un klappt nich!

---

[1]) gute Koſt, Gemächlichkeit. — [2]) Hunger und Kummer. — [3]) hölzerne Kelle. — [4]) Stube. — [5]) allerhand kleine Arbeiten machen. — [6]) Maſerholz und rein buchenes. — [7]) Spindelbaum. — [8]) zeigen. — [9]) nette. — [10]) Knorren. — [11]) einſchlummern. — [12]) gänzlich. — [13]) ich mähte da Eisrohr. — [14]) neblig. — [15]) friert. — [16]) Rauhreif. — [17]) ſtark niedertritt. — [18]) tönt es hohl. — [19]) wirbelt. — [20]) fließt. — [21]) heftig Frieren. — [22]) Murren und Durcheinanderjagen. — [23]) kitzelt und beluſtigt. — [24]) vergangenen. — [25]) Schillingsliedchen. — [26]) taugt. — [27]) unklug, toll.

Krischan.

Sprik nich so röklos, Broder! Wat smuck is, weeten de Deerens
Bäter as wi; uns tämt et, mit Limp¹) Inrede to wagen.

Peter.

Ok wol en Jümferken snackt mal miemerhaftigen²) Snicksnack,
Wenn se de Snater nich hölt un to rap³) mit de Tunge wat dœrspiert⁴),
Lat mi den smuckesten Jumfergesang utsmücken dat Undeert;
Doch, ok der Süster to Spiet⁵) un Verdreet, schall blöden de Lindworm,
Of se im Singen ok söt mit dem Kühlken im Kinne mi anlacht.

Krischan.

Wanne! Se ward Di davœr mal tüchtigen! Awer umsunst is,
Segt man, de bittere Dod. Wat gifst Du mi, kœrische⁶) Peter,
Vœr min putzige Leed? Dree Sößlinge weeren de Inkoop;
Un de Profit is vergünnt: een Minsch jo läwt van dem andern.

Peter.

Dissen masernen Kopp nim, Wokerer⁷), wenn Du et vœrsingst:
Denn ik vœreerst mit Tumbach beslog; doch verdeent he van Sülwer
Deckel un Käd' un en Röhr van Ebenholt un geriefelt.
Süh mal den Mohren darup, so gnäterswart⁸) as de Düwel,
Wo natürlig he steit mit der knœkernen langen Tabakspiep,
Ledeweek an de Tunne gelehnt, in höltener Andacht,
As en Student, de noch grön mit bäwerndem Kinn na de Kanzel
Wankt, knickbeenig un huddel⁹); dat süllst de Köster benaut¹⁰) ward,
Un in den Stöhlen entlang weekmödige Jümferken dalseen.
Süh de striepige Scherp' um dat Wams un bawen den Krauskopp,
Süh ok dat Witt' in dem Og' un de Lippen so rod un plutzig¹¹)!
Gar den Tabaksdamp, süh doch, beteekend' ik! Broder, wat segst Du?
Kiek Du man glau! Ik gisse¹²), dat noog dree Sößlinge wokern!

Krischan.

Top! Doch mi bubbern de Wörd', as of en Adebar¹³) klappert.
Rake de Kœlen tohoop¹⁴), un böte¹⁵) dat Für mit dem Püster¹⁶);
Oder ik kantere¹⁷) Di mit gebrakener Stimme dat Leed vœr,

---

¹) Glimpf. — ²) verwirrten. — ³) rasch. — ⁴) durchstöbert. — ⁵) Spott. —
⁶) wählerische. — ⁷) Wucherer. — ⁸) pechschwarz, glänzend schwarz. — ⁹) ängst-
lich, bestürzt. — ¹⁰) beengt. — ¹¹) dick. — ¹²) muthmaße. — ¹³) Storch. — ¹⁴) scharre
die Kohlen zu Hauf. — ¹⁵) entzünde. — ¹⁶) Blasebalg. — ¹⁷) singe.

As wenn, möd' hojanend¹), de karkenklepperſche Hibbel²)
Swaltert³) un jault⁴), vam Düwel, de frit, un van ſchillernden Engeln.

Peter.

Kriſchan, achter Di ſteit Fürtang' un Schüffel un Spönkorf.
Püſtere nich; glief ſuſet in glöinige Koelen de Haling⁵).
Kater, wat bœrt⁶) he den Swans un ſnurt un fiechelt ſo leidig⁷)?
Luur up de flegenden Heemken un ſpring na dem Schatten des Lochems⁸),
Wenn Di dat Muſen verdrütt. Oha, wo fuhl he ſik utreckt!
Markt an dem Brathem de Smut', of ik noog inkachelde, Kriſchan?
Ruspere, wriev Di de Händ' un ſing' ut modigem Snawel!

Kriſchan.

Min lübeckiſche Fründ, as he vœrſung, ſpäld' up der Orgel;
Dat ſtill ſtunden un nipp⁹) tohöreden ſtaatſche Mamſellken.

Peter.

Sing Du; if grœle dato, un im Schorſteen orgelt de Oſtwind.

Kriſchan.

Wat is't doch vœr en quadlig¹⁰) Ding,
    In Wall un Muur to läwen.
Drum hebb' ik mi of fix un flink
    Wol up dat Land begäwen.
As Landmann läw' ik ganz gewiß
Vergnögter, as de Kaiſer is.

In Städern is nich Riſt noch Rou,
    Denn dar rumort de Velten:
Et ſpält dar alles Blindekou,
    Un noch dato up Stelten.
Ja, wat man hört, man ſüht, man deit,
Is Mismod un Verdreetligkeit.

De Manns dar ſünd ſo karg un knapp,
    Sünd ole Pütjenkiekers;
De Slœtels gar to'm Ætenſchapp¹¹)
    Verſluten ſe, de Sliekers.

---

¹) gähnend. — ²) der Taufname Hibelia, wird zur Bezeichnung der Albernen gebraucht. — ³) den Morgen- und Abendſegen abbetet. — ⁴) widerlich wehklagt. — ⁵) Zugwind des Ofens. — ⁶) hebt auf. — ⁷) ſchmeichelt ſo überliſtend. — ⁸) der Lohn. — ⁹) genau. — ¹⁰) ſchlimmes. — ¹¹) Eßſchrank.

Un gegen Kind, Gesind' un Fru,
  Da geit et jümmer ba! un bu!

Der Wiewer Ard is: lat upstan,
  Un denn dat Geld verkladdern,
Denn gliek na Disch ut nawern gan,
  To lumbern¹) un to sladdern²).
Se straken ehr leew Mänken blot,
Un griepen sachtjen na dem Hod.

Da wipsen³) se un schrapen⁴) ut,
  De gladden Junggesellen,
Un weeten bi der Dammelbrud
  Sik so verleewt to stellen:
Se smären ehr up Fransch dat Muul;
Un snappt se to, so satter'n Uhl.

De Jungfern gan so stramm un stief,
  Un süften⁵) denn un hiemen⁶);
Se snören sik dat lütje Lief,
  Dat se vœr Angst beswiemen.
Woto doch deent de Æwermod?
Denn kort un dick let of recht god.

Vœrwahr, Maz Pump mit siner Tucht⁷)
  Schall mich nich länger drillen!
Ne, buten in der frischen Lucht,
  Da hört man nix van Grillen;
Na Arbeid makt de Slap gesund,
Man it un drinkt un jucht sik rund.

Un ward mi mal de Kopp to heet,
  So kann ik't Greten klagen,
De ehren Hans to hœgen⁸) weet,
  Uns is nich so vertagen;
Denn wenn ick snacke, buckt se bi
Un lacht so leef un trutelt mi. ⁹)

---

¹) Lomber spielen. — ²) klatschen. — ³) flattern sie umher. — ⁴) machen einen Kratzfuß. — ⁵) seufzen. — ⁶) keuchen. — ⁷) Gezücht. — ⁸) erfreuen. — ⁹) Dies Lied ist nach einem mecklenburgischen Volksliede gemacht.

Peter.

Nu dat nöm'¹) if en Leed! De deftige Wies' is alleen mehr
As dree Sößlinge werth; un de Jümferken kærden²) nich æwel.
Man ut dem deftigen Kopp künn of wol smöken de König!
Süh, wo he gniest³)! Dree Dhaler betaalt een Broder dem andern!

Krischan.

Broder, Du prunkst jo verwägen in Diner nieen Spendeerbüx';
Un if stah so verbaast⁴) un lat' unnode mi lumpen.
Heel to swied!⁵) Kuum darf if den Staat mi tämen⁶) am Festdag!
Töf⁷)! wi spräken uns wieder! Spendeer mi nu englischen Petum,
Wenn't Di beleewt, dat if stracks an dem deftigen Kopp mi vernije⁸).
Of dat gläserne Kroos⁹) mit dem tinnernen Lid¹⁰) un dem Schaustück
Schenk vull Beer, dat bræsig¹¹) un klar as Elf' ut der Buddel
Schümt un kribbelnd de Knaaken erwarmt. Drög¹²) roken de Heiden.

Schleswigsche Mundarten.

Friedr. Dörr.

An uns' Moderspraß.

Du söte Brut, uns Hartensfreid!
Wi harrn di lang vergeten.
Din Süster¹³) har uns all ant Leit¹⁴),
Mit glatte Wör de Kopp verdreiht,
Vun di wulln wi nix weten.

---

¹) nenn'. — ²) schwatzen, sprechen. — ³) schelmisch lacht. — ⁴) verwirrt. —
⁵) Das geht allzuweit aus den Schranken! — ⁶) bezähmen. — ⁷) warte! — ⁸) vergnüge. — ⁹) Krug. — ¹⁰) Gelenk, Deckel. — ¹¹) stark. — ¹²) trocken. — ¹³) Schwester.
— ¹⁴) Zügel.

Kumm, nimm uns werrer an to Ehrn,
Wi weten't ja, du söte Dern:
    En Brut as du
    So god un tru
Is narbens mehr op Eern!

Din Süster rappelt veel to fühnsch,
Is veel to stolt un flarri[1]).
Se snackt half dütsch un half latinsch,
Mit ehr ward son gewöhnli Minsch,
As wi man sünd, nich farri.
Se geit so staatsch un veel to stätsch,
De Groten hemm ehr rein verhetscht;
    För unse Art
    Is se to zart,
To afpolert un smetsch[2]).

Du büs Natur! so mägt wi't libn.
Och! bliv dat ok inskünfti!
Büs fram un hartli ahne Schin,
Schnackst nich to veel in 'n Dag herin,
Un büs doch so vernünfti.
Du büs de öllste vun ju beidn.
Un dochen büs du so bescheidn,
    Makst ken Geschrigg
    Un denkst ok nich,
Din Süster to beneidn.

Du gode Dern! uns Wort ton Pand!
Wes werrer god, ik be di!
Wat schert uns all dat Flint un Flant[3]) —
Kik du uns an, giff uns din Hand —
Un Allns is werrer redi.

---

[1]) flatterhaft. — [2]) schlank, geschnürt. — [3]) citle Dinge.

Din Süster holn wi gern in Ehrn,
Uns Leewd hört di, du söte Dern.
    En Brut as du
    So god un tru
Is narbens mehr op Eern!

Karſten Runge.

Schön-Elsbe.

Schön-Elsbe ging den Stig hendal,
Se ging ganz still un ween —
Ehr Hart dat swull vœr Liebesqual,
Se har vœrn Jahr tom letzten Mal
Den Allerleewsten sehn.

Dar wo int Feld de Trommel röp,
Dar steit he int Gewehr.
„O, wenn em nu en Kugel dröp!
Doch ach! — vilicht ligg he un slep
All längst in koller Eer!"

Un düstre Ahnung stigg ehr up —
Süht bang na Maan un Stern.
Se sett sik hen un stütt den Kopp
Un hört nich, wi dat: „Hop! Hop! Hop!"
Herankummt in de Fern.

Un neger kummt dat an mit Larm.
Schön-Elsbe, hörst du ni?
En lustiger Dregunerswarm,
Den blanken Säbel stolz in Arm,
Ridd bi ganz neg vœrbi.

„Gröt Gott Di, Kind! Ei, so bedröw,
So truri un alleen?"
„O Mann, wenn He an Gott noch glöw,
Beswör if Em bi Christenleew!
Hett He min Peder sehn?"

Da lach de flanke Korporal:
„Bi Gott! en nüdli Deern!
Doch wer is Peder? Segg doch mal,
Is he wi if en Korporal?
Un — heft Du em recht geern?"

„Min Peder is de schönste Mann,
So wit if ga un feh!
Is god beropen hier to Lann —
Un wüß He, wi he singen kann —
Singt Kener woll wi he!"

„Doch, is he rif? Du nüdli Kind,
Wat helpt Di Sang un Leed?
De Leeder weiht ja fort de Wind —
Heff Sloß un Gaarn — Kumm mit geswind!
If döp Di, wie if heet!"

„Min Peder hett nich Sloß un Gaarn;
Doch dat is nich von Noth —
If will min Hart bi em verwahrn!
Un heff if Beides mal verlarn —
Denn bin if leewer dod!"

Da stigg de lange Korporal
Vergnög hendal vunt Peerd:
„Schön-Elsbe, min för alle Mal!
Dahen is alle Trennungsqual —
Kumm mit na Vaders Herd!

Herrjes! Du kennst mi wull nich mehr —
Jagst mi am Enn noch fort!
Un weest Du nich, dat if to Peer?
Wa blüffst Du so verwunnert her —
Segg doch en enzig Wort!"

Schön-Elsbe geit den Stig herop,
Ehr is so woll to Sinn;
An Peders Hart legg se ehrn Kopp —
Im Landweg geit dat: Hop! Hop! Hop!
Se süht dar gar nich hin.

Theodor Storm.

Gaude Nacht.

Ewer bei stillen Straten
Geit klar bei Klockenslag;
Gaud' Nacht! din Hart will slapen,
Un morgen is ok en Dag.

Din Kind liggt in dei Weigen,
Un ik bün ok bi di;
Din Sorgen un din Leiwen
Is Allens üm un bi.

Noch einmal lat uns spreken:
Gauden Abend, gaude Nacht!
Dei Mand schint up bei Däken,
Uns' Herrgott hölt bei Wacht.

Mecklenburgische Mundarten.

John Brinckmann.
(Rostock.)

Pingsten.

Oll Pingsten — du oll Pingsten,
Du güllen, güllen Tid!
De Gröttsten un de Ringsten[1])
Wu wad dat Hart ehr wit!

För König un för Käte[2]),
Hog Barg un depe Grünn,
Up Katens un up Släte[3])
De en, de sülwig Sinn.

Dat sülwig gröne Leben,
An Halm un Busch un Bom,
De sülwig blage Heben[4]),
De sülwig söte Drom.

En Lachen un en Singen,
En Nehmen[5]) un en Dank,
En Hart vör allen Dingen
De hel oll Welt entlank.

More schelt all werre.

Diern, danz doch nich so hoch
Rock äwe 't Kne!
Schäm Di! Schäm ik mi doch,
Wenn ik dat seh.

---

[1]) Geringsten. — [2]) den Bewohner der Hütte. — [3]) Schlösser. — [4]) blaue Himmel. — [5]) ein Benehmen.

Smittst jo Din Kopp so dull, —
Wu süht dat ut!
Grar so, as kem, wen wull,
Du würrst sin Brut.

Mit sonn briest Külpen jo
Ögst Du de Manns, —
Wenn dat en markt, süh so
Stellt se Din Kranz.

Wenn dat en markt, wu flicht
Du Di vewohrst;
Sittst töküm¹) Johr vilicht
Dor Du un rorst²).

Wenst in Din Kame Din
Blörige Thran,
Müchst glik vör Schimp un Pin
Sülfst dot Di slan.

Süh, Diern, denn holl Di an,
Wat Du man kannst!
Mennigen, glöw Du man,
Hett all in Schimp un Schann
Sik rinne danzt. —

Nu lat mi los.

Nu lat mi los, nu lat mi gahn!
Du drückst mi jo to Grus.
Nu hew ik lang nog bi Di stahn,
Nu möt ik flink na Hus.

---

¹) zukünftige. — ²) weinst.

Nu lat mi los, nu lat mi gahn!
If dörf nich mihr, Gott wet!
If hew Di mihr to Leew all dan,
As ihrlich Leew dat möt.

Wenn't Vare markt, wenn't More süht,
Wu if mi hier veschenk, —
Wen wet, wen wet, wat denn geschüht,
Mi gruft, wenn if dat denk.

Nu lat mi los, nu lat mi, lat!
Hürst nich, doa knarrt de Dör —
Süht Vare hier mi uppe Strat,
He sleit mi swart un mör.

Kasper=Ohm.

Wi seilten¹) nah den Bööfbarg²) hen. As wi do nu so unner de hogen Böm rümstewelten un in de eenen Weg rinbögten, is dor ne Luftbänk, un dor set en lütten Mann up, de hadd 'n groten Stirn vör de Bost³), un 'n korten Stummel in de Mund un smökt' un sehg sihr fründlich ut. Kasper=Ohm nehm em eenen Ogenblick scharp up 'n Kifer, un dunn säd he to mi:

„Morblex, Jonge, dor sitt uns' Herzog, de Landes= vater! Dat Er mi den Deckel afnimmt ond 'n Kratzfoot makt, wenn wi vörbigahn. Dat rad ick Em in Gooden!"⁴)

Na, wi kamen ran. De Herzog kek uns mit sin grallen Ogen scharp an. Kasper=Ohm nimmt sin Pip ut de Mund un sinen Dreekanter deep af un kratzt mit dat rechte Been achter ut, as 'n Hahn, de bi 'n frömb Hoon vörbigeit.

---

¹) segelten. — ²) Buchenberg. — ³) Brust. — ⁴) Kasper=Ohm, ein alter Seemann, der sich viel in Holland aufgehalten hatte, spricht seinen eigenen Dialekt, ein Gemisch aus Holländisch und Plattdeutsch.

„Ei sieh da, mein lieber Kapitän Pött!" — säd dunn de Herzog un lacht'; denn he kennt' Jedereen wedder, den he eenmal seen habb, un Pött wir al 'n pormal Sommers in Doberan west — „auch 'n Bißchen in Doberan?"

Kasper-Ohm blew stahn un makt' noch eenen Kratzfoot.

„Das ist wohl Dein Sohn da?"

„Hollen to Gnaden, Dörchläuchten Herr Herzog. Der Jonge da is nich min Jonge. Gott sī Dank, dat er dat nich is. Dat is min Süster Jülsche ehr Jonge" — säd Kasper-Ohm un schlög mi swapps! den Hood von'n Kopp. — „Hewwn ick Em nich seggt, dat Er sinen Deckel trecken sall? Hollen to Gnaden, Dörchläuchten; äwerst der Jonge weet dat nich, wat Respekt is; er kennt den irsten Petri siw, siw nich; äwerst von'n Ossen kann man nich mihr as Rindfleesch verlangen!"

„Ei was, setzt nur Eure Hüte wieder auf, und laß Deinen Stummel nich ausgehen!" — säd dunn de Herzog un lacht'. — „Was machen denn meine lieben ballstürigen[1]) Rostocker!"

Dunn makt' Kasper-Ohm noch twee Kratzföot irst mit de rechte un nahst mit de linke Foot, stök sin Pip wedder in de Mund un sett't sinen Dreekanter wedder up.

„Velmal to bedanken för de gnädige Nahfrag, Dörchläuchten Herr Herzog!" säd he dunn — „Rostock, will ick Se seggen, is een Urt, der, so lange der Warnow bi dat Westerspill[2]) noch sin dörtein[3]) Foot Water hollen doon deit, ond so lange Schepstimmermeisters noch goode Eeken in de Rostocker Heid' finden doon, nich up Afbruch onder den Hamer kamen deit, angenamen, dat der verdammte Grüttfreter van Dän ons Ostseefohrers nich de Sund ganz un gor toospikert[4]) ond verrammelt."

Dunn lacht' der Herzog wedder un röp: „Das thut der Däne nicht, da kannst Du sicher sein! Aber wenn er's thäte, was kann Euch Rostockern das schaden. Ich

---

[1]) widerhaarigen. — [2]) die westliche Mole in Warnemünde. — [3]) dreizehn. — [4]) vernagelt.

meine, Ihr Rostocker Schiffer kommt nie über den Sund hinaus und holt bloß Käse aus Flensburg und Kalk von Gothland und bringt Äpfel nach Riga!"

„Dor sünd Se man mangelhaft notificirt, hollen to Gnaden, Dörchläuchten Herr Herzog!" — säd Kasper-Ohm dunn un pust' eenen mächtigen Kringel ut sin Pip. — „Dat mag woll mit de Wismeran'sche sick so leg[1]) anlaten, man äwerst de Rostocksch Schepfohrt, dat is as ne melkend Koo, — männigmal viertig Pott, männigmal ok man vier, äwer nie nich ond to keene Tid nich ganz güst[2]) — ond vor fallen ok Johr ut ond Johr in orig[3]) 'n por Lepels vull Rohm in anner Lüd ehr Melkemmers van af, kann 'k Se seggen. Ond ansehens uns Rostocker Schippers, so fohrt wi up Bargen[4]) ond Amsterdam, Rowan[5]) ond Leverpol ond in de Mittlandsch See, dor weet wi so moy[6]) Bescheed as in uns eegen Büxentasch."

„Na, na, schnack' mir nur kein Loch in'n Kopf!" — säd dunn de Herzog un kek Kasper-Ohm von unnen bet baben so klook an as 'n Hawk[7]) 'n Kröpperdüffert[8]). — „Du willst mir wohl was weis machen. Bist Du denn je über Cap Landsend hinaus gewesen?"

„Ob ick je achter Landsend west bün?" säd Kasper-Ohm dunn un bängt' sick as een, de nich girn tom Upstöten kamen will. — „Hollen to Gnaden, Dörchläuchten Herr Herzog! Ick bün dreemal in Batavia west ond hew up 'n Generalstattholder sinen Staatselephanten reden."

„Das wäre! Da bist Du ja ein Allerweltskerl. Also in Batavia bist Du gewesen, und auf des Generalstatthalters Staatselephanten hast Du geritten? Na, das mußt Du mir doch erzählen."

„Dor kann Rath to warden, Dörchläuchten! Man dat Gorn[9]) is to lang, wat ick denn affspinnen mot. Nu bün 'k al 'n beten mör van de Backhitt, ond œwrigens hewm 'k mi Dingstag nah Trinitats de linke Foot ossig verstukt." —

---

[1]) schlecht. — [2]) ohne Milch. — [3]) ordentlich. — [4]) Bergen. — [5]) Rouen. — [6]) schön. — [7]) Habicht. — [8]) Kropftäuber. — [9]) Garn.

„Nu, da wird's wohl nicht anders, da setz' Dich nur her zu mir auf die Bank!"

„Hollen to Gnaden, Dörchläuchten Herr Herzog! Ick weet woll, wat mi bikümmt. Dat Backvolk hürt nich up dat Quarterdeck, ond Topgasten[1]) nich in de Kajüt. Ick segg ümmer, Respekt is Respekt ond mot Respekt bliwen, ond dor fünd twee Ell Trossen[2]) good för!"

„Auf diese Weise höre ich aber Deine Elephanten= geschichte nicht. Also keine Umstände!"

„Na, wenn Dörchläuchten dat denn abslut so be= fehlen. Fazenleewhewwer bün ick nich! Ick bün man bang, dat ick Se mit minen Snack uphollen doo."

„Ich habe meinen Tabaksbeutel zu Hause liegen lassen, den lasse ich mir eben. holen, somit habe ich Zeit."

„Ih, süh mal, dat 's doch Schad! Ick heww min Tobacksdos ok up 'n Landkroog liggen laten. Sünst hadden Dörchläuchten mal minen prööwen künnt. Ick hewm van den veritabeln hollandschen Knaster, een rores Krut, kann 't Se seggen, — steit so stiw ond fast in de Pip as Warg ond seggt nich nah[3]), dor hadd 't Se woll ne Pip van afgünnt. Lop mal hen, Jonge, ond hal de Dos her; je steit —"

„Na, laß nur, laß nur! Meiner is auch nich schlecht, kann ich Dir sagen; da kannst Du nachher mal von stopfen!" — säd de Herzog un lacht' un kek Kasper=Ohm wedder von de Sid an, as ob he em sick noch mal eens recht dorup ankiken müßt. — „Also der Elephant!"

„Je, seen Se, Dörchläuchten Herr Herzog, dat kem so. Ick hadd Anno negen un säbentig Roggen nah Amsterdam lad't. Dat was grad de viert Fohrt, de ick mit de Anna Maria Sophia maken ded; ond as ick den Roggen löscht hewm, dor ward mi ne Fracht hollandsch Laken ond Linnen nah Batavia hen van de Maklers anbaden. J, so denk ick dunn, worüm skalst[4]) du de nich nehmen; dor is noch mal 'n beten Kapplaken[5]) bi to isen[6]);

---

[1]) Matrosen. — [2]) dicke Taue. — [3]) bekommt gut. — [4]) sollst. — [5]) Trinkgeld für die Schiffer. — [6]) verdienen.

'n stiwen Kirl was ick dunn, min Backvolk acht Mann, ahn mi ond be Maat ond be Kocksmaat, all stewige Klür[1]) — ond de Anna Maria Sophia so trimm[2]), as ne junge Dirn van achtein Johr up 'n Danzbähn, de leewersten Schottsch as Menuett danzen deit. Ick gah an Burd ond frag min Jongs: Jongs, willt Ji? De Maat habb noch irst allerhand so'n Heesbeeserien[3]) in'n Kopp van wegen de Mansuns, den gelen Jakob[4]) ond de Flibusters bi de Malakka. Ick segg äwerst: För nix is nix, — 'n beten drist heet nich utverschamt, — blöd' Humm warden nich fett, — Fett swemmt baben, — wat kümmt, dat gelt, Jongens, all dat anner is bilemmert! Ond dunn säd s' all: Na, denn man too! So schlöt ick denn de Fracht af, köfft' mi ne good Kort van de Atlantic, de Indian Dschen[5]) ond de Sunda. Dorup nehm 'k Fracht in; Sünndag vör Martini was alles klipp un klor, ond dor seilten wi vör ne stiwe Nurdost ut den Texel[6]) ond dat ok furtstens in bree Dag' in de Span'sche See rinne. Den irsten Dezember peilten wi Fayal van de Flamlandischen Eilanden, nahsten föten wi de Passaten. Februari achtzig löp wi Kapstadt an ond nehmen fresch Water in, ond een, twee, bree, so um de Ostern rümme, schmet ick richtig onder den Eiland van Onrust vör Batavia Anker ut, — all be Gasten[7]) moy, Ladung moy ond ick sülst ok moy an Burd. Na, — segg ick to min Jongens dunn, — wat seggt Ji nu? Fiw Mand Hür[8]) her, — Rückfrachten as vel as Maikäwers in'n Juni, — wat seggt Ji? — Hurra! säden se, fiw Mand Hür back[9]), sünd tein Mand! — Ond denn Batavia! segg ick, wat wardens s' nahst to Hus seggen!"

"De Lüd an 't Land bi de Lombongs[10]) vör Batavia flögen äwerst de Hänn äwern Kopp tosam. Harr Jes! säden s', ond in so'n Nätschell[11]). — Na, wurans? segg ick. — Van wegen de Mansuns, säden se, un van

---

[1]) kräftige Art. — [2]) schmuck. — [3]) Alfanzereien. — [4]) yellow Jack, gelbes Fieber. — [5]) Ocean. — [6]) der Canal la Manche. — [7]) Matrosen. — [8]) fünf Monate Heuer (Lohn). — [9]) zurück. — [10]) die Kaffeespeicher in Batavia. — [11]) Nußschale.

wegen Klaaz van Klaazen. — Van wegen de Manſuns, ſegg ick, dat is man ſo vel; averſten van wegen Klaaz van Klaazen, wat ſkall mi dat? Na, dor hürt' ick denn, dat Klaaz van Klaazen een Deſertür was van een hollandſch Urlogsmann¹) ond een van de verdöömden Flibuſters worden wir van de Malakka, ond wat he keen Schipp onder den Onruſt vör Anker kamen ond van de Onruſt-Eiland wedder utlopen let, ahn ſe to luſen, as de Ap den Jongen up dat Dromedari."

„Schpook! — ſegg ick dunn — wi ſünd inlopen, ond wer hett uns luſ't! Wer vel fröggt, kriggt vel Antwurt. Wi lopen ok ſacht wedder ut ahn Nahfrag. — Nahſt²) löſch ick dat hollandſch Laken ond Linnen ond nehm ne moige Fracht back up Amſterdam: Indigo, Peper, Koffi ond Kardemommen, fiw Pund, negen Schilling acht Pence per Tunn, ſöß Percent Kapplaken ond fiw Percent Prämium för Schipp ond Mannſchaft. Jonge, — ſegg ick to minen Maat, as wi klor ſünd, — dat düſ't³). Guſt, düſ't dat nich? — Guſt äwer treckt dat Mul ſcheew ond ſeggt: Je, Kaptein, äwerſt Klaaz van Klaazen! — J, ſegg ick, ſo ſkall doch den Klaaz van Klaazen der Deuwel halen! — Na, na, ick hewn nix ſeggt! ſeggt Guſt Rening dunn wedder. — Äwerſt ick hewn wat ſeggt, Guſt, ond ick ſegg: Wer 'n Hund ſlahn will, findt woll 'n Knüppel!"

„Dorup gah ick ſtillſwigens hen nah een van de Maklers bi de Lombongs ond köp mi twee oll dägte Brümmers van Twölwpünners; de nehm ick in 'n Schummern äwer, ſtell ſe vörn bi dat Gangſpill⁴) ond ramm ſe beid bet dicht an 'n Hals vull van Rehpoſten, Flintenkugels, oll Nagels ond Glasſchören up ne duwwelte Ladung. Nahſt lat ick ne Perſenning⁵) äwer decken, ſo dat nix to ſehn is. Annern Morn lop wi onder den Onruſt ut vör ne friſche nurdliche Briſ. Ick hadd den Kocksmaat baven in 'n Top as Utkik.

---

¹) Kriegsſchiff. — ²) nachher. — ³) zieht nicht. — ⁴) Ankerwinde. — ⁵) Segelleinen.

Wi maken keine Fohrt vör Bram, Fock, Klüwer, Jager ond Gickseil[1]). Dat ward gegen Middag, dor lett sick nix hüren ond nix seen. Äwersten as wi de Sunda peilen ond de Gasten grad bi dat Schaffen[2]) in de Roof[3]) sünd, da fangt der Jonge baben in den Top up eenmal an to prusten ond kreigen[4]) as unkloof. Ick rute! Gust Rening steit an de Stür= burdreling[5]) ond hett dor een Fohrtüg up 'n Kiker. — Na, segg ick, wat hemm wi dor? — Klaaz is dat! seggt Gust ond giwwt mi den Kiker. Ick holl scharp hen. — Kann sin, dat dat Klaaz is, segg ick, kann äwerst ok nich sin; ond kann doch sin, de Mäglichkeit is dor. De Bengel dor vör onser Stürburd löppt jo ran as ne Maispenn! — Dat wohrt nich so lang', Dörchläuchten Herr Herzog, dor wüßt ick, wur ick an wir. Dat was ne schebecktakelt[6]), düwelmäßigen verdächtige Schonk. Ick hiß minen Vagel Grip[7]) up. Der Schonk hißt ne gnäterswarte[8]) Flagg an 'n Mast. Dat müßt Klaaz sin oder der Satan. Nu was ick in de Accidenz, Dörch= läuchten! Nu was dat kamen, ond nu güll dat! So lat ick denn min beiden Brümmers backburd stellen. Schanzkleedung ward uthakt ond 'n Stück Persenning wedder vör, ok de beiden Brümmers bliwen noch warm toodeckt; äwerst 'n isern Grapen vull glööndige Kahlen ward dorbi prat stellt, dor stek ick 'n langen isern Koo= foot[9]) rinne, ond dunn säd ick to min Gasten:

„Wer hier een reguläres Rostocker Stadtkind is, de paß nu mal up ond gew good Achtung! Ick bliw hier bi de beiden Brümmers. Gust Rening, Du nimmst den Helm[10]), ond Ji Annern boot Jug[11]) verfluchte Schul= digkeit! Nu will wi, wenn Klaaz neger kümmt, bileggen. Denn skall der Kocksmaat den Vagel Grip dalviren[12]), grad as up Gnad ond Ungnad. Wenn Klaaz denn up

---

[1]) Gigsegel. — [2]) Essen. — [3]) roof, auf dem Deck stehende Matrosen= kajüte. — [4]) krähte. — [5]) Steuerbordbrüstung. — [6]) Schebecke ist ein drei= mastiges, zum Segeln und Rudern eingerichtetes Kriegsschiff. — [7]) Vogel Greif, Rostocker Flagge. — [8]) rabenschwarz. — [9]) Brecheisen. — [10]) Steuer= ruder. — [11]) Eure. — [12]) herunterziehen.

unſ Backburd bonus fidus anſeilt onb Enterhaken ſmitt,
denn ſo roop ick: Allens klor vör onb aft! Denn rit
Ji de Perſennings af, onb denn lat ick Klaazen min
beiden Brümmer hier mal in de Ogen hooſten, dat he
den blöödigen Schnuppen krigen ſkall, onb nahſt ſeen wi
eens an ehre eegen verdammten Kanaljenbregens too,
wo tag¹) Roſtocker Handſpaken ſünd. Verſtahn, Jongens?
— Hurra! ſchregen de Jongens. Na, Dörchläuchten Herr
Herzog, dat kem ok richtig all ſo, as ick dat affalkuleert
habb. De entſambige Vitalienbrooder kem up unſ Stür=
burd ranne geſuſ't as 'n Windhund up 'n Haſen. He was
man'n wanſchapen²) ollen Halwdecker; äwerſt vörn bi de
Boog ſtünn ſin lang' Tom³), onb as he up tweehunnert
Faden ran wir an de Anna Maria Sophia, bumtri,
bum, bum! ſchöt he ſinen langen Brümmer af, dat de
oll Kugel midden mang ehr beiden Maſten dörchfohrt'
as en lebendigen Höllenhund. Na, dunn let ick den
Vagel Grip dalhoiſten, de Raaen würden braßt, de
Faſtgelljas⁴) wendt, onb wi legen bi de Wind ſo dicht
as mäglich, grad as wenn wi up Gnad onb Ungnad
de Flagg ſtreken habben. De Kaperſchonk ſtünn nu pil⁵)
up min Backburd. Vörn bi ehr Bratſpill⁶) ſtünn de
ganze ſaubere Sippſchaft dichting tohop, Kopp an Kopp,
as de wohren leibhaftigen Banditen, Kirls van alle Klür⁷),
Brun, Gel, Swart onb Witt, Taters⁸) onb Maleien
mit lange Metzers, Klaaz richtig vöran mit'n grot Breed=
bil⁹) as'n regulären Knakenhauerölſſt, föftein Mann hoch;
blot een Bambuſ¹⁰) ſtünn achter bi dat Rooder. Guſt
ſtürt' ok richtig ſo, dat de Schonk ehr Halwdeck grad
vör min beiden Brümmers to ſtahn kem, as de Enter=
haken dalfel¹¹). Dunn ſchreg ick äwerſt: Perſennings af!
onb ſchlah mit de glöönbige Koofoot up min beiden
Brümmers ehr Zündlöcker. De ganze proſte Mahltid
van Bli onb Nagels, Glasſchören onb Rehpoſten ſegt

---

¹) zähe. — ²) abgenutzter. — ³) Kanone. — ⁴) Schiff mit einem großen
und einem kleinen Beſanmaſt. — ⁵) ſteil, gerade. — ⁶) Ankerwinde. — ⁷) Farben.
— ⁸) Zigeuner. — ⁹) breites Beil. — ¹⁰) nichtsnutziger Kerl. — ¹¹) niederfiel.

dunn pill! pall! pratsch! as een heiliges Krüzhimmel=
dunnerweder äwer de Piratenschonk ehr smerig Halwdeck,
dat ok keen Satanskind von all de föftein Heidenhallunken
up de Been stahn blew, grad as so vel Bullenpesels¹),
de man mit ne Seiß²) up een Schlag afhauen doon
deit. Futr di Morbley, dat was ne schöne Murki, Dörch=
läuchten Herr Herzog! As ick dat nu sehg, dat min
beiden Brümmers ehr Schuldigkeit so moy dahn hadden,
dunn ick räwer nah de oll Schonk mit min glööndige
Koofoot ond de Jongs mit ehr Handspaken, ond dor
gew wi ehr Gottslohn schippundwis'³). Wat dor man
blot noch tillfööten⁴) deed, dat kreg eenen vör'n Dätz.
De Karnalji an dat Rooder hadd dunn keen Tid mihr
ond sprüng äwer Burd ond led sick upt't Swemmen;
ick smet em äwer de Koofoot so dägt up den Achter=
steven, dat he unnerdukt ond ick em nie nich wedder
seen heww. Nu seen S' mal, Dörchläuchten, nu hadd
ick den ollen Kasten van Schonk furtst bet up den Keel
afbrennen künnt mitsammst ehr schuftige Bagasch, äwersten
ick dacht, so'n hunnert Dubluns sünd ok 'n ganz Deel
beter, as Pickplacken⁵) in 'n Pijäcke⁶). So geit⁷) ick ehr
denn mit ne lange Troß an de Anna Maria Sophia,
seilt' back⁸) mit ehr onder den Onrust ond smet dor
wedder Anker. Dörchläuchten känt sick dat licht vörstellen,
wat dat för 'n Upseen ond Marakel in Batavia maken
deed, dat ick den Klaaz van Klaazen so dägt inseept ond
so moy balbirt hadd. De Generalstattholder schickt en
Offzirer bi mi an Burd. De möt mit sin eegen Ogen
seen ond nimmt dat all 'n beten in de Fedder. Nahst
inviteert he mi to Middag bi den Exellenzen. Ick nehm
dat, versteit sick, ok an. Dor he äwerst grad buten vör
Batavia in Buytenzorg up sinen Goren⁹) residenzen deed,
so let he mi glik sinen Staatselephanten anbeeden mit
'n Palankin¹⁰), üm dorup rute to riden. Dat deed ick

---
¹) Rohrkolben. — ²) Sense. — ³) schiffspfundweise, doppelt und drei=
fach. — ⁴) den Fuß ein wenig bewegen. — ⁵) Pechflecken. — ⁶) Jacke. —
⁷) festbinden. — ⁸) segelte zurück. — ⁹) Garten. — ¹⁰) Baldachin.

nu, onb Ihro Exellenzen empfungen mir sehr schmeichel=
haft. Dor wiren' vele Mynheers onb Mynfruwens, onb
höllischen fein onb van fleffen¹) güng bat bor her. De
Gin²) was van ben veritabeln, onb so vel Eybamer was
bor, as keen Rostocker Lichthak³) je een Ahnung van hatt
hett. Ick müßt bat all vertellen, wur bat mit Klaaz van
Klaazen toogahn wir. Ihro Exellenzen bruckten mich
barauf bie Hand onb sagte: Min leew Keppen Pött,
es freut mich sehr von wegen Ihre werthe Bekanntschaft.
Ihr Wohlsein! Auf Wiedersehen! onb bor müßt ick em
ut en groten sülwernen Kroos Bescheed boon. Nahst
kreg ick min hunnert Dubluns, onb bunn reb ick webber
up ben sülstigen Elephanten an Burd torügg. Den
annern Dag löp ick mit min Fohrtüg webber onber ben
Onrust ut onb kem November achtzig wollbehollen onb
ahn Molesten, 'n lütt beten Mansun onb Teifun afrekent,
Amsterdam Haben binnen."

„Bei Falstaff und Pistol!" — säb bunn be Herzog
un lacht', bat em be Thranen in be Ogen kemen —
„E non vero, e ben trovato!"⁴)

„Wurans⁵) meenen Dörchläuchten?" säb Kasper=
Ohm bumm.

„Nun, nun; ich sage nur, es ist Jammerschabe, baß
Deutschland keine Flotte hat; Du müßtest einen präch=
tigen Schout by Nacht⁶) abgeben, troß Tromp und Ruyter!"

Mitbes wiren bor twee Kirls ankamen, be een in
blagen Liwrock mit'n roben Kragen un twee blank Knöp
up bat Stürburd von sinen Speegel⁷), wovon mi bat
wunnern beb, wat bor woll an fastknöpt würd. De
anner sehg ok ut as 'n Bebeenter un brög 'n Tobacks=
bübel in be Hand. De makten mal grot Ogen, as se
Kasper-Ohm bi ben Herzog up be Bänk sitten sehgen,
un keken Pötten so utverschamt an, as wenn se seggen
wullen: Wo kann He sick bat unnerstahn! As be Herzog
nu ben Kirl mit ben Bübel sinen korten Stummel tom

---

¹) gebiegen. — ²) Genever. — ³) Händler. — ⁴) Wenn nicht wahr, so
boch gut erfunden! — ⁵) wie. — ⁶) holl.: Contreabmiral. — ⁷) Schiffshinterseite.

Stoppen henlangt', dor langt' Kasper=Ohm den annern
Kirl mit den roden Kragen ok sin Pip hen un säd:
„Na, denn stopp Er mi ok een!"

He habb dat äwerst kum rute, as ok al de Herzog
upsprüng, beid Hänn in de Sid sett't un so dull an to
lachen füng, as ob dat gor nich all warden künn, un
utröp: „Süperb! süperb! Verfluchter Kerl, der Keppen
Pött! C'est un mal entendu fort mal à propos, mon
cher chamberlain! n'est ce pas?"[1]) un dormit güng he
den Bööfbarg dal, un ick hürt' em noch ümmer lachen,
as ick em vör de Böm nich mihr seen künn.

De Kirl mit den roden Kragen nehm äwerst Kasper=
Ohmen sin Pip nich, de de em noch ümmer henhollen
ded. — He kek äwerst Kasper=Ohm von Kopp bet to
Foot so wild an, as op he em girn upfreten habb.
Dorup säd he blot dat een Wurd: „Bête!" to em,
dreigt' sick fort üm un güng mit den annern Kirl den
Herzog nah. Kasper=Ohm sprüng dunn äwerst ok up
eens up un röp:

„Bät! Wurans Bät! He dor! Wat meent Er
mit Bät? Ick will Em mal seggen, wat ick meen,
Schpook! Ick meen, dat mi dat wondern doon deit,
wat der Herzog upstäds för Schnäsels[2]) van Lawkeien
hett! Wenn Er mi den Pip nich stoppen will, denn
lett Er dat bliwen! Ick süll Em äwersten man as
Kajütenwächter an Burd för een Reis' hewwen, — ick
wull Em Moritzen lihren! Dat meen ick, Kaptein Pött
van der Anna Maria Sophia!" —

Dat stünn nu up eens bomfast bi mi, wat min
Ohme in Batavia mit sin Fastgelljas west wir, un ick
nehm mi vör, minen Ollen sinen Maat von den Poseidon
gehürig de Lex[3]) to lesen, kem de man von Tromsoe trügg.
Wo künn min Ohme süß woll so drist un vörföötsch
weg[4]) mit den Dörchläuchtenden Herzog spreken un den

---

[1]) Das ist ein sehr ungeschicktes Mißverständniß, mein lieber Kammer=
herr, nicht wahr? — [2]) vorlaute Menschen. — [3]) Strafpredigt. — [4]) frisch
drauf los.

Herzog sin Schnäsels von Lawkeien so bannig de Brassen¹) anhalen! Un ick würd sülbn so bös up den eenen Swinegel mit den roden Rockskragen un de beiden Knöp up sin Heck²), de Kasper-Ohmen de Pip von den Herzog sinen Knaster nich habb stoppen wullt, dat mi dat Bloob bet in de Hor ruppe steg un ick ne Fust maken un em nahdraugen beb, as wull ick grad so as min Ohme em nahroopen: Na tööw³) man, Du wanschapen oll Ösfatt⁴) Du! Kumm Du mi man mal in min Strat! — Ick kek orig mit Vörleew nah minen Ohme ruppe, wat de nu woll beb.

„Süll ick den Swinhund man nahlopen un em mit 'n Steen smiten, Kasper-Ohm? Drapen kann ick bannig, un wenn de een Slaps dor so'n gatlichen⁵) Steen up sin Schof⁶) kreg, denn würd he sick dat för de Tookunft sacht 'n beten achter 't Uhr schriwen! Sall ick man, Kasper-Ohm?"

Kasper-Ohm knep dat bewußte Og too un säd to mi:

„Lat den Hallonken, Jonge! Keen Hond is negen Johr bull; der dor löppt seker noch up⁷) ond den Schinder in de Möt⁸) ahn uns Toodoon. Dat wir grad so'n Vitalienbrooderschnabel, as den annern verdammten Bukkanirer achter den grönen Disch sin, der mi minen moigen Lugibur jampft⁹) hett. De Schmogglers de, Futr di Morblex! Aberst nu komm man, Jonge! Wat Din Möhme ond Din Mooder sünd, de töömen dor al seker up ons beid up den Landkroog.

---

¹) Segelleine. — ²) Hintertheil des Schiffes. — ³) warte. — ⁴) abgenutzte alte Schöpfkelle. — ⁵) ziemlich groß. — ⁶) Schulter vom Ochsen. — ⁷) strandet sicher noch. — ⁸) in den Weg. — ⁹) gestohlen.

Friedrich Eggers.
(Rostock.)

Bedrööfniß.

De Sünn geit up, de Sünn geit dal
Dree hunnert fiv un föstich Mal;
Man dat se hoch un neddich stet,
Gift Sommerfreud un Winterlet.

Min armes Hart, ik hevv 't di secht,
Dat 't doch all anners to kamen plecht,
Dat 't doch all fif mal anners künnt,
Als wi twee beid dat habbn bestimmt.

Ja, dat du dor büst, fööl ik wiß,
So wiß de Sünn an 'n Heben is;
Du stünnst so hoch, wat wir mi warm,
Nu steist du deep, wat bün ik arm.

Un wil de Sommer nu mal nich töövt[1]),
Nu weenst du glik un büst bedröövt;
Vergèt din Let, vergèt din Qual! —
Is doch noch lang nich 't letzte Mal.

An 'n Strann.

Wo[2]) rusch't de See, wo schön dat klingt,
   Wenn ik an de Dünen ga!
Dat is, as wenn se fik Leeder fingt,
   Un de Dannen, de fingen s' er na.

De Dannen un Bööken ruschen so schön,
   Un de Vägel flööten dormank;
Un de Bloomen weegen den Kopp in 't Gröön,
   As verstünn'n se den schönen Gesank.

---

[1]) wartet. — [2]) wie.

He weigt un schallt mi of üm 't Ur,
Legg if mi in 't grööne Gras, —
Dat is, as wenn de ganz Natur
Een Lust un een Singent was.

Un sal if mi düben all dit Johoy¹),
Dat mi so wolgefölt?
Denn segg if blot: De Welt is moy²)!
Wo levt sik dat schön in de Welt.

Vergevs.

If bugt³) en witten Katen⁴):
Du söst in den Katen wan'n;
If hevv de Bloomen begaten:
Du söst mank de Bloomen gan.

De Aderbor⁵) kam un dat Swälken,
Un bugten sik an, so fram⁶),
In 'n Gorden kam dat Vijölken⁷);
Du äver büst nich kam'n.

As if noch meend', if kreg di,
Dags hevv if an bi dacht,
Un slöp if in, if seg di
In 'n Drom de heele Nacht.

Wo girn wull if nu nich waken,
Wenn man de Gedanken nich wirn;
Wo girn wull if nu nich slapen,
Wenn man de Dröm nich wirn.

---

¹) ein Freudenlaut. — ²) schön. — ³) baute. — ⁴) Häuschen. — ⁵) Storch.
— ⁶) zutraulich, fromm. — ⁷) Veilchen.

De Morgen daut.

De Morgen daut, un dat Finster grin't,
De Middag kümt, de Sünn de schin't.

De Sünn geit ünner, — mi bangt na di;
De Man' geit up, — mi verlangt na di.

Denn is dat so still; un ik bün so alleen;
Mi schad't jo nix, un doch möt ik ween'n: —

Wat habb ik di girn, wat höll ik di girn,
Min Morgensünn un min Abendstirn.

Karl Eggers.

De Proov.

1.

Bi Wittenborch¹) up 'n gröönen Brink²)
  Dor stan dree grote Linnen,
Dor sitten de Schöppen un hollen Dink³),
  Se möten dat Urtel sinnen.

Wulf tritt as Kleger na 'n Krink⁴) herin;
  Em hadden s' den Freden braken.
Dat Hor weiht üm dat struppige Kin,
  Em schubbert bet in de Knaken.

„Ik fünn hüt Nacht minen Vader dot,
  Langhinrich hett em slagen.
Wat helpt mi nu sin Geld un Goot,
  Ik möt um sin Leben klagen!"

---
¹) Stadt Wittenburg, südwestlich von Schwerin. — ²) Anger. — ³) Gericht. — ⁴) Ring, Kreis.

Langhinrich tritt in den Krink herin,
　　He geit wol witz¹) un seker;
Sünst lach up de Backen hell Sünnenschin,
　　Hüt sünt se welk un bleeker. —

„Ik was em all sin Dag nich goot,
　　Wi haßten uns al as Gören;
Doch bün ik an dat vergaten Bloot
　　Unschüllich; — dat will ik beswören." —

„Dat lüchst Du, Mürder, ik sülst hevv Di seen,
　　Du slek'st Di dörch unsen Gorden;
Du haddst gewaltich korte Been!" —
　　Langhinrich schin't verloren.

He würr nu rot, he würr nu blaß,
　　Kek üm na allen Siden:
„Dat ik dor gistern in'n Gorden was,
　　Dat kan ik un will ik nich striden.

Ik kem so lat von't Felt herin,
　　Sin Gorden wir nich vergaddert²);
Ik nem den körtsten Wech un bün
　　Rast ävern Tun wechklattert." —

„Wovon ist denn Din Metz so rot?" —
　　„Dor hevv ik en Swin mit steken!
Ik bün unschüllich an sin Bloot;
　　Uns' Herrgott möt vör mi spreken!" —

De Schöppen finnen: „Dat sal gescheen;
　　Du drechst en glööndich Isen
Von hir bet na den Karkhof hen,
　　Dat wart Din Schult bewisen." —

---

¹) fest. — ²) mit der Gitterthür verschlossen.

Langhinrich hürt dat Urtel an;
 He is in de Knee hensunken,
He bēbt; — dat Volk slept Holt heran,
 Ball flögen lustich de Funken.

Un wenn sin Frünnen dat Hart ok slog,
 Se drögen mit Holt tosamen,
Se hal'ten dat Isen von sinen Plooch[1])
 Un lēden dat in de Flammen.

De Stormwint wöölt in de düster Gloot,
 De Preester besprekt dat Isen,
Dat wart so rot, so glööndich rot,
 Dat möt sin Schult bewisen.

Langhinrich steit webber wiß un will[2]);
 Se föten dat Isen mit Tangen.
Dor stünn se all de Aten still,
 As se 't em so henlangen.

He äver fött dat mit faste Hant —
 He möt üm 't Lēben striden —
Geit hen na 'n Karkhof unverwant,
 De ganz Gemeen to Siden.

Un na un na let de Angst se fri,
 Dor hebben wecк[3]) anfungen
To singn: „Herr Gott, Di laben wi!"
 Ball hebben s' all mitsungen.

Ob swart de Himmel äver se lach
 Un de Funken in 'n Stormwint flögen: —
To Sünnschin würr de düster Dach,
 As se all mit de Unschult tögen.

---

[1]) Pflug. — [2]) entschlossen. — [3]) welche.

Se sünt nich wit von be Karkhofspurt,
   Dor schrickt Langhinrich tosamen, —
Mit eenmal fölt em dat Isen furt,
   De Annern stockt dat Amen.

Schu kemen se neger; — dor seen se denn,
   Dat Isen is ganz verswunnen; —
De beiden Henn hölt he em hen,
   De warden ganz heel erfunnen.

Dor nimmt de Schöppenöllst dat Wurt:
   „Dit Urtel kem von baben!
Unf' Herrgott nem dat Isen furt,
   Sin Allmacht wil wi laben!"

2.

Na 'n Karkhof möst in Jor un Dach
   Wol mennicheen rutwannern;
Doch würr 't em nich so swer, he lach
   Ganz still; em drögen de Annern.

So süll ok Wulf sin Mooder dorhen;
   Sitdem er Man wir slagen,
Weent s' Dach un Nacht, weent Tran up Tran
   Un habb 't nich lenger dragen.

Se drägen s' rut. — De Wech is slicht,
   Vull Löcker un von 'n Regen
Ganz week; — de Arbeit was nich licht,
   Dat swore Sark to drägen.

Dat wir nich wit von be Karkhofspurt,
   Dor stolpert een von de Dreger:
Dat Sark wart swanken un fölt al furt,
   Dor springt Langhinrich neger

Un hölt dat wiß¹). — So kam de Lik
  Noch sanft to Rooh dornebben.
Rast äver seden de Ollsten glik,
  De Wech müst betert warden.

Donn sammelt sik de ganz Gemeen,
  Se müsten Gnitt²) rutbringen,
Un slepten lütt un grote Steen.
  Langhinrich fengt an to singen.

Ball singt en Jeder still vör sik furt;
  Blot Wulf nich, — em schuddern de Knaken;
Dat wir nich wit von de Karkhofspurt,
  Dor habb he ne Kul³) to maken

Vör 'n groten Steen. — He 's balt to Enn,
  Wil den letzten Schott rutkramen
Un langt herin mit beide Henn —
  Mit eens störtt he tosamen.

„Ik hevv mi verbrennt," so röpt he un hul,
  „De Henn bet an de Knaken!
En Ploochisen lach dor in de Kul. —
  O Gott! ik hevv 't verbraken."

Dor stünnen se All, as wiren se bannt:
  Dit Urtel kam von baben; — —
Se nemen em wiß to Schimp un Schann.
  Üm 't Rat⁴) — dor flögen de Raben.

Worüm?

Worüm is denn dat Holt so gröön, so gröön?
Worüm blenkern de Wischen⁵) noch eenmal so schön?

---

¹) ſiſſ. — ²) Kies. — ³) Grube. — ⁴) Rad. — ⁵) Wiesen.

Worüm is hüt de Heben¹) so deep un so blach²)?
Worüm ligg ik up 'n Rüggen un lach?

Worüm mummelt de Bek sonn lustigen Sank?
Worüm danzen de Blöömings er Över entlank?
Worüm schin't de Sünn so hell un so klor?
Worüm köölt mi 't so sachting dörch 't Hor?

Worüm singt so selich de Vagel in 'n Bom?
Worüm bün ik bi helligen Dag in 'n Drom?
Worüm denk ik an gor nix un freu mi so dull? —
Worüm seb s' of, dat se mi wull!

L. Giesebrecht.
(Warin.)

Dei arme Jung.

Mann, föhrst Du na de Wik hendalen,
Is rechter Hand dei olle Thorm,
Den wet dei Luft recht dörch to halen,
Wenn 't Regen is un weiht dei Storm.

Do stig man rup un süh na buten;
Denn sühst Du all dei blage See;
Ik kann mi nich doto entschluten,
Ik mag nich sehn, 't is mi so weh.

Min Vadder is in 't Water fallen,
Vör viertein Dag' üm disse Tid;
Min Moder let sich dat gefallen,
Un hett nu all den Annern frit.

---
¹) Himmel. — ²) blau.

Dei Brut bei danzt, bei Fiedeln streken,
Wo lustig dat man ümmer klung!
Ik hew mi sacht dovon geschleken:
Ik bün doch recht en armen Jung.

Schipper sin Brut.

Olle Zigenersch, dat Reden lat sin,
Wat sich sall hebben, dat ward sich woll frin.

Wil hei up't Water is, blift hei mi tru;
Schipper kümmt werre; denn war' ik sin Fru.

Dat hei mi god is, dat schnitt Di in't Hart,
Makst mi den Leewsten so schlicht un so swart.

Wat ik nich sehn hew, un wat ik nich wet,
Olle Zigenersch, dat makt mi nich het.

De trurig Schipper.

Ja, wenn ik so en Schipper wir,
Den ganzen Dag allein,
Seg Weid un Schap, un süs nicks mihr,
Set up den ollen Stein,

Denn dacht ik ok woll ümmer to
An min begrawen Leew,
Un went ok woll un grämt mi so,
Dat ik nich lewig blew!

Nu möt ik rup, hoch up den Mast,
Nu wedder in den Rum,
Heww Dag un Nacht nich Ruh un Rast,
Denk an mi sülwsten kum.

Du sötes Lew vergiff mi dat;
Wet ik ok nich von Di,
Mi sünd doch woll de Ogen natt,
Ik glöw, Du büst dabi.

Un wenn de Storm up 't Water brus't,
Ik reff min Segel af,
Mi is, as wenn dat üm mi sus't:
Se is in 't Graff, in 't Graff!

Ed. Hobein.
(Schwerin.)

De Olsch weent.

Se hebben min leewes, leewes Kind
Deep in de Ird ringraben,
Un äwer't Graff fohrt hen de Wind,
De Stiern, de lüchten baben[1]).

Ik horch un horch, wo buten[2]) de Wind
Henfohrt mit Süfzen un Stähnen,
Un mücht mit weenen üm min Kind,
Mit stähnen un süfzen känen.

Wo weiht de Lamp in Wind un Storm,
Bald löscht se, süll ik meenen,
Ik sit dorbi, ik armes Worm,
Un mücht to Dod mi weenen.

Ach, leggt mi to min leewes Kind,
Ach, wullt ji bald mi graben,
Mag denn ok susen Storm un Wind,
De Stiern doch lüchten baben.

---

[1]) oben. — [2]) braußen.

Weet nich, wat mi so trurig makt.

Weet nich, wat mi so trurig makt
Un dörch min Seel mi klingt, —
Ob äwer mi en Unglück wakt
Un all min Denken dwingt?

Wenn ik man wüßt, wat't wesen künn[1],
Mi wier man half so swor,
Wil ik in Angst un Sorgen bün
Üm di all mennig Johr.

De Heben liggt so deep un swart,
Slaff hengt de Blom ehr Bläd',
As dreewt to Flucht ehr lüttes Hart, —
Un kann nich von be Städ!

Fritz Reuter.
(Stavenhagen.)

De Börgers bi Regenweder.

In Fredland[2] was en ollen Paster, Namens Meier,
Dat was en ollen Mann, gottesfürchtiglich,
Un noch en annern Paster, Namens Dreier,
De was ok fram; worüm denn nich? —
Nu kamm in'n Auft[3] denn mal 'ne Tid,
Dat dat drei Wochen furt in eine Swit[4]
Dagdäglich von den Hewen[5] got.
Dat was denn nu 'ne grote Noth.

---

[1] sein könnte. — [2] Stadt Friedland in Mecklenburg. — [3] Ernte. —
[4] ohne Unterbrechung. — [5] Himmel.

De Börgerschaft, de kamm tausamen,
Üm Rath tau holl'n, wat dorbi wir tau maken.
Dor würd denn hen un wedder spraken,
Bet s' endlich äwerein sünd kamen,
Sei wull'n den Preister beden laten.
So wid was 't gaud. Dit was nu woll beslaten.
De Frag was äwerst nu: Wen von de Beiden?
De Irst säd: „Dreier!" Un ok den Tweiten
Schint Dreier as de Best; un „Dreier, Dreier, Dreier!"
Güng't dörch de ganze Börgerschaft;
Man blot oll Meister Näw' säd: „Meier!"
Dat hülp em nich, sin Stimm was unnerlegen. —
Den annern Sünndag predigt nu mit grote Kraft
De Paster Dreier gegen Regen;
Je, hadd 't irst regent, regent 't nu irst recht!
De Regen föll in Gäten¹) nedder. —
As in de negste Woch' dunn wedder
De Börgerschaft tausamen is, seggt
Stadtspreker Päpk: „Na, hürt, mi ducht,
Dor uns dat mißglückt is mit Paster Dreiern,
So nem wi nu mal Paster Meiern,
Mit desen glückt uns dat viellicht." —
Oll Paster Meier bedt ok, wat hei künn,
Un as hei noch in't beste Beden stünn,
Dunn kickt de Sünn all in de Finsterruten²),
Un't beste Weder schint dor buten³). —
As Meister Näw' nu ut de Kirch 'rutgeiht,
Kloppt Päpken up de Schuller hei un seggt:
„Na, Nahwer, heww ick nu nich Recht?
Heww ick nich seggt, wenn Meier beden deiht —
Un wenn dat ok mit Emmern göt —
Uns' Herrgott mag nu willen oder nich, hei möt!"

---

¹) Güssen. — ²) Fensterscheiben. — ³) braußen.

Wat wull de Kirl?

„Ne, Fiken¹), denk Di, wo 't mi gung! —
As 't gistern an tau schummern fung,
Dunn gah ick hen nah 'n Water halen,
Un as ick kam nah unsen Sod²),
Dunn steiht en Kirl dor, rank³) un grot,
Un smuck von Kopp bet up de Sahlen.
Hei kickt mi an,
Ick kik em an,
Hei seggt mi nicks,
Ick segg em nicks
Un lat min Emmern in den Sod.

Un as de Emmern nu sünd vull,
Un ick nah Hus nu gahn wull,
Dunn kümmt de Kirl — nu denk Di, Fiken! —
Dunn helpt hei mi de swore Dracht⁴)
Ganz fründlich up un strakt⁵) mi sacht
Un ward mi in de Ogen kiken.
Hei kickt mi an,
Ick kik em an,
Hei seggt mi nicks,
Ick segg em nicks,
Un nem de Emmern up un gah.

Un as ick gah de Strat hendal⁶),
Dunn geiht de Kirl — nu denk Di mal! —
An mine Sid entlang de Straten,
Un as ick sett min Emmern hen,
Dunn kümmt hei 'ran un ward mi denn
Ganz leiw in sine Armen faten;
Ick kik em an,
Hei kickt mi an,

---

¹) Abkürzung von Sophie. — ²) Brunnen. — ³) schlank. — ⁴) Wasser=
trage. — ⁵) streichelt. — ⁶) hinab.

Ick segg em nicks,
Hei seggt mi nicks,
Un ick gah wider hen nah Hus.

Un as ick an de Husdör kamm
Un mine Dracht herunnernamm
Un set't min beiden Emmern nedder,
Dunn namm hei mi in sinen Arm
Un drückt un herzt un küßt mi warm —
Un denk Di mal — ick küßt em wedder.
Hei kickt mi an,
Ick kik em an,
Hei seggt mi nicks,
Ick segg em nicks,
Dunn kamm uns' Fru taum Hus' herut,
Dunn was dat mit dat Küssen ut. —
Nu segg mi mal, wat wull de Kirl?"

De Reknung ahn Wirth.

„Gu'n Morgen, Herr Avkat[1]), mi is dor wat passirt,
Mi hett dor up de Strat so'n utverschamtes Dirt[2])
Von Köter in de Beinen beten
Un mi en Stück ut mine Büxen reten.
Dat is 'ne ganze nige Hos',
Un ick wull Sei doch blot mal fragen,
Ob ick den Kirl nich künn verklagen,
De so'n betschen[3]) Hund lett los'
Hir up de Straten 'rümmergahn?" —
„Gewiß, mein lieber Freund, das können Sie,
Der Eigenthümer von dem Vieh,
Das Ihnen Solches angethan

---

[1]) Advokat. — [2]) Thier. — [3]) bissigen.

Und Ihre Hose riß in Fetzen,
Muß Ihnen selbige ersetzen." —
„Süll 'ck woll drei Daler föddern känen¹)?" —
„Gewiß, das können Sie! Für diese schönen
Und neuen Hosen ist das nicht zu viel." —
„Na, Herr Avkat," seggt Möller Thiel,
„Denn gewen S' man drei Daler her,
Wil 't Ehr oll Köter wesen ded." —
„Mein Hund? — Mein Pollo biß Sie in die Waden?
Nun gut! Ich glaub's und stehe für den Schaden:
Hier sind drei Thaler für die Hosen,
Was recht ist, muß als Recht besteh'n,
Und sollt die Welt in Stücken geh'n!" —
De Möller lacht so recht gottlosen
Un denkt, den'n hest Du richtig namen!
Strickt sick dat lütte Geld tausamen
Un will gehursamst sick empfehlen. —
„Halt, lieber Freund!" seggt de Avkat,
„Ich kann es Ihnen nicht verhehlen,
Daß in beregter Sach' für Müh' und guten Rath
Drei Thaler sechzehn Groschen mir gebühren.
Man wedder 'rut mit de drei Daler,
Un sößteihn Gröschen bigeleggt!
Denn kümmt de Sak irst richtig t'recht.
Recht, Fründting, möt as Recht bestahn,
Un süll de Welt in Stücken gahn!"

Wenn Einer deiht, wat hei deiht, denn kann hei nich mihr dauhn, as hei deiht.

„Na, Korl, wo²) is Di dat denn gahn?" —
„Ih, Herr, dat gung jo doch noch so." —
„Na, hest Di düchtig 'rümmerslahn!" —

---

¹) fordern können. — ²) wie.

„Ja, Herr, tauletzt bi Waterlo." —
„Dor hest Di denn woll eklich fecht't?" —
„Ja, ümmer druf! as Blüchert seggt." —
„Wo was dat denn? Vertell¹) doch bloß!" —
„Je, Herr, ick güng 'e stiw up los²),
Un as ick irst so recht in Grimm,
Dunn haut ick rechtsch un linksch herüm,
Un, Herr, den Einen haute ick — den Einen!
Den'n haut ick beide Beinen af." —
„De Beinen? — Wo? Woso de Beinen?
Worüm haut'st em den Kopp nich 'raf?" —
„Je, Herr, de Kopp, de was all af."

Oh, Jöching Päsel, wat büst Du för 'n Esel!

De Leutnant von Karfunkelstein,
De kümmt tau Hus, dunn liggt dor ein
Inladungskort up sinen Arbeitsdisch
(So würd de Disch gewöhnlich heiten,
Wil doran drunken würd un eten
Un af un an ok spelt en Beten   [weiten),
Mit Rechtsch un Linksch³); doch dat dürwt Keiner
Kort, up den Disch dor liggt de Kort,
Un as hei s' nimmt un sick besüht,
Hadd hei binah vör Arger rohrt⁴):
Dit schöne Middageten hüt! —
De gned'ge Fru von Diamant
Was in de ganze Stadt bekannt,
Dat sei am Besten ded traktiren,
Un in 'ne Stun'n süll hei marschiren!
Un dortau was — „nein, wie infam!" —
De Wittwe ok sin Herzen-Dam.

---

¹) erzähle. — ²) ging kräftig (steif) drauf los. — ³) Hazardspiel. —
⁴) geweint.

Hei habb so girn hüt bi ehr seten,
An ehr Gerichten satt sick eten,
Denn heites Hart un hungrig Magen,
De seten bi em dicht tausam! —
Un 't was ok würklich ganz infam!
Doch dor helpt nicks, dor helpt kein Klagen,
Hei müßt marschiren, dat müßt sin.
Hei röppt nu sinen Burßen 'rin
Un seggt em ganz genau Bescheid,
Dat hei unmäglich kamen künn.
„Weißt Du's nun auch?" — „Herr Leutnant, ja!"
Un uns' gaud Jochen Päsel geiht.
Den Leutnant föllt wat in, hei ritt
Dat Finster up un röppt em nah:
„Und dann bring' gleich das Essen mit." —
Un Jochen Päsel kümmt tau'r gneb'gen Fru:
„Was giebt's, mein Sohn, was bringest Du?" —
„Empfehlung von Herrn Leutnant
An gneb'ge Fru von Diamant,
Un was mein gnedigst Leutnant wär',
Der käm heut nich zu's Essent her,
Denn nach 'ner guten Stunde schon
Müßt Allens gnedigst abmarschiren,
In Woldegk wär' 'ne Rebellion,
Un thäten hellschen[1]) rebelliren
Von wegen einer Holzgeschicht,
Un dorüm könnt Herr Leutnant nicht." —
„Das ist ja schad', das thut mir leid!" —
Un Jochen Päsel steiht un steiht
Un ward de Feldmütz dörch de Knäwel[2]) wringen.
Sei fröggt, worüm hei denn nich geiht?
„Das Essent," seggt hei, „süll ick bringen." —
Na, sei is denn en lustig Wiw,
Dat up en Spaß sick gaud versteiht,
Un seggt tau em: „Na, täuw[3]), denn bliw

---

[1]) höllisch. — [2]) Finger (Knöchel). — [3]) warte.

Man noch en Ogenblicking hir."
Un in en blotes Ümseihn wir
En groten Korw vull Eten packt
Un Jochen Päseln upgesackt.
De dröggt denn munter dormit furt. —
Sin gnedigst Leutnant hett all lurt
Un set't sick ganz verdreitlich nedder:
„So," seggt hei, „na, nu giwwt dat webber
Den ew'gen Swins= un Hamelbraden.
Ach! Bei der Diamant geladen,
Bei einem solchen Weib zum Küssen,
Und dann von Platen¹) essen müssen!"
Doch ward em bald ganz nahrsch tau Maud.
Dat Eten, dat is würklich gaud,
So hett em dat seinbag' nich smeckt;
Un Brad', Pasteten, Is, Konfekt —
Un nu noch.gor 'ne Buddel Sekt!
Dat is en Eten, as sick 't hürt,
As sick dat för en Leutnant hürt,
De in den blassen Dod marschirt
Un sick tauletzt noch regalirt.
Hei fröggt den Kirl, ob denn bi Platen
Vielicht 'ne Hochtid utrüst't wir,
Oder ob hei wedder döpen laten²)? —
„Ne," seggt uns' Jochen, „dat 's von ehr." —
„Wo," fröggt de Leutnant, „ist es her?" —
„Na, von de Fru von Diamant,
Ick süll mi dat dor glik jo föddern³)." —
Na, nu denn uns' Herr Leutnant!
De ward⁴) denn los nu dunnerwebbern
Un unsern leiwen Jöching Päsel
Up Jhr un Gasch' un Talj⁵) tauswören,
Hei wir de allergrötste Esel,
De up twei Beinen 'rümmerlep,
Un wenn hei 't mal taufällig dröp,

---

¹) Name des Speisewirths. — ²) taufen lassen. — ³) fordern. — ⁴) fängt an. — ⁵) auf Ehre, Gage und Taille.

Dat sei mit Jöching Veihusdören¹)
Inrönnen beben,
Hei, de Herr Leutnant, würd 't nich wehren. —
Indessen ok so 'n Leutnantszorn
Hett sine Tid, hei towt sick ut,
Un as de Leutnant ruhig word'n,
Dunn treckt hei sinen Büdel 'rut
Un langt drei Daler d'rut hervör,
Un nimmt s' un röppt: „Komm hier mal her!
Hier sind drei Thaler. Siehst Du, Esel?" —
„Woll, zu Befehl," seggt Jochen Päsel. —
„Die nimmst Du hier und gehst sogleich
Zu dem Konditor Butterteig —
Verstehst Du mich auch recht, Du Esel?" —
„Befehl, Herr Leutnant," seggt uns' Päsel. —
„Da forderst Du Dir eine Torte,
Die schönste, die da ist im Laden,
Und trägst sie nach demselben Orte,
Wo ich zu Mittag war geladen,
Und sagst zur Frau von Diamant:
Du wärst als Esel längst bekannt,
Sie möge gnädigst Dir verzeih'n,
Und wenn die Tort' ihr halb so schmeckte,
Wie mir die Braten und Konfekte,
Die sie so freundlich mir gesandt,
So würd's für mich 'ne Wollust sein.
Hast nun verstanden, dummer Esel?" —
„Befehl," seggt wedder Jochen Päsel. —
Un Jochen geiht un bringt denn nu
Den Kauken tau de gneb'ge Fru:
„Empfehlung von Herrn Leutnant
An gneb'ge Fru von Diamant......" —
„Was bringst Du da, mein lieber Sohn?" —
„Un wär' as Esel längst bekannt,
Un gneb'ge Fru von Diamant......" —

---

¹) Viehhausthüren.

„Na, laß nur, laß, ich weiß das schon." —
„Und sollten gnedigst doch verzeih'n,
Un einen Kauken is dadrein,
Un sollt for Sie 'ne Wollust sein." —
De gneb'ge Fru, de lacht denn sihr:
„Na, sag' dem Herrn Lieutenant,
Wenn er erst wäre wieder hier,
Dann sprächen wir wohl mal darüber.
Und grüß ihn nur, und hier, mein Lieber,"
Drückt em en Daler in de Hand,
Un denkt denn nu, hei sall nu gahn;
Doch Jochen, de bliwwt stramm bestahn
Un höllt de Hand so vör sick hen
Un kickt sick in de Hand herin,
As hadd hei nie en Daler seihn.
„Was stehst Du noch? Was wartest Du?"
Fröggt em tauletzt de gneb'ge Fru,
„Nun ist ja Alles in der Reih'." —
„Ne," seggt uns' Jochen, „dit 's man ein,
De Kauken kost't uns sülwen¹) drei."

De blinne Schausterjung.

„Ach, Meister! Meister! ach, ich unglückselig Kind!
Wo geiht mi dit? Herr Je, Du mein!
Ach, Meister! Ik bün stockenblind,
Ik kann ok nich en Spirken seihn!"
De Meister smitt den Leisten weg,
Hei smitt den Spannreim in de Eck
Un löppt nah sinen Jungen hen;
„Herr Gott doch, Jung! Wo is Di denn?" —
„Ach, Meister! Meister! Kiken S' hir!

---

¹) selber.

Ik seih de Botter up't Brod nich mihr!"
De Meister nimmt dat Botterbrod,
Bekikt dat nipp von vörn un hin'n:
„So slag doch Gott den Düwel dod!
Ik sülwst kann ok kein Botter finn'n.
Na, täuw¹)!" Hei geiht tau de Fru Meistern hen
Un seggt tau ehr: „Wat makst Du denn?
Wo is hir Botter up dat Brod?
Dor slag doch Gott den Düwel dod!" —
„Is dat nich gaud för so'n Jungen?
Ji sünd man All so'n Leckertungen;
Ji müggten Hus un Hof verteren,
Un ik sall fingerdick upsmeren.
So geiht dat noch nich los? Prahl sacht!
De Botter gelt en Gröschner acht."
„Ih, Mutter, ward man nich glik bös,
Hest Du denn nich en Beten Kes'?"
Un richtig! Sei lett sik bedüden
Un deiht den Jungen Kes' upsniden.
De Meister bringt dat Botterbrod herin,
Giwwt dat den Jungen hen un fröggt,
Ob sik sin Blindheit nu hadd leggt,
Un ob hei wedder seihen künn.
„Ja, Meister," seggt de Jung ganz swipp²),
„Ja, Meister, ja! Ik seih so nipp³),
As hadd 'k 'ne Brill up mine Näs',
Ik seih dat Brod all dörch den Kes'."

Dat heit ik anführen.

Tau Bramborg wahnt en ollen Jud,
De hadd schir so vel Geld as Meß⁴);
Hei hungerte un döst, indeß
Hei ümmer mihr tausamen schrapen ded

---

¹) warte! — ²) rasch, vorlaut. — ³) genau. — ⁴) Mist.

Un Stück för Stück up hoge Kant henläd.
De Oll, de habb dat Eten fast versworen,
Un ümmer kakt dat olle Krut,
Blot üm dat beten Holt tau sporen,
Sin Eten up drei Dag vörut.
Na, einmal habb hei dicke Arwten
Sik up drei Dag in vörut kakt
Un sik dortau so'n lütten unbedarwten[1])
Un drögen Hiring ut mit Water lakt. —
Na, wenn bi Sommertid de dicken Arwten
Hewwn'n in 'ne dump'ge Kamer legen,
Un dat drei Dag' hendörch bi Dag un Nacht,
Denn kann nich Jeder sei verdrägen.
So vel is wohr: wer't mag, de mag't,
Un wer't nich mag, de mag't jo woll nich mägen.
Ik bün woll hartfratsch[2]), Vaddermann[3]);
Doch mit so'n Arwten stah ik nich mit an. —
Na, as hei nu de Arwten bed probiren,
Dunn markt denn ok dat olle Kreatur,
Dat sei nich blot en Beten sur;
Ne, dat sei ok all muchlich wiren.
Hei prauwt un prauwt; doch wull't em nich gelingen,
En lütten Happen run tau bringen;
Sei wullen em dörchut nich gliden.
Na, Schaden wull hei ok nich liden,
So gung hei endlich tau en Schapp un nem
'ne Buddel rute mit en Käm[4])
Un schenkte sik en Gläsken in
Un sprak tau sik in sinen Sinn:
„As Du ißt de Erbsen, Levi,
As Du kriggst en kleinen Kümmel;
As Du nicht de Erbsen ißt,
As Du nicht den Kümmel kriggst."
Un somit kratzt hei af den Schimmel,
De äwerall all up de Arwten stunn,

---

[1]) unbedeutenden. — [2]) nicht wählerisch beim Essen. — [3]) Gevatters=
mann. — [4]) Kümmel.

Un frat de furen Arwten run. —
Un höll dorup den Sluck an't Licht
Un makt en frünbliches Gesicht
Un lickmünn't säut un grint em tau;
Doch as hei nahdacht hett in Rauh,
Dat hei den Sluck woll sporen künn,
Dunn got hei'n nah de Buddel rin.
„Da hab ich," seggt dat olle Dirt,
„Den alten Levi angeführt!"

Tru un Glowen.

Wenn so de Bur mal in den Kraug
Bi sinen Sluck mit Annern sitt,
Denn ward dor meistens brähnt¹) ok naug²):
Sei reden denn von dat un dit;
Bald sünd dat Läuschens³), de sei sik vertellen,
Bald reden s' von de slichten Tiden,
Un männigmal, denn fangen s' an tau schellen:
Sei brukten ok nich All'ns tau liden;
Un ob de Amtmann glöwt, dat sei sin Naren,
Un dat sei gor nich nödig hadden,
In Allen Order tau pariren,
Dat sei nahgradens münnig wiren.
„Ja," säd denn mal oll Bur Päsel,
As sei eins seten in den Kraug tauhopen
Un em de Gall würd äwerlopen,
„Ja! Uns' Herr Amtmann is en Esel!
Un wohr is't, un't is ganz gewiß,
Dat hei en groten Swinhund is;
Un den'n, de mi't nich will tau glöwen,
Den will ik dat ok schriftlich gewen."

---

¹) langweilig (umschweifig) geredet. — ²) genug. — ³) Geschichtchen, Anekdoten.

Na, dat würd of so lang nich buren,
Dunn müßt de Amtmann, dat de Buren
Em lästerlich utschullen hadden,
Un namentlich, dat Bur Päsel
Habb seggt, hei wir en wohren Esel.
Hei let sei All tau Amt nu laden,
Un lett sei tau Gerichtsdag kamen.
Dor würden sei benn nu vernamen,
Un enzeln würd en Jeder fragt:
„Hat Bauer Päsel das gesagt?" —
„If weit dat nich, if was nich dor." —
„Ih, Gott bewohr! dat is nich wohr." —
„Herr Amtmann, ne! Dat if nich wüßt." —
„Dat habb if doch of hüren müßt." —
„Wi hewwn'n von slichte Tiden seggt." —
„If hür up't linke Uhr nich recht." —
Kort! Keiner wull dorvon wat weiten,
Dat Päsel em en Swinhund heiten.
An Bur Möllern kamm tauletzt de Frag,
De was man dumm un of man zag;
De Amtmann sohrt em eklich in be P'rük[1])
Un führt em häßlich an den Wagen:
„Wenn Hei nich seggt de Wohrheit glik,
Denn lat if krumm un lahm Em slagen.
Wat säd tau Em de Bur Päsel?
Herute mit de Sprak! Wat wir't?" —
„Ach ja, Herr Amtmann, ja! If hewwn dat hürt.
Hei säd, Sei wir'n en rechten Esel.
Wat wohr is, dat bliwwt wohr!" —
„Hürt dat vielicht noch süs wer dor?" —
„Dat glöw if nich, dat funn woll nich gescheihn:
Wi stunnen an den Aben ganz allein." —
„Das ist fatal! Nur einen Zeugen! — —
Nu patz Hei up un häud Hei sit vör't Leigen!
Säd Päsel Em ok süs noch wat?" —

---

[1]) Perücke.

„Herr Amtmann, ja! Hei säd noch, dat
Woll Keiner dat bestriden künn,
Dat Sei en Swinhund beden sin,
Un dat wull hei mi schriftlich gewen." —
„Er Schafskopf, Esel, Dummerjahn!
Warum nahm Er denn das nicht an?
Warum ließ Er sich's denn nicht geben?" —
„Ih, dat ded ik em so tau glöwen."

De Obserwanz.

„Gu'n Morgen! Vadder Schult, ik kam heran;
Mi geit 'ne Sak in minen Kopp herümmer,
Worut ik keinen Vers mi maken kann;
Je mihr ik doran denk, je dümmer
Un dämlicher ward mi in minen Kopp.
Ik kam also tau Di un frag' Di, ob
Du mi nich seggen känen dauen deist,
Wat unner Obserwanz Du woll versteist.
De Amtmann hett mit dat entfamte Wurt
Uns gistern ümmer 'rümmertahrt[1])
Un mi un minen Nahwer Kurt
Dat Geld ut unsre Taschen nahrt[2])." —
„Je, Obserwanz, Gevadder Schröder,
Dat is en Wurt, süh, dat versteit nich Jeder,
Dat is en schrecklich sweres Wurt,
En ekliches, entfamtes Wurt,
Un ik glöw nich, dat hir in unsen Urt
En Einziger dat ganz genau
Di seggen kann, ik trug dat Keinen tau;
Denn sülwsten ik, de doch so Veles weit,
Weit mit de Obserwanz nich recht Bescheid.

---

[1]) geneckt. — [2]) genarrt, hier: herausgelockt.

Indessen, wenn ik ok nich Allens utstudirt,
So kann ik doch up allen Fällen
En lustig Stückschen Di vertellen,
Wat mi in mine Jugend is passirt,
Un wat mit Obserwanz hett wat tau daun.

Na! dat was dortaumalen, weitst De,
As wi noch hahren unsen ollen Preister. —
Gott lat den ollen Mann jetzt selig raun!
Hei was en gauden Preister, tru un iwrig,
Doch up dat Nehmen was hei 'n Beten giprig,
Un 'n Beten hürt hei tau de Nägenklauken¹). —
Na! unse Buren wiren't dormals so gewennt,
Dat sei den Preister, wenn dat Johr sik end't,
Tau Wihnacht schenkten einen Kauken,
Mit Zucker äwerstreut, so vel vor wull up hacken; —
Min Moder müßt em ümmer backen. —
Min Vader un noch Ein, de güngen denn
In ehren Sündagsstaat von wegen
Dat ganze Dörp nah unsen Paster²) hen,
Un ik, ik müßt den Kauken immer drägen. —
Na, einmal was det wedder an de Tid —
Ik weit dat noch, as wir dat hüt —
Dunn güng dat wedder nah dat Preisterhus.
Min Vader makt en schönen Gruß
Un makt 'ne wunderschöne Red. —
Ik weit just nich mihr, wat hei säd,
Doch prächtig was sin Prat³) gewiß,
Den hei em makt. Wo hahr de Preister süs
So fründlich lacht? Hei drünk just Kaffe
Un stippt en drögen Semmel in. —
Den Dunner! Na! wat was hei swinn
Von sinen ollen Sopha 'raffe!
„Oh," säd 'e un rew sik de Hän'n

---
¹) nennklug, d. h. Alles besser wissen wollend. — ²) „Paster" und „Preister": das erstere in feierlicher, das andere in vulgärer Beziehung gebräuchlich. — ³) Vorbereitung (zur Anrede).

Un böhrt be Salwejett¹) tau Höcht,
„Min leiwen Frün'n! Dit is am En'n
So'n wunderschönen Kauken wedder,
As Ji vergangen Johr mi bröcht.
Na, set't Jug²) doch en Beten nedder!"
Un bunn halt hei Papier un Fedder
Un fängt vor an wat uptauschriwen.
Jh, denkt min Oll, wat mag hei dor bedriwen?
Un wil hei schrewen Schriwwt gaub lesen künn,
Kek hei den Preister up de Knäwel³),
Wat in de Schriwwt woll schrewen stünn.
„Min leiw Herr Paster, nemen S' nich vör äwel —
Dat is man, dat ik dornah frag' —
Wat hewwn Sei in de Schriwwt dor schrewen?" —
„Mein lieber Schulze, nichts, gar nichts; ich trag'
Das Datum mir ein Bißchen ein,
An welchem Sie den Kuchen mir gegeben.
Es würde sonst vergessen sein,
Und ist nur um die Observanz.
Ihr könnt es selber lesen, seht! hier steht's:
Die Bauern waren heute hier und brachten
Mir wieder einen Kuchen zu Weihnachten." —
„Hm!" brummt de Oll un kratzt sik in den Däz
Un grint den Preister as en Pingstoß⁴) an,
„Min leiw Herr Paster, oh, denn schriwen S' man
Dor achter Ehren Satz noch bit:
Die Bauern brachten ihn mir woll,
Doch nahmen sie ihn wieder mit.
Un nun adjüs, Herr Paster!" seggt de Oll
Un packt den Kauken in. — „Holt!" röppt de Preister, „sacht!
Wat heit denn dat? Wo so? Wo ans?" —
„Jh, Herr," seggt unse Oll un lacht,
„Dat is man üm de Observanz!"

---

¹) Serviette. — ²) Euch. — ³) Finger. — ⁴) Pfingstochse.

De Wedd.

De Bäcker Swenn, de sitt in sine Stuw'
Un hött¹) sin Tweiback un sin Kringel,
Dunn kamen tau em rin twei lange Slüngel:
„Oh, Meister, bring'n S' doch mal ens swinn
För uns en gaudes Frühstück rin!" —
„Ja woll!" Hei halt nu Eier, Schinken;
De Gäst, de föddern ok tau drinken,
'Ne Buddel Win vom Besten sall dat sin.
De Wirth, de bringt s'; de Gäst, de sünd taufreden
Un fangen an, von dit un dat tau reden.
„Na, hür mal, Brauder Möller, kumm!
Schenk Di mal in, wi will'n mal drinken,"
Seggt irst de Ein un ward den Annern plinken,
„Nu segg mal blot, wat was de Kirl doch dumm!" —
„Du meinst den Ollen an den Markt,
Den ollen Bäckermeister Hauck?
Ja, den sin Dummheit, de is stark.
De Oll, de höllt sik schrecklich klauk,
Un hett sik doch so dull blamirt."
De olle Hauck? — Oll Bäcker Swenn, de hürt
Ganz nipping²) tau. — „Oh, wenn ik fragen kann,
Wobi lett de oll Voß³) sik faten,
Hei is doch süs so'n nägenklauken⁴) Mann?" —
„Sei weiten doch: hei kann dat Wedden jo nich laten
Un dorbi kregen wi em 'ran.
Wi wedd't mit em, un hei verlur,
Dat hei vör sine Stubenuhr
'Ne Virtelstund nich sitten künn
Un nich so langsam un so swinn,
So as de Parpendikel slög,
De Würd' ahn Stamern⁵) rute kreg:
Hir geit'e hen, dor geit'e hen,
Hir geit'e hen, dor geit'e hen." —

---

¹) hütet. — ²) ganz genau. — ³) Fuchs. — ⁴) neunkluger. — ⁵) die Worte ohne Stottern.

„Ih, dat's doch nich so swer," seggt Swenn,
De gor tau girn of wedden müggt,
„De olle Schapskopp! Na, mi dücht,
De Sak, de is doch gor tau licht."
„Je," seggt de Ein, „dat is doch so'n Geschicht!
Sei dörben nich upstahn, nicks anners reden,
Sei möten ümmertau den Vers herbeden."
„Ik bau't, un ik gewinn," seggt Swenn;
„Hir geit'e hen, dor geit'e hen.
Hir! föftein Daler sett ik hen!" —
De beiden Kirls kregen
Nu ehren Büdel rut un set'ten föftein gegen,
Un vör de Klock¹) set't sik oll Swenn:
„Hir geit'e hen, dor geit'e hen."
„Adjüs! Herr Swenn," seggt nu de Ein
Un makt sik an de Dalers 'ranne
Un sik dunn fix up sine Bein;
„Adjüs! Herr Swenn," seggt ok de Anner,
„Sei dörben nich upstahn, nicks anners reden,
Sei möten ümmertau den Vers herbeden,
Ik wünsch Sei ok recht vel Plesir." — —
„Je, dat ik doch en Schapskopp wir
Un dordörch mine Wedd verlür!
Ne! lopt Ji man," denkt Bäcker Swenn;
„Hir geit'e hen, dor geit'e hen; —
Uem mine Wedd ward mi nich bang'n;
So licht lat ik mi noch nicht fang'n." —
Hei drömt sik nu all as Gewinner,
Dunn kümmt tau em sin Fru herinner,
De ut de Stuw' wat 'rute halt:
„Na, Vader, hewwn be Kirls betalt?" —
„Hir geit'e hen, dor geit'e hen." —
„Wat is 'e los? Wat fehlt Di, Mann?
Wat red'st Du dor? Wat is Di denn?
Wat kikst Du denn de Klock so an?" —

---
¹) Uhr.

„Hir geit'e hen, dor geit'e hen." —
„Mein Gott! Wat fehlt Di? Segg doch, Swenn!
Du büst doch woll nich dun[1]) hüt morg'n?
Du büst doch woll verrückt nich word'n?" —
„Hir geit'e hen, dor geit'e hen." —
„Herr Jesus, kumm doch rinne, Fik!
Lat Allens liggen, lop un rönn
Doch mal nah Doktor Hansen glik,
Hei süll doch kamen in den Ogenblick,
Uns' Vader habb nich sinen Schick." —
„Hir geit'e hen, dor geit'e hen." —
„Hür, Vadding! Swenning! Leiwe Swenn!
Herr Gott doch! Vadding! hürst Du nich? —
De Ogen gahn em fürchterlich.
Segg, Vadding! Segg! Kennst Du mi denn?" —
„Hir geit'e hen, dor geit'e hen. —
So, Mutter! so! nu heww ik wun'n!
Nu is't 'ne richt'ge Virtelstun'n.
So, Mutter! ik gewünn de Wedd." —
„Ih, Vadding, kumm! Legg Di tau Bedd;
Ik bidd Di d'rüm in Gottes Namen.
Ik denk de Doktor sall glik kamen." —
„Gotts Dunner, Mutter! Ne! Ik heww gewun'n. —
Dor sall doch glik dat Wetter 'rinneslagen!
De Kirls, de hewwn mi doch bedragen,
De niederträchtigen, entsamten Hun'n!
Wat? Meinst Du, dat verrückt ik bünn?"
Un as hei noch so schellt, dunn kümmt de Doktor 'rin.
„Ja, ja! er ist in schrecklicher Erregung,
Der Puls in heftiger Bewegung,
Das glüh'nde Auge rollt und irrt
Umher. — Das Faseln von der Wette! —
Der arme Mann ist leider ganz verwirrt
Und ganz gestört, er muß zu Bette." —
„Gotts Dunner! Hür'n Sei mir doch an!" —

---
[1]) betrunken.

„Min leiw Herr Swenn, man keinen Larm!
Wi weiten't all! Nu kamen S' man."
Un dormit kriegt de Dokter em bi'n Arm,
Un sine Fru, de nimmt den Annern,
Un Fiken, de schüfft achter nah¹);
So möt hei nah de Kamer wannern.
Hei flucht un swört, hei beit un seggt,
Dat helpt em nicks, hei ward mit Bidden bald,
Wenn de nich helpen, mit Gewalt
In't warme Bedd herinneleggt. —
Nu geit dat los mit Aderlaten!
Up sinen Kopp ward Water gaten;
Un wenn hei blot mal wedder röppt:
„Ik hebb jo wedd't, un ik hebb wun'n!"
Denn ward hei glik von Fläßen²) schröppt,
Em acht're Uhren Ilen³) set't,
Un Luft ward em denn schafft von unnen.
So liggt hei nu den einen Dag, den tweiten
Bi Hawergrütt un Watersupp,
Un Keiner will von em wat weiten.
Un beit hei blot den Mund mal up,
Denn heit dat glik: „Wat willst Du, Swenning,
Ligg ruhig, stilling, leiwes Männing!"
Un fängt hei an mal tau vertellen
Von sine Wedd un an tau schellen;
Denn heit dat glik: „Oh, Fiken, lop un rönn
Doch glik mal nah den Dokter hen,
Hei müßt em wedder Ilen setten,
Un süll de Spritz ok nich vergeten."
„Na," denkt hei endlich: „Giww di man!
Verrückt? Ne, dat's nich wohr, dat bün 'k nich west,
Doch dumm, as Einer wesen kann!
Ik glöw binah, dat is dat Best:
Ik segg hir weder in dat Bedd,
Noch äwerall wat von min Wedd:

---

¹) die schiebt hinten nach. — ²) von Neuem. — ³) Blutegel.

Ik glöw', ik swig man ganz un gor.
Dat Geld is weg, de Schimp is dor.
Sei heww'n mi doch tau arg traktirt,
Von't Wedden bün ik nu kurirt!"

Hanne Nüte.

Abschied vom Paster.

De oll Herr Paster, ganz verluren
In all de schöne Frühjohrspracht,
Geiht unn'r 'e Linden up un dal;
Sin Og' is hell, sin Hart dat lacht
Un freut sick, dat dat noch einmal
Den gräunen Bom, de junge Saat,
De Welt in ehren Frühjohrsstaat
Mit olle Leiw' ümfaten kann.
So lichting[1]) ward den ollen Mann;
De bleiken Backen farwen sick,
Hei schüwwt[2]) sin swartes Käppel t'rügg
Un fröhlich in de Welt 'rin süht 'e[3]);
Dunn kümmt Jehann herup tau gahn,
De oll Herr süht 't un bliwwt bestahn:
„Sag' mal, Sophie, ist das nicht Hanne Nüte?"
„Ja, Vater." — „Ei, was führt den her?
So weiß und roth, man kennt ihn gar nicht mehr!
's ist doch 'ne wundervolle Zeit,
Die Frühlingszeit; selbst Schmiedejungen
Sind aus den ruß'gen Essen heut
Zu lichten Farben durchgedrungen.
Sieh bloß mal diesen Hanne Nüte,
Er blüht wie Ros' und Apfelblüthe!" —
Un unse Smäd'jung kümmt nu 'ranne

---
[1]) leicht. — [2]) schiebt. — [3]) Abkürzung von hei = er.

Un sinen Filz herunne tüht 'e¹):
„Gu'n Morgen, Herr Pastur!" — „Gu'n Morgen,
Was wünschest Du, mein lieber Sohn?"   [Hanne!
„Je, Herr Pastur, ick hadd min Profeschon
Nu richtig lihrt un bün Gesell,
Un gistern schrewen sei mi ut." —
„Das ist ja prächtig, lieber Schnut!
Sophiechen, liebes Kind, geh' schnell
Zu Mutter, Schnut wär' nun Gesell,
Sie sollt' 'ne Flasche Wein 'rausschicken,
Und bring' auch ein paar Gläser mit,
Wir wollen an den Tisch hier rücken." —
De Win, de kümmt. — „Also ein Schmied,
Neu von der Elle,
Ein ausgeschriebener Geselle?" —
„Ja, Herr, un wull Adjüs doch seggen." —
„Dann soll's nun wohl auf's Wandern geh'n?"
„Ja, morgen, dacht wi, Her Pastur." —
„Ei, ei! Das ist ja wunderschön!
Am ersten Mai auf Reisen geh'n,
Wenn neu erwacht ist die Natur,
Wenn Alles grünt und Alles blüht,
Bei Drosselschlag und Lerchenlied
Zu ziehen durch die schöne Welt!
Ich hab' mein Sach' auf nichts gestellt.
        Juchhei!
Und wer will mein Kamerade sein,
Mit frohem Muth und leichtem Sinn
Zu wandern und ziehen am ersten Mai?
Trink aus, mein Sohn, trink aus den Wein!
Drink man, min Sähn, ick schenk Di wedder in!
Ja, wenn's mein Stand und Alter litt',
Ich zög wahrhaftig gerne mit.
Und wo geht denn die Reise hin?"
„Je, Vader meint, in't Reich²) herin

---

¹) zieht er. — ²) Unter „Reich" versteht der plattdeutsche Handwerks=
geselle das westliche Mittel= und Süddeutschland.

Un denn nah Belligen¹) un Flandern,
Un wenn dat mäglich wesen künn,
Denn süll ick ok nah England wandern." —
"Und da hat Vater Recht, mein Sohn,
Die Hauptsach ist die Profession,
Eins soll der Mensch von Grund aus lernen;
In einem Stücke muß er reisen,
Und in der Nähe, in den Fernen
In seiner Kunst das Beste greifen,
Dann kann er dreist mit Fug und Recht,
Sei's Handwerksmann, sei's Ackerknecht,
Sich stellen in der Bürger Reih'n,
Er wird ein Mann und Meister sein.
Und meint denn Mutter ebenso?" —
"Ne, Mutter meint nah Teterow²),
Un höchstens meint sei bet nah Swaan³),
Doch wider süll ick jo nich gahn." —
"Ja, ja! Ich dacht's! Das ist der Mütter Art,
Sie halten gern im engsten Schrein
Ihr liebes Kind vor Fährlichkeit bewahrt,
Und bei den Töchtern mag's auch richtig sein.
Doch bei den Jungen sag' ich: nein!
So'n Bursch muß durch die Länder schweifen,
Die Ecken, Kanten 'runterschleifen,
Muß lernen sich zu tummeln, rühren,
Den Stoß durch Gegenstoß pariren,
Bald unten und bald oben liegen,
Den Feind bekämpfen und besiegen,
Bis in ihm fertig ist der Mann
Und er sich selbst besiegen kann. —
Darauf — komm her — trink mit mir aus!
Und kehr als tücht'ger Kerl nach Haus! —
Und nun noch eins! — Kannst Du's verbinden
Mit Deiner Reise ernsten Zwecken,
So suche Deinen Wanderstecken

---

¹) Belgien. — ²) und ³) kleine Städte im östlichen Mecklenburg.

Mit bunten Blumen zu umwinden;
Zieh durch die schönen deutschen Länder,
Schau von dem Berg auf Waldesgrün
Und auf der Ströme Silberbänder,
Die sich durch Ährenfelder zieh'n.
Begrüß' die Städte altersgrau,
Wo Sitte wohnt und deutsche Art,
Und grüß von mir den edlen Gau,
Wo dieser Wein gekeltert ward. —
Sieh mich, mein Sohn! In meinen alten Tagen
Lebt frisch noch die Erinnerung,
Als ich, wie Du, einst frei und jung
Den Flug that in die Ferne wagen.
Ach Jena! Jena! lieber Sohn,
Sag' mal, hört'st Du von Jena schon?
Hast Du von Jena mal gelesen?
Ich bin ein Jahr darin gewesen,
Als ich noch Studiosus war,
Was war das für ein schönes Jahr!
Ach, geh' mir doch mit Mutters Schwaan
Und mit des Alten Engeland,
Nein, Ziegenhan und Lichtenhan,
Und dann der Fuchsthurm, wohlbekannt,
Und auf dem Keller die Frau Vetter —
Es war ein Leben, wie für Götter! —
Trink mal, mein Sohn, trink aus den Wein;
Ich schenk' uns beiden wieder ein. —
Und auf dem Markte standen wir,
Zur Hand ein Jeder sein Rappier,
Und Terz und Quart und Quartrevers —
Gieb mir Dein Glas nur wieder her —
Die flogen links und rechts hinüber!
Ja, ja, da ging es scharf, mein Lieber!"
Un nimmt en En'n von Bohnenschacht[1]):
„Sieh' so, mein Sohn, so wurd's gemacht,

---

[1]) Bohnenstange.

So lag man aus, so kreuzte man die Klingen."
Un stött¹) en pormal krüz un quer
Un fängt dunn düblich an tau singen —
Sin leiwe Fru stunn acht'r 'e Dör! —
„Stoßt an! Jena soll leben!
      Hurrah, hoch!
Stoßt an! Jena soll leben!
      Hurrah, hoch!
Die Philister sind uns gewogen meist,
Sie wissen den Teufel, was Freiheit heißt.
So ging's, so ging's, mein lieber Schnut." —
Dunn kümmt sin leiwe Fru herut
Un schüdd't den Kopp un kickt em an:
„Ich weiß nicht, Vater, wie Du bist,
Wie man so weltlich singen kann!
Wie kannst Du so ein Beispiel geben?"
„Ja, so! Ja, so! Mein Kind, mir ist
Das heit're junge Frühlingsleben,
Der Wein und die Erinnerungen
An Zeiten, wo dies Lied wir sungen,
Ein Bißchen in den Kopf gestiegen.
Doch Du hast Recht! — Mein lieber Sohn,
Laß Dich von Thorheit nicht betrügen!
Es ist auf Erden Alles eitel,
Das sagt schon König Salomon;
Und von der Sohle bis zum Scheitel
Sind wir der Thorheit preisgegeben.
Nimm vor der Thorheit Dich in Acht!" —
Un set't bi Sid' den Bohnenschacht. —
„Die Kunst ist lang, kurz ist das Leben." —
Un geiht mit Hannern bet an't Dur: —
„Sieh' um Dich, Sohn! Die ganze Kreatur
Ist in der Sünde tief versunken,
Und seit dem ersten Sündenfall
Hat sie zum Himmel 'rauf gestunken. —

---
¹) stößt.

Halt mal! War das die Nachtigall? —
Wahrhaftig, ja! — Bleib doch mal steh'n!
Ja, ja, sie ist's. — Wie wunderschön! —
Ja, ja, verderbt ist die Natur
Und liegt in Höllen-Sündenbanden,
Und durch die Lust der Kreatur
Macht uns der Böse all' zu Schanden,
Darum, mein Sohn.... Ei, ei, da ist sie wieder!
Wie legen sich die Nachtigallenlieder
So trostvoll doch an's Menschenherz!
Als wenn sie mit der Sehnsucht Klängen
Vom Himmel zu uns nieder drängen
Zu ziehn die Seele himmelwärts,
So süß-gewaltig ist ihr Ton! —
Nun, nun, Du reisest morgen schon —
Wir sprachen eben von der Sünde —
Nun reis' mit Gott, mein lieber Sohn!
Ich sag' Dir später meine Gründe
Für die Verderbtheit der Natur." —
„Na, denn adjüs ok, Herr Pastur!" —
Un Hanne geiht, doch as hei sick
Rechtsch in de Strat will 'rümmerwen'n,
Röppt em de Herr Pastur taurügg,
Leggt an den Mund de beiden Hän'n
Un röppt em tau: „Ein Wurt noch, Sähn!
Ich würde doch nach Jena geh'n!"

Abschied von sin Pating.

Den annern Dag steiht Meister Snut
In sine Smäd'. — Wo halt hei ut¹)!
Wo haut hei up dat Isen in!
De Funken flogen vör Gewalt
Em gläugnig²) in't Gesicht herin.
Dat zischt un brust, dat kloppt un klung!

---

¹) Wie holt er aus! — ²) glühend.

De ganz oll Smäd', de suß't un knallt:
"So, nu man tau! Treck düller, Jung!"
De Püster-Jung¹), de treckt un treckt,
Bet hei vör Hitt de Tung' utreckt,
Un blöst ut Näs' un pust ut Nüster
Noch düller, as sin eigen Püster.

Den Meister is hüt nicks tau Dank,
Sin Red' is barsch, sin Stirn is krus;
Dunn kümmt den Gorentun²) entlang
Jehann un Mutter ut dat Hus;
Jehann, den Bündel upgesackt,
Den nigen³) Haut in Waßdauk⁴) packt,
Swung sinen knirkern Stock⁵) herüm,
As wenn hüt up de ganze Ird'
Kein Smäd'gesell so lustig wir.
Doch üm dat Hart ward em so slimm,
Em was seindag'⁶) noch nich as hüt:
Ach Gott, de Welt, de was so wid!
Fünn hei sick dorin woll taurecht?
Hei hadd tau Hus woll bliwen müggt.

De Ollsch, de gung an sine Sid,
De Hand up sine Schuller leggt,
De blage⁷) Schört vör dat Gesicht:
"Jehanning, wander nich tau wid,
Ick hemm meindag' süs keine Rauh,
Gah nich ut Mecklborg herut,
För Di is't grot naug⁸), Jehann Snut;
Un nimmst Du't Strelitsch noch dortau —
Herr Je! Wo wullst Du denn noch hen?
Un schriw uns ok mal denn un wenn."
Un drückt de Schört sick an dat Og'
Un rohrt⁹) en Stück, doch binnen flog

---

¹) Blasebalg-Junge. — ²) Gartenzaun. — ³) neuen. — ⁴) Wachstuch. —
⁵) Stock aus Wachholderholz. — ⁶) sein Lebtag. — ⁷) blaue. — ⁸) genug. —
⁹) weint.

Dat Hart so stolz, as't slagen kann,
Dat s' so en staatschen Jungen tog.
So kamen s' nah de Smäd' heran.

Oll Snut haut up dat Isen in,
Dat zischt un sus't, dat klingt un knallt,
De Püsterjung treckt vör Gewalt,
De Püster pust, all wat hei künn.
„Ach, Vader," seggt de Ollsch. — „Na, Vader,"
        seggt de Jung —
De Oll, de smäd't, dat knallt un klung —
„Hei is nu hir..." — „Ick bün nu hir..."
Oll Snut grippt mit de Tang' in't Für —
Witt gläuht dat Isen linkelang¹)
De Vörslag²) klimpert pinke — pank,
Bautz! föllt de grote Hamer dal,
Un noch einmal, un noch einmal,
As wenn so'n Oß³) föllt ut 'ne Bäuk⁴),
Un 't Isen wind't sick windelweik,
Un Füer spritzt, un Funken stöwen. —
„Na, Vader, willst kein Antwurt gewen?" —
„Ja, Vader, wull adjüs nu seggen." —
De Oll ward weg den Hamer leggen
Un dreiht sick üm: „Is dat Manir?"
So kümmst Du in de Smäd' herin?
Wer, meinst Du, dat ick för Di bün?
Hest Du den Bündel up den Nacken,
Denn möst Di an den Meister wen'n,
Dat Vaderseggen hett en En'n,
Denn heit 't mit mi ‚auf Hufschmidtsch' snacken."
Jehann gung stilling ut de Smäd'.
Wo schot bi Vadern sine Red'
Dat Blaud em gläugnig in't Gesicht,
Dat 't as sin Vaders Isen lücht't!
Hei kamm taurügg un stunn nu vor,

---
¹) Verstärkung für „entlang". — ²) Vorschlag (mit dem kleinen Hammer). — ³) Ochse. — ⁴) Buche.

Den blanken Haut up't gele Hor,
Stirn as en Pahl, grad as 'ne Ell,
Un kek nich rechtsch un linksch un frög:
„Mit Gunst, daß ich 'reinschreiten mög'?
Gott ehr das Handwerk, Meister und Gesell!" —
„Süh so, min Sähn, süh, so is 't recht.
Bi Höflichkeit un richt'gen Gruß,
Dor steiht Di apen jedes Hus;
Dat hett noch Keinen Schaden bröcht.
Du willst ,auf Hufschmidtsch'[1]) in de Welt,
Un ick, ick hewm ok nicks dorgegen,
Obschonst ,auf Seehahnsch'[2]) sihr gefällt.
Un wat uns' Landslüd' sünd, de plegen
,Auf Cumpansch'[3]) in de Welt tau teihn.
Na, dat kümmt Allens äwerein,
De Hauptsak is, lihr wat, Jehann,
Un kumm taurügg as Jhrenmann.
Makt 't Handwark Di ok buten[4]) swart,
Holl rein de Hand un rein dat Hart,
Is 't Wark tau En'n un dod dat Fü'r,
Denn mak Di sauber, glatt un schir;
Dat is ok bin'n[5]) kein rendlich Mann,
De nich sauber geiht, wenn hei 't hewwen kann.
Drei Johr, dat is 'ne lange Tid,
Wenn Ein sei vör sick liggen süht;
Drei Johr, dat is 'ne korte Spann,
Wenn Ein sei süht von achter an.
Sei sünd tau lang, üm s' tau verliren,
Sei sünd tau kort, üm uttaulihren.
Reis' nich ümher, as blinne Heß;
Un sinnst Du wat, denn kik irst tau:
Wat up de Strat liggt, up den Meß[6]),
Dat nimm nich up, dat lat in Rauh.
Gedanken gläuh in helle Ess',

---

[1]), [2]), [3]) die drei verschiedenen für alle zünftigen deutschen Schmiede-
gesellen geltenden Formen des Reisens. — [4]) außen. — [5]) innen. — [6]) Mist.

Doch sünd sei rein von Slack un Slir¹),
Denn fat Din Wark mit Tangen an —
Holl wiß²), holl wiß, min Sähn Jehann! —
Un smäd' Din Wark in frischen Fü'r.
Un hest Du dörch de Welt Di slagen,
Un hett Di 't buten nich gefoll'n,
Denn kannst bi mi mal Ümschau holl'n
Un kannst nah Arbeit wedder fragen.
Süh so, min Sähn! Un nu adjü;
Un denk an Muttern un an mi!
Un nu, min Sähn, herun den Haut!"
Un leggt de Hand em up den Kopp:
„Noch büst Du gaud, nu bliw ok gaud!"
Un langt den Hamer ut de Eck:
„So, nu man tau! Nu, Jung, nu treck!" —
Jehann un Mutter gahn herut.
„Treck düller, Jung!" seggt Meister Snut,
Un sweißt un smäd't, de Funken flogen
Em in't Gesicht un in de Ogen,
Dat hei sei, wenn't de Jung nich süht,
Sick ut de Ogen wischen müßt.
„Na," seggt hei, „ordnlich nar'schen³) is 't;
Wo dumm un dämlich spritzt dat hüt." —

Abschied von sin Mutting.

Jehann steiht trurig vör de Smäd'
Un stemmt den Stock so vör sick hen
Un drögt 'ne Thran sick denn un wenn
Un hürt up Muttern ehre Red':
„Jehanning, hest Du ok Din Klock⁴)?
Verlir ok nich den nigen Rock,
Un gah ok in de Irst recht sacht,
Un nimm mit Drinken Di in Acht.
Herr Je! Wat habb ick bald vergeten?

---

¹) Abfall. — ²) fest. — ³) närrisch. — ⁴) Uhr.

Na, ick kam glik, täuw¹) hir en Beten."
Un löppt in't Hus un kümmt taurügg:
„Des' Druppen fünd gaud för de Mag',
Sei herw'n mi hulpen all meindag',
Stek in de Tasch, verlir ok nich!
Un grüß min Swester ok in Swaan,
Un Du süllst nu up Reisen gahn,
Un denn lat so von firn infleiten²):
Herr Paster habb „Herr Snut" Di heiten.
Un mak mi nich de grote Sorg'
Un gah nich 'rut ut Mecklborg,
Un mak dat so as Schauster Brümmer,
Gah ümmer in den Ring herümmer,
Denn kam'n be Milen ok herut. —
Un hir, in besen Büdel, fünd
Acht Daler sößteihn Groschen, Kind," —
Un givvt den Büdel em un rohrt³) —
„Ick herw s' för Di tausamen sport,
Un nimm Du s' man, uns' Vader weit't, —
Ick herw för em kein Heimlichkeiten. —
Hei bed man so un wull't nich weiten;
Hei müßt, dit wir min grötste Freud.
Un nu adjüs! Un schriw ok mal!"
Un bögt den Jungen tau sick dal
Un weint un küßt un strakt⁴) so vel:
„Lew woll, min Kind, min einzigst Seel!" —
„Lew woll, leiw Mutting, bliw gesund!"
Un furt geiht hei; de Ollsch, de steiht,
Krank bet an't Hart vör Trurigkeit,
Un drückt de Schört sick an de Mund,
As habb s' noch lang' nich naug von't Scheiben
Un müßt sick sülwst de Mund verbeiben⁵),
Un kickt em still in Thranen nah:
„Ja, gah mit Gott, min Jünging, gah!"
Doch as hei bögt nu üm den Goren,

---
¹) warte. — ²) von fern einfließen. — ³) weint. — ⁴) streichelt. — ⁵) verbieten.

Wo't achter'n Tun¹) geiht dörp-herin,
Dunn fohrt ehr grell wat dörch den Sinn:
„Herr Je! — Dat Kind kümmt in de Johren. —
Jehanning, holt en Ogenblick! —
Na, dat wir irst en slimmes Stück!"
Un löppt em nah: „Min Sähn, Jehann!
Dit is de letzt von all min Wünsch:
Ick bidd Di, wat ick bidden kann,
Nimm Di kein utländsch Frugensminsch!
Ick holl't nich ut, ick holl't nich ut,
Kümmst Du mal mit so'n frömbe Brut.
Dat kennt kein Tüften²) un kein Speck
Un pohlt³) denn ümmer üm mi 'rüm.
Ne, minentwegen, Jünging, nimm
Di von de Strat ein, ut den Dreck,
Wenn sei man ihrlich wesen deiht
Un uns're Ort un Sprak versteiht. —
Un hest Du denn ok Dine Klock?
Verlir ok nich den nigen Rock!
Mein Gott, hei deiht all 'runner bummeln,
Künn 'ck blot en ollen Sacksband finnen!
Na, täuw, dit geiht," un fängt in Hast
An ehre Bein an 'rüm tau fummeln
Un sick de Strumpbän'n los tau binnen
Un binnt em Klock un Rock irst fast. —

Jehann geiht nu in't Dörp herin.
Un as s' em nich mihr seihen künn,
Gung in den Goren Mutter Snutsch
Un plückt dor einen Blaumenstrutz
Un plückt von dit un plückt von Allen
Un lett ehr Thranen 'rinner fallen
Un leggt em in de Bibel 'rin,
Wo ok ehr Hochtidsdag in stünn
Un de Geburtsdag von dat lütte Mäten,

---

¹) Zaun. — ²) Kartoffeln. — ³) in ausländischer Sprache reden; auch unverständlich reden.

Dat Gott ehr ins von't Hart habb reten,
Un schrew dortau, so gaud sei't lihrt,
Tau sin Gedächtniß dese Würd':
　„Heut Nahmiddag, den ersten Mai,
　Is min Jehann auf Reisen gangen —
　Mich is mein Herze ganz entzwei —
　Gott laß ihn wieder retuhr gelangen
　Un richte Alles zu dem Guten!
Gallin.　De Smädfru Korlin Snuten¹)."　— —

Jehann geiht trurig sine Straten
In't Dörp herin. De Gören laten
Ehr Spill un raupen sick enanner:
„Dor kümmt hei her! Kumm, Körling Frahm!"
Un stell'n sick dichter bet²) tausam
Un grüßen still: „Adjüs ok, Hanner!" —
Jehann grüßt ok: „Adjüs ok, Kinner!"
Un geiht, as wir em frisch tau Maud,
Förfötsch³) in't lütte Dörp herinne. —

„Kik mal, Korlin, den blanken Haut!" —
„Un kik den schönen, blagen Rock!" —
„Un kik den schönen, gelen Stock!
Dat is en knirkern⁴), de is echt,
Den hett em noch min Vader sneden." —
Un oll lütt Jöching Smidt, de seggt:
„Ick wull, ick künn nu ok all smäden
Un wir en groten Smäd'gesellen." —
„Nu weit ick wat, dat ward 'ne Lust!
Ick will Jug all," seggt Schulten Gust,
„Mit ‚Ine, mine, Mu'⁵) aftellen,
Un wer dat ward, de 's Handwarksburs,
Un wi möt em den Bündel stehlen;
Wi will'n nu Hanne Nüte spelen." —

---

¹) Die Silbe „en" bezeichnet, wie das angehängte „sch", die weiblichen Namen. — ²) mehr. — ³) Fuß für Fuß, ohne sich aufzuhalten. — ⁴) von Knirk = Wachholder. — ⁵) der Anfang eines kleinen Kinderreims.

De Wiwer laten ehr Handtiren,
Dat Tüftenschell'n un Ketelschüren
Un kiken äw'r 'e halwe Dör:
„Süh, dor kümmt Hanne Nüte her!" —
„Na, Hanning, geiht dat nu all furt?" — —
„Herr Je, wat nu woll Mutter burt¹)!" —
„Du leiwer Gott! Ein'n hett sei man.
Min Krischan müßt nu ok mit 'ran,
Hei müßt Soldat warb'n äwer Johr,
Weck seggen Dreiguner, weck Husor.
Na, wat weit ick! Ick weit man blot,
Wenn s' hartlich²) sünd un warden grot,
Denn sünd s' verlur'n för unsereinen,
Un wenn Ein olt ward, hett Ein Keinen,"
Un Mutter Snursch fängt an tau rohren.
Un gewen tru em All de Hand:
„Adjüs! Un mag Di Gott bewohren!
Un kumm taurügg ut 't frömde Land!" —
Un as hei geiht, röppt Durtig Bung'n,
De wähligst³) Dirn rings in be Run'n:
„Dau⁴)! Hanne Nüte! — Jehann Snut!
Un säuk Di ok wat Orndlichs ut,
Wat glatt un schir un roth utsüht,
Süs wahn'n hir achter ok noch Lüd'!" —
Jehann will ok nu spaßig snacken,
Doch ward dat nicks, de Spaß, de bliwwt
Em bwaslings⁵) in be Kehl behacken⁶).
Hei nickt man blot un geiht be Driwwt⁷)
Ahn ümtaukiken still entlanken.
Wat kemen em för swor Gedanken,
Wat kamm em Allens in ben Sinn!
Wat hei sib fine Kinnertiben
Glikgültig seihn hadd, föll em in,
Un Allens kreg vör em Bebüden.
Hei geiht bet an dat Holt heran,

---
¹) bauert, klagt. — ²) ziemlich ausgewachsen. — ³) muthwilligste. —
⁴) Du! (beim Zuruf). — ⁵) verquer. — ⁶) festsitzen. — ⁷) Trift.

Wo hei in'n Abendsünnenstrahl
Sin leiwes Dörp, taum letzten Mal
Sin Vaderhus noch seihen kann.
De Schostein qualmt, de Smäd'ess' ok.
De Abendsünn schint up den Rok.
Sin Vader smäd't in vullen Fü'r,
Sin Mutting kakt dat Abendbrod;
Wat süs so swart un düster wir,
Dat lücht't em nu so rosenroth.
Dat was, as wenn von Barg un Dal
Taum irsten un taum letzten Mal
Em jede Busch un jede Städ
So leiwlich grüßen un winken ded.
„Adjüs! adjüs!" rep Dörp un Feld,
„Du dröggst nu anner Verlangen,
Du geihst nu in de wide Welt,
Jehann, ward Di nich bang'n?"
Hei smitt sick an 'ne olle Wid'¹),
Oh, woll würd em so bang'n;
De frömde Welt is gor tau wid;
Sin Bost²) würd em so drang'n³). —
Hei süht sick üm, em süht hir Kein.
Ach Gott! Wat is hei doch allein!
Sin Vader süs, sin Moder süs,
De ümmer bi em wesen is —
De Thran em in de Ogen trett —
Ach, dat hei nich sin Mutting hett!
Sei hett em plegt un hegt un wohrt,
De Thran em drögt⁴), wenn hei mal rohrt,
Wenn Vader bös was, för em beden,
Sei hett so oft em Botting⁵) sneden.

Hei langt in sine Tasch herin
Un halt ein 'rut un bitt eins af —
Dit was dat letzt, wat sei em gaww —

---

¹) Weide. — ²) Brust. — ³) beengt. — ⁴) getrocknet. — ⁵) Butterbrot.

Un rohrt ganz lud un bitt mal wedder —
De Thranen fleiten hell heraf —
Un rohrt un ett, un ett un rohrt —
De Thranen fleiten sachter nebber —
Bet hei bi Lütten sick verdort¹)
Un ett un rohrt, un rohrt un ett,
Bet hei sin Nöthen all vergett.
Un as sin Botting was tau En'n,
Dunn ward so sachten²) em tau Sinn,
Un äw'r 'e Mag' folgt³) hei de Hän'n
Un slöppt ganz sacht un selig in.

At mine Stromtid.

En Grafniß.

Dat was in dat Johr 1829 up den Jehan'nsdag, dunn⁴) satt en Mann in de deipste Trurigkeit in 'ne Eschenlauw in en ganz verkamenen Goren⁵). Dat Gaud, wotau de Goren hürte, was en Pachtgaud un lag an de Peen⁶) tüschen Anklam un Demmin, un de Mann, de in den käuhlen Schatten von de Lauw satt, was de Pächter — dat heit, hei was't bet dorhen west; denn nu was hei afmeiert⁷) un op sine Hawstäb' was hüt Aufschon, un sin Haw un Gaud gung in alle vir Win'n.

Dat was en groten, breitschullerigen, virunvirtig-jöhrigen Mann mit düsterblonde Hor, un wat Arbeit ut en Mensche maken kann, dat hadd sei ut dit Holt sneden, un en beteres hadd sei mäglicherwes' nahrends nich funnen. „Arbeit!“ säd sin ihrenwirth Gesicht — „Arbeit!“ säden sine truge⁸) Hän'n, de nu still in sinen Schot legen un in enanner folgt wiren⁹) — woll taum Beden.

---

¹) erholt. — ²) müde, sanft. — ³) faltet. — ⁴) da. — ⁵) Garten. — ⁶) der Peenefluß. — ⁷) abgethan. — ⁸) treue. — ⁹) gefaltet waren.

Ja, taum Beben! Un in dat ganze leiwe Pommer=
land hab woll Keiner so'n Grund un Ursak, sik mit sinen
Herrgott tau bereden, as bese Mann. — 't is en swor
Stück för Jedwedereinen, wenn hei sinen Husrath, den
hei sik mit Müh un Sweit Stück för Stück anschafft
hett, in alle Welt wannern süht. — 't is en swor Stück
för en Landmann, wenn hei dat Veih, wat hei sik in
Noth un Sorgen upföbb¹) hett, in annere Hän'n gahn
laten möt, de nicks von de Duesen²) weiten, de em
sin Lewenstid drückt hewwen; äwer dat was't nich, wat
em so swor in de Seel lag; 't was noch en anner swores
Led, wat em de mäuden Hän'n tausamfolgte, wat em
de mäuden Ogen nah baben³) richt'te.

Sid gistern was hei Witmann, sine Fru lag up ehr
letztes Lager. — Sine Fru! — Teihn Johr hadd hei
üm se worben, teihn Johr hadd hei wirkt un schafft, wat
minschliche Kräften gaudmaken känen, dat hei mit ehr
tausamkam, dat hei Platz kreeg för de beipe, gewaltige
Leiw, de dörch sin ganzes Wesen gung, as Pingstdags=
Klocken äwer gräune Feller un bläuhende Awtböm⁴). —
Vör vir Johr hadd hei't mäglich makt; hei hadd allens
tausamschrabt⁵), wat hei hatt hadd; en Bekannten von
em, de von sin Öllern wegen twei Gäuder arwt had,
hadd em dat ein verpacht' — hoch, sihr hoch — hei
wüßt dat sülwsten am besten, äwer de Leiw' giwwt
Maud, hellen Maud, de sik dörchtauslagen versteiht. —
Oh, 't wir ok gahn, ganz gaud gahn, wenn't Unglück
nich äwer em kamen wir, wenn sine lütte leiwe Fru nich
det Morgens vör Dau⁶) un Dag' upstahn wir, dat sei
doch ok ehr Ding' dauhn wull, un wenn sei de hitzigen,
roden Fläg' nich up de Backen kregen hadd. — Oh,
't wir ok gahn, ganz gaud gahn, wenn sin Verpächter
nich blot en Bekannten, wenn't en Fründ west wir —
hei was't nich: hüt 'let hei sin Inventor up de Aukschon
bringen.

---

¹) aufgezogen. — ²) Schwielen. — ³) oben. — ⁴) Obstbäume. — ⁵) zu=
sammengeschartt. — ⁶) Thau.

Frün'n? — So'n Mann, as be, de unner de
Eschenlauw sitt, de süll kein Frün'n hewwen? — Ach,
hei habb Frün'n, un hei habb ok Fründschaft; äwer sei
kunnen em nich helpen, sei hadden nicks tau gewen un
tau borgen. Wo hei henkek, dor schow sick 'ne düstere
Wand för sin Og un engte un preßte em in, dat hei
ludhals' tau unsern Herrgott hadd schrigen müggt, em
ut sin Nöthen tau redden. — Un äwer em in de Eschen-
twigen sung de Stiglitsch un de Baukfink, un ehre
bunten Farwen spelten in de Sünn, un de Blaumen
in den verwahrlosten Goren schenkten ehren Duft ümsüs,
un de Eschen gewen ehren käuhlen Schatten ümsüs, un
dat schönste Brudpoor up de Welt hatt sik dorunner
setten künnt un hadd Flag¹) un Dag meindag'²) nich
vergeten.

Un habb hei nich ok unner desen Schatten seten mit
'ne weike Hand in sine harte? Hadden de Vägel nich
sungen, hadden de Blaumen nich raken? Habb hei nich
unner de Eschen drömt von den käuhlen Schatten för
sin Oller³)? Un wer was't denn west, de em en quick-
lichen Drunk nah en heites Dag'wark bröcht hadd? Wer
was't, de sin Mäuhen en Sorgen tru deilte un tröste?

't was weg — allens weg! — Sin Mäuhen un
Sorgen was up de Aufschon, un de weike, warme Hand
was kolt un stiw. Un denn ward den Minschen woll
so tau Maud, as wenn de Vägel nich mihr för em singen,
de Blaumen nich mihr för em rüken un de leiwe Sünn
nich mihr för em schint, un wenn dat arme Hart noch
ümmer sur⁴) fleiht, denn reckt hei sine Hand woll äwer
Vägel un Blaumen un äwer de goldene Sünn höger
rup nah en Tröster, vör den dese Irdenfreuden nich
bestahn sälen, vör den äwer mal dat Minschenhart be-
stahn sall.

So satt Hawermann för sinen Herrgott dor, un
sine Hän'n wiren folgt, un sine braven, blagen Ogen

---

¹) Ort, Stelle. — ²) mein Lebtag. — ³) Alter. — ⁴) schwer.

leken nah baben, un in ehr speigelte sik noch en schönern Schin, as von Gottes Sünn. — Dunn kamm en lüttes Dirning an em 'ranne un läd en Marikenbläuming in sinen Schot, un sin beden Hän'n beden sik utenanner un slogen sik um dat Kind — dat was sin Kind — un hei stunn up von de Bänk un namm sin Kind up den Arm, un ut sine Ogen föll Thran up Thran, un dat Marikenbläuming hadd hei in de Hand un gung mit sin Kind den Stieg entlang, den Goren hendal[1]).

Hei kamm an en jungen Bom, den hadd hei sülwst plant't; dat Strohseil, womit de an sine Stütt bunnen was, hadd losslaten: un de junge Bom let sin Kron dalwarts sacken[2]). Hei richt'te em in En'n[3]) un bün'n em fast, ahn sik wider wat dorbi tau denken, denn sine Gedanken wiren wid weg, un Sorgen un Helpen lag in sine Natur.

Awer wenn den Minschen sine Gedanken so in't Blage gahn, un wir't ok de blage Hewen[4]), sin däglich Dauhn, wenn't em in de Ogen föllt, 'ne olle gewohnte Handgebird[5]), an de hei sik makt, wil dat hei sik ümmer dormit behulpen hett, röppt sei em ut de Firn taurügg un wis't em dat, wat negbi üm em is, un wat dor noth is. Un dat dat so is, is en grot Geschenk von unsern Herrgott.

Hei gung den Goren up un dal, un sin Og sach, wat üm em was, un sine Gedanken kihrten wedder up Irden in, un doch, wenn sei as swarte un düstere Wolken an den Hewen von sine Taukunft ruppetrecken, ein lütt Stück blagen Hewen kunnen sei em nich verdüstern, dat was sin lütt Dirning, de hei up den Arm drog, un de mit ehre weike Kinnerhand in sin Hor spelte. Hei hadd sine Lag' äwerdacht; fast un irnsthaft hadd hei de düstern Wolken in't Og fat't, hei müßt sorgen, dat em un sin Kind dat Weder nich unnerkreg[6]).

Hei gung von den Goren up den Hof. — Du

---

[1]) hinab. — [2]) niederwärtshängen. — [3]) aufrecht, gerade. — [4]) Himmel. — [5]) Hantirung. — [6]) das Schicksal nicht niederwarf.

leiwer Gott, wo würd em tau Maud! — Glikgültig un
up ehren lütten Vurthel bedacht, drängten fik de Minfchen
üm den Difch, wo de Aktuworius de Aukfchon afhöll,
Stück för Stück würd fine langjöhrige Mäuh an den
Meiftbeibenden tauflagen, würd fin nothwife Husrath
utbaden, un dat, wat hei unner Noth un Sorgen
Stück för Stück in't Hus fchafft habb, gung nu unner
Lachen un Witzen in alle Welt — of Stück för Stück. —
Dat Schapp¹) was noch von fin oll Mutter her, de
Kommod habb em fin Fru taubröcht, den lütten Reihdifch
habb hei ehr mal fchenkt, as fei noch fin Brud was. —
Lingelank²) ftunn fin Veih anbunnen an 'ne Rek un bröllte
nah de Weid'; de brune Stark³) mit den witten Stirn,
de fine arme Fru fülwft upbörnt⁴) habb, ehr Leivling,
ftunn dormang; hei treb an ehr ranne un ftrek ehr
mit de Hand den Puckel lang. — „Herr", fäd de Staat=
höller⁵) Niemann, „'t is jammerfchad'." — „Ja, Nie=
mann, 't is fchad'; äwer wat helpt dat all?" fäd hei un
wen'nt fik üm un gung up de Minfchen tau, de fik üm
den Aukfchondifch drängten.

As de Lüd' markten, dat hei an den Difch ranne
wull, makten fei em höflich un fründlich Platz, un hei
wen'nte fik an den Aktuworius: ob hei em woll en por
Würd' fpreken künn. — „Glik, Herr Hawermann," fäd
de Mann. „Glik den Ogenblik! Ik bün glik mit dat
Husinventor farig, denn ... — 'ne Kommod'! Twei
Daler vir Schilling! Sös Schilling! Twei Daler
acht Schilling! Zum erften, zum andern! Twei Daler
twölf Schilling! — Keiner wider? — Zum erften! zum
andern! und zum — britten! — Wer hett's?" —
„Snider Brand," was de Antwurt.

Grad in defen Ogenblick kamm 'ne Gefellfchaft von
Landlud' up den Hof tau riden, de't mäglicherwif' up
dat Veih affeihn hadden, wat nu an de Reih kamen
füll. Vöran red en dicken, rodgefichtigen Mann, up den

---

¹) Schrank. — ²) der Reihe nach. — ³) Stärke (junge Kuh). — ⁴) auf=
gezogen. — ⁵) Statthalter, Hofmeifter (Auffcher über das Gefinde).

sin fettes Gesicht de Åwermaub so recht Platz habb, sik breidtaumaken. — So'n Ort is stark begäng'¹), äwer wat desen von sine gewöhnlichen Bräuder unnerscheiden ded, dat wiren de lütten, listigen Ogen, de äwer de dicken Backen räwerkeken, as wullen sei seggen: „Ji síd schön in de Wehr²), äwersten uns hewwt ji't tau verdanken, wie weiten jugen³) Vurthel wohrtaunehmen." De Besitter von dese Ogen was ok de Besitter von dat Gaud, wat Hawermann in Pacht hatt habb; hei red dicht an den Minschenhumpel⁴) ran, un as hei sinen unglücklichen Pächter dor mang stahn sach, föll em de Möglichkeit in, dat hei nich tau sine vulle Pacht kamen künn, un de listigen Ogen, de ehren Vurthel so schön wohrtaunehmen verstunnen, säden tau den Åwermaub, de up Mund un Minen lag: „Brauder, nu is't Tid, hir kannst di mal breid maken, hir kost't kein Geld"; un sin Pird neger⁵) an Hawermannen rannedrängend, rep hei, dat't alle Lüd' hören müßten: „Ja, dat sünd de klauken Meckelnbörger, de uns wirthschaften lihren willen! Wat hewwen's uns lihrt? Robspohn drinken und Korten fuchsen⁶), dat hewwen's uns lihrt; äwer wirthschaften? — Pankrott= maken känen's uns lihren."

Allens was still worden bi dese harte Red' un kek bald den an, von den sei utstött was, un bald der, an den sei richt't was. — Hawermann was tau Anfang bi de Stimm un de Wörd tausamschaten, as wir em en Metz⁷) in't Hart stött; nu stunn hei still dor un sach stumm vör sik hen, as wull hei allens äwer sik ergahn laten; äwer unner dat Folk bröt en Murren los: „Pfui! Pfui! — Schämen S' sik wat! — De Mann hett keinen Robspohn drunken un kein Korten fuchst. — De Mann hett wirthschaft as en Kirl!" — „Wat is dat för'n Grotmul, dat so wat reden kann?" frog oll Bur Drenkhahn ut Liepen un drängte sik mit sinen

---

¹) von der Art giebts Viele. — ²) Ihr seid in schöner Verfassung! — ³) Euren. — ⁴) Menschenhaufen. — ⁵) näher. — ⁶) im Spiel fälschen. — ⁷) Messer.

Krüzburn[1]) en beten neger ranne. — „Dat's de Kirl, Vadder," rep de Stolper Smidt, „den sin Lüd' milen= wid bi uns snurren gahn." — „De nich en Rock up den Liw hewwen", rep de Snider Brand ut Jarmen, „un de bi de Arbeit all ehr Gottsdischröck[2]) dragen möten." — „Ja", lachte de Smidt, „dat's de Kirl, de sik so freuen deiht, dat sin Lüd' ümmer so'ne schöne lakensche Röck[3]) dragen bi de Arbeit, wil dat sei nich so vel hewwen, sik en Kittel antauschaffen."

De Aktuworius was upsprungen un was an den Verpächter rannetreden, de mit de utverschamteste Dick= näsigkeit dese Reden anhüren ded: „Üm Gotteswillen, Herr Pomuchelskopp[4]), wo künnen Sei so wat seggen!" — „Ja," säd einer ut sine Gesellschaft, de mit em tau riden kamen was, „de Lüd' hewwen recht! Du süllst di wat schamen! Pfui! Du willst den Mann, de sin allens willig hengiwwt, dat hei di gerecht warden will, un de morgen mit en witten Stock[5]) dorvongeiht, noch wider dümpeln[6])?" — „Ach Gott," säd de Aktuworius, „wenn't dat allein wir! Awer gistern is ok sine Fru storwen un liggt up ehr letzt Lager, un hei sitt nu dor mit sin lüttes Worm, un wat hett de Mann woll för ne Utsicht?" Dat Murren gung nu van dat Volk in den Herren Verpächter sine eigene Gesellschaft äwer, un't wohrte nich lang', höll hei up sin Flag allein tau Pird, de mit em kamen wiren, wiren assid reden[7]). — „Heww ik dat wüßt?" säd hei verzagt un verdreitlich un red von den Hof; un de lütten listigen Ogen säden tau den breiden Awermaud: „Brauder, ditmal hewwen wi uns richtig fast führt[8])."

De Aktuworius gung an Hawermannen ranne: „Herr Hawermannen, Sei wullen mi wat seggen?" — „Ja — ja," antwurte de Pächter, as wenn en marterten Minsch nah grugliche Qualen wedder allmählich tau Be= sinnung kümmt, „ja, ik wull Sei bidden, wat Sei nich

---

[1]) Knotenstock aus Kreuzborn. — [2]) Abendmahls=, Sonntagsrock. —
[3]) Tuchröcke. — [4]) eigentlich Dorschkopf. — [5]) weißer Stock, Bettelstab. —
[6]) einschüchtern. — [7]) abseits geritten. — [8]) festgefahren, verfahren.

de Saken¹), de för mi von Gerichtswegen tauruggestellt sünd, dat Bett un dat anner, of up de Aufschon bringen wullen." — „Herzlich girn; äwer de Husrath is slicht betahlt, de Lüd' hewwen kein Geld, un wenn Sei wat verköpen willen, dauhn Sei beter, Sei verköpen't unner de Hand." — „Dortau heww ik kein Tid, un ik bruk dat beten Geld." — „Na, wenn Sei't wünschen, denn will ik't up den Bott²) bringen," un de Aktuworius gung an sin Geschäft.

„Hawermann," säd de Pächter Grot, de mit de Gesellschaft tau Pird kamen was, „Sei sünd hir so allein mit ehr Unglück, kamen S' mit ehr lütt Dirning nah mi räwer un blieven S' ne Tid lang bi mi, min Fru ward sik sihr freu'n . ." — „Ik dank Sei velmal för den gauden Willen; ik kann nich, ik heww hir noch wat tau besorgen." — „Hawermann," säd de Pächter Hartmann, „Sei meinen dat Gräfnis von Ehre leiwe Fru. Wennihr willen Sei sei grawen laten? Wir wullen ehr doch altausamen girn de letzte Ihr gewen." — „Ok darför möt ik danken; ik kann Sei nich upnehmen, as sik dat paßt, un nahgradens heww ik nu lihrt, dat einer de Fäut nich wider strecken sall, as de Deck reikt." — „Oll Fründ, min leiw oll Nawer³) un Landsmann," säd de Entspekter Wienk un slog em up de Schuller, „äwerlaten S' sik nich so'ne stille Vertwiflung! 't ward all wedder beter in de Welt." — „Vertwiflung, Wienk?" säd Hawermann irnstfast⁴), drückte sin Kind faster an sik ranne un lek den Entspekter ruhig mit sine ihrlichen, blagen Ogen an. „Is dat Vertwiflung, wenn einer sine Taukunft fast in't Og fat't un allermeist doran denkt, sin Schicksal tau wen'n? Äwer hir is min Bliwens nich; vör dat Flag hött⁵) sik einer, wo sin Schipp mal up den Grund stött is; ik möt en Hus wider gahn un möt dormit wedder anfangen, wo ik mal mit uphürt heww, ik möt wedder üm't Brod deinen un min Fäut

---

¹) ob Sie nicht die Sachen. — ²) zum Aufgebot. — ³) Nachbar. — ⁴) mit festem Ernst. — ⁵) hütet.

unner frömb Lüd' ehren Disch strecken. Un nu lewen S' all recht woll! Sei sünd ümmer gaude Nawers un Frün'n tau mi west. — Adjüs! — Adjüs! — Giww bin Händting, Wising[1]). — Adjüs! — Un grüßen Sei all velmals tauhus; min Fru . . ." — Hei wull noch wat seggen, äwer't was, as wenn em dat äwernamm, un hei dreihte sik rasch üm un gung sin Weg'.

„Riemann," säd hei tau sinen Staathöller, as hei an dat anner En'n von den Hof kam, segg Hei dat den äwrigen Lüd' of: morgen früh Klock vir wull ik de Fru grawen laten." — Dormit gung hei in't Hus, in sine Slapstuw. — Allens was utrümt, ok sin Bedd un dat beten Klapperkram, wat sei hem laten hadden; nicks as de vir nakten Wän'n! Blot in de Eck an't Finster stunn 'ne olle Kist, un darup satt ne junge Daglöhners= fru mit rodgeweinte Ogen, un in de Midd stunn en swartes Sark, un dorin lag en bleikes, stilles, fierliches Gesicht, un de Fru hadd en gräunen Busch in de Hand un jog de Fleigen von dat stille Gesicht. — „Stine[2])," säd Hawermann, „gah nahhus; ik bliw nu hier." — „Oh, Herr, laten S' mi!" — „Ne, Stine, ik bliw de Nacht äwer hir." — „Sall ik denn de Lütt nich mit mi nemen?" — „Ne, lat man, sei ward woll inslapen." — De junge Fru gung; de Aktuvorius kamm un hännigte em dat Geld in, wat hei för sin Saken böhrt[3]) hadd, de Lüd' up den Hof vertröcken sik; 't würd buten so still as binnen. Hei sette dat Kind dal un tellte dat Geld up't Finsterbrett: „Dat krigt de Discher för't Sark. — Dat för en Krüz up't Graww. — Dat is för't Gräfnis. — Dat sall Stine hewwen, un hirmit kam ik gaud bet tau min Swester." — De Abend kamm, de junge Daglöhnerfru brochte en Licht herin, stellte sik an't Sark un kek lang' in dat bleike Gesicht; drögte sik de Ogen mit de Schört: „Gun Nacht ok!" un Hawermann was wedder allein mit sin Kind.

---

[1]) Luischen. — [2]) Christine. — [3]) gehoben, eingenommen.

Hei makte dat Finster up un kek in de Nacht hinut; sei was düster för dese Jahrestid, kein Stirn stunn an den Hewen, Allens was swart betreckt, un warm un dunstig weihte 'ne lise Luft un süfzte in de Firn. Von't Feld heräwer slog de Wachtel ehren Slag un de Wachtelkönig rep sinen Regenraup¹), un sachten föllen de irsten Druppen up de döstige Ird, un de let kum Dank för de Gaw den schönsten Geruch upstigen, den de Ackersmann kennt, den Irddunst, in den alle Segen för sin Mäuh un Arbeit swemmt. — Wo oft habb de em de Seel upfrischt un de Sorgen verjagt un de Hoffnung belewt up en gaudes Johr! — Nu was hei de Sorgen los, äwer de Freuden ok; eine grote Freud' was em unnergahn un habb all de lütten mit sik reten. Hei makte dat Finster tau, un as hei sik ümdreihte, stunn sin lütt Döchting an't Sark un langte vergews nah dat stille Gesicht, as wull sei straken²). Hei böhrte³) dat Kind höger, dat dat ankamen künn, un dat lütt Dirning strakte un eiete mit de warmen Hännen un de warmen Leiweswürd⁴) an ehr stilles Mutting un an den kollen Dod herümmer un kek dunn den Vader mit ehre groten Ogen an, as wull sei nah wat Unbegripliches fragen, un pohlte⁵): „Mutting — huh!" — „Ja," säd Hawermann, „Mutting friert," un de Thranen stört'ten em ut de Ogen, un hei set'te sik up de Kist un namm sin Döchting up den Schot un weinte bitterlich. Un de Lütt fung ok an tau weinen un weinte sik sacht in den Slap; hei läd sei weik an sik un slog den Rock warm üm ehr, un so satt hei de Nacht dor un höll true Likenwacht bi sin Fru un sin Glück.

Den annern Morgen tidig Klock vir kamm de Staathöller mit de annern Daglöhners; dat Sark würd tauschrawen; de Tog gung langsam nah den Kirchhof; de einzige Folg' was hei un sin lütt Dirning. Dat Sark würd in de Gruft laten — ein stilles Vaterunf' —

---

¹) Regenruf. — ²) streicheln. — ³) hob. — ⁴) Liebesworte. — ⁵) lallte.

'ne Hand vull Jrd — un dat Bild von dat, wat em förre¹) Johren erquickt un tröst't, freut un belewt habb, was för sine Ogen verborgen, un wenn hei't wedderseihn wull, müßt hei sin Hart upslagen as en Bauk, Bladd för Bladd, bet ok dit mal eins tauflaten würd, un denn? — Ja denn würd em dat leiwe Bild mal schön un herrlich wedder för Ogen stahn.

Hei gung an sine Lüd' heran, gaww jeden de Hand un bedankte sik bi ehr för den letzten Deinst, den sei em dahn habben, un säd ehr Adjüs, gaww den Staathöller dat Geld för Särk, Krüz un Gräfnis un slog deip in Gedanken sinen eigenen Weg in de düstere Taukunft in.

As hei an dat letzte Hus in dat lütte Dörp kamm, stunn de junge Daglöhnerfru mit en Kind up den Arm för de Dör; hei tred an sei ranne: „Stine, du hest mine arme Fru so tru plegt in ehre letzte Krankheit — hir, Stine!" un hei wull ehr en por Daler in de Hand drücken. — „Herr, Herr," rep dat junge Wim, „dauhn S' mi dat nich tauleden²)! wat hewwen Sei nich in gauden Dagen an uns dahn, woröm sall Unserein nich in slimmen dat mal wedder vergellen? — Ach, Herr, ik heww 'ne Bed³) an Sei: laten S' mi dat Kind hir!" — Hawermann stunn in deipen Bedenken. — „Herr," säd de Fru wider, „so vel ik dorvon verstah, möten Sei sik doch tauletzt von dat lütte Worm scheiden un — seihn S', hir kümmt Jochen, hei ward Sei dat sülwige seggen." — De Daglöhner kamm heran, un as hei hürt habb, wovon de Red' was, säd hei: „Ja, Herr, sei sall hollen warden, as 'n Prinzeß, un wi sünd gesund un gaud in de Wehr⁴), un wat Sei an uns dahn hewwen, dat sall ehr riklich taugauden kamen." — „Ne," säd Hawermann un ret sik ut sine Gedanken, „dat geiht nich, ik kenn't nich! 't mag unrecht sin, dat ik dat Kind up't ungewisse mit mi nehm; äwer ik heww so vel hir laten, dat letzte kann ik nich missen. — Ne, ne! — It

---

¹) seit. — ²) zu Leide. — ³) Bitte. — ⁴) in guten Umständen.

kann't nich," rep hei haftig un wenn'te fik taum Gahn, „min Kind möt bliwen, wo ik bliw. — Adjüs, Stine! — Adjüs, Raffow!" — „Wenn Sei uns dat Kind nich laten willen, Herr," säd de Daglöhner, „denn will ik taum wenigften mitgahn un will Sei dat Kind dragen." — „Ne, ne!" wehrte Hawermann em af, „dat is kein Last för mi;" äwer dat kunn hei nich wehren, dat de junge Fru sin Döchting strakte un küßte un ümmer wedder küßte, un dat de beiden truen Lüd', as hei sine Weg' gung, em lang nahkeken. Sei, mit Thranen in de Ogen, dachte mihr an dat Kind, hei, in irnsten Gedanken, mihr an den Mann. — „Stine," säd hei, „so'n Herrn krigen wi nich wedder." — „Dat weit de leiw Gott," säd sei, un beid' gungen trurig an ehre dägliche Arbeit.

Bräsig kümmt ut de Waterkunft.

Dat Frühjohr was vergahn, de Sommer was kamen, dunn kreg Hawermann eines Sünndagsmorgens en Breif von Bräsigen ut Warnitz, hei süll sick den Dag äwer tau Hus hollen; Bräsig wir wedder an't Hus kamen un wull em den Nahmiddag besäuken. — Un dat geschach; Bräsig kamm up sin Lischen[1]) an un sprung mit so'ne Forsch von't Pird, as müßte hei mit beide Beinen dörch den Damm hendörch. — „Hoho!" rep Hawermann em entgegen, „Du büst jo hellschen wog[2]), Du büst jo so fix as en Vagel." — „Frisch verstahlt, Korl! Ich habe noch einmal auf't Frisch angenommen." — „Na, wo is't Di denn gahn, oll Knaw?" frog Hawermann, as sei up den Sopha seten un de Pipen in'n Gang' wiren. — „Hör mal, Korl! Naßkolt, waterig, kläterig[3]) — süh, das 's gar nichts dagegen. Sie machen den Menschen 'rein zu 'ne Pogg[4]), und eher sich 'ne menschliche Natur an 'ne Poggennatur gewöhnt, da hat die menschliche Kretur so viel auszuhalten, daß man

---

[1]) Name seines Pferdes. — [2]) höllisch verwegen. — [3]) platschnaß. — [4]) Frosch.

ümmer wünschen mögt', man wär als Pogg auf die Welt gekommen; aber gut is's doch! — Süh, erstens Morgens die gewöhnliche Afswitzung. Da wickeln sie Dir in kolle Laken ein — ganz natt — un dann in wollne Decken, un premsen Dir so zusammen, daß Du nichts von Deinem menschlichen Leibe rögen[1]) kannst, als bloß die Tehnen. Denn nehmen sie Dir in diesen Zustand un ledden[2]) Dir in eine Badestube un klingeln ümmer vor Dir auf, daß sie die Dams wegklingeln wegen der Schanirlichkeit. Süh, denn setzen sie Dir, wie Dich Gott erschaffen hat, in 'ne Badewanne un stülpen Dir drei Eimer Wasser über Deinen kahlen Kopp, wenn Du einen hast, un denn kannst Du ihrentwegen gehn. — Nu meinst Du, daß es zu End' ist? — Das meinst Du, Korl, aber nu geht's erst recht an; aber gut ist's doch. — Süh, nu mußt Du spaziren gehn auf Fläg'[3]), wo Du gar nichts zu thun hast. Ich bün in meinem Leben viel spaziren gegangen, bei's Haken[4]) un Eggen, bei's Meßstreuen un Arwtenseigen[5]), hab aber immer dabei was zu thun gehabt; aber hier gor nicks! — Un dabei mußt Du nu Wasser trinken, ümmer zu, ümmer zu! — Korl, Welche sünd da unter, das ist doch grad', as wenn Du Wasser in's Säw[6]) gießst, un denn stehn sie da un stähnen: ‚Ah, das schöne Wasser!' — Glaub ihnen nich, Korl, sie verstellen sich; Wasser auswendig is schon slimm, sehr slimm, aber inwendig da hat es 'ne grausame Wirkung; aber gut ist's doch! — Denn kommst Du in ein Sitzbad. — Weitst Du, woans[7]) das bei vier Grad Null is? Justement as wenn Du in der Höll bist und der Deuwel hat Dir auf einen eisernen gläugnigen[8]) Stuhl gesetzt un bött[9]) ümmer frisch unner, süh, so brennt das; aber gut ist's doch. — Denn läufst Du wieder bis Mittag, un denn ißst Du Mittag. — Aber, Korl, davon hast Du keine Einbildung; was kann

---

[1]) regen, rühren. — [2]) leiten. — [3]) Stellen. — [4]) Pflügen mit dem Haken (Pflug ohne Räder). — [5]) Miststreuen und Erbsensäen. — [6]) Sieb. — [7]) wie. — [8]) glühenden. — [9]) heizt.

der Mensch in einer Wasserkunst zu sich nehmen! Das Wasser muß doch hellschen zehren! — Korl, ich hab Dams gesehen, small un dünn as die leibhaftigen Engels, un Karmenaden as die Waschhölter groß haben sie drei Stück aufgegessen — un Tüften[1])? — Gott, Du bewohre! — wo Du jo woll en Schäpel Aussaat Land mit abpflanzen kannst. — Darum sünd die Wasserdokters auch sehr zu bedauern, denn sie fressen ihnen power[2]). — 's Nahmiddags geht's Wassersaufen wieder munter los, un denn kannst Du Dir auch mit die Dams anständig unterhalten, denn 's Morgens stehn sie Dir nich Rede, indem sie das Bewußtsein haben, daß sie in einem wilden Zustande umherlaufen, einige mit nasse Strümpfen, as wenn sie von's Krewthölkern[3]) herkommen, andere mit nasse Tücher um den Kopp, alle aber mit fliegende Haaren un mit en Fenusgürtel, der aber nich augenscheinlich ist. — Du kannst Dir mit ihnen erzählen, was Du willst, wirst aber swerlich 'ne Antwurt kriegen, wenn Du nich von ihre Krankheitsgeschichten anfängst, wo oft sie schon Pückeln über den ganzen Leib gekriegt haben, un Swären un blinde Dinger[4]); denn das ist in einer Wasserkunst die gebildtste Unterhaltung. — Hast Du Dir nun in dieser Art amusirt, dann mußt Du in die Tusch[5]), brauchst Dir aber nich zu denken, daß sie swarz is, nein, lauter klores Water; aber gut is sie auch! Überall, Korl, kannst Du Dir merken: Allens, was slecht smeckt, was en Minschen eklich is, un wovor er einen Grugel hat, das is gesund vor dem menschlichen Leibe." — „Na, denn möst Du Din Podagra jo ganz los sin, denn Du hest jo en hellschen Grugel vör't kolle Water hatt." — „Da kann nu Einer gleich hören, Korl, daß Du meindag' noch nich in einer Wasserkunst gewesen büst. Süh — der Dokter hat mich das auseinandergesetzt — der verfluchte Podagra ist die öbberste von alle Krankheiten — das is die Mutter-

---

[1]) Kartoffeln. — [2]) pauvre, arm. — [3]) Krebsfangen. — [4]) Blindlinge, Blutgeschwüre. — [5]) Dusche.

krankheit, woraus alle anderen Süken¹) kommen, und er kommt aus den Gichtstoff, der in die Knochen liegt un Dir darin herumreißt, un der Gichtstoff kommt aus den Giftstoff, den Du als menschliche Nahrung, zum Exempel Kümmel oder Tobak, oder aus der Apteke zu Dir genommen hast. Süh, nu muß Einer, der den Podraga hat, so lange in den nassen Laken switzen, bis er all den Tobak, den er in seinem Leben geraucht hat, un all die kleinen Kümmel, die er in seinem Leben getrunken, ausgeswitzt hat. Süh, denn geht der Giftstoff weg, un denn der Gichtstoff un denn der verfluchte Podagra." — "Na, hest Du dat so hatt?" — "Ne." — "Na, worüm büst Du denn nich länger dor blewen? Denn habb 'k doch ok bet an't En'n uthollen." — "Korl, Du redst! Das hält jo kein Mensch aus, un is auch noch bei keinen Menschen passirt. — Einen haben sie mal gehabt, der hat so lange geswitzt, bis er likster Welt²) als Lowisiana von Justussen³) in Hamburg gerochen hat, na, da hat denn nu der Wasserdokter auch alle Kranken 'raufgebracht, daß sie sich eigenhändig mit der Nase von den Geruch haben überzeugen müssen, un hat's auch in die Wasserschriften setzen lassen; aber nahsten⁴) is's 'rausgekommen: der Karnallj hat heimlich 'ne Zichalie geraucht, was verboten is — auch Kümmel is verboten. — Aberßten weiter in den täglichen Lebenslauf! — Nach der Tusche läufst Du wieder, un bei das Laufen is das Abend geworden. Nu kannst Du noch in'n Düstern 'rumlaufen, was welche auch thun, Herrn un Dams, kannst aber auch 'reingehn un Dir mit Lesen behaben. Ich hab denn ümmer in die Wasserbücher gelesen, die ein gewisser Rausse, der eigentlich Frank heißt, gemacht hat, was der öbberste von die ganzen Wasserdokters is. — Korl, da steht's All in, Allens kurzfertig in! Aber es is swer for en Menschen, zu verstehn; ich bün derentwegen auch nicht weiter gekommen, als bis auf die ersten beiden

---

¹) Seuchen. — ²) gerade ebenso. — ³) Louisiana-Tabak von Justus. — ⁴) nachher.

Seiten, und ich hab vollkommen genug dran, denn als ich die gelesen hatte, da wurd mich so wirbelig zu Sinn, as wenn mich Einer 'ne halwe Stun'n auf den Kopp gestellt hätte. Du meinst, Korl, frische Luft is frische Luft? — denk nich daran! — und Du meinst, das Wasser aus Deiner Pump is Wasser? — fällt ihm gar nich ein! Süh, die frische Luft theilt sich in drei Theilen: in den sauren Stoff, in den Stinkstoff und in die swarze Kohlensäure; und Dein Wasser in die Pump theilt sich in zwei Theilen: in den sauren Stoff und in den wässerigen Stoff. Auf Wasser und auf Luft is nu die ganze Wasserkunst gebaut. — Un nu süh mal, Korl, wo weise die Natur das eingericht hat: die menschliche Natur, wenn sie in der frischen Luft geht, nimmt durch die gewöhnliche, gebräuchliche Luftröhre die swarze Kohlen= säure und den Stinkstoff in sich auf, die sie beide nich vertragen kann, un da kommt nu die Wasserkunst un schafft Dir diese beiden abscheulichen Dünste vom Halse, indem, daß der saure Stoff in Dein Pumpenwasser Dir die swarze Kohlensäure fest macht, und der wässerige Stoff Dir den Stinkstoff mit Switzen aus dem Leibe treibt. Verstehst Du mir, Korl?" — „Ne," säd' Hawermann un lachte recht hartlich, „dat kannst nich verlangen." — „Lach nich über 'ne Sach, Korl, die Du nich verstehst! — Süh, den 'rausgetriebenen Stinkstoff hab ich bei's Switzen selbst gerochen; aber wo bleibt die festgemachte swarze Kohlensäure? Süh, das ist der Punkt, und weiter bün ich in den Wasserwissenschaften nicht gekommen: un glaubst Du woll, daß Paster Behrens was davon weiß? Ich hab ihn gestern gefragt — der weiß erst recht nichts davon. — Und Du sollst sehn, Korl, die swarze Kohlen= säure steckt noch in meinem Leibe, un davon werd ich den verfluchten Podagra doch wieder kriegen." — „Äwer Zacha= rias, worüm büst Du denn nich noch en beten länger dor blewen un hest Di ordentlich utkuriren laten?" — „Korl," säd' Bräsig un flog de Ogen nedder un namm en sihr gedrücktes Wesen an, „es ging nich! —

Es ist mich da was passirt. — Korl," säd' hei un kek Hawermannen drist in de Ogen, „Du kennst mich von Lütt auf[1]) an, hast Du all mein Dag' an mir ein unrespektirliches Wesen gegen die Frauenzimmer bemerkt?" — „Ne, Bräsig, dat Tügniß kann 'ck Di gewen." — „Na, un nu doch! — Denk Dir, wo mich das gehen muß! — Diesen Freitag vor acht Tagen krieg ich wieder so'n entsamtes Muckern in den großen Zehen — denn in das bütelste[2]) En'n fängt's ümmer an — und der Wasserdokter sagt: ‚Herr Entspekter, wir müssen Ihnen eine Extra-Einwickelung apoplexiren[3]), Dokter Strumpen sein verdammtes Aptekermäßiges Kolchikum mell't sich, das muß 'raus.' — Na, das geschieht, er wickelt mir selbst, un so brang'[4]), daß ich knapp Athen holen kann, wobei er sagt: ‚Luft is mich weniger nöthig, as Wasser'; und dabei will er sogar das Fenster zumachen. — ‚Ne,' sag ich, ‚so viel versteh ich nachgradens auch davon, frische Luft muß sein, lassen Sie das Fenster auf,' und er thut's und geht ab. — Nu lieg ich denn in meiner bedrückten Lage sachten fort und denke mir auch weiter nichts Slimms, da wird das mit enmal so'n Gebrumm un Gesumm um mich 'rum, und als ich richtig zu Höchten seh, swarmt en ganzer Immenswarm[5]) in's Fenster 'rein und der Weiser vorauf — denn ich kenn ihn, Korl, Du weißt, ick bün en Immker; bün mal in Zittelwitz mit den Schaulmeister zusammen Frühjohrs mit siebenundfunfzig Stöck in's Feld gezogen — un dieser Weiser will sich jo woll nu in meine wollne Deck, die der Dokter mir über den Kopp gezogen hatte, ordentlich anbauen. Na, was sollt ich nu machen? Rühren konnt ich mich nich; ich puste also nach ihm, ich pust, bis mich der Athen ausgeht; aber Essig, reiner Essig! Das Biest setzt sich gerade t'Enns meinen kahlen Kopp — denn die Perük, Korl, nehm ich ümmer ab, um ihr zu schonen — un nu kommt der ganze Swarm un swenkt sich an mein

---

[1]) von Klein auf. — [2]) äußersten. — [3]) appliziren. — [4]) eng, fest. — [5]) Bienenschwarm.

Gesicht heran. — Na, da war's all! Ich wölter[1]) mir aus das Bett heraus. — Quuck! fall ich auf die Erde un wölter mir nu aus die wollne Deck heraus un aus die naffen Laken, bis an die Thür heran, un über mir war der Deuwel los, der leibhaftige Deuwel! Un so spring ich nu aus der Thür heraus, un so slag' ich mir mit die nachfolgenden Immen herum, wie blind un doll, un so schrei ich um Hülfe. — Gott sei Lob und Dank, der Existent[2]) von dem Wasserdokter — der Mann heißt Ehrfurcht — traf mich und brachte mich in einem andern Lokale und von da in die nothwendige Bekleidung, so daß ich nach einer mehrstündlichen Beruhigung in die Eßstube, was sie einen Salong nennen, hinuntergehen konnte — das heißt mit einem halben Schock Immenangeln[3]) in dem Leibe. — Ich fange an, mit die Herren zu reden, un sie lachen sich. — Worüm lachen sie sich, Korl? Du weißt's nich, un ich weiß's auch nich. — Ich wend mir also an eine von die Dams un red sie freundschaftlichst auf's Wetter an; da wird sie roth. Warum wird sie bei's Wetter roth? Das weiß ich nich, un Du weißt's auch nich, Korl. — Ich wend mich an Eine, was 'ne Sängerin war, un bitt ihr freundlich, sie soll das schöne Lied noch mal singen, was sie alle Abende gesungen hatte. Was thut sie, Korl? — sie zeigt mich ihren Rücken. Und als ich mir den nu so in meinen besondern Gedanken betrachte, kommt der Wasserdokter und sagt sehr höflich zu mir: ‚Herr Entspekter, nehmen Sie's nich übel, Sie haben sich heute Nachmittag zu sehr bemerklich gemacht.' — ‚Wo so?' frag ich. — ‚Ja,' sagt er, ‚wie Sie aus der Thür 'rausgesprungen sind, is grad das Fräulein von Hinkefuß über den Korydon[4]) gegangen, und die hat's in aller Verschwiegenheit den Andern erzählt.' — ‚Und derentwegen,' sag ich, ‚wollen Sie mich von das natürliche Mitleid entblößen? — Derentwegen wollen die Herren lachen und die Dams mich ihre an-

---

[1]) wälze. — [2]) Assistent. — [3]) Bienenstacheln. — [4]) Korridor.

genehme Rücksicht genießen lassen? — Nein, davor bin ich nich hier! — Wenn mir Fräulein von Hinkefuß so mit dem halben Schock Immenangeln im Leibe entgegengetreten wäre, ich hätte mir alle Morgen in Bescheidenheit nach ihrem Befinden erkundigt. — Aber lasse ihr! — Menschliches Gefühl kann sich Keiner auf keinen Jahrmarkt kaufen. — Aber nu kommen Sie, Herr Dokter, und ziehn Sie mir die Immenangeln aus dem Leibe.' — Süh, Korl, da könnte er es nich. — ‚Was?' sag ich, ‚nich mal eine Immenangel können Sie aus der Haut ziehn?' — ‚Nein,' sagt er, ‚ich könnte es wohl, aber ich dürfte es nicht, denn das sind Operamente[1]), wie sie sich vor einem Gregorius[2]) gebühren, un dazu bin ich nicht von der meckelnbürger Regierung qualifikazirt.' — ‚Was?' sag ich, ‚Sie wollen mir die Gicht aus den Knochen kuriren und dürfen mir gesetzlich nich mal 'ne Immenangel aus der Haut ziehn? Sie dürfen sich nich mal mit der Haut von einem auswendigen Menschen befassen und wollen mir mein geheimnißreiches Inwendiges mit Ihr sackermentsches Wasser ausspülen? — Ich danke Ihnen!' — Un süh, Korl, von dem itzigen[3]) Augenblicke an hatte ich das Zutrauen zu dem ganzen Wasserdokter verloren, und ohne das können sie nichts machen, das sagen sie Jeden selbst, wenn er ankommt. — Ich reis'te also furtsen[4]) ab und habe mir die Angeln von dem alten Gregorius Metz in Rahnstädt ausziehn lassen. Un somit schließt sich meine Geschichte in der Wasserkunst; aber gut is sie doch; der Mensch kriegt en ganzen andern Glauben, un wenn sie auch nicht den verfluchten Podagra vertreibt, so kriegt man doch einen Begriff davon, was die menschliche Kretur Allens aushalten kann."

---

[1]) Operationen. — [2]) Chirurgus. — [3]) selbigen. — [4]) sofort.

Ut de Franzosentid.

De Gardinenbeddstell.

„Sei sälen des' Nacht," seggt Mamsell Westphalen, „in min Gardinenbeddstäd' slapen, ick legg Sei frisch Laken up, un ick slap bi dat Stubenmäten. Fru Meistern, kamen S'!" dormit geiht sei ut de Dör, un't wohrt nich lang', dunn kümmt sei wedder 'rin un deckt frisch Laken äwer dat Bedd un fröggt wedder: „Herr Droi, grugen[1]) Sei sick ok?" — Herr Droi seggt wedder: „Ne," un sei seggt: „Dat is schön! denn männigmal geiht dat hir nebenan up 'ne sonderbore Ort üm, „tap! tap! tap!" äwer hir kümmt dat nich 'rinner, ick heww en Haufisen up min Dör nageln laten. — Nu hür mal Einer! Nu hür mal Einer! Nu gahn de Franzosen hir bian[2]) ok tau Bedd. Nu hür mal Einer dat Gesnater! Herr Droi," fröggt sei lis', „känen Sei dat All verstahn?" — „Wui," seggt Herr Droi. — „Ick glöw't," seggt sei, „denn de Wand is sihr dünn. Dit was irst 'ne grote Stuw, nu sünd dor äwer twei ut makt worden. — Na, gu'n Nacht ok, Herr Droi! Fru Meistern, kamen S'!" — Herr Droi seggt ok sin gu'n Nacht up Französch, süht äwer ut, as hadd hei noch wat up den Harten, wat hei nich seggen künn oder nich seggen müggt, un Mamsell Westphalen seggt sachten tau de Fru Meistern: „Fru Meistern, Sei sünd 'ne verfrigte[3]) Fru, för mi paßt sick dat nich, seggen S' den Mann Bescheid," un geiht. As sei furt is, geiht de Uhrkenmaker mit de Fru Meistern ok 'rut.

As sei All 'rut sünd, dunn wutscht wat äwer den Gang, wo de Nachtlamp brennt, in Mamsell Westphalen ehr Stuw herin, dat is de Spitzbauwen-Jung', de Fritz Sahlmann, un hett unner'n Arm en groten Klumpen Is, as en Hauttöppel[4]) grot, un as 'ne Katt springt hei up de Beddlad[5]) von Mamsell Westphalen ehr grot

---

[1]) grauen. — [2]) beian. — [3]) verfreite, verheirathete. — [4]) Hutkopf. — [5]) Bettgestelle.

Gardinenkutsch in be Höcht¹) un leggt den Jsklumpen baben²) up den Himmel von dat Beddgestell un seggt tau sick: „Täuw³), Du olle Racker! Dit is för de Mulschellen, bei ick kregen hemw; bit sall Di de upstigende Hitz woll käulen," un dormit wutscht hei wedder 'rut ut de Dör.

Herr Droi kümmt nu ok wedder 'rin, treckt sick ut, leggt „la grang Nationg" vör't Bedd up den Staul, pust't dat Licht ut un leggt sick bal, reckt sick in dat schöne, weike Bedd lang ut un seggt: „Ah! Szeh bong!", horkt nu up den Storm buten⁴) un up den Regen, wo bei bal gütt⁵), un up dat Resonniren von de beiden Franzosen nebenan, doch endlich hürt dat Szackeriren up, un Herr Droi is grad so twischen Slapen un Waken, bunn geiht dat: tap — tap — tap. „Haha," denkt Herr Droi up Französch, „dat is dat Späuk hir nebenan!" un horkt nu, wat sin Landslüd' woll dortau seggen warden. Dei liggen ganz still; äwer tap — tap — tap geiht dat ruhig wider, un nu is dat Herr Droi'n, as wenn't in sin Stuw is. Ja, in sin Stuw is't, un wenn't in sin Stuw is, denn is't in de Dör 'rinner kamen, wo süll't süs 'rin kamen sin? Hei grippt also nah einen von sin Schauh un smitt nah de Dör hen, bautz! fohrt de Schauh gegen de Dör, un up den Gang bullert dat, as wenn't Gewitter inslagen habb. De Franzosen nebenan fangen an sick tau rögen un reden mit enanner. Bald is dat indeß wedder still; äwer tap — tap — tap geiht dat wedder dicht bi Herr Droi'n sin Bedd. Herr Droi richt't sick in En'n⁶) un bögt sick vöräwer, üm beter hüren tau känen, — klatsch! — föllt em en Druppen up den kahlen Kopp — un klatsch! — noch ein up de krumme Näs', un as hei vör sick hengrippt, bunn fäult hei, dat sin Äwerbedd so bi Lütten⁷) anfangt, dörchtauweiken. „Diangter!" seggt hei, „dat Dack is nich dicht, un dat leckt dörch den

---
¹) Höhe. — ²) oben. — ³) warte. — ⁴) braußen. — ⁵) heruntergießt. — ⁶) in die Höhe. — ⁷) bei Kleinem.

Bän¹). Wat nu?" Hei verföllt natürlich glik up dat vernünftigste Mittel, up wat en Minsch in so'n Ümstän'n verfallen kann, hei will mit sin Bedd ümtrecken; hei steiht also up un fangt mit de olle swere Beddlad' t'Ens den Kopp²) an tau schurren, denkt äwer nich an den Franzosen sin Kaskett un Säbel, dei in de Eck stahn, un — hest nich gesehn — schurrt dat an de Wand entlang un klappert un rummelt up den Fautbobben dal. Herr Droi verfirt sick³) nich slicht, un steiht un horkt, un — richtig! — de beiden Franzosen sünd upwakt von den Spektakel un schellen un futern. Hei denkt äwer, dat mag jo woll hulpen hemm'n, un krüppt in't Bedd. Nu was de oll Jsklumpen äwer all schön dörchbäu't, un dat pirrt⁴) natürlich in dat Bedd herin; hei liggt 'ne Wil, äwer dat löppt ümmer düller, dat ward em all so käulhaftig, dat Water sleiht all dörch, un hei denkt — natürlich up Französch —: „Nu slapen s' woll. Wenn Du dat Fauten'n⁵) nu so nahbringen künnst, denn müggst Du jo woll von de Leck loskamen;" steiht up un rückt dat Fauten'n los, — bautz! — föllt sin Obergewehr de Wand entlang up den Fautbobben, un hett dat irst nich knallt, denn knallt dat nu.

Dor stunn nu de arm Uhrkenmaker un bet sick up de Lipp un kaut sick up de Nägel un höll de Luft an, as wenn sin Athenhalen de Franzosen upwecken künn, dei nebenan all lud'hals' schimpten un schandirten un „Szilangz!" repen un an de Wand kloppten. „Kö fähr?" säd hei up Französch vör sick hen. „De irste Nod möt kihrt⁶) warden, as dat oll Wiw säd, dunn slog s' den Backeltrog intwei un makt dat Sürwater⁷) dormit heit," krop in dat Bedd un säd: „Gott sei Dank! Nu bün ick ut de Leck." Hei was äwer ut den Regen in de Drupp kamen, denn — strull! — göt dat 'runner von den Bän — strull! — göt dat in dat Bedd herin.

---

¹) Boden, Zimmerdecke. — ²) am Kopfende. — ³) erschrickt. — ⁴) bezeichnet den Ton des schnell herabfließenden Wassers. — ⁵) Fußende. — ⁶) gekehrt. — ⁷) Wasser zum Säuern des Brotes.

Em würd ganz kolt un waterig tau Maud', as wir hei 'ne Pogg¹) in Frühjohrstib. — Dat hülp em Allens nich, hei müßt wedder 'rut un müßt wedder ümtrecken; äwer lising, dat hei nicks ümstöten deb. Hei treckt in de ein Eck, dor was't doch vörher brög west, hei treckt in de anner Eck, dor was't doch ok brög west, un so führt hei de schöne lange Nacht mit de Gardinenkutsch in de Stuw ümmer rund herüm, lising, ganz lising, äwer wo hei henkamm, was ok de Leck.

So stunn hei denn nu in'n blanken Hemb midden in de Stuw un sünn un sünn, wo dit woll wir, un wo dat woll wir, un slog sick endlich up Französch mit de Hand vör'n Kopp un säd: „Ick Schapskopp!" denn em was en Licht upgahn. Dat heit in'n Kopp, denn in de Stuw was't düster, un Licht müßt hei doch hewwen. Hei slek sick also lising 'rut up den Gang un — richtig! — dor brennt ok de Lamp noch; hei stek sin Licht an, gung t'rügg²), lücht't nah den Beddhimmel 'rup, sach dor wat baben liggen, säd: „Ah, Cannalje!", steg up be Beddlad', kunn't äwer nich langen. Hei reckt sick nah Mäglichkeit un grawwelt up den Isklumpen 'rüm, bei was äwer tau glimwerig, hei let sick nich faten. Parblöh! Einen halwen Toll länger! Hei leggt sick mit aller Gewalt in't Geschirr — knack! — seggt de Himmel, un Himmel un Isklumpen un Droi, Allens föllt gegen be Franzosen ehr Wand, un dor liggt Herr Droi unner de unschülligen witten Gardinen un ampelt mit de nakten Beinen in de Luft herüm, as künnen bei vertellen, wo ehren Herrn tau Maud' was.

Mit einmal geiht de Dör up, un herinner kümmt de französche Oberst un hett sick gegen be Verküllung 'ne robe wullin'tlinnen³) Beddbeck ümnamen un höllt 'ne duwweltlöpig Pistol vör sick hen, un achter em steiht mit en blanken Degen un süs noch mit allerlei Blanks sin Adjudant. — Herr Droi rappelt sick ut den Himmel

---

¹) Frosch. — ²) zurück. — ³) aus Wolle und Leinen gewebte.

'rut, stülpt sick be Borenmütz up den Kopp, richt't sick steibel in'n En'n¹), leggt be Hand an be Mütz un seggt: „Bong Swar, mong Colonnel!" — De Oberst, bei kickt em an, be Adjubant kickt den Obersten an, sei hüren, dat sei mit en Franzosen tau dauhn hewwen, sei seihn be swarten Stifeletten un be ganze „grang Natlong" vör dat Bedd liggen, sei seihn Obergewehr un Unnergewehr, un — wat düller is, as bull — sei seihn ben Säbel un ben Pirb'swanz von den Schaffür. Wat heit dit? un wat sall dit? — Herr Droi stamert up sine Ort wat taurecht, Herr Droi fangt an von Marengo un Jena tau vertellen, Herr Droi fangt an tau leigen, Herr Droi lüggt wunnerschön, man schad', sei glöwen em nich. In de Stuw un up den Gang ward dat en Höllen= larm, de Oberst schellt Herr Droi'n för en Dissentür²) un en Marodür, de Adjubant röppt äwer de Ordonnanzen; de Ordonnanzen stört'n von de ein Sib' von den Gang in Hast un korten Tüg'³) vör, as wir wer in't Water sollen un sei wullen em nahspringen, ahn sick de Hosen natt tau maken; von de anner Sib' rückt Mamsell West= phalen mit dat Stubenmäten un de Käksch⁴) vör un hett 'ne grote Stallücht in de Hand, süs äwer man in sihr bebrängten Kledungsümstän'n. Sei höllt sick de Hand vör de Ogen, as wir sei ganz blen'nt von be Stallücht, un äwer ehr Schuller kickt be Stubendirn un seggt tau de Käksch: „Herre Je, doch! kik Korlin...." — „Schäm Di wat," seggt Mamsell Westphalen, „wat sall sei kiken? Wat hest Du tau kiken? Un wat is hir tau kiken? — Wi sünd hir wegen dat unchristlich Wesen bi Nachtslapen= tib, un wil bat Herr Droi'n sin Stimm ut Ängsten un Nöthen tau uns raupen hett. Un nu dreiht Jug üm!" — De beiden Dirns un Mamsell Westphalen dreihn sick nu üm un wisen be Franzosen ehr Rüggsib', un be Mamsell seggt: „Herr französche Oberst, wat sall dit? wat is bit? un was bedüb't dit? Wat laten Sei Herr

---

¹) steil (gerade) in die Höhe. — ²) Deserteur. — ³) kurzem Zeug. — ⁴) Köchin.

Droi'n nich in min Stuw ruhig slapen? Dit is en christlich Hus un en ruhig Hus, un so'n Upstand sünd wi hir nich gewennt." Un set't halwlud' för sick hentau: „Ein von't oll Takeltüg[1]) ward mi jo woll verstahn." — De franzöfche Oberst kickt sick an, wo hei dor steiht in sin rod' Deck, un denn Herr Droi'n mit de Borenmütz up den Kopp un sinen spirrbeinigen Adjudanten, wo bei herümmerhüppen deiht in sinen Iwer[2]), un Mamsell Westphalen ehr breide Achtersid', un dat Ganze kümmt em so narsch vör, dat hei lud' anfangt tau lachen, un hei seggt up gaud Dütsch: sei süll man wider reden, hei künn ehr gaud naug verstahn, denn hei wir en Dütscher, hei wir en Westphal. — „So schriw ick mi ok!" seggt Mamsell Westphalen. — De Oberst lacht un seggt: hei wir blot en Westphal, heiten ded hei „von Toll". — Mamsell Westphalen makt en deipen Knicks von achter: „Üm Vergebung tau fragen: sünd Sei villicht 'ne Fründschaft von den Herrn Postmeister un Gastwirth Tollen hir unnen in de Stadt?" — „Dat nich!" säd de Oberst; äwer em würd' nahgrad' friren; de Ordonnanzen süllen bi Herr Droi'n bliwen, denn hei würd' woll'n französchen Dissentür sin, un sei süllen ok nahforschen, wo de franzöfche Schasfür blewen wir, den'n Säbel un Kaskett hüren ded. — Herr Droi füng nu wedder an tau leigen, un Mamsell Westphalen schämt sick in sine Seel un dreiht sick in'n Arger 'rüm un seggt: „Schämen S' sick, Herr Droi, den Lehnstaul för't Oeller mit Slichtigkeiten tau pulstern, dat giwwt en hart Küssen för't Gewissen. Un schämen S' sick, Herr Droi, wecke anständig Mannsminsch set't sick irst de Mütz up un treckt sick nahst irst de Hosen an!" Dreiht sick üm, un as sei gewohr ward, dat dat Stubenmäten sick ok ümdreiht hett, giwwt sei ehr en lütten Juck[3]) in de korten Ribben un seggt: „Dumme Dirn!" un makt wedder en deipen Knicks von achter un seggt: „Mine

---

[1]) Lumpengesindel. — [2]) Eifer. — [3]) Stoß.

Empfehlung, Herr Oberst von Toll!" un marschirt mit
de beiden Dirns af. De Annern gungen ok, un bald
würd denn Allens still, un de Herr Amtshauptmann habb
kein Ahnung dorvon, wat in sinen Hus' passiren ded,
denn hei slep den Slap des Gerechten.

Felix Stillfried.
(Rostock.)

De rührsame Kannedatenpredigt.

In unsen Dörp habb de Pastuhr,
De sinen Posten vele Johr
Habb tru verwacht't[1]) un slecht un recht,
Sick körtens dat nu ok entseggt[2]).
Dat wir en Mann, de habb't verstahn,
Gotts Wurd bet up den Grund tau gahn!
Wo künn hei in't Gewissen reden
Mit irnsten Würden All' un Jeden!
Wo wüßt hei uns tau faten an,
Ob Buer ore Kathenmann[3])!

Nu wir hei dod, un up dat Flag,
Wo hei habb stahn so männig'n Dag,
Stünn hüt — hei hürte nah de Stadt —
En jungen smichtig'n Kannedat.
Doch ach, sin Predigt wir nich schön!
Wat wir dat einmal för'n Gedrähn[4])!
Dat klüng so druhß[5]) un drömerig
Un gor en beten forsch ok nich,
So einerlei un ebendrächtig[6]),

---

[1]) verwaltet. — [2]) gestorben. — [3]) Tagelöhner. — [4]) Gewäsch. —
[5]) mürrisch. — [6]) eintönig,

Nich halw so frisch, nich halw so prächtig,
As wie uns' oll Pastuhr hadd redt,
Dat güng All' so in einen Athen,
As wenn so'n dummen Jung ut'n Kathen[1]),
Di sachten sinen Spruch herbedt.

Ne, ne, de Predigt wir nich drapen,
Un dat bed gor so lang' nich duern,
Dunn slöpen weck all von de Buern,
Un dei nu grad' nich müggten slapen,
Vertellten sick von Käuh un Pird',
Un wat dat hüt noch regen würd,
Un wo de Wörteln[2]) stünn'n un Bohnen,
Un wat de Rogg ok woll würd lohnen,
Un wat de Bodder güll up Stunns,
Un redten so von Hinz un Kunz,
Un up de Predigt hürte Keiner.

Wat segg ick, Keiner? Ja doch, Einer!
Man blot dat wir 'ne olle Fru,
De let de Predigt keine Ruh,
Sei hürte nipp[3]) up jedes Wurd,
Wat dor de junge Minsch bed spreken,
Un set in ehre Eck un rohrt'[4]),
As süll dat Hart intwei ehr breken.

Uns' Kannedat, de dat jo seg,
Dacht': Süh, min Predigt, dei 's nich leg!
Un würd in'n Still'n bi sick besluten,
Hei wull doch nahst de Ollsch mal buten[5])
Glik fragen, wat ehr denn vör Allen
An sine Predigt hadd gefallen,
Un wat ehr hadd so bull ergrepen,
Dat ehre Thranen dorüm lepen.

---

[1]) Kleines Häuschen, Tagelöhnerhaus auf dem Lande. — [2]) wie die Wurzeln (Möhren). — [3]) genau. — [4]) weinte. — [5]) draußen.

Felix Stillfried.

Un as de letzte Vers is sungen
Un alle Lüd' nu 'rutegungen,
Geiht hei ehr nah, so rasch hei kann,
Un redt ehr up den Kirchhof an.
„Min leiwe Fru," so sprekt hei sacht,
„Nich wohr, dat habb Sei sick nich dacht,
Dat ick so'n Predigt hollen künn?
Nu äwer segg Sei mi dat swinn¹):
Wat wir denn dat in mine Predigt,
Wat Ehr de Thranen hett awnödigt?"

De Ollsch is noch in einen Rohren.
„Dat will ick," seggt sei, „Sei verkloren.
Ick heww en Sähn, Herr Kannedat,
De is up Schaulen in de Stadt
Un kümmt nu bald all hen Studiren,
Dat hei sall up'n Paster lihren,
Un ümmer, wenn hei sick mal mellt,
Denn schriwwt hei: „Mudder, schick mi Geld!"
Na, denk ick denn bi mi, na lat't!
Wenn hei man Preister ward, wat schad't!
Hüt äwer, as ick Sei hürt' spreken,
Dat wull mi doch dat Hart awbreken.
Ach, dacht' ick, wenn nu Din Jehann
Ok irst den swarten Rock hett an —
Wo lang' will't wohr'n? en Johre söß! —
Un höllt denn ok jüst so 'ne Predigt,
Denn liggt doch all' dat Geld up'n Meß²)!
Un as ick dit so dacht', dunn läb' ick³)
Den Kopp so t'rügg, un't hülp nu nich,
Dunn müßt ick weinen bitterlich."

---
¹) geschwind. — ²) Mist. — ³) legte ich.

Max Blum.
(Alt-Strelitz.)

Smidten sin Fastlawenball.

De Lämmerstett'sche Stadtmuskant
Was in de halwe Welt bekannt,
Un 't is doch woll tau glöwen kum,
Dat 'n Tüffelmaker güll[1]) de Ruhm?
Hei makte Höltschen[2]) un Musik
All johrelang för Arm un Rik.
Dor lagg de Fidel, un hei kek
Jehann'n scharp an, de 'n Brummbaß strek.
„Wat is mi dat mit Di, Jehann?..
Du füngst jawoll 'n Verkihrten an?"..
„Fernand, woans[3]) sall ick't verstahn?"..
„Du!?.. hest Din Schülligkeit nich dahn!"
„Fernand, ropen hest Du Nummer drei!"..
„Un denn spelst Du Nummer twei!?".. —
„Musik, Musik, Herr Stadtmuskant!"
Röp æwerlud Senater Swandt,
„De Bummelschottschen möt 't nu sin."..
„Herr Senater, .. hei .. was mal sin,"
Säd Tüffelmaker Fernand Land
Un nümmt sin Fidel in de Hand.
„Na, Herr Senater, sall 't 'n spelen?"
„Jawoll, den ick Sei behr[4]) befehlen!
Nich sin bedragen dauhn Sei sick,
Na, ehr Dätz is jo tämlich dick!"
Meint Swandt un geit up Fru Schinn'n lot,
Un de leggt glik ehr Hänn'n in'n Schoot.
„Senating, bewern[5]) dauhn min Füt,
Glöwen S' 't doch, ick bün würklich müd."..
„Ach, ein'n, ein'n Schottschen noch, leiw Schinn'n,
Un ick will denn ok mi b'rin finn'n!"..

---

[1]) einem Pantoffelmacher gilt. — [2]) Holzschuhe. — [3]) wie. — [4]) that. — [5]) zittern.

„Senating, 't seggen S' jedwer Mal,
Un b'rüm hal't Sei nich bi Damenwahl!"
„Jh Schinn'n, dat dauh 't verlangen,
Maken S' vörher mi nich bangen,"
Spröt Swandt un hadde Schinn'nsch ehr Hand,
Denn fideln dehr all Fernand Land,
Doch nah de Fläut¹) dunn Karl irst föt²),
As ot Jehann 'n Brummbaß brumm'n löt³).
„Di, Karl, is woll de Schruw versackt⁴) . . .?"
„Jh, Fernand, Du büst nich in'n Takt,"
So nümmt för Karl glik 't Wurt Jehann
Un schult dorbei de Fidel an.
„Fernand, Du .. dit is jo 'n ollen,
Hei geit nich mihr, lat anhollen." . .
„Du heitst Jehann un büst de Best,
Un Karl is all ümmer Din Broder west!
Jehann, Jehann, wat spelst taurecht,
Un Karl pipt as so'n Stewelknecht;
Ji hewwen kein Noten in den Kopp
Un stats 'n Walzer, spelen'sch 'n Galopp." . .
„Du büst jo 'n ganzen Klauken, Fernand,
'n Schottschen wull Herr Senater Swandt,
Un ot em dauh doch fläuten ick." . . .
„Karl, hest Du nich Din'n rechten Schick!?
'n Kuß-Walzer hadd ick befahlen." . .
„Di Muskant fall 'n Düwel halen!"
Röp Swandt, as de Schottsch nich wull gahn,
Un hei mit Fru Schinn'n müßt stille stahn,
„So 'ne Musik is 't Geld nich wirth;
Sei, Baßstriker, gripen verkihrt!"
„Wat .. wat .. geit Sei min Gripen an?"
Füng an tau stamern glik Jehann,
„Herr! wat, wat weiten Sei von 't Spill?
De Brummbaß is min Eigendum,
Un ick grip up em, as ick will!" — —

---
¹) Flöte. — ²) faßt. — ³) ließ. — ⁴) die Schraube losgegangen.

D. G. Babst.

Dat Fack.

Sall ik bi minen korten Lewen
Mi all' dat Lustige begewen?
　　Wat 's dat för 'n Schnack¹)?
Dorto bün ik jo nich ertagen²),
Drüm will 'k mi nich mit Grillen plagen;
　　Dat is min Fack!

Wenn mi de Minschen ok beklätern:
„Ik döggte nich, ik müßt mi betern;"
　　Wat 's dat för 'n Schnack?
Ik lat' se jümmer ehren Willen,
Verschluck' geruhig ehre Pillen;
　　Dat is min Fack!

Ik sall beständnig hüßlich wesen³),
Nicks dohn as schriwen un as lesen?
　　Wat 's dat för 'n Schnack?
Ik mag towilen ok mal fieren
Un gah' bi vör dat Duhr spatziren;
　　Dat is min Fack!

All' Dag na jeden Krog to lopen,
Wur⁴) Hack und Mack un all' tohopen⁵);
　　Wat 's dat för 'n Schnack?
Ik gah' nich hen, — wur all' de Riken,
O ne, ik bliw' bi minesgliken;
　　Dat is min Fack?

Ik sall mit schöne Kleder pralen
Un denn den Kopmann nich betalen;
　　Wat 's dat för 'n Schnack?

---

¹) Sache. — ²) erzogen. — ³) sein. — ⁴) wie. — ⁵) zusammen.

Velleewer dreg' ik grawes Laken¹)
Un höb' mi, Schullen bi to maken;
   Dat is min Fack!

De ganze Nacht bi dörch to spelen,
Wenn meto²) ok de Drübbels³) fehlen;
   Wat 's dat för 'n Schnack?
Up so 'n Gewinn will ik nich hapen⁴),
Velleewer legg' ik mi to schlapen;
   Dat is min Fack!

Vel' eten alle Dag' bi Braden
Un weten sik in Win to baden;
   Wat 's dat för 'n Schnack?
Ik lat' mi von min' Fru wat kaken,
Se wet dat dorin klok to maken;
   Dat is min Fack!

Sik alle Dage vull to supen,
Det Awens denn to Huß' to krupen;
   Wat 's dat för 'n Schnack?
Mi is de Regel enmal gewen:
Hübsch nüchtern un ok mäßig lewen;
   Dat is min Fack!

Ik sall de Näs' ganz hog bi dregen,
In minen Harten Hogmod hegen?
   Wat 's dat för 'n Schnack?
Min Hod de kann dat Tügnis gewen,
Wur höflich dat ik wet to lewen;
   Dat is min Fack;

De annern Menschen 't Brod to nemen,
Un sik bi ehren Glück to grämen;
   Wat 's dat för 'n Schnack?

---

¹) graues Tuch. — ²) mitunter. — ³) altes hannöverisches Zweidrittel=
stück. — ⁴) hoffen.

Ik will en allens giern of günnen;
Min Brod warb' ik jo liker¹) finnen
  In minen Jack.

Sall ik mi bobörch Fiende maken,
Na Saken sehn, de mi nich raken²)?
  Wat 's dat för 'n Schnack?
De kleenste Fiend, de kann mi schaden,
Drüm will ik jeden Minschen raden;
  Vermib' bit Jack!

Wenn gor to wenig to verdenen,
Sall ik do sitten³) gahn un wenen?
  Wat 's dat för 'n Schnack?
Hew ik bi ok dat nich bi Schepeln⁴),
Bün ik tofreden ok bi Lepeln⁵);
  Dat is min Jack!

Up anner Lüb' sik to verlaten,
De uns to helpen sik vermaten,
  Is man so 'n Schnack.
Ik will leewst fülwen Hand anleggen
Un denn to so 'ne Lüde seggen:
  Dat is min Jack!

De beste Tid.

Hüt bün ik acht un sößtig Johr'
Un heww noch kene grise Hor',
  Kann of noch ganz god kiken.
Min Vitters⁶) fünd of all' noch god,
Ik et' de Kesten von bat Brod;
  Wer sall dorin mi gliken.

---

¹) bennoch, nichtsbestoweniger. — ²) berühren. — ³) abseits. —
⁴) Scheffeln. — ⁵) Löffeln. — ⁶) Beißers, Zähne.

Mi schmeckt dat Eten jümmer schön
Ik gah ahn Stock un ganz alleen,
 Kann sur und söt verdregen.
Ik drink min Schlückschen un ok Win,
Ik mag ok in Gesellschop sin
 Un schlap' di noch to degen¹).

Doch ens is, wat mi nich gefölt,
Sünst blew ik jümmer in de Welt:
 Ken Mäten will mi leewen;
Se gahn nu vör mi an de Sid.
Vör dissen was dat beter Tid,
 As se noch bi mi blewen!

H. W. Lauremberg.
(Rostock.)

Vorwort zu den Scherzgedichten.
(Mitte des 17. Jahrhunderts.)

Woor een Minschenkind henwandert
 In der Werrelt wit und breet,
 Merket men mit groot Verdreet,
Dat sick alle Dink verandert:
 Man moot sick verwundern sehr,
 Nichtes blifft bestendig mehr.

Aller Minschen Doont²), Gedanken,
 Rede, Meening, Sinn und Waan
 Als een Wind= und Wedderhaan
Hen und her unstedig wanken.
 Wat dar was een nie³) Gesank,
 Dat ys nu de olde Klank.

---

¹) tüchtig, trefflich. — ²) Thun. — ³) neuer.

Wat vörm Jahr was Allemode¹)
   Und van jederm²) wart geehrt,
   Dat ys ihund nicht mehr werth,
Als bat Schimmel van dem Brode:
   Nie wert old und old wert nie,
   Kaken³) moot men frischen Brie.

Solke Doorheit wert gehalet⁴)
   All ut Frankrick, darvör ys
   Mennig Schilling, ja gewis,
Mennig Tunne Gold betalet.
   Vör Vernunft und Wiesheit goot
   Gifft men kuum ein Stücke Broot.

Nemand hölt sick na dem Stande,
   Dar een Gott hefft tho gebracht,
   Nemand blifft bi syner Dracht,
De gebrüklick ys im Lande;
   Schlichtes Volk ein Levend föhrt,
   Als dem Adelstand geböhrt.

Underscheet der Ständ und Orden
   Ys den Lüden man⁵) ein Spot,
   Welker doch wieslick van Gott
Sülvest ys gestiftet worden.
   Börgers willen holden sick
   Nach der Hogen Wiese und Schick.

Kleeder, Sprake, Versche schrieven
   Endert sick fast alle Jahr,
   Man ick achte ydt⁶) nicht ein Haar;
Bi dem Olden will ick blieven.
   Höger schal myn Styll nicht gahn,
   Als myns Vaders hefft gedahn.

---

¹) modisch (à la mode). — ²) gebogen nach dem Klange von „anderm". — ³) kochen. — ⁴) geholet. — ⁵) nur. — ⁶) es.

Van Allemodischer Poesie.
(Scherzgedicht.)

Ick sprack: „Myn gode Heer, dat gy[1]) also erheven
Juwe[2]) Moderspack un er dat Loff vör andere geven,
Dat wert juw nich verdacht: gy redet, als juw Vörfahren,
Un als noch redt dat Volck im Land, dar gy gebahren.
Datsülve do ick ock: myne Spraeck my wolgefelt;
Keenr ys in unsem Land, de nich veel von uns helt.
Meenet gy, dat myne Sprack darüm ys nichtes werth,
Dat gy se nich verstahn: gy schold se hebben leert,
So hed gy se gekont. My gefelt nu so myn Schnack,
Ick spreke, als myns Grot-Vaders Older-Möme sprack.
Wat kan man hyr vör Argument un Gründe,
Darmit jemand van juw richtig bewisen künde
De Meening, dat van hochdüdscher Sprake mehr,
Als unser Nedderdüdschen, tho holen wehr?
Unse Sprake blifft altydt bestendig un vest;
Als se ersten was, even so ys se ock lest.
Juwe verendert sich alle vöfftig Jahr;
Dat könen de Schrifften bewysen klar:
Wille gy nich gelöven, so möge gy upsöken,
Wat geschreven un gedrücket ys in olden Böken.
Eener kan mit groter Möy kuem dre Regen[3]) lesen
Van der Spraeck, de domaln ys in Gebruek gewesen:
Se ys so lappisch un so verbrüdisch,
Dat man schier nich weet, off ydt Welsch ys edder Düdisch;
So bunte ys se un so vernaten[4]),
Als wenn se in eene nie Form were gegaten.
Ja, se ys so jämmerlick verworen,
Als were se gewest bym Babylonischen Toren.
Wen de Sprake in gantz Nedder-Sachsen-Land
Blyfft unverrückt un hefft Bestand:
Dar wert geredt van althomalen
In Meckelnborg, Pommern un Westfahlen,
In den andern Landschoppen desgelyken

---
¹) ihr. — ²) eure. — ³) Reihen. — ⁴) vernäht, umgearbeitet.

Eenerley Sprake, darvan se nich wyken.
Averst wen man reist in juwen Ländern,
So höret man de Spraken sich vorändern:
In der Pfaltz, Schwaben, Schweitz un Düringen
Gar underscheedlyck se ere Uthrede bringen.
De eene ys uth eenem halven Bate,
De ander kümbt nich wol tho mate,
De ander syne Wort her mummelt un knüllet,
Als hedde he dat Muel mit hetem Brie gefüllet.
Men kan wol hören an eren Reden,
Dat en de Kekelrehm[1]) nich ys geschneden.

Dat de Nedderfachsche Sprake nich ys so gemeen,
Als de Hochdüdsche, welckes man kan sehn,
Wyl gar weinig Böker darin synd geschreven,
Un weinig gebruket werd dabeneven
Van den Gelehrden tho Have un in den Karken,
Daruth kan man ere Weinicheit marcken.
Den wat gemeen ys an allen Oerden,
Dat ys nich in sülken Prys un hogen Werden,
Als wat man nich hebben kan alle Faert,
Een Jeder syne hochtydtlike Kleder spaert,
De Saxen willen ere Sprake so nich verhundaten,
Dat se de willen allenthalven henkamen laten.
Veel gemeener synd Buren, als Eddellüde,
Groff Laken werd mehr gedragen, als Sammit un Syde.
Semmel ys nich so gemeen als Rogenbrood,
Mehr werd gebruckt dat böse, als dat goot.
Wen unse Sprake so gemeen were, als juwe,
Ick wolde dar nich vör upstahn, by myner Truwe!
Doch möge gy weten un gelöven gewiß,
Dat mennig staetlick Boeck geschreven ys
In unse Nedderdüdsche Tungen malen,
Daruth men kan Verstand un Wyßheit halen.
Ja, beyde Testament, dat Olde un dat Nye,
Dat hilge Gades Wort, gelövet ydt my frye,

---
¹) Zungenband.

H. W. Lauremberg.

Ys erſtlick verdolmetſchet un gedrücket
In Nedderſachſiſch, un alſo geſchmücket
In eegentlicher Meening un Vorſtande,
Ehr ydt ys uthgegahn im Hochdüdſchen Lande,
Dat ydt wol ys tho Profit un Nütte gekahmen,
Un hefft veel Möy un Arbeit benahmen
Den, de ſick underwunden der hogen Sake,
Un ydt övergeſettet in der Hochdüdſchen Sprake.
In weltlicker Wyßheit ys keen Boeck geſchreven,
Dem man billick mehr Rohm un Loff kan geven,
Als Reincke Voß, een ſchlicht Boeck, darinnen
Tho ſehnd ys een Spegel hoger Sinnen:
Vorſtendicheit in dem ringen Gedicht
Als een dürbahr Schat verborgen licht,
Glyck als dat Führ ſchulet in der Aſche
Un güldne Penninge in eener ſchmierigen Taſche.
Men hefft ſick twar tho martert, dat Boeck tho bringen
In Hochdüdſche Spraeck, man ydt will gantz nich klingen;
Ydt klappert yegen dat Original tho reken,
Als wen man plecht een Stücke vul Holt tho breken,
Edder ſchmit eenen olden Pot yegen de Wand.
Dat maket, dewyl ydt yuw ys unbekandt
De natürlike Eegenſchop derſülven Rede,
Welcke de angebahrne Zierlichkeit bringt mede.
Gy könt nich löchnen, dat bald yderman
By uns Hochdüdiſch verſtahn un reden kan;
Men by yuw under hundert man kuem eenem fünde,
De unſe Spraeck verſtahn, veel weeniger reden künde.
Darmit möte gy unſe Geſchicklicheit röhmen,
Un yuw ſülveſt der Dumheit verdöhmen:
Yuwe Vorſtand ys tho ſtump, gy muſten en erſt ſchlipen,
Dat he wat ſcharper würd, ſunſt kond gy nich begripen.
Derwegen wy yu ock de Curtoſie ertögen
Un unſe Höfflicheit na yuwer Groffheit bögen.

Pommerſche Mundarten.

Oswald Palleske.
(Stralſund.)

Sei und Hart.

De Sei liggt ſtill un blänkert,
De Sünn de ſtrahlt un gläugt[1]),
Dor rögt ſik nich en Drüpping[2]),
Kein liſen Lufttog weigt.

Blots in de wide Fiern
Schemert ein Segel witt,
Dörch deipe, blage[3]) Flauth
So ſacht hendörch dat glitt.

Min Hart is as dat Water,
So ſtill un deip un tru,
Un het blots den Gedanken
An Di, min' leiwe Fru. —

An mine Jung's.

Ik harr drei lütte Bengels;
Wo was dat Glück ſo grot!
Sei wier'n min Ein un Allens —
Nu is de Öllſte dod.

---

[1]) glüht. — [2]) Tröpfchen — [3]) blaue.

Ik hew em sülwsten graben¹),
Hew nich vel rohrt²) un klagt,
Un doch — sit dit müßt kamen,
Is mi de Kopp begragt³).

Nu liggt 'e⁴) vele Milen
Von mi in kolle Jer⁵),
Ik kann em nich vergeten,
Hei fehlt ball vor, ball hier.

De Twei sünd mi noch bleben,
De Grot so rod un drall,
Blag' Ögings, gele Locken;
De Lütt so witt un small.

Un Abends, wenn dat schummert,
Nehm ik sei up den Schot,
Den Lütten möt 'k noch stütten,
Un riden deit de Grot.

Dat Lütting grint⁶) un nörrickt⁷),
De Grote redt all mit,
Un makt sovel' Masäuken⁸),
Dat hei noch runnerglitt.

Denn möt ik ludhals'⁹) lachen,
Un ward uk werre Gör¹⁰);
Un doch — dörch all dat Hägen¹¹)
Dor klingt ein Rup hendör,

Dei klingt ut wide Fiern
So trurig, dat ik wein:
„O kumm doch, leiwes Vading,
Ik ligg hier so allein!"

---

¹) begraben. — ²) weint. — ³) grau geworden. — ⁴) Abkürzung für „hei" = er. — ⁵) Erde. — ⁶) lächelt. — ⁷) räuspert, hier: der unartikulirte Laut kleiner Kinder. — ⁸) Wippchen, dummes Zeug. — ⁹) aus vollem Halse. — ¹⁰) wieder Kind. — ¹¹) Freude.

In de Schummerstun'n.

Wenn ik mal in be Schummerstun'n
Up 't Sopha mi en Beten rauh,
Legg up be Lehning ik ben Kopp
Un rot un mak be Ogen tau.

Denn simmelir ik gor tau giern,
Un vör be slaten Ogen tüht
Ein Bild nah't annre sacht vörbi
Ut mine leiwe Kinnertid.

Du leiwe, schöne Kinnertid!
Woll liggst du mi all wid un fiern,
Un männig' Drom föl[1]) up be Jer,
As von ben Heben[2]) Stiern up Stiern;

Un männig' Hoffnung blädert af,
As in be Harsttid Blad up Blad
Föllt von ben Bom — wenn ik an benk,
Denn warden mi be Ogen natt.

Un doch — dat het de leiwe Gott
Wol sülwst in't Minschenhart rinleggt,
Dat be Gebanken dorhen gahn,
Wo wi tauierst sünd hegt un plegt,

Wo in bat olle Strohbackhus
Wi hebben spelt un rohrt[3]) un lacht;
Wo Mudding mit ehr' weiken Hän'n
Uns räukt[4]) un strakt[5]) het Dag un Nacht.

Un worüm wörtelt[6]) bat so beip,
Un sitt in't Minschenhart so witz?
Wil bes' Erinnerung allein
Ganz fri von Schuld un Sünnen is!

---

[1]) fiel. — [2]) Himmel. — [3]) geweint. — [4]) gewartet, gepflegt. — [5]) gestreichelt. — [6]) wurzelt.

Un wenn ik denn so simmelir,
Denn denk ik t'rügg an Gor'n un Wisch¹),
An't olle Hus, an Stall un Schün,
An Bläum un Stickelbeerenbüsch.

Dor is kein Flag²), wat ik nich wüßt,
Un ach, bon fünn ik't all so nett! —
Ob't wol noch all so bleben is,
Un ob't sik sihr verännert het?

Denn denk ik an de olle Kirch,
Dei recht so wiß³) un seker steiht:
Ein Bild von unsre Religon,
Dei Allens äwerduern deit.

Bi'n Klockenstauhl versteeken wi
Uns achter'n ollen Fleirebusch⁴)
Un spelten mang de Gräwer rüm
Un nülten uns⁵) in't weike Musch⁶).

De Köstersch⁷) wull dat ümmer nich
Un schüll⁸) un makt en grot Geschrei;
Dat was man äwrig — denn sei sülwst
Hött up de Gräwer ehre Käuh.

O du min olles Vaderhus,
Du Pastergoren, smuck un gräun,
Du Dörp — so dreckig, as du büst! —
Ik mücht juch⁹) wol mal werreseihn¹⁰).

Tau Hus! tau Hus! dat klingt wol säut!
Tau Hus! — un wenn ik storben bün,
Denn bringt mi nah min Dörp herut,
Der mücht ik wol mal graben sin!

---

¹) Garten und Wiese. — ²) Ort, Stelle. — ³) fest. — ⁴) Hollunderbusch. — ⁵) legten uns bequem. — ⁶) Moos. — ⁷) Küsterfrau. — ⁸) schalt. — ⁹) euch. — ¹⁰) wiedersehen.

W. Weyergang.
(Greifswald.)

En beten Godsien.¹)

So'n beten Godsien hürt dorto²),
En beten Leiw³) to'n Leben;
Wenn du för kenen Annern sorgst,
Wat sall di't eben?

De Vagel singt sin Jungen in;
He dregt so tru to Nest;
Dat Sorgen för'n Annern is
Un blimt dat Allerbest.

Du sorgst bi wol von früh bet spat —
Wat schad't? Du schaffst doch eben,
Dat di en Annern god drüm ward,
Un dat alleen is Leben.

De Sünn, de schient; sei weckt de Blüt
Un ript de Frucht an'n Bom;
Ja, schint se nich, denn slöppt⁴) de Ird⁵),
As in'n düstern Drom.

De Leiw is as en Vagelleed;
Un as en Sünnenstrahl
Weckt sei un ript, ahn dat du't markst,
Di Leiw all äwer all.

So'n beten Godsien hürt dorto,
En beten Leiw to'n Leben;
Hest man ein Seel von Harten leiw,
Denn is bi Allens geben!

---

¹) Ein wenig gut sein. — ²) dazu. — ³) Liebe. — ⁴) schläft. — ⁵) Erde.

Unf' oll Dokting,
ober:
Woans¹) Ein tau'n Spökels²) warden kann.

In ne Univerſ'tätsſtadt ſpelen de Dokters ne grote Rull, mihr äwerſt binah noch in ne Kinnerſtuw; un wenn ſei bi all ehr Gaudmäudigkeit gor tau kort anbunnen ſünd, as unſ' oll Dokter Brandt dat wier, denn kröpen de Patſchenten³) Lütt un Grot', giern in't Muſ'loch; künn hei doch mächtig ſchellen, wenn ſ' nich Order parirten.

In de Erinnrungen ut min Kinnerjohr'n, de ick ſo bi lütten⁴) ut de Muſ'kiſt⁵) ruteſök, ſpelt unſ' oll Husarzt mit de ierſte Vigelin. Ick mein em noch vör mi tau ſeihn, den ollen Herrn.

Grot un ſtark was hei, un de lütten grellen Ogen, de ſo lewig un vernimm⁶) in de Welt rinnekeken, nahmmen ſick tau de friſchen roden Backen un unner de witpudert Prük recht nüdlich ut; denn ne Prük drog hei noch ümmer, as längſt kein Seel mihr doran dacht, ſick frömb Lüd Zöpp un Locken up den Kopp tau ſtülpen. Dat is nu irſt wedder Mod worden, un ok man unner de Dams. Aewerſt de Welt is rund un möt ſick dreihn, worüm nich ok de Mod.

„Heg up⁷), min Döchting," pleggt min oll Größing⁸) tau ſeggen, — „ward't Allens wedder Mod," wenn ick ſo'n ollen Flitterſtaat ut ollen Tiden in de Rumpelkammer entdeckt habb un jubelnd dormit antauſlepen kamm. Ja, Mod ward't All wedder, äwerſt man ümmer mit nige⁹) Schikanen!

Unſ' Dokting kihrt ſick an kein Mod. Hei drög noch ümmer ſinen blagen Frack mit gele Knöp un de korten Kneihoſen. Aewerſt proper was Allens. Sin Schabot¹⁰) was glänzend witt, un de Manſchetten felen

---

¹) wie denn, auf welche Weiſe. — ²) Spukgeiſt. — ³) Patienten. — ⁴) nach und nach. — ⁵) bildlich: aus der alten Kiſte (der Erinnerungen). — ⁶) lebendig und munter. — ⁷) bewahre auf. — ⁸) Großmutter. — ⁹) neuen. — ¹⁰) Jabot = ſpitzenbeſetztes Vorhemd.

up so ne plegten witten Hännen dal¹), dat et orndlich en
Vergnäugen was, de lütten runden Fingern antaufiken,
wenn sei den Patschenten nah'n Puls grawwelten. Un
dat behren sei giern un mit groten Bedacht, wildeß dat
fette Duwwelkinn sick up den goldnen Knop von Dokting
sin Spansch Ruhr uttauraugen pleggt.

Wat vüllig was bei oll Herr, un dat nich ahn sin
Schuld; hei müggt giern nen gauden Mund vull Eten
un leiwer noch en gaud Glas Wien.

Un wenn sin Patschenten em uter de Tid eins hillig²)
brukten, denn söchten sei em Morrens tauirst in'n käuhlen
Rathskeller, Middags in'n „Dütschen Hus'" un Abends
bi „Mudding", wo sei em achter'n Whistdisch sick rutehalten.

Eintlich was't en Wunner, dat de oll Herr so selten
en Mallür anricht, för dat sin Patschenten den leiwen
Herrgott nich dankbor naug sin künnen, denn up Dokting
sin Kuren habb de so recht sichtlich sinen Segen leggt.

De bekannte geistliche Dichter habb dunnemals sin
weltberühmt Gedicht: „Mond, was für ein schief Gesicht
machst denn du?" noch nich tau Welt bröcht, un dat
was schad, denn sünst habb Dokting dat säker öfters
sungen, of as hei sülwst all so'nen lütten Mandschin
unner de Prück habb.

Allerhand Schnurren wieren denn natürlich von em
in'n Schwang. — Sin Reputaschon bed' dat äwer keinen
Afbruch, wenn sick de Lüd ok vertellten: Dokting habb,
einst von'n Speeldisch weghalt, un ne Buddel Rodspohn
tau Bost³), — den Puls von'n Kranken lud un irnsthaft
aftellt: 7, 8, 9, 10, Bub, Dam, König.

Schad't em all nich; hei was doch nen verfluchten
Kierl, de sin Kranken rutedoktert, wenn't minschenmäglich
was, un de sick sülwst vörn Düwel nich fürcht'.

Dorvon habb hei einst 'ne lütt nüdlich Prow liwert.

In späde Nacht habb hei nämlich mit nen annern
Kollegen tausam en Liek en beten näger unnersäuken

---

¹) nieder. — ²) eilig. — ³) Brust.

wullt, woans se woll eintlich storben wier. De Minsch
wier in'n Arbeitshus' verendt un habb sei in'n Lewen
vel Müh un Schereri'en makt; et was so'nen recht
rugen, webberhörigen Gesell west, den sei nich vel Gauds
nahsägen¹).

Den annern Dokter künn des' Gelegenheit passen,
üm sinen Kamraden 'n beten up den Tähn tau fäuhlen.
't müsst doch narrsch taugahn, wenn Dokter Brandt gor
nich weiten süll, wat „Grusel" wier!

As sei also Beid so recht in't Knütern²) wieren, wüsst
de Anner dat tau dreigen, dat hei so verluren de beiden
Lichter umstött. Et müggt Mitternacht sien, un allerhand
Röwer- un Spökgeschichten habb hei vörher preißherrlich
tau'n Besten geben.

Dokter Brandt dunnerwettert so'n beten äwer des'
Ungeschicklichkeit, bückt sick denn äwerst gaubmödig dal,
em de Lüchter upsöken tau helpen. As hei unner'n Disch
bor noch nah rümme grawwelt, slikt sick de anner Spitz-
bauw näger ran un fohrt mit de kolle Hand von de Liek
Dokter Brandten so'n beten äwer dat Gesicht un lett em
denn de Hand so recht swor up't Gnick dal fallen.

Hei högt³) sick un denkt, min Brandt sall nu tauhop-
sohren⁴) un an tau fluchen fangen; de nimmt äwerst ganz
glikmäudig de Hand von sinen Nacken furt un fängt an,
Füer tau slagen; denn dat was dunnemals noch so licht
nicht. Schwedsche Strikhölt un all so'n Künst gaww
dat dunn noch nich, un pink, pink, pink! güng dat oft
ne Virtel Stunn, ihre ne Erlüchtung äwer sei kamm.
As Dokting endlich dat Licht in'n Brand habb, lücht'
hei dormit den Doden in't Gesicht: „Ick dacht all, de
verdammte Kierl was wedder uplewt! De Schwerenöther
habb mi in'n Lewen oft naug tau'n Narren habb, un
nu müggt hei mi in'n Dod ok noch up de Näs' spelen.
Ne, dat willn man bliwen laten, oll Fründ," un hei
sung ruhig mit sin Knüteri wedder an, — as wenn
Nicks passirt was.

---

¹) nachsagten. — ²) Seciren, Schneiden. — ³) freut. — ⁴) zusammenfahren.

As ick all seggt heww, wi Gören hadden gruglichen Respekt vör em. Uns' Grötzing brukt blot mit em tau braugen, ähnlich as Johanne Kinkel'n dat mit ehr Kinner makt: „Horch, da kommt der Doktor Velten, der wird heut gewaltig schelten!" un wi hürten up't Wurd; denn Dokting Brandt fackelt ok nich. Hei makt en ganz venynsch[1]) Gesicht, wenn Grötzing Klag tau führen hadd, — un was doch so gaudmäudig dorbi, as wenig anner Minschen, de all ehr beten Fründlichkeit butwendig tau Schau drägen, dat ehr för binnen[2]) Nicks mihr bliwwt.

Von uns' ganze lütte Haud[3]) hadd blot min öllst Brauder Fritz alleen kenen rechten Respekt vör em; un sei hadden denn mehrmals so'n lütt Scharmützel mit einanner.

Einst was de Jung krank; he quient un quient, bet Grötzing em in't Bed stök un Dokting halen leb.

De Slüngel was arg dor up; denn tau'm Still-liggen un Säm[4]) drinken, fäuhlt hei sick nich krank naug.

De Dokter kamm.

„Deiht Di de Kopp weih', min Jünging?"

„Nei!"

„Aewer de Hals?"

„Nei, ok nich."

„Na, denn de Mag?"

„Na, Du wißt en Dokter sien, un weißt nich mal, wat mi weih deiht? Du büst mi ok en schönen Dokter!" — un de sakermentsche Slüngel dreiht sick swubbs up de anner Sid; un min Dokting sabb dor, as Bodder an de Sünn.

„Praktisiren is ok ne Kunst, seggt de oll Fru un sett den Flicken neben dat Loch," meint Dokting endlich — un gung lachend aff: „Den laten's man, Grötzing, de ward't woll von sülwst wedder beter warden!"

Un dat würd hei ok. Twischen Beid wüß nah un nah äwer so'n lütt Fründschaft up, ganz bi lütten, un ne Uhrfieg würd de irste Anlaß. Ne narrsche Samenort frilich för dissen edlen Bom, unner den sinen Schatten

---
[1]) erzürntes. — [2]) innen. — [3]) Schaar. — [4]) Haferschleimsuppe.

wi all giern sitten un an sin Frücht uns laben; en Af=
legger wier sünst gor nich tau verachten.

Dit äwerst kamm so:

Brauder Fritz hadd wochenlang Tähnweidag¹) hadd,
un Tähnweidag is sülwst för'n Düwel ne Höllenplag.

So wier denn Allens probirt worden, äwer Allens
vergäws west. De Jung hadd kein Rauh kregen, äwerst
— Nerven; un Größing was slicht dorup tau spräken.

„Nerven, Größing?" hadd ick in mine Dummheit
fragt. „Nerven, wat is denn dat?"

„Nerven sünd Inbillungen, Diern! Dat Du mi
kein Nerven kriegst, dat segg ick Di, süst kriegst Du Släg!"

Ick wier denn nu noch jüst²) so klauk. Wat „In=
billungen" wiern, wüsst ick nich; äwer, wat „Släg" tau
bedüden hadden, dat wier mi all klorer.

Ick güng Größing also ut den Weg. — En Are-
bor³) flög vorbi, un ick füng ut leiwe lange Wil den
ollen Kinnervers an tau singen:

„Arebor, du roder,
Bring mi en lütten Brauder;
Arebor, du bester,
Bring mi ne lütte Swester!"

„Swieg still mit Dienen Areborsnak, Diern, dat
sünd Inbillungen," rep Größing arg; denn wi Görn
müggten ehr den Kopp all heit naug maken, ahn dat
noch lüttre Nahkamenschaft nödig wier.

„Inbillungen, Größing? Krieg ick denn nu Släg?"

Un Größing müsst lachen, un ok de Dokter, de grad
des Wegs kamm. Hei was gaud gelunt. Größing klagt
em ehre Noth mit uns Gören.

„Also Nerven höllt sick de Jung? Dat's tau tidig!
— Willn uns de Tähn doch mal en beten näger bekiken."

Brauder Fritz wull von disse Vörstellung nicks weiten.
Hei müggt den Dokter un sinen Tähnslötel nich trugen.

„Na, min Jünging, lat doch blot mal seihn.• Du

---
¹) Zahnweh. — ²) gerade. — ³) Storch.

bebst jo grad, as ob ick en Baber wier, de von't Tähn=
uttrecken lewt."

„Wenn Sei äwer doch utteihn?"

„Denn kannst mi ne Uhrfieg gewen."

„Is dat en Wurd?"

„Gewiß; äwerst nu mak Enn, ick heww kein Tid."

Un Fritz sett sick dal; hei was all en hartwussen[1])
Slüngel, äwer de ewge Tähnweidag habb em mäglich
runne bröcht un mör makt.

De Dokter kloppt hier und dor. De Jung fohrt
vör Weihdag öfters von'n Stauhl up. Aewerst Dokting
sach gor so unschüllig ut.

„Dat is licht aftauhelpen," meint hei endlich; „holl
man en Ogenblick still."

„Aewer nich utteihn, Dokting, denn kriegen Sei
wohrlich — —"

„Stillholen!" rep de Dokter un hel den Jung sinen
Kopp as in'n Schruwstock. — Ein, twei, drei! un hei
habb mit kräftigen Ruck den Missethäter „tau'n Tempel
rutsmeten," as hei sähr[2]), un hel em triumfirend tau Höcht.

„Kiek, dor is hei!"

„Un dor is de Urfieg!" un en luden Klatsch fel up
den Dokter sine fette Back, dat sei sick ganz rod anstickt.

„Infamte Slüngel!" rep Größing un schickt sick an,
as so'n Engel des Gerichts, Revansch tau öwen.

De Dokter hel ehr trüg. „De Jung is in sin
Recht. Ick heww em't jo erlauwt! Aewer Fritz, Du
sleihst ne infamte Naht!" — —

Fritz verfiert sick.

„Dokting, wesen's[3]) mi nich bös! Ick will't noch
nümmer wedder dauhn."

„Dat glöw ick Di sacht! Müggt Di ok slicht be=
kamen!" Aewer lachen müßt de oll Herr doch; un Fritz
fat't furtan sone Verihrung för em, dat hei Allens bed,
wat hei em man jichtens[4]) an de Ogen affseihn künn.

---

[1]) für seine Jahre groß und stark. — [2]) sagte. — [3]) seien Sie. —
[4]) irgend.

So vergungen de Johre! Fritz was eben en flotten Stedent worden, — dunn passirt ne Geschicht, de in de ganze Stadt vel tau lachen, Fritzen äwerst Gelegenheit gaww, den ollen Herrn sin Dankborkeit tau bewiesen.

Min Vadderstadt was einst ne Festung west; dat is äwerst so lang all her, dat sülwst de öllsten Lüd et blot von Hürenseggen weiten.

De Wallgrawens wieren hübsche Spaziergäng worden, un blot de Jungs speelten dor aff un an noch Krieg mit einanner.

An'n „Ollen Dur" lag ganz affsid dat hoge Gerichtshus, en oltmodsch ihrwürdig Gäbelhus. De vergitterten Finster, mit Wien ümrankt, keken up de gräunen Wäll' herut. De Kinner grugten sick vör dat olle Hus, un mihr noch vör den ollen Herrn, de dohr in wahnt. Et was nen richtgen steinpöttgen ollen Junggesell, de mit kenen Minschen Umgang hadd; äwer gelihrt was hei, hochgelihrt, un „Justizrath" schullen sei em; dor müsst et woll wohr sien, un rik, swor rik, dat müssten de Lüd, wenn sei ok noch nich in sinen Geldbüdel keken hadden.

Kinner künn hei gor nich lieden, un ümmer jagt hei sei von de Dör weg, wenn sei — as Kinner Ort is — einst up de Flisen vör sin Dör en beten spelen un up de Käden, de twüschen hoge Posten rings dat Hus insat'tn, sick schockrepen¹) wullen.

Dat ganze olle Gebäud wier so recht taum Grugeln inricht; un dennoch Abends, wenn de Mand mang de Bäum so hell hendörch schient, denn sleiken sick de Jungs woll ranner un kladderten an de Posten tau höcht, üm'n beten in de hogen Finstern rintaukieken.

In den altmodschen Saal dor wieren Löwen un Bären, Tigers un Kameel an de witte Deck; twors wieren sei man von Gyps, äwer de kloren Glasogen von de willen Diere glimmerten in'n Mandschien, as wenn sei lewig wiern. Un wenn gor de oll Herr mit de witte Zippelmütz sülwst de Näs' mang de witten wei

---

¹) schaukeln.

genden[1]) Gardinen ruteſtök, — üm tau ſeihn, wo't buten utſach — denn fohrten ok de willſten Jungs ſchriegend trüg, as hadden ſei en Spöfels[2]) ſeihn.

Na, diſ' oll Herr was krank worden.

„Nen Dokter brukt hei nich," ſähr ſin oll Deiner, de aff un an eins mit ne Beſtellung kamm. „Wer irſt kümmt in Dokters Hän'n, de kümmt of woll ball tau En'n! Ne, min Herr kann Allens von ſülwen kuriren; hei verſteiht ſick jo up de Hömopati."

Hömopati verſtahn? Dat klung jo binah as hexen känen. Dat müſſt ick weiten, wat dat in'n Mum habd.

„Größing, wat is Hömopati?"

„Diern, frag un frag. Du heſt dat mit de Mund, as de Katteiker[3]) mit den Start. Du fröggſt noch den Düwel ein Uhr aff. Dor kümmt unſ' Dokting, frag den."

Ick let de Uhren hängen.

„Wat willſt Du weiten, lütt Fräul'n?" fragt Dokter Brandt. Hei was mittlerwiel nen trugen Husfründ worden. — „Hömopati? Hm! Dat is ſo'nen ni'modſchen Fuſcherkram för Dokters un Apteikers. Dat is ſwor tau beſchrieben; äwer hür' nipping[4]) tau, ick will't verſäuken. — Denk Di, Größing will Fleiſchſupp kaken — för den ganzen Diſch. Sei ſett' ok nen dägten Kätel up, gütt Water in un bött' düchtig unner. Dat Fleiſch — ein einzigſt lütt Haun[5]) — ſmitt ſei äwer nich mit in den Kätel, ſonnern hängt et an'n Nagel äwer'n Fürheid up, ſo dat blot de Schatten von dat lütt Häuning in dat Water föllt, un dor — kakt ſei nu Supp von. — Du kannſt Di denken, wo kräftig dat Gericht ſien möt, hahaha! — Aewer bill Di jo nich in, dat Du enen ganzen Teller vull von dat Gericht kriegſt. — J, be= wohre! — Einen Druppen, villicht ok twei, kriegſt Du up Dinen Part; dat anner ward an reines klores Water Di dortaugaten. — Je, ja! — Du lachſt? — Lach nich, lütt Fräul'n! 't is mi heil'gen Jrnſt. — Un as

---

[1]) wehenden. — [2]) Spuk. — [3]) Eichkätzchen. — [4]) genau. — [5]) Huhn.

mit de Fleischsupp, dücht mi, is dat mit de Hömopaten ehr Medizin!"

"Aewerst dorbi kann de oll Herr Justizrath jo nümmer wedder gesund warden?"

"Dat ward hei ok so woll nich. De oll Herr is hoch tau Johren! — Un heute Dir, morgen mir! An uns kümmt All de Reih — —"

"Seggt de Ahnt¹) taum Regenworm," unnerbröt Größing unse gelihrte Unnerhollung. "Aewerst wat in aller Welt hebben Sei denn hüt up Hänn'en, Dokting? Sei hebben sick jo höllschen upwigelirt²)."

"En grot Diner, Größing, en gruglich grot Diner. — Ein von de „uterordentlichen" Perfessers is taum „ordentlichen" worden! Ja, Größing, so narrsch is de Welt, dat sei't fiern möt, wenn ut Einen nen „orndt= lichen" Kierl wardt! — Aewerst ick möt furt; un dorbi bünn ick dodmäud, denn twei Nachten achter'n anner hemm ick nich ein Og vull Slap kregen. Wull ick mi drat in min eigen Kog³) leggen, denn kamm en Wagen, un ick müßt hulter di pulter rut, nah'n Lann, wil irgend en oll Fräul'n sick inbildt hadd, dat sei nu man starwen wull, — womit dat denn nahstens ümmer noch lang Tid hadd, wenn sei sick nich ganz besünn un up't frisch wedder annamm. — Ja, min lütt Fräul'n, so wat kümmt von de „Nerven"! Du weißt ja woll noch, „Nerven dat sünd Inbillungen"! Krieg mi kein Nerven, sünst kriegst Du Schacht!"

Un lachend was de oll Herr weglopen, dat hei tau sin Festeten noch t'recht kamm.

De Wien müggt em dor nu ganz prächtig smeckt hebbn. Aewer de Wien is nu ok so'n Kujohn; irst makt hei munter un nahsten mäud. — So gung dat ok unsern Dokter, de bi Disch sihr wählig west was, un sick nah ne Tass starken Koffi un ne gaude Zigahr ver= langend ünkek, as grab en Bad⁴) kamm, em nah den ollen Justizrath tau ropen.

¹) Ente. — ²) geputzt. — ³) Koje = Bett. — ⁴) Bote.

De oll Herr was gor tau krank worden; so dat hei sülwst nich mihr Dokter spälen müggt.

Mit Dokter Brandten was hei früher bekannt west; de süll nu kamen.

„Dat härr ick nich dacht, dat ick noch tau de Ihr kem —, sähr de Bur un sel von'n Wagen," schürrköppt[1]) de Dokter. Aewer gaudmäubig, as hei was, gung hei stantepeh[2]) nah't oll Gerichtshus.

Dor funn hei dat nu noch nich ganz so slimm, as de Bad dat makt hadd. Hei sähr den Kranken en por fründliche Würd, un den ollen Deiner, de grad surt gahn süll, sähr hei, dat hei en Recept upschriewen un et sülwst denn nahsten in de Apteik affgewen würd. — De Newenstuw was den Justizrath sin Arbeitskabinet; dor was Papier un Fedder tau finnen. Dat wüßt de Dokter. As de oll Deiner gahn un de Justizrath 'n beten rauhiger worden was, gung Dokting also in dit Kabinet.

Ach, was dat dor schön un käuhl; un in den Lehnstauhl sat't sick dat so weik. De Mäudigkeit äwermannt em. Hei rew' sick de Ogen. Dunnerwetter, so güng dat nich, hei wull jo en Recept schriewen. Hei gung de Stuw up un dal un dacht äwer de Mittel nah, de hei anordniren wull. Ja dit un dat. So wiert gaud, dat würd den Kranken Erleicht'rung schaffen; tau helpen wier em nich. Hei sett sick wedder in den Lehnstauhl dal un fung an tau schriewen; äwer de Baukstaben danzten em vör de Ogen. Hei künn sin egen Schrift knapp lesen.

„'t is all, as't is, seggt de Bur, kikt in de Zeitung un hölt sei verkihrt; so geih't mi hüt ok," schürrköppt de Dokter un lehnt den Kopp taurügg, denn de Ogen felen em tau.

Buten würd et dunkler un dunkler; binnen ok; äwerst Dokting markt nicks dorvon. Keine Minschenseel hadd em in dat lütt Kabinet rinne gahn seihn; keine Minschenseel künn em vermissen.

---

[1]) kopfschüttelt. — [2]) sofort = stehenden Fußes.

Keine Seel vermißt äwer ok den annern ollen Herrn, de in de Nebenstuw so sachten inslapen was.

Gesunnen fasten Slap hel den Dokter ümfangen, un let em von dunkelgräun Schampander=Buddeln mit lütte blanke Mützen drömen, — en Drom, ut den hei tau nige Lewenslust un Freud upwaken sull.

En irnsten fasten Slap habb sine Flüchten[1]) äwer den Justizrath breidt. Ob hei von sine Kindheit drömt hedd, wo noch Leiw un Fründschaft em umgaww, un Abens bit't Inslapen lütte Englings üm sin Bed stünnen? — ick weit et nich. Ick weit blot, dat wedder so'n Engel sine Flüchten äwer sin Bed breit't hebben, un dat hei sihr sachten inslapen sien müßt, denn sin oll Gesicht sach gor glücklich ut, as sei em nahstens funnen[2]), un dat hei nümmer wedder upwaken wull. Sin einsam Lewen müggt em gor tau mäud makt hebbn.

Mäud, gewaltig mäud, müßt äwer ok de Dokter sien, dat hei von all de Upregung, de et nu in den stillen Huf gaww, nicks, gor nicks marken ded.

Frilich in'n Huf, wo eben Ein taum ewgen Slummer innickt is, dor flickt sick Allens up de Teihnen, as dürften sei Em nich wecken.

Lud Weinen un Klagen was üm den ollen Herrn äwerall nich.

Hei habb all lang up Irden kein Hart mihr habb, dat em warm entgegenslog; drum hürt dat sinig woll ok so licht up tau slagen!

De oll Bedeinte habb sick still de Ogen wischt, as hei von sinen Utgang trüg kamen was, un sinen Herrn in'n Verscheiden funnen habb. Still un tru habb hei em de Ogen taudrückt, de Lik denn nah de anner Sid von'n Hus räwerschafft un bissen ganzen Flügel von't Gericht versiegeln laten. So habb sin Herr dat wullt, so sull't ok gescheihn.

De oll Deiner sülwst wier denn furtgahn, dat

---

[1]) Flügel. — [2]) nachher fanden.

nödigſt tau't Begräwniß tau beſtellen. Un dat oll Hus hab webber ſo ſtill un öd an be Stadmuer legen, grad as ſünſt. Hadd doch ſo'n Dodsgeruch et ümmer all ümweigt.

Aewer wat Lebendigs was doch noch in'n ollen Hus; un dat fung nu an ſick tau rögen.

Unſ gaud oll Dokting Brandt hadd ſine Verſümniß von de letzten Nachten nahhalt un ſinen unſchülligen lütten Spitz redlich utſlapen. Hei reckt un ſtreckt ſick in ſinen weiken Sitz, ſo as man woll handtirt, wenn man Morrns ut 'nen geſunnen Slap upwakt. Un midden in all dit Hujahnen¹), Recken un Strecken müggt em ſin Lager doch en beten ungewennt vörkamen, denn hei rew ſick de Ogen. Aewer vergäw's; et was un blew düſter üm em her.

Dunnerwetter, wo was hei?! En Wagen was et doch ok nich, mit den he Nachts äwer Land führt? So'n Dokterwagens un Landweg pleggten infamten tau ſtöten!

Hei taſt üm ſick. Dunn kreg ſin Hand ſinen wollbekannten Doktorſtock mit den gollen Knop tau faten; un dor — dat was jo woll gor en Schriwdiſch, — in 'ne frömde Stuw? Dat was doch narrſch!!

Hei reww ſick de Stiern. Et was em noch ſo'n beten wöſt dorachter; dat müſſt ſik doch upklären, — binnen un buten. Un dat ded et denn ok. Buten tauirſt; denn leiw Mähning²) güng up. De oll Fründ is ok wat niglich³) un mag giern äwerall rinnekieken. Hei müſſt alſo vör Allem doch weiten, wo⁴) et nu woll in'n ollen Gerichtshuf utſach? So'n lütt beten ſchuhlt hei alſo dörch de Vörhängen un blinzelt Dokting an.

Dokting blinzelt ok ſo'n beten; hei trugt de Sak nich recht.

„Dunnerwetter!" — De Doktor rew ſick de Ogen noch eins. Was dat nich den ollen Juſtizrath ſin Ar-

---

¹) Gähnen. — ²) der liebe Mond. — ³) neugierig. — ⁴) wie.

beitskabinet, in dat hei satt? un lag dor vör em nich noch dat unvollendt Recept? —?

Mähning set't dat grad in dat rechte Licht; denn hei kek et sik grad so recht en beten niglich an, as wull hei't stediren.

De Dokter sprüng up. Hei bruk't sick de Ogen nich mihr tau riewen; hei was ganz munter worden.

Richtig! Von't Festeten wir hei furt halt, tau den ollen Justizrath hen. Tau helpen was dor nicks mihr west, äwer en Recept hadd hei doch noch schriwen wullt, sinen gauden Willn tau wisen[1]), un dorbi — dorbi was hei inslapen! Ja, so wier't west. — Et wier doch schändlich! Wat sik de oll krank Herr woll denken müßt, wat hei so lang in sin Arbeitskabinet tau snüfern[2]) hadd — —? wenn bei äwerall up em acht't hadd?

Dokting ging rasch up de Dör tau, sik nah em ümtauseihn.

Schockschwerenoth, de Dör was tauslaten! — So'n ollen Deiner is doch en rechtes Gewohnheitsdiert! Säker hadd hei — ahn wider nahtaukiken — ut olle leiwe Gewohnheit, dit Heiligthum tauslaten. Un hei sat't nu dor in, as de Mus in de Fall'. Hei rüttelt an de Klink. Hei haust, hei kloppt, hei röppt! Irst lising, ganz lising, üm den Kranken nich tau stüren. Nich rühr an! —

Dokting horkt! Nicks tau hüren!

De oll Justizrath möt inslapen sien. De oll Deiner mag woll buten tau dauhn hewwn.

Et würd doch Unrecht sien, den Kranken tau stüren.

Gedüllig set't sik Dokting wedder hen. De Klok de sleiht von'n Torm: En Virtel, Halw, drei Virtel? — Drei Virtel up wat? Dokting würd de Tid doch gor tau lang. Hei hadd oft Gelegenheit hadd, sik in Gedulb tau äuwen, de Dokters pleggt dat all an so'n Gelegenheit nich tau fehlen — äwer dit burt em denn doch ball en beten tau lang.

---

[1]) zeigen. — [2]) herumzusuchen.

Hei wannert de lütt Stuw up un dal. Hei horkt. Nu rögt sik wat. Nu kümmt de oll Deiner! — Ach ne! Dat was jo buten up den Wall west.

Sin Fru möt nu ok oll lang mit den Thee up em täuwen¹). Hei habb verspraken, hüt bi ehr tau Hus tau bliwen, un ein por Kranken wiern hüt Abend ok noch tau besäuken. Et was doch eine infamte Geschicht. Wenn hei den Justizrath man nich so schrecklich versiren²) dehr, denn wull hei woll eins düchtig losbullern. Aewer de oll Mann künn jo den Dod dorvon nehmen; un dat dürft hei doch nich up sin Gewissen laden, — as Dokter all gor nich.

Dor hulp nicks — as Geduld!

Hei stellt sik an't Finster.

De Mand habb sik hinner 'ne Wolk verkrapen, un kek dorachter ganz listig hervör; sünst was wenig tau seihn. En por Spaziergängers schlennerten up den Wall- berg hen un her, Soldaten meist, de ehr Mätens an'n Arm hadden. En por Kinner hukten up de Flisen vör de lütten Nahwershüser. Sei pusten sik in de blagen Fingern. Et müsst woll en frischen Harwstabend sien. Ok de oll'n Frugens hadden de Arm in de Schört wickelt, un verpedbten³) sik de kollen Fäut, wildeß sei iwrig mit einanner flusterten.

Wat hadden sei äwer all hier heruptaukieken? Em künnen sei nich seihn, un dat oll einsam Hus müssten sei all utwennig kennen.

Em würd de Tid lang, gruglich lang. Up sin Uhr habb hei nich erkennen künnt, wat dei Klock was, un buten slog et woll Virtel, Halw un Dreivirtel — „Bull" wull dat äwer gor nich slagen! Wat so'n Stunn doch lang sien kann!

Hei kek wedder nah sin Klock. — Wat! dit sach so ut, as ob de lütt Wiser⁴) all up nägen⁵) stünn? Dat wier doch nich gaud mäglich! So späd all! — Na, denn

---

¹) warten. — ²) erschrecken. — ³) vertraten. — ⁴) kleine Zeiger. — ⁵) neun.

hulp dat nich! „De irſt Not müſſt kihrt¹) warbn," ſeggt be oll Fru un haugt ben Backeltrog intwei, üm't Schüer=
water bormit heit tau maken, — em blew ok Nicks
Anners äwrig, as noch ein mal tau ropen un tau klop=
pen —; nu äwerſt ut vulle Kraft!

Ja Proſt ok! Kein Erhürung! Inbreken let ſick de
infame Dör ok nich; un ut'n Finſter rut güng irſt recht
kein Weg. Dor wieren dichte eiſerne Trillings vör, vel
tau dicht, as dat hei ſinen fetten Korpus dor dörch
zwängen kunn.

De Klok ſchlog nägen von'n Torm. Alſo doch all
nägen! Fiw Stun'n alſo habb hei hier all ſeten! Ja,
dor müßt en En'n makt warden! — Aewerſt wat was
dit? — Von'n Torm ſchallt ſone irnſte fierliche Muſik
herrunne. Dat was jo 'n Koral. Wer von de Honora=
ſchoren in bei Stadt was hüt denn ſtorwen, de ſo'ne
Jhr betalen künn? — Hei, as Allerweltsdokter, müßt
et doch weiten.

Hei ſünn un ſünn. Vergäws! Was hei denn ganz
hüt mit'n Dummbübel ſlagen!

De Kinner buten²) ſleiken up de Teihnen ſik wedder
un wedder an't Hus heran. De driftigſten³) Jungs
klabberten an de iſern Poſten tau höcht, üm en beten in
de Saalfinſtern rintaukiken.

Herr Gott! full de Juſtizrath ſtorwen ſien, ber=
weil hei hir'n Strämel⁴) ſlapen habb; un wier den tau
Jhren nu be Muſik von'n Torm? —? So müßt dat
ſien! Aewer'n bull Stück wier't, nen reinen Stadt=
ſkandal!

De Stadttrumpeters habben ehr Schülligkeit dahn.
Et wier wedder ſtill.

Aewer bor güng grad ben Doktor ſin oll Waſch=
fru vörbi; de wahnt hier irgendwo an be Muer. Dat
wier en oll verſtändig Fru; de müßt em helpen. Hei
makt dat Finſter apen:

---

¹) gekehrt, abgewandt. — ²) draußen. — ³) dreiſteſten. — ⁴) eine kleine
Weile (ein Weilchen).

„Mutte Schultſch!"

De oll Fru kek tau Höchten. Kin Minſch was up de mandhelle Wallſtrat tau ſeihn. Sei kek ſik ſo'n beten biſtrig¹) üm.

„Mutte Schultſch! Hier in'n ollen Gerichtshuſ!" De Dokter ſtünn an'n Finſter un wenkt un nikköppt.

„Gott in'n hogen Himmel! De ſpökt nu all un is noch nich mal grawen!" Un de oll Fru ſmet ehr Emmern hen un lep, dat ſei de Tüffel ſchir verlur.

Ehr Wirthsfru kam mit de vulle Waterdracht²) ehr entgegen.

„Kiek, Wittſch! Dor ſteht de oll Juſtizrath an't Finſter un wenkt! — Hu, mi grugt! Hei hedd mi anraupen. Un ick hewwm em doch nicks dahn. Hir känen wi nich wahnen bliwen. Wat meinſt Du?"

„Ach wat, Du meinſt oft, dat Voß Haas wier, un wenn Du taukikſt, was't nen Fäure Heu," lacht Witſch. „Kiek man nipper tau."

„Kiek man ſülwſt irſt tau, un nahſten benn ſpektakel³)," meint Schultſch arg.

Un Wittſch kek forſch nah dat Finſter ruppe. „Ja, wohrlich, dor ſteht hei! Na, ick gah nich vörbi. Wenn Einen nen Doden röppt, benn möt 'en ſtarwen! Un ick mag noch nich! Wat ſüll woll ut min armen Gören warden?" —

Un Wittſch lep furt. Un ne Tweit un ne Drüd kek ängſtlich üm de Eck.

„Ja, wiß un wohrhaftig! Dor ſteht hei. Dat hadd wi doch nich dacht!" un de ollen Wiwer ſchürrten ſik, as härren ſei't koll Fewer. „Dat leid'ge Geld lett em kein Rauh."

Aewer' üm ſo'n Grugen is't en eigen Ding! Ein ſähr't den Annern, un Mannslüd un Kinner ſtünn'n an be Eck un keken nah dat Finſter ruppe un ſchürrten ſik un künnen't doch nich laten, dorhen tau kiken, — bet

---

¹) verwirrt. — ²) Waſſertrage. — ³) ſpotte.

endlich man de Dokter dat Finster taumaken un weg-
gahn müßt. Endlich würd't still. Sei müggten nu woll all
naug hebben un tau Bed gahn fien, üm de ganze Nacht
— von't Spökels tau drömen.

Dunn kam de Nachtwächter mit fienen Mantäng[1]) un
sin Hurn. Hei kek sik nah'n Platz üm, wo hei ungestürt
en beten slapen künn.

Hir müggt sin gewöhnlich Städ fien. Stüren deb
em hier gewiß Kein. Aewer hei kek ok so zach[2]) nah dat
oll Hus herupp, as trugt hei hüt den Freden nich.

Den Dokter sin Entschluß was kort gefat; em drew
de Not. — Dich't an't Finster lehnt de Krückstock von den
sel'gen Justizrath.

Hei sleik sik an't Finster ranne, makt et lising
wedder apen, stek den Krückstock dörch de isern Tril-
lings un fat't den Wächter unvermarkt dormit bi'n Kragen.

„Neumann! Neumann! Sei krigen nen Dahler,
wenn sei mi hir rutehelpen!"

Ja woll, Neumann hürt blot sinen Namen un
fäuhlt den Ruck an'n Kragen, un wider Nicks; denn hei
schreg ludhals' un strampelt, as wenn de Bös mit em
dörch de Luft dorvonsusen wull.

Richtig dor hadd de Kierl sik losreten un lep, as
wenn de Düwel em noch bi'n Kanthaken hadd.

Piep! piep! klung sin Nachtwächterfläut dörch den
stillen Abend.

Ne Schauw flotte Stedenten hürten bit Nothsignal.
Sei kämen von de Kneip un künnen nich anners denken,
as dat ein von ehr Kamraden sik mit de Schnurren[3]) en
beten jacherte un tus'te, as dat öfters so ehr Vergnäugen
was, un müßten ehr doch tau Hülp kamen. — Sei
horkten un keken; äwer sei künnen Nicks sinnen. Sei
setten sik also in Draff. De Ein rönnt hir, de Anner
dor rüm, de Kampstäd utfünnig tau maken. Ein blot-
jungen Stedent kamm dicht an't oll Gerichtshus vörbi.

---

[1]) großen Mantel. — [2]) ängstlich, bange. — [3]) Studentenausdruck für Nachtwächter.

Dokting kek herut. Dat schient em en bekannt Gesicht.

„Fritzing, büst du't?" —

Ja, hei was't; et was min Brauder Fritz.

„Dokting sünd Sei't? Wo kamen Sei hier her — bi nachtslapen Tid, in bit oll Spökhus? —"

„Wat, spöfst du ok? Kumm näger ran. Ick will di't seggen. Du möfst mi rutehelpen! Aewer mak' nich so'nen Larm. De Annern von Din Kalür¹) bruken dat nich tau weiten. Ick hemm so all Spektakel naug hadd!"

Un Fritz klabbert an de isern Pöst un an de Trillings tau Höcht, — klabbern künn hei, all as Jung, as ne Katt — un as hei dor nu baben satt un den ollen Herrn de Hand schüddelt hadd, bunn müsst des' doch of lachen, un hei vertellt Fritzen sin Leid.

„Dor sall ball Rath warden. Dokting, ick klopp mi dat ganze Gerichtspersonal herut. De infamten Kierls! Sei hier mit in tau siegeln!"

„Aewer still, Fritzing! Ick will kein'n — Stadt-skandal!"

„Is ok gor nich nödig! Et brukt kein Minsch tau weiten, as wi Beid!" —

Et kreg äwer doch de ganze Stadt tau weiten; denn Fritz müsst bet an'n frühen Morgen rümme lopen, ihre hei den ollen Herrn erlöst hadd. So'n Herrn von't Gericht, de sünd wat ümständlich, — un nu gor in nachtslapen Tid un unner so'ne Umstänn'n.

Wenn Dokter Brandt äwer wedder eins von sin Kranken schier gor nich uptaufinnen was, denn fähren sei woll: „Möten man nah'n ollen Gerichtshus' schicken, ob hei dor woll wedder dat Spöken besorgt?"

Dat was unf' oll Dokting Brandt.

---
¹) Couleur = Korpsstudenten.

Alwine Wuthenow.
(Greifswald.)

Lütt Hans.

Nee! dit's nich uttauhollen!
S' seggt ümme noch "lütt Hans"!
As ob'k mit ehr dehr speelen
Noch Ringelrosendanz.

Wo[1]) mag ik s' giern doch lieden,
Is goa 'ne schmucke Diern!
Dat weit denn ok dei Racker,
Will blot mi schikanir'n.

Wo hett sei denn ehr Ogen,
Dat sei't nich ward gewohr;
Bün grot nog tum Soldaten
Un bün all achtein Johr.

Doch wo ik ehr dau drapen,
An't Water, an dei Schanz,
Do heit dat gliek "Gun Morgen,
Wo geiht't denn, lütte Hans?"

Un bi dat Austbier[2]) gistern
Kam'k nah dei Stuw herin,
So stramm in Jack un Büxen,
As künn'k all Brüjam sin.

Doch kuum dehr ik ehr fragen:
"Wo is't denn mit en Danz?"
Do kloppt s' mi up dei Schuller
Un seggt: "Ih ja, lütt Hans!"

Dat was, as ob mi Eener —
Bratsch! — an dei Uhren schlog,

---

[1]) wie. — [2]) Erntebier, Erntefest.

Würr as min West noch röder;
För ditmal hahr ik nog.

So ümmer „lütt" tau heiten,
Dat is doch recht 'ne Pien!
En lütt Minsch kann ok küssen,
En lütt Minsch kann ok frie'n.

Ik will ehr enmal fragen:
Wat meenst Du mit dat „Lütt"?
Kann'k haken nich un döschen¹)
Un bün ik sünst nicks nütt!

Un seggt sei denn noch werre:
„Wo geiht't, lütt Hans?" tau mi,
Denn will'k von ehr nicks weiten,
Denn is't mit uns vörbi.

Dei Schippsjung.

Dei Schwälk liehrt ehr Jungen doch fleigen ut't Nest,
Wat is denn min Mohre²) so trurig hüt west,
Dat ik bruk dei Flüchten³), dat ik segg „Ade",
Dat ik will mal fleigen eens äwer dei See!
Sei kann't nich vestahn, dat so lustig ik bün
Blot äwer't Vergnögen, en Schippsjung to sin.

Min Schweste mag hucken bi't Brodschapp⁴) as Muus,
Min Heimath is't Water, dat Schipp is min Huus,
Kann nich dovon laten, geiht't god ore schlimm,
Ik dräg as de Schnicken min Huus mit mi rüm,
Dat geiht jo so liesing, dat geiht so geschwinn,
Drüm is't en Vergnögen, en Schippsjung to sin.

---

¹) pflügen und dreschen. — ²) Mutter. — ³) Flügel. — ⁴) Brotschrank.

Dei Vägel, sei fleigen an'n Kopp mi so dicht,
Bald stippen sei werre in't Water bei Flücht,
Sei singen mi vör so männiges Leed,
Sei weeten jo ok mit dat Segeln Bescheed.
Un sing ik recht lustig, so stimm'n's mit in;
Wat is't vör'n Vergnögen, en Schippsjung to sin!

Dei Sünn gläuhn des Morgens bei Backen so roth,
Stigt s' leiwlich¹) un schämlich bei See ut 'n Schoot;
Un danzt sei so lustig ut't Water hervör,
Springt in mi min Hart as en utlaten Jör²),
Denn schwenk ik min Mütz: „Gun Morgen, Fru Sünn!"
Is't nich en Vergnögen, en Schippsjung to sin?

Deiht bös mal de See as en turrigen Hahn
Un lett sei to Höchten de Ferren³) recht stahn,
Denn is't mi, as ob ik noch leiwe sei herr⁴),
Denn buunt sei voneen so witt as min Berr⁵),
Denn müggt ik woll springen von baben henin
Un juchen: „Wat'n Leben, so'n Schippsjung to sin!"

Un kümmt denn bei Nacht mit ehr Mahn un ehr Stiern,
Wue dümpeln bei all unnert Water so giern
So veel blanke Ogen, so veel blankes Glück
Schwewt twischen twen Heben, wat will mihr so'n Strick?
Drüm, ob ik ok König eins warden noch künn,
't is nich so'n Vergnögen, as Schippsjung to sin.

Drum, Mohre, so ween Di de Ogen nich ut,
Du weetst, jere Bursch söcht mal sick 'ne Brut;
Un bliew ik jug Ollen recht herzlich ok god,
Dei See is dei Brut, bei hürt Leben un Blot.
Drüm magst Du't man seggen an Varre un Frün'n⁶),
Dat gift kein Vergnögen, as Schippsjung to sin!

---
¹) lieblich. — ²) ausgelassenes Kind. — ³) Federn. — ⁴) hätte. —
⁵) Bett. — ⁶) Vater und Freunde.

Albert Schwarz.
(Hinterpommern.)

Im Frühjahr.

Wenn dat Is wegdöjt un de Saat uplöppt,
Wenn de Nachtgal fingt un de Kukuk röppt,
Wenn de Blaume blöje in Feeld un Woold,
So witt ais de Schnei un so gel ais Goold:
Denn schlickt ok in't Hart sik 'e Sünnestrahl,
Denn wike de Sorge, denn schwint de Qual,
Un de Hoffnung möckt de Bussem so wid —
O du fröhlich, du selig Frühjahrstid!

Wenn de kleine Vägel sik buwe ehr Hus
In Böm un Büsche, in Rauhr un Ruß[1]),
Wenn't äwerall klingt in Heed' un Feeld:
De Luft un de Leiw sünd Herr in 'e Weelt!
Denn schleht ok dem Miesche dat Hart so warm,
Denn recke in Sehnsucht sik ut de Arm,
Un de Leiw dei möckt de Bussem so wid —
O du fröhlich, du selig Frühjahrstid!

Un süh, dar kümmst Du, müe hartsait[2]) Wif,
Un schlingst mi Din weike Arm üm't Lif
Un kickst mi so leif un so eigen an
Un möckst ut'm eernste 'ne narsche Mann.
Ik straf Di un drück Di, ik puß Di half dod,
Ik kik Di in d' Ogen, dei deip ais 'e Sod[3]),
Un de Glow dei möckt mi de Bussem so wid —
O du fröhlich, du selig Frühjahrstid!

---

[1]) eine Art Binsen. — [2]) herzsüßes. — [3]) Brunnen.

Albert Schwarz.

Wettst noch?

Wi seite beed' unerm Linebom —
　　Wettst noch?
De Weelt drömt' grad' ehre Frühjahrsdrom —
　　Wettst noch?
—De Blaume räke, de Lewark¹) sung,
Dat't hell un lustig vam Himmel klung:
　　Tirililei,
　　Wi lewe im Mai!

Du sol'test fram Din Heemn in 'e Schlipp²) —
　　Wettst noch?
Un hörtest dem Sang' tau still un nipp³) —
　　Wettst noch?
Ik keek vull Andacht Di in't Gesicht,
Im Harte klung mi 't ais 'e Gedicht:
　　Tirililei,
　　Wi lewe im Mai!

Un lis' led' 'k Di üm dat Lif min Arm —
　　Wettst noch?
Dar seigst Du mi an so trüw, so warm —
　　Wettst noch?
Un ais ik Di fraug: Büst Du mi gaud?
Don schot in d' Wange Di rod dat Blaud.
　　Tirililei,
　　Wi lewte im Mai!

Un an min Schuler Die Kopp sik led' —
　　Wettst noch?
Dar bögt' ik mi an Die Ohr un sed' —
　　Wettst noch?

---

¹) Lerche. — ²) Schooß. — ³) genau.

Fat faſt mi üm, Du min hartleiw Duw[1]),
Un ſegg, dat Du weſe[2]) wiſt min Fruw.
  Tirililei,
   Wi lewe im Mai!

Dar hört ik 'e Woord, dat klung ſo ſait —
   Wettſt noch?
Dar ſaihlt ik en Muund, dei was ſo heit —
   Wettſt noch?
De Blaume räke, de Lewark ſung,
Dat 't hell un luſtig vam Himmel klung:
  Tirililei,
   Wi lewe im Mai!

Braunſchweigiſche Mundarten.

Auguſt Hermann.
(Braunſchweig.)

Slap in, min leiwe Kind!

Slap in, ſlap in, min leiwe Kind,
Mak Dine Ogen tau.
Da butten weiht de kole Wind,
Slap in tau'r ſäuten Rauh!

Tuckhäuneken ſläppt lange all,
Slap Du ok in, mak 'ſwinn.
De Schäpken alle ſlapt in'n Stall,
Min leiwe Kind, ſlap in!

---

[1]) herzliebſte Taube. — [2]) ſein.

Lisbeth un Nahwer's lütt' Kathrin
Ok all tau Bedde sind.
In't Fenster kikt de Mandenschien.
Slap in, slap in, min Kind!

De Puppe nimm in Dinen Arm
Un holt se wisse¹), sau.
De Kissen sind sau weik un warm,
Slap in, slap in, sau, sau.

Th. Reiche.
(Ostfälisch.)

Se sünd nich owereins.

„Na, Wisecken²), wo gefällt et dick denne
Up Diner nien Deinstenstidde?" —
„Ah, ick wüßte nich, wo'k ower kla'en könne,
Höchstens daower — ick mot arbei'en midde!"
Sau kööären³) Wisecken un Dortchen tehope,
Ar sau de Mäkens dat geren dauet;
Se harren sick bai'e an Barme dropen,
Wor se sick denn allebott ne Wile rauhet.
„Un Dine Herrschopp — is'r midde uttaukomen?" —
„Na, 't is sau hen, mit öhne mag et ja gahn;
Hei hat mick underwielen doch in'n Arm enomen,
Dat hat sei noch nein einzig Mal edahn!"

---

¹) fest. — ²) Koseform für Luise. — ³) plaudern.

Fritze Tönepöhl un sin Slap.*)

De Attolleri, bei kreig von buten
Den einen Harwest de Rekruten.
De eine heit Fritze Tönepöhl,
Dei snucke¹) un weene hellesch veel.
Sin Slap²), Hans Kunrad Klimperlange,
Word underwilen angest un bange
Un fraug ne denn: „Wat fehlt Dick, Fritze?
Wat is Dick we'er nich in der Mütze?
Hat Dick de Kapperal egnuffet?
Oder de Scharsante we'er ebuffet?
Well et Kammisbrot Dick nich smecken?
Oder kannste de Kannone nich trecken?" —
„Ach, Kunrad, lat n't man alleene,
Ick sägg et Dick nich, wo'k ower weene!" —
„Na, Fritze, kumm un si nein Schap,
Ick bin doch nu eimal Din Slap,
Un wenn we ösch willt te Bäbbe läggen,
Denn mö we ok en paar Wöre säggen;
Dabie will we ösch tehope setten,
De Andern brukt dat nich te wetten." —
„'t is gut, Kunrad, ick segge nich nee,
Ick bin 'r gänzlich midde tefree.
Ick will min Harte Dick ganz affluien³),
Du most mick awer denn nich bruien:
In usen Darpe bat Papen Rieken
Hat närgens mehr ein sinesgliken.
Et is sau wawwelich, glu un snicker⁴)

---

*) Gleich dem Vorhergehenden aus dem Werkchen „Heitere Reimereien", Verlag von Otto Salle in Braunschweig.
¹) schluchzte. — ²) Schlafkamerad. — ³) abschälen, bloßlegen. — ⁴) sauber, gut aussehend.

Ar ne Rothböſchtſche¹) oder en Steinbicker²).
Kann ſülweſt mick en Kapput³) ammäten
Un koket en gladden Pott vull Äten;
Kann Appel ſchell'n un Mauren⁴) ſchrapen,
Un Arſten maien un Raggen afrapen.
Wi woll'n nein Deinſtenbrot mehr biten⁵),
Woll'n uſen Kram tehope ſmiten.
Ick was bi Rieken ſau gruilich geren
Un mot nu hier Zaldate⁶) weren.
Un dat ick nu gar niſt von Rieken weit,
Dat is ne farſluchte Begebenheit!
Nu dra'e ick al fif Da'e in miner Ficke⁷)
En Breif von Rieken, ſau grot un dicke;
Sau dat ick ganz gewiſſe weit,
Dat ſcheußlich veel derinne ſtait.
Du weiſt, ick bin da von Othfreſen,
Da künnt noch veele Luie nich leſen;
Un weil et mick nu ok ſau gait,
Nu weit ick nich, wat in den Breiwe ſtait!" —
„Min leiwe Fritze, da weit ick Rath!
Ick leſe ne ganze ſwanke Rath!
Mal her den Breif un knöp up Din Ohr,
Ick leſe ne ſtantepee Dick vor!" —
„Nee, Kunrad, da haſte Dick helleſch eſnäbben⁸):
Wat in den Breiwe ſtait, ſchaſte⁹) ok nich wetten!" —
„Wat ſchad'n dat, Fritze, dat gait ok ſau:
Du hälſt mick bi en Leſen de Ohren tau;
Un denn leſ' ick et un höre 't nich,
Un Du hörſt et denn un ick weit et nich!" —
„Forwahr," ſä Fritze, „dat gait ok ſau!
Hier haſte den Breif, nu lis man tau!"

---

¹) Rothkehlchen. — ²) Steinſchmätzer (Saxicola rubreta L.). — ³) Jacke. — ⁴) kann Aepfel ſchälen und Mohrrüben. — ⁵) wir wollen kein Bedienſtetenbrot mehr (beißen) eſſen. — ⁶) Soldat. — ⁷) Taſche. — ⁸) hölliſch geſchnitten. — ⁹) ſollſt Du.

In Harfste.*)

Kolt ward et nu al upperstund'¹),
Et Loof, dat farwet sick ok bunt,
De Schaper trecket na'n Stalle,
De Wieschen schienet al sau geel,
Un butten²) gifft et nich mehr veel —
De beste Tiet is alle.

Un vor der Sunne Margenlicht
Da dränget sick de Näwmel dicht
Un wel un wel nich wieken.
Sau kannst du, Minsche, kiek dütt an
Un denk denn allebott³) beran,
Nich in be Taukunft kieken.

De Blä'er fallet, — se wasset we'er.
De Swöälecken⁴) sünd weg, — se komet we'er,
Drumme holt en Kopp man boben;
Denn Snie un Frost, dei sünd ok gut.
Wer Hopnunge behöllt un Muth,
Dei hat den rechten Globen!

---

*) Aus „Ernste Klänge", Verlag von Otto Salle in Braunschweig.
¹) jetzt. — ²) draußen. — ³) jedesmal. — ⁴) Schwalben.

Mundarten der Provinz Sachsen.

F. Giebelhausen.
(Mansfeld.)

Do haste Deine Part!

A. Zobel.

(Sitzt am Tische und stopft sich eine Pfeife.)

S' Halbobbendbrut hat dach wie Broten geschmackt;
Nu wärd au gleich änne Feife ahngeschtackt!
Zworzch zund raucht Gruß un Klein, wie de Narren,
Sällen änne Feife, un nischt wie Cigarren;
Odder[1]) ich bin nach Einer vun ohlen Schrute
Un thue mich libber an änner Feife was ze Gute.
Wenn ich vulldchens su ä Schlahk[2]) ha gemacht
Un ha mich zwei Fund farr 4 Groschen mettgebracht;
Denn kann ich knapp de Zeit derrwohrten,
Su wie ich heimkumme, giehrt's in'n Gohrten,
Un ha'ch denn de Feife in'n Brand gebracht,
Denn schmeckt's ämool, s'is dach änne wahre Pracht!
Un ä Geröchelchen kammer do schpieren,
Daß merr de Engel in'n Himmel kann hieren,
Daß'ch su ä Bolzen in's Maul ninn schtäckte
Un an dän Zeie mett der Zunge rum läckte,
Das mißte wärrlich Nuthen thun!
Do kimmet je mei Bruder Friede schun.
Was mahk änn bär uffen Ruhre hann?
Der Bengel brescht je, was ä aus Leibeskreften kann.

Friede Zobel.

Bruder, 's is gut, daß'ch Dich hie träffe, alle Kreten!
Was siehre Nuthwennig's das ha'ch mett Dich ze reden.

---

[1]) aber. — [2]) Schlag.

A. Zobel.

S' wärd au veel sinn, was be mich witt sahn[1])!
Uff Deinen Gesichte sieht mersch Dich zu wennigesten
nich ahn!

Friede Zobel.

(Für sich, die Cigarre in Brand zu bringen suchend.)
Die hunnevarfluchtche Cigarre, die ärgert mich —
No su siehre gefährlich mache's mant nich,
Uff's Ansähn, do kimmet's offte genunk nich ahn!
Obder ich wulle mich gären bei Dich was befrahn.

A. Zobel.

Wenn's De mich ärcht frahn witt, was'ch dozu thu sahn,
Daß Du Gälschnabel mett Rauchen fengest an,
Denn will ich Dich su veel gleich hie schtecken:
Wenn de Deine paar Kreten nich besser anwengest,
A wie daß De se mett Cigarren verbrengest,
Wärb's arme Thier bohle genunk bei Dich hecken!

Friede Zobel.

Ich bin je doch schun achtzehn Johr gewäsen,
Kunne in der Schule gut schreiben un läsen,
Un wäre doch nich färz'ch Johr ze sinn brauchen,
Wenn ich, wie Ann're, änne Cigarre will rauchen?

A. Zobel.

Varehr daß merr erscht is ä richt'ger Mann,
Daß merr sei Brut au richt'g vardienen kann,
Do muß merr seine paar Fennige nich varpaffen,
Die mett Miehge be Eltern baschaffen! —
Obder nu bin ich, Gottstrohbock, dach neischieren,
Was de vun mich witt, zund anzehieren.

Friede Zobel.

Ich diene nu nich mieh bei'n Fähren[2]).
Un will dervor libber ä Bärkmann wären!
Ich wußte nich, wie ich das wuhl machte,

---
[1]) willst sagen. — [2]) Pferden.

Daſſenſe mich theten anlähn uſſen Schachte,
Un bobei kamb mich der Gedanken ahn,
Du witt ämool Deinen ältſten Bruder frahn.

A. Zobel.

Wenn's De denn zund ſu ſiehre gären
Wie mir Alle nach witt¹) ä Bärkmann wären,
Denn ziehſte Dich ahn Deinen beſten Schtaat
Un giehſt nach Eislebben bei'n Geheimrath.
Do brengeſt De Deine Worte ahn
Un kannſt denn au ſu quantweis ſahn,
Du wärreſt 's liebesgären ſähn,
Wenn he Dich wulle Arbeit gähn.

Friede Zobel.

Bei ſu ä Mann bin ich nannich gegangen,
Das weiß'ch nich, wie'ch das ahn muß fangen!

A. Zobel.

Du nimmeſt de Mitze ab un kloppſt denn ahn,
Do ruft he: 'rein!, Du fengeſt an mett Sahn:
Glückauf, Herr Geheimerath! Ich wulle ſe dach gebäten hann,
Ab'ch nich ächt Arbeit bei Sie kreien kann?
Un denn paßte uff, was he Dich freget,
Wie ä Bärkmann ſich richt'g batreget.

Friede Zobel.

Alle Schtichſchtären! Nei! Gott ſall mich ſchtärken,
Das kann ich wärzchen²) nich gut märken!

A. Zobel.

No, Schoofkopp, fank Dich ahn mett ze zieren! —
Merr wullen's gleich ämool hie prabbiren:
Du mußt denken, ich weer' der Geheimerath,
Un Alles, was ich ſahe, denkſte, hat där geſaht.
No gieht ämool naus un fank denn ahn! —
Wenn's falſch is, will ich's Dich ſchun ſahn.

¹) willſt. — ²) wirklich.

Friede Zobel.
(Geht hinaus; klopft an.)

A. Zobel.
Herein!

Friede Zobel.
Glückauf, Härr — Härr Geheimerath! Ich heiße Zobbel.

A. Zobel.
Glückauf! Was bringt Zobel?

Friede Zobel.
Ich wulle mich dach gebäten hann — ich heiße Zobbel!

A. Zobel.
Schlecht, Zobel! Noch einmal, Zobel!

Friede Zobel.
(Geht hinaus; er klopft.)

A. Zobel.
Herein!

Friede Zobel.
Glückauf, Herr Geheimerath! Ich heiße Zobbel!

A. Zobel.
Glückauf, Zobel! Was bringt Zobel?

Friede Zobel.
Ich wulle Se dach gebäten hann,
Weil ich wären will ä Bärkmann,
Sie sellten sich dach jo baquämen,
Arbeit zund bei mich ze nähmen!

A. Zobel.
Ganz schlecht, Zobel! Noch einmal, Zobel!

Friede Zobel.
(Geht brummend hinaus; klopft.)

A. Zobel.

Herein!

Friede Zobel.

Glückauf, Herr Geheimerath! Ich heiße Zobbel!

A. Zobel.

Glückauf, Zobel! Was bringt Zobel?

Friede Zobel.

Schoof! Du weißt's je; was fregest änn donach ewig?

F. Fischer.
(Erfurt.)

A hartes B.

Ferr ahlen Zäiten, da luß söch amal a Bäcke dahier önn Arford uff'n Anger säi Haus schiene zerachte mache. Dr Döncher, no 's war noch äiner vo' ahlen Schrut o Korne, dar hatte schunne a paar Dage drane römm gebönselt. No endlöch ann a Nachmötche da ware fertg drmätt o göng näin bi'n Mäister o wolle säi Gald holle. Dar sa'te abber ferrn: „Hiernse, Se honn je wuhl ähre Arbäit ganz häbsch gemacht, onn öch ga' dar Sache Bäifall. Se mössen mer abber noch a Gefalln thu o möff mer su vo Kalche a B äbber de Thär mache." — „No woröm ann nöch, das ka' gescheh, dodruff kämmt mersch au nöch ahn," sa'te dr Döncher o göng naus o machte fix vo Kalche a wäiches B äbber de Thär o göng nachen wedder näin onn sa'te ferrn Bäcken: „Nunne bönn öch fertg!" Abber Herrjechen, dn Bäcken säi Name, der fung je söch mätt'n hartn B onn nöch mätt'n wäichen B ahn! O wie dr Bäcke nunne naus kamb o wolles noch amal betrachte, da sach e je ze sinnen Schrecken, daß dr Döncher a wäiches B gemacht hatte, onn's moste dach a hartes B säi. Da sat'te ferrn: „Hiernse, Sä hann jo a wäiches B gemacht onn öch wolle a hartes ha'!" — „Sinn Se nor stölle," sa'te dr Döncher o läite sinne Hand uff'n Bäcken sinne Scholder: „Lohsen Se das nor gut säi, 's wärd schonne hart ware!"

Aebberfch Affen onn Drönken.

Ferr välen Jahren da wuhnte a Schräiner uff'n Sanne[1]), dar hatte sachs Jongen. Dan fraten amal sinne guten Fräinde i Thieröngerhufe: „Sinne Familje die koste'n wuhl väl Galb?" — „Ach ja, das hätt sinne Röchtgkäit," sate dr Schräiner; „minne Jongn assen zwart nöch ze väl, abber an nöch grade ze wienög — 's sinn su gättlöche Möttelfrasser!" Nachen hatt a au su Spröchwärter ann söch: „Deche asse onn drönke garne was Gutes, herrngägen wöll öch abber au mäine Ruhe ha!" — „Dech asse Alles, abber Hasenbraten — dan äss öch au!"

Genner Gute hatte i Werthshause gesat: „De Gans äss a dommer Vugel!" — „Worömm ann?" fra'n nunne de Annern. — „Aeine äss mer ze wienög, onn zwäie — das äss mer ze väl!"

's hätt amal ann Offezier a Bedienten ghatt, dar mordjälsch hätt saufe gekonnt, onn da hätt dr Offezier mätt sinn'n Fräinden gewett, daß säi Vorsche das Faßchen Bier da elläine ausdrönke thäte, onn hätt'n räingerufen o' gefrat, äbb es au wärklöch fertg kröchte. „No worömm ann nöch, Harr Läitnant!" sate dr Vorsche o' göng naus. Wäil a abber ze lange uff söch warte luß onn ömmer nöch webber räin kamb, da göng dr Läitnant au amal naus o' guckte, wu säi Vorsche gebläbben wier, wäil a dach asange solle mätt Drönken.

---
[1]) auf dem Fischersande (in Erfurt).

Herre, wie a i de Köche kamb, da ftann dr Borfche da o' dronk döchtg Waffer. „Verfluchter Kerl, willft Du gleich das Waffertrinken laffen! Du follft ja reinkommen und das Fäßchen Bier austrinken!" — „Harr Läitnant, öch komme fchonne, öch wolle nur amal browire, äbs göng!" Vo dar Gefellfchaft drönne, da war abber Aeiner drwäile i Garten geloffen onn hatte a gatlöchen Frofch gehult onn hatten uben zon Spondloche i's Fäßchen näigethan, daß Genner de Wette verliere folle. Demms korzg ze machen: dr Borfche dröntts Fäßchen wärklöch aus, o' de Wette die war gewonn. Nunne kam abber Alles gefprongen, onn fe guckten näin ins Faß onn fchötteltns ö dachten, dr Frofch dar möfte noch drönnr läh, abber a war nöch mih da, onn da worren fe dach hällöfch näigierög onn frahten bn Offezierborfchen: äbbe bi'n Drönken nifcht gemerkt hätte? „Ja," fate dar, „'s war mr fu, als wenn noch a Hoppenbladchen drönne gewafen wier!"

Wuhllieblöch.

Ferr fäi Schräiber fate amal dr Huf-Föskal: „Setzen Se föch hänn o' fchräiben Se amal: ‚An Aeinen Wuhllieblöchen Magöftrat'. — Ach, wöffenfe was! — fträichen Se das ‚Wuhllieblöch' wack! Was braucht dar ‚Wuhllieblöch', das fieh öch gar nöch i' Geröngften äin! — Hann Se 'sn wackgeftröchen?" — „Ja!"

„Wöffense was," funge nach a Wäilöchen an, „öch ha möch annerfch befonn': Machen Se amal Binktchen dronger, ongerbonktiren Se's wedder, me ka' je nöch wöffe, wie me die Karle amal braucht!"

Brandenburgische Mundarten.

W. Bornemann.
(Altmark.)

De Olle Fritz.
(1818.)

Gewaddern! nu moal bitchen still!
Vom Ollen Fritz, den König, will
Ick zund[1]) nich dumme Rede föhr'n,
Ji mütten män verstännig hör'n.

De Olle Fritz — pots Schlag in't Huus!
Dät was en König as en Duus!
Groot von Gestalt was He just nich,
Dät Groote — satt Äm innerlich.

Sin Rock un Wams un Stäwelpoar
Was ok dät Nie'ste nich von't Joahr,
Oft keek dä Unnerfubber rut —
He sach drüm doch as König ut.

Sin Tressenhoot was ok so so;
Sin Krückstock paßte ganz derto:
Doch, sprack He mit den Krückstock wat —
Panduren hem Respekt gehat.

Sin Ogenstroahl was Sunnenlicht:
Un wer von Äm en scharp Gesicht
Bi dumme Striek' in Ungnoad kreeg',
Dät was, as wenn de Blitz drin schlög'.

---
[1]) jetzund.

Leet He sick up de Stroat moal sehn,
Was Klein un Groot flink up de Been
Mit Juchhei! „Hoch leb' Voader Fritz!"
Un in de Luft flog Hoot un Mütz.

Sat He to Peer, — hem sick de Jung'n
An Toom un Böägeln angehung'n.
„De Schimmel schleit! Jung's, seht Ju vör!"
Reep Fritz: denn jung't recht bunt erst her.

So was't Äm recht. He dacht bi Sied:
Wo't Volk juchheit, is goode Tied.
Hät fründlich uns denn togenickt,
Doa hät uns All'n dät Herz taktikt.

Up Vornehmsin — kam Äm nich an:
He sprack mit den geringsten Mann,
Un leet sick in den Satz nich stör'n,
Dät alles sine Kinner weer'n.

Just as en Huusmans-Voader gaf
He väl sick mit de Würthschaft af,
Dät ganze Land haar He doabi
Vör Ogen — kene Partparti.

All' Joahr leet He de Böker breng'n:
De Roathsherrn mußten Räknung leng'n,
Schlimm — dat wußt Jeder, wörr et goahn,
Woll Ener up den Schwanz wat schloan.

De Kist un Kasten woaren vull,
Doch lag dät Geld Äm nich as Null,
Nä, klööglich bracht He't so un so
Den Unnerdoanen wäbber to.

Wo sick ut Moor un Sump un Sand
Leet schaffen Wisch[1]) un Ackerland,

---

[1]) Wiese.

Doa sach He Tunnen Gulds nich an
Un treckte Kolenisten ran.

So leep de Doaler hen un her,
So wuß de Schatz alldäglich mehr,
Dät Schulligsin — was nich sin Sitt,
Doa knabbern de Intressen mit.

Un woll de Fiend Äm in dat Land,
He was vörweg all bi de Hand:
Drüm hät He in de Kriegsgeschicht
Den Noamen „Noaber Flink" gekrigt[1]).

En harter Krieg word angespunn'n,
Vom Thron soll König Fritz herrun!
Un leeten se'n as Markgroaf stoahn,
Weer Äm noch groote Gnoad gedoahn.

I, gode Nacht! Fritz was nich fuul,
He wischte Jeden öber't Muul.
Dät Kriegeshandwerk was et just,
Wo Fritz von kenen Spoaß wat wust.

Hüt nam He sick de Russen vör,
De Osterrieker hinnerher,
Drup kloppt He de Franzosen af,
De Rieks-Armee — kam sülwst in Draf.

Wenn Ener, wo de König stund,
Den Platz allto gefährlich fund —
„Mag sin," sprack Fritz, „vör Land un Thron
Mütt ick min Schulligkeit hier dohn."

Un witz un woahr, bi mänchen Kamp,
Inmidden dicksten Pulverdamp,
Schlog Bomm un Kugel up Äm raf,
Gott öber wehrte gnädig af.

---
[1]) in Gesprächen der Bauern über den Siebenjährigen Krieg.

Was of de Fiend teinmoal so stark,
Dät estemeert He män en Quark;
Doadrin verleet de Olle Fritz
Sick up sin Volk un sinen Witz.

Un reep He de Soldoaten an:
„Frisch, olle Jungs, nu drup un dran!
Pots Schwenzelenz!" denn was't en Danz,
Doa bleef keen Kopp, keen Knoaken ganz.

Was moal in't Loager knappe Noth:
Den letzten Schluck, dät letzte Brod
Hät Fritz gedeilt mit den Grandeer,
As wenn et in Kamroadschaft weer.

Was den Soldoat bi schlimmen Kroam
De lust'ge Moth moal wat benoahm,
Denn bloos He up sin Fleutrowehr¹),
Gliek gung et, heissa! rund ümher.

So hätt de Fiend Äm nich en Hoar
Gekrümmt in vulle söben Joahr,
Un as de Kamp to Enn is west,
Satt Jeder in sin ollet Nest.

Dät segg' ick hier: Sön König as
De Olle Fritz von Prüssen was,
Mag noch so lang' de Welt bestoahn,
Sin Andenk werd nich unnergoahn.

Drüm, dickdohn will ick drup mi hüt,
So dörch myn Leben alle Tied,
Dät Voader Fritz mit mi toglick
Hät leew't — joa! doamit doh ick dick!

---

¹) Querflöte (Flauto traverso).

Un kümmt He mi — wenn't Gott gefällt!
Entgegen moal in jenne Welt:
Hoch schmieten will ick mine Mütz,
Utroopen — „Herr Gott! olle Fritz!"

Sommers Kreftgang.

Wi brengen mit Juchhei den flunkernden Kranz
Von Aehren, de schwuchten un wuchten,
Mit Blomen un Bännern in güldigen Glanz,
Geschickt von de Mäkens dörchfluchten.

Nich licht was de Arbeit, et stund dat Getreid
So wählig¹), so dick up den Acker,
Doa hem moal de Knechte rechtschoapen gemeit,
De Deerens gebunnen so wacker.

Hüt öber, hüt wöll'n wi to god uns wat don,
Wi söll'n uns den Schwet hüt versöten,
Mit Juchen un Danzen, mit Hopsahallo'n,
So sall sik de Morgen uns röden.

Doch ehr wi lustig rümmer spring'n,
Will'n wi to Gott vör alle Ding'n
Erst richten en christlich Gemöth,
To breng'n en frommet Dankgebet.

Gott sach von Himmel up uns raf,
Gott was't, de sönnen Segen gaf,
Wenn wi de Soat in Hoffnung streu'n,
Von Gott den Herrn kümmt dat Gedeih'n.

Gott namm de Soat in Schirm un Hod,
Gaf rechter Tid de Regenfloth,

---

¹) üppig.

Den Sunnenschin, den Perdeldau,
Dat sik erquickt hett Feld un Au.

So word uns Hus un Hof gefüllt,
So förchten wi ken Hungerbild:
Schütz un bewoahr, barmherzger Gott,
Uns nu vör Brand un Kriegesnoth!

Doa is de Segen bald verstört,
Wo Unfred' blod'gen Hader föhrt,
Wo üm sik griept de Füersbrunst —
Bewoahr uns Gott in Gnoadengunst.

 Lustig nu to Danz
 Üm den Ährenkranz!
Spellüd, dot de Ohren summen,
Sall de olle Baß zund brummen,
 Trumpet, Vigelin
 Hellen Klangs mit in.

 Knecht un Moagd, fix, flink
 Drillt¹) Ju Ring bi Ring.
Alles, wat in Tucht un Ehren,
Sall ken Minsch Ju hüt verwehren,
 Moakt den suren Schwet
 Doamit wedder söt.

 Wer noch humpeln kan,
 Olt un Grau mit ran!
Erst en Danz mit to versöken,
Denn will'n wi en Pipken schmöken,
 Gott en Danklied sing'n,
 Dät de Steren kling'n.

---

¹) dreht.

Friedr. Beckmann.
(Berlin.)

Der Eckensteher Nante.

Det beste Leben hab ick doch,
Ick kann mir nich beklagen,
Pfeift ooch der Wind durchs Ermelloch,
Det will ick schonst verdragen.
Det Morjens, wenn mir hungern duht,
Eß ick ne Butterstulle,
Dazu schmeckt mer der Kümmel jut
Aus meine volle Pulle.

Een Eckensteher führt uf Ehr
Det allerschönste Leben,
Man friert anjetzt zwar manchmal sehr,
Doch bald is det zu heben:
Von außen hau ick mit de Faust
Mir in de Seit un Rücken;
Un wenn een Schneegestöber saust,
Muß Kümmel mir erquicken.

Ick seh manchmal, wenn jroße Herrn
Hinein ins Weinhaus jehen,
Da steh ick denn so still von fern:
Duh uf den Kümmel sehen;
Un denk' bei mir: „'s is janz ejal,
Ob Wein, ob Schnaps im Jlase —
Von beeden kriegt man allemal
Doch eene rothe Nase!"

Komm ick det Abends nu zu Haus,
Will meine Olle brummen,
So lang' ick bloß die Pulle raus,
Un gleich duht sie verstummen.

Sie nimmt 'nen Schluck, un das beweist,
Wie schätzenswerth die Jabe;
Der Kümmel is mein juter Jeist,
Durch den ick Ruhe habe.

Nee, nee, der Nante is nich dumm,
Nachjrade kriegt er Bildung;
Er dient ja stets dem Publikum,
Das seht man an die Schildung.
Zu Ihrem Dienst sehr gern bereit,
Wenn Sie's befehlen, danz ich;
Un hat der Nante Sie erfreut,
So jubelt Zwee=und=Zwanzig.

Adolf Glaßbrenner.
(Berlin.)

Rentier Buffey.

Vor der Hausthür.

Frau Selback (rufend): Madam Schmedewaldten! Heda! Sie!

Frau Schmedewald (dreht sich um): Nanu?

Frau Selback: Ich bin's! Kommen Se mal her!

Frau Schmedewald (kehrt zurück): Na was — i juten Morgen, Madam Selbacken, — na was is denn? Sie sehen, ich habe nich viel Zeit; ich habe'n Korb untern Arm; man schnell, wenn Sie mir was zu sagen haben.

Frau Selback: Hier is ne Hochzeit; hier oben eene Treppe hoch; die Belle=Etage verheirathet sich an einen Jelehrten; wat weeß ick, wie er heeßt: Flatter, Flotter oder Flitter.

Frau Schmedewald: I wat Sie mir sagen, Frau Jevattern! I Herrjees, wenn ich mir nich irren dhue, so wohnt hier oben Belle-Etage eene Treppe hoch der Wirth von des Haus, der reiche Rentier Buffey! Wie, wissen Sie nich?

Hanne (Köchin aus dem Hause): Ja woll, die schöne Hulda verheirathet sich.

Frau Schmedewald: J wirklich, hat die vornehme Person wirklich Einen jefunden? Sagen Se mal, wissen Sie nich, ob se in de Kirche jetraut werden? Sehen möcht' ich des Mächen doch; sie muß sich janz hübsch als Braut ausnehmen, wenn sie sich nich zu sehr auftakelt.

Hanne: Sie werden in de Kirche jetraut; die Charlotte, Buffeys Dienstmächen, hat es mir jesagt.

Frau Schmedewald: Wie lange dauert des woll noch, bis der Bräutjam kommt un ihr abholt?

Hanne: Ach Jott, des kann noch seine runde anderthalb Stunden dauern.

Frau Schmedewald: Na, denn will ich meinen Korb man hier hersetzen; denn sehen muß man am Ende doch, wie se Beede aussehen, un nachher wird het hier so voll, deß man janz hinten zu stehen kommt, ich kenne des. (Zu Hannen:) Sagen Se mal, kennen Sie den Bräutjam, is es en hübscher Mensche? (Sie setzt ihren Korb auf die Erde.)

Hanne: Mir könnt' er nich jefallen.

Frau Selback: Nich? Na, des is en Jlück, deß Sie ihm nich zu heirathen brauchen.

Frau Schmedewald: Hat er denn was?

Hanne: Ne, Charlotte meent nich.

Frau Schmedewald (zu Frau Selback): Wat sagten Sie doch vorher, was er wäre?

Frau Selback: En Jelehrter.

Frau Schmedewald: Ach Herrjeeses, en Jelehrter! Na, da sollste fett bei werden! Ne, denn hat er ooch Nischt; denn hat er se ooch sicher bloß um's Feld jenommen. (Setzt sich auf die Steintreppe vor dem Hause.) Denn, sehen Se, Frau Jevattern, des kann Keener besser wissen als ich: bei mir hat mal vor zwee Jahren ein

Jelehrter Chamberjarnie jewohnt, der hatte jar nie wat. Der fuhr mitten bei de furchbarste Kälte im Winter alle drei Dage en Offzierviertel, un denn legte er fünf Stücken ein, als wenn er den Winter bloß necken wollte, un saß in seinen alten, zerlöcherten Pelz un schrieb un studirte Juras.

Frau Selback (zu Hanne): Sagen Se mal, ich möchte man wissen, ob denn die Mamsell Hulda ooch en juten Ruf hat; wissen Sie nich? Hat se woll en juten Ruf?

Hanne: Ja, ich will Ihnen sagen: ick weeß eejentlich jar nischt von ihr; aber soviel is jewiß, des hat mir Charlotte jesagt: eine Liebschaft hat sie schon mal jehatt.

Frau Selback: So? Wissen Se nich, mit wen?

Hanne: Mit einen Refendarjus.

Frau Schmedewald: Mit 'n Refendarjus? Na, denn is et ooch richtig! Des weeß ich am besten. Wo ick früher wohnte, da nebenan wohnte ein Juwelier, dessen Dochter hatte ooch sonne Amour mit 'n Refendarjus, und des jing Allens janz jut; de Ringe waren schon jewechselt; aber wie et nachher zum Klappen kam, da jing er heidi un ließ se sitzen.

Fritz (zu seinem Kollegen, einem Kutschenöffner): Hier is et, Broschling!

Broschling: Na, wenn et hier is, denn is et jut, denn wollen wir sehen, wat die Natur heute vor Froschens in unsere Westentasche liefert. (Zu den Frauen:) Entschuldjen Se, meine wißbejierigen Damen, det ick noch nich der Bräutjam bin, der die Braut abholt. Ick bin der bekannte Doktor Broschling, verschaffe den Kutschen Öffnung und lasse mir meine Danksagungen nich in de Zeitung rücken, sondern in de Hand drücken. (Zu seinem Kollegen:) So viel maße ich Muth; uf mehr as zwölf bis vierzehn Kutschen is hier nich zu rechnen, höchstens uf fufzehntehalben. Un wer weeß, wie ville darunter sind, wo die infamen Laßkeien selbst ufmachen. (Zu den Frauen:) Ick bin nich der Bräutjam, meine Verzehrungswürdigsten: ick mache ihm bloß uf.

Frau Schmedewald: Sparen Se Ihre Witze.

Broschling: Meine Witze sparen? I Jott bewahre, so'n Knauser bin ick nich. Sie sind 'ne arme Frau, wat 'n Witz betrifft, un ick theile Ihnen von meinen Überfluß mit. Det versteht sich von selbst; bet wär' Unrecht, wenn ick't nich bhäte .... un sojar Unrecht jejen meine eijene Personalisirung, denn Sie würden mir als Knicker benutzen, un denn wär' ick jespannt uf Ihnen. Überjens, worum sind Sie'n so böser Laune? Ahach, ick merke Lunte! Sie sitzen hier vor'n Haus, wo Hochzeit is, und haben einen Korb neben sich stehen. Det is wahrscheinlich der, den Ihnen det männliche Jeschlecht verehrt hat. Ne, ... werden Se nich böse, bleiben Se ruhig sitzen! Meintwejen können Sie ooch sitzen bleiben.

Frau Schmedewald: Dummer Esel, ich bin verheirath't!

Broschling: So? Ne, wirklich? An wen b'n? Den Wagehals möcht' ick kennen lernen!

Frau Schmedewald: Det wird Er jewiß nich! Mein Mann is viel zu repptierlich, um sich mit so'nen Straßenräuber abzujeben.

Broschling: Ick danke Ihnen jehorsamst: so weit hab' ick mir noch nich verstiejen. Als Rinaldo Rinaldini in des Dhierjartens finstern Jründen, bis mir meine Rosa weckt, um bei Kemfer's 'ne Tasse Kaffee zu drinken: dajejen hätte ich jar nischt. Und sehn Se, wenn ick wirklich so'n Jeschäft als Straßenräuber etablirte, Sie wären sicher vor mir; wenn ick mal Straße raube, denn such' ick mir wat Besseres aus. Überjens bhut mir det leid, det ick Ihnen hier so unanjenehme Dinge erzählen muß. Wenn Sie mir freundlich entjejenjekommen wären, hätten Sie bei mir Liebe jenießen können, so bin ick; aber .... nich verdeffendiren, wenn mir Eener anreift, dieses jeht nich, davor bin ick Berliner. Des Herz uf'n rechten Fleck, un den Kopp ooch, so steht et!

Fritz: Nanu halt' Deinen Mund endlich mal.

Broschling: Ja, Fritze, Du hast Recht; ick will ihm beruhijen. Lang mal in Deine Jackentasche und zieh' des Flakkon mit de Besänftijungsdroppen raus.

Fritz (reicht ihm eine Flasche): Ici!

Broschling (zieht, indem er zum Himmel hinaufschaut, den Pfropfen ab): Mond, verstecke Dir dazu! (Trinkt.) Es ist jeschehn, die Liebe hat jesiegt. (Sieht durch die Flasche, in der nur noch wenig Branntwein ist, zu Fritz.) So, mein Sohn, nimm diese Thräne aus den Niederlanden und entferne diese Hülse. (Sich umdrehend:) Herrjeeses, da kommen de beeden Konditerjungens mit ihren langen Korb, der so aussieht, als ob ein Choleramorbuskranker drin läge! Ju'n Morgen, ju'n Morgen, meine Herren Bonbons! Wie jeht et, wat macht die jebrennte Mandel, immer noch hübsch knusprig? So... setzen Se Ihren Inhalt ab. Des macht müde, nich wahr? Ja, worum dragen Se sich ooch damit? Det is ja jar nich mehr Mode; man drägt keenen Kuchen mehr. Bloß natürlich, wenn et der Herr befiehlt, denn muß man't als Konditerlehrling. Wat meenste, Fritze, wenn wir Beede in die ihre Stelle wären: des Kuchennaschen! Namentlich bei de Liköre, da würd' ick unjeheuer fleißig mein Jewerbe dreiben. (Tritt näher an den Korb.) Sagen Sie mal: Haben Sie ooch Boomkuchen drinn? Ick möchte mal schübbeln un sehen, ob nich en paar Blätter vor mir abfallen.

Konditorlehrling: Laßen Szie onz zufriedenn!

Broschling: Ach Jotte doch, der kleene weiße Junge spricht det Französche janz deutsch aus! O, hören Sie mal, Mehlweißken, Sie können sich mit mir in Ihrer Muttersprache unterhalten. Oder sprach Ihre Mutter nich? Wo? (Nach einer kleinen Pause:) Na, parlez vous donc! Wat? Worum parlez vou'n Sie'n nich? Worum heben Sie'n den Korbelch wieder uf un jehen in des Haus, ohne auf mir zu rejardiren? Wovor steh' ick'n hier, wo? Eenen von die Boomkuchens hätten Sie mir doch abliefern können!

Konditorlehrling (auf dem Hausflur): Haltenn Szie Ihr Maaul!

Broschling (ihm nachrufend): Ach siehste, siehste, nu wird der kleene Republieker ooch noch jrob! Dieser milcherne Schweizerkäse bhut sich hier orndtlich dicke, weil er oben bei de Hochzeit Kuchen abliefert. Det is'n schlechter Schweizerkäse, der hat man zwee Oogen.

Fritz: Na, nu hör' doch man uf!

Broschling (sich umdrehend): Ja, mit Avekplaisirverjnügen. Herrjees, da kommt ooch Champagner und andre edle Rebensäfte! Ju'n Morjen, ju'n Morjen, Herr Kiefer! Wie steht et? Was? Kennen Sie mir noch von vorije Woche, wo wir ooch Beede uf 'ne Hochzeit waren, uf die bei Jeheimeraths in de Behrenstraße? Wo? Des heeßt: ich machte Kutschen uf, un Sie brachten verschiedene Traubenblüthe; indessen wir waren doch so jut da wie die andern Jäste, — bloß deß wir nich rufjingen. Wir waren bescheiden. Un wenn wir nich bescheiden jewesen wären un wären ruffjejangen, so hätten sie uns runterjeschmissen. Natürlich, denn: Undank is der Welt Lohn; ein Weiser kooft sich vor'n Froschen Kirschen un eßt se alleene, sagt der Kukastenmann. (Nach einer kleinen Pause.) Na, hören Se mal, Herr Kiefer, wie is et? Wollen wir eine Putellje Schlampamper auslutschen, wo?

Hausknecht: Jo nicht sehen, kleener Müller! (Ab ins Haus.)

Broschling: Nu seh' een Mensch an, wat sich hier schon vor'ne Masse Menschen versammeln, bloß um Bräutjam un Braut zu sehen! (Zu allen Umstehenden:) Meine Herrschaften männlichen, weiblichen un sächlichen Jeschlechts: ich kann Ihnen uf Ehre versichern, deß ich nich der Bräutjammer bin! Ich mache ihm blos uf. Ick bin die poetische Fijur, die ihm die erste Pforte zu seiner Seligkeit öffnet. Ob er nachher jut mit des Mächen fahren wird, det hängt nich von mir ab.

———

Herrn Buffey's Zimmer.

Buffey (ist soeben mit seinem Anzuge fertig geworden, stellt sich vor den Spiegel und spricht lispelnd zu seinem Hausdiener): Na, wat sagste, Friedrich? Was? He? Wie seh' ich aus; wie mach' ich mir; wie is meine Positur, nennt man des? Was?

Friedrich (lächelnd): Ja, Herr Buffey, mir müssen Se nach so wat nich fragen. Ick habe jar keenen Jeschmack nich; ick finde, det Sie recht jut aussehen.

Buffey: So, findste des wirklich? (Er dreht sich um und versucht, seine Rückseite im Spiegel zu sehen.)

Friedrich: Ja, det find' ick. Un worum sollten Sie ooch nich jut aussehen? Sie haben die jehörige Korpolenz, des Duch is fein, en weißes Halsbuch un 'ne Masse Jold un Brillanten an'n Leibe: da muß der Deibel jut aussehen!

Buffey: So? Nanu, sage mal, Friedrich, hab' ick denn nu ooch den jehörijen Anstand zum Schwiegervater, so, was man so Würde nennt, heeßt des? Wie? Seh mal her, ob Du so was von Majestät an mir bemerkst?

Friedrich: Ne! Wenigstens ick finde Ihnen ganz jewöhnlich, bis uf des, deß Sie en neues Habiet anhaben.

Buffey: Nich? Keene Würde? (Er macht ein ernstes Gesicht, steckt die rechte Hand unter den linken Westenflügel und streckt den rechten Fuß etwas vor.) Na, wieden nanu? Is nu Würde da?

Friedrich (ihn genau betrachtend): O ja, so geht es. Des heeßt natürlich, fürchten bhut sich Keener vor Ihnen; ick wenigstens nich.

Buffey: Friedrich, ick will Dir sagen, Du bist zu einfältig; Du hast, was man so nennt, keine Bejriffe nich; Dir hat der Himmel mit Dummheit gesejnet. Et is hier keineswejes die Rede von Furcht, die ich einflößen will, sondern ich will Anstand einflößen, Würde,

Respekt, des is es, un des fühl' ich, deß ich des kann; des macht schon mein Alter, vierunfufzig, des jräuliche Haar, der Anzug und eine jewisse Jravität, die mir anjeboren is. — Sage mal, Friedrich, um uf was Andres zu kommen, wie steht et um de Wirthschaft? Is de Choklade jebracht vor de Brautjungfern, is der Kuchen jekocht, is der Wein un der Champagner alle da, wird Meinhardt unter'n Linden das Essen zu rechter Zeit schicken, des Dinee, nennt man des, was?

Friedrich: Allens in Ordnung, Herr Buffey; et fehlt nich de Spur mehr. Meinswejen können Sie jeden Dojenblick heirathen.

Buffey: Rede nich so dämlich, Friedrich; ich werde mir nich mehr verehlichen, denn ich bin ins elfte Jahr Wittwer, un ich dhu des ooch meiner Kinder wegen nich, damit sie nich stief werden. Aber meine Hulda verheirathet sich an den Dokter Flitter, un des kann sie, denn sie is ausjewachsen und versteht die Wirthschaft. Und außerdem kann ich ihr ooch was mitjeben, des heeßt eine Mitjift, nennt man des, des kann ich, ich habe was, Jott sei Dank! Ich bin Bürger, bin ich, Rentier!

Friedrich: Aber hören Se mal, Herr Buffey, des wird Ihnen doch schwer ankommen, det Sie sich von das liebe Fräulein Hulda trennen sollen.

Buffey: Ne, des macht sich, Friedrich. Sie bleiben hier in Berlin, wohnen in meine Nähe, ziehen de nächste Ostern janz und jar in mein Haus, wenn meine oberste Etage leer wird, un denn sehen se mir jern, Hulda sowohl wie mein Schwiegersohn, mein Eidam heeßt des; sie jeben was uf mein Urtheil über alle Verhältnisse und haben mir jesagt, je öfter ich ihnen käme, je besser. Auf dieser Weise macht es sich. Un denn hab' ich ja noch den Willem, un da hab' ich 'ne Beschäftjung, denn den erzieh' ich, davor bin ich Vater, ich bilde ihn als Kind vor die menschliche Jesellschaft aus. Apropos, seh' doch mal nach, ob der Junge noch nich anjezogen is, un schick'n mir her.

Friedrich: Scheen, Herr Buffey! (Geht hinaus.)

Buffey (allein): Es is durchaus nöthig, deß ich mir meine Rede als väterlicher Sejen noch ein Mal in Jedanken durchjehe; denn des läßt einen Eindruck zurück, der uf sone jungen Leute von die wohlthätigsten Wirkungen sein könnte. (Er geht mit wichtiger Miene im Zimmer auf und ab und spricht leise vor sich hin.)

Wilhelm: Hier bin ich, Vater.

Buffey: Stille!

Wilhelm: Der Friedrich hat mir jesagt....

Buffey: Stille sollste sind, dummer Junge!

Wilhelm: Ja, aber der Friedrich hat mir doch jesagt....

Buffey: Verdammter Bengel, Du sollst stille sind, sag' ick Dir! Wenn ich mit meinen väterlichen Segen fertig bin, denn kannste 'ne Maulschelle kriejen, verstehste? (Er spricht noch eine Weile vor sich hin, dann tritt er an Wilhelm heran.) Nu laß Dir mal besehen, wie Dir des neue Habiet sitzt. Na, Du machst Dir. (Etwas zerstreut.) Aber nu nimmste Dir ooch inacht, deß Du die Kleidungsstücke nich schief loofst un Dir die Stiebeln nich jleich voll machst! Denn Dir braucht man bloß ein neues Habiet zu koofen, wenn man't in'n Oogenblick ruinirt haben will. Ich wer Dir künftig alte Kleeder koofen, villeicht machste die wieder neu. Jetzt geh' wieder hinter un bereite Dir uf unsere Hochzeit vor! Wenn't nachher so weit is, denn fährste mit mir in meine Kirche nach de Kutsche.... Kutsche in de Kirche.. na, des is ejal!

Vor der Hausthür.

Broschling: Fritze, ick sage Dir, Du mußt Dir jeirrt haben. Du hast Dir jeirrt, wie der, der sich mit's Barbiermesser inseefte un mit'n Pinsel de Haare abkratzen wollte. Die Hochzeit wird woll erscht um Zwölwe losjehen, nich um Elwe? Du hast Dir 'ne Stunde zu früh verheirath't, Fritze! Anjetzt is et noch nich beinah halb Elwe, und et sind erscht zwee Stück Brautjungfern anjehupst jekommen. (Zu den Frauen:) Hör'n Se mal, meine Damen, wat ick Ihnen sagen wollte: wenn ick mir mal in den heilijen Ehestand treten lasse, denn sollen Sie Alle meine Brautjungfern werden, Alle, wie Sie da sind; wobei ick überjens een Ooje zudrücken will wejen Dieses und Jenes. Wat meenen Se, wie ick mir in den Myrthenkranz machen werde, wat? Ich, mit veilchenblaue Seide, wo? Un in des tugendhafte weiße Atlaskleid mit jroße Puffen un Puketts von Rosen unten rum! Na überhaupt, wer mir kriegt, der kann lachen!

Hanne (höhnisch): Ja, des jloob' ich!

Broschling: Nich wahr, Fräulein Kastrolle von Feuerheerd? Na, un nu müßten Sie erst meine Tugend kennen, hurrje! die Tugend! Ick sage Ihnen, Fräulein Kastrolle (die Andern lachen), wenn Sie alle Unschülde der Welt zusammenschmelzen, so kommt noch lange keene Tugend wie meine raus. Aber natürlich, wenn Einen so'n herrliches Pfand anvertraut is, wat so vielen Leuten fehlt, so muß man wohlthätig sind, un des war ick; habe hier und da von meine Tugend en paar Loth mitjetheilt, un ick sage Ihnen, so mancher Jejenstand looft in be Welt rum un jibt meine Tugend für seine aus. Herrjees, meine Damen, ich habe janz verjessen, deß ich en Mannsperson bin; ich habe mir so janz und jar in die Braut hier oben hineinjedacht, deß ich mir selbst als Jungfrau schmeichelte.

Frau Schmedewald: Was sagen Sie dazu, Madam Selbacken? Muß Einen hier so'n Kutschenufmacher annijieren!

Frau Selback: Ach Jott, man muß jar nich hinhören. Wenn man so'nen Menschen erst zeigt, deß man druf einjeht, denn kramt er Allens aus, was er unter de Seele hat.

Frau Schmedewald: Nu sehen Se sich aber mal um, liebe Madam Selbacken, was hier vor 'ne Menge Frauen un Mächens stehen, bloß, um des Bisken Braut und Bräutijam zu sehen! Sollte man es jlauben, daß die Menschen alle soviel Zeit zu verschwenden haben?

Frau Selback: Ja, es is erstaunlich. Aber: sehen Se mal, da fahren eben wieder zwee Brautjungfern zu be Krone vor! So, jetzt steijen se aus. Nu sehn Se mal, Frau Jevattern, was die eene vor'ne propre Armbänder um'n Arm hat! Aber, wissen Se, die Masse Blumen ins Haar, des macht sich schlecht; des sieht ja aus, als ob se welche zu verkoofen hätte.

Broschling (hat den beiden jungen Damen die Kutschenthür geöffnet, sieht ihnen nach und macht einen tiefen Knicks hinter ihnen): Empfehl' mich Ihnen jehorsamst, meine Fräuleins; besuchen Sie mir bald wieder! (Wirft einen Kußfinger.) Dunnerwetter, die eene, des is en schönes Mädchen, die hat mir ein blankes Zweijroschenstück schmachtend in meine zarte Patsche jedrückt. Einen Wuchs hat sie wie eine Jupitern, rabenblonde Locken, Augen wie'n paar Leuchtkugeln, Wangen wie Rosenknospen, Lippen wie Lippen, und einen Fuß hatte sie, einen Fuß! So klein wie ne Birne, un der andere war noch kleener. — Ach, und eene Nachtijall ließ sie los, wie ich ihr ufmachte und sie „Hier!" sagte und mich dabei das zarte Zweijroschenstück in die Lilienhand drückte: o Jott! ich könnte ihr lieben, wenn es nich jejen meine Jrundsätze wäre. Denn Sie müssen wissen, meine Herrschaften, ich reise nach des glückliche Baiern und jehe als Nonnerich in ein Kloster.

Eine weibliche Stimme: Wenn Sie man erst da wären!

Broschling: Jungfrau außer Diensten, dieser zarte Wunsch kann bald in Erfüllung jehen. Wat sehr jut wäre, wäre des, wenn Sie früher ooch des jedhan hätten. (Sich umschauend zu seinem Kollegen, der kein Wort spricht:) Stille, Fritze, schrei nich' so, da kommt wieder en Wagen mit Brautjungfern! Halt Dein Maul, Fritze, sei endlich mal ruhig, hier jibt et wat zu verdienen, wenn't möglich is... Brrr!... Halt't stille,

Pferdekens, Broschling will Fröschkens verdienen, brrr! (Zum Kutscher:) Ju'n Morjen, ju'n Morjen, Joseph! (Springt zu, macht schnell die Thür auf, reißt den Tritt herunter und steckt das Geld ein, das ihm von einer Dame gereicht wird.)

 Alle: Ah! Ah, die war schön anjezogen! Ah!
 Broschling: Bee!
 Fritz: Wo vielden?
 Broschling: Eenen, Münze!
 Fritz: Ach herrjee!
 Broschling: Ja!
 Fritz: Vor den Putz kann se't Feld wegschmeißen, aber die Leute vor ihre Arbeet anständig belohnen, damit stuckert et.

 Broschling: Sehre stuckert et, Fritze; aber ick will Dir sagen, Fritze, det schadt Nischt: badrum keene Feindschaft nich, Fritze! Wenn ick man bejreifen könnte, worum der Bräutijammer nich kommt! Der Minsch denkt jar nich dran, det uns de Traue in de Kirche ooch wieder uphält; det uns hier villeicht vor eenen lumpijen Dhaler en halber Dag verloren jeht! Na, ick will Dir sagen, Fritze, sei janz stille: Eens tröstet mir dabei, det uns nämlich immer noch so viel Zeit nachher bleibt, des Feld durchzubringen. (Sich umdrehend, zu den Frauen:) Sagen Sie mal, meine Damen, wat sagen Sie'n dazu, deß der Bräutijammer jar nich kommt? Wie is darüber Ihre Meinung? (Zu seinem Kollegen:) Merkwürdig is des, deß mir nie Eene antwort't! Aber det schadt Nischt. (Zu den Frauen:) Nich wahr, meine Damen, eijentlich wäre es recht, wenn man den Bräutijammer einen Streich spielte, weil er uns hier so lange warten läßt? Wo? Was meenen Sie dazu, wenn ick rufjinge un ihm die Braut noch wechzukapern versuchte? Wo? Schön bin ich, und wenn auch in einer Hülle, die ihr meine niedrije Stellung als Kutschenöffner verrathen könnte, so blickt doch meine erhabene Natur aus jeder Bewegung hervor. Oder jlooben Sie etwa, meine Damen, deß ick, wie ick bin und wie ick mir fühle, vor irgend eenen Menschen in dieser Welt aus wirklichen Respekt die Mütze abnehme? Fällt mir nich in! Jlooben Sie, deß ick davor kann, deß meine Eltern zeitlebens keen kleenes Jeld bei sich hatten un ich von Jugend an Nischt lernen konnte, sondern was verdienen mußte, damit wir nich verhungerten? Unter andern Umständen wär' ick villeicht ein Napoljon jeworden. (Gelächter.) Ja, da is Nischt zu lachen, des verhält sich wirklich so. Machen Se mal en Exempel, meine Damen. Nehmen Sie die Summe: Napoljon, un nu ziehen Se des Jlück ab, bleibt: ein jescheidter Mensch. Ein jescheidter und muthiger Mensch, den nachher Milljonen Jescheidtheiten und Müthe anjerechent wurden. Na, also, wat war er nu jroß mehr als ick? Jescheidt bin ick ooch, aber ich muß Kutschen ufmachen, und wenn ick hier mal noch so'n Bisken Napoljon sein wollte, so würde mir die Polizei schon zu Anfang nach Elba bringen, welches uf Deutsch Spandow heeßt un uf Berlinsch: übern Berg. Also, wie jesagt, aus wirklichen Respekt nehm' ick vor keenen eenzijen Menschen meine Mütze ab. Ick dünke mir akkurat so jroß un so kleene wie jeder Andere, un wenn der Bräutijammer nich bald kommt, so kann er mir nachpfeifen, wenn er nachher 'ne Braut haben will.

Charlotte (Buffey's Dienstmädchen, hat die Schürze voll Sand und drängt sich durch die Gaffer): Erlauben Se doch mal! Wahrhaftig, det is, als ob wir die neujierijen Leute noch bitten müßten, ob hier nich 'ne Hochzeit stattfinden dürfte.

Broschling: Was woll'n Sie'n, herrliches Mächen für Alles, leider nich für mich? Aha, Sand streuen vor de Dhüre, im Fall es rejent? (Sieht zum Himmel hinauf.) Ja, allerdings, es munkelt en Bisken; es könnte binnen hier un neununfufzig Minuten einen Pladderadautsch jeben. Aber ich jlobe nich, deß es regnen wird, .. und des prophezeihte die arme Braut ooch Unjlück. Denn so viel Droppen Regen während der Zeit in ben Myrthenkranz fallen, während sie nach be Kirche fährt, so viel Thränen in der Ehe bedeut't des. (Sich umdrehend.) Herrjees, da kommt endlich der Bräutijämmer!

Alle: Ah, endlich!

Hermann Graebke.
(Priegnitz.)

En Begräwniß.

„Bur Heß is bod! Bur Heß is bod!
He wär noch gistern frisch und rot."
De Botschaft güng von Mund to Mund,
Un ilig wär det Dörp se rund,
Un all de Nowers, all de Bur'n
Den Doden und sin Fru bedur'n.
„Det wär," seggt een, „een korte Freud,
Vör'n Vierteljohr erst hemm'n se freit!"
Een änner seggt: „Det is män god,
Det de jung Fru nich kümmt in Noth;
In d' letzte Stunn' von sin kort Lewen
Het he ehr Alles noch verschrewen."
De Dritt, de meint: „Een geiht, een freit!
Wer sich nu wol da rinfrei'n deiht?"

De dodig Bur leg in sin Bett
Un seecht¹) so fründlich ut un nett.
Se leggten em up een Bund Stroh;
Sin Fru deckt mit een Deck em to
Un dacht dabi: „Nu is he dod!"
Un weent sich ehr beid Ogen rot.

---
¹) sieht.

Se schickt bunn hen noch Discher Pohl,
He mücht doch ilig komen bohl. —
Un as be in det Tru'rhus köm
Un to den Sarg bet Moot sich nöhm,
Da schreit se lut: „Krischon, Krischon!
Wo werd mi, Krischon, bet noch gohn!"

Den ännern Dag wör¹) schürt un rackt,
Un Stuten un ok Koken backt.
Un as be Koken färig wär
Süfzt se un seggt: „He itt niks mehr
Von bet Gebäck! Wär he nich dod,
Wo gärn eet ick hüt Solt un Brod!"

As de Begräwnisbag köm ran
Un all be Fründ und Nowersmann
An 'n Kaffeetisch herümmer seten,
Seecht still se to, eet nich een beten
Un seggt ganz sacht: „Krischon, lew Mann,
Wat fang ick nu ohn' Di wol an?"

Un as de Glocken füngen an
To lüden, da güng Mann an Mann
Still hinnern Sarg. De Wittwe güng
Neb'n Prester trurig her un füng
To schreien an: „Krischon, Krischon!
Wist Du denn wirklich von mi gohn?"

An b' Graw stohn s' all so ernst un still;
De Prester red't, bet Gott sin Will
Ganz unerforschlich is. Twee Lüd,
De sich har'n söcht un fun'n,
Un de be Kirch har beid verbun'n,
Wär'n ut eenänner reten hüt.
Doch müßten wi Gott walten loten

---

¹) wurde.

Un müßten uns in Demuth foten
Un Trost von'n Himmel bidden raw. —
Noh'n Segen schüppten s' to det Graw.

De Glocken klüng'n,
De Kinner süng'n,
De Folgers weenten lut un sacht,
Un se — se röp: „Wer har det dacht?
Nu is he dod! Un's Hus is leer!
Krischon, Krischon, kumm werrer her!"

Ganz langsom güng'n se üm det Graw,
Ganz langsom güng s' von'n Kirchhof raw.
De Schult güng an de Wittwe ran
Un seggt: „Hör, Nowersch, mi mol an.
Du kannst doch so alleen nich stoh'n,
Müßt eenen hemm'n, de plant't un sei't,
De plögt un eggt un heut un meiht;
Du müßt werr'r in den Eh'stand gohn.
Süh, da is Hanner Homeli;
Ick mein, det wär so'n Mann vör Di,
Paßt in Din Johren un is schmuck
Un spölt keen Korten, drinkt keen'n Schluck;
Het ok Verstand vör Perd un Schwin
Un denn nennt he sein Dusend sin."

De Wittwe wischt ehr Thronen weg
Un seggt: „Ick sülwsten, Nower, segg:
De Wirthschaft, de kann nich bestohn,
De Wirthschaft müt to Grund'n gohn,
Wenn nich en Bur kümmt werrer rin.
Ick hew ok dacht in minen Sinn,
As Hanner an det Graw hüt' stüm',
Det de wol vör mi passen künn."

Unf' Herrgott lacht.

Wenn Fröhjohrs Snee un Is vergeiht,
De Sünn an 'n blauen Himmel steiht
Un fründlich up de Erd kikt dol;
Denn is mi dat mit eenen Mol,
As wenn noh de lang Winternacht
Unf' Herrgott lacht.

Wenn öwern grön Getreidemeer
Fleg'n Sommervögel hen un her,
Un up de Wischen wunnerschön
Völ dusend bunte Blomen blöhn;
Denn denk ik mi bi all de Pracht:
Unf' Herrgott lacht.

Wenn in een'n grönen Wald ik bün,
Up den so fründlich liggt de Sünn,
Un hork da up den Vögelsang,
De sich den wieden Wald treckt lang:
Is mi, as wenn bald lud, bald sacht
Unf' Herrgott lacht.

Wenn Ringel-Ringel-Rosenkranz
De Kinner sing'n to ehren Danz
Un lud un klor ehr Lachen schallt,
Dat in min Herz dat werrerhallt;
Denn hew ik ümmer bi mi dacht:
Unf' Herrgott lacht.

Julius Dörr.
(Uckermark.)

Up den Liem krüppt he nich.

Herr Amtmann Kuhz ut Alt-Ramin
Drinkt gern ne Buddel goden Wien;
Dat hitt, bi een blift selten man,
Een godet Perd treckt tweemal an,
All gode Ding' sind ümmer dree,
Veerspännig kümmt man dörch den Schnee,
De fiefte Buddel schmeckt erst schön,
Denn kümmt de sößt' tum Afgewöhn'n,
Un nu de Rechnung her, Herr Pracht,
Sünst ward ut sœben doch noch acht! —

So ungefähr hantiert sich dit,
Wenn Amtmann Kuhz bi Pracht'n sitt.
Mitwiel vergeiht de Tied so sacht,
De Klock schleiht negen¹), eh' man't dacht,
Un tein, un elf un twölben gar —
Süllt Eener meenen, Gott bewahr!
„Johann, wi mütten furt, spann an!"
Röppt Amtmann Kuhz. Ja, rop Du man!
De sitt in't Kutscherstuw bi't Beer,
Süppt grad, as of dat Water weer,
Un wiel dat Tügs so mollig rutscht,
Hett he sich sacht een angetutscht.

De Kellner schleppt em endlich ran.
„Na nu," seggt Kuhz, „stah wiß²), Johann,
Ik glöw, Du Schlüngel bist in Schmok." —
„Ja," lallt de, „Herr, dat glöw ik ok!" —
„Wat, Esel, paukt ik Di nich in,
Du drinkst bloß, wenn ik nüchtern bin,

---
¹) neun. — ²) fest.

Sünst schmiet wi üm un breken wat;
Drink ik mal nich, denn sup Di satt." —
De Kutscher krappt sich hinner't Uhren:
„Ja woll, da künn ik lange luren;
Herr, würd' ik up de Liemrod' krupen,
Kreeg ik min Lewdag nischt to supen!"

Rudolf Hill.
(Uckermark.)

De Gräffniß.

Fru Schulten was in grootem Groam,
Een dob'gen Jung' was angekoam',
Dat arme Wief, dat grämt sich sehr,
Wat habb' se freut sich to dat Jöahr!
Se schreeg un roart, de arme Fru,
Ähr erstet Kind — doa lagg dat nu!

„Wat meenst Du, Fieken," seggt de Mann,
„Kiek Di dat lütte Wesen an,
Een Minsch is jo dat Worm noch nich —
Dat Best', dücht mi, is sicherlich,
Wie leggen't in n' Schachtel rin
Un groaben't unner'm Bäärboom in!" —

„Bewoahr uns Gott! wat föllt Di in!
Nä, Mann, dat weer ne groote Sünn,
Doato is mi min Kind to leef,
Dat ick't wie'n Veeh in'n Goarden gröf.
Nä, in geweihtem Bodden sall
Dat ruh'n, so goot as wie wi All'!"

Schult räkent nu de Kosten her,
Stellt Fieken ganz vernünftig vöar,

Dat doch dat Geld so dick nich seet,
Dat man't unnütz in b' Erd' rin schmeet;
Dat hulp em nüscht, he mußt' sich sinn'n,
Sin Fieken kunn't nich öaberwinn'n!

Drüm heel he endlich ook dat Muul,
Güng af, bestellt de kleene Kuul,
Un ook bie'm Discher geid he ran:
Bestellt'n Saark sich bi dem Mann,
Moackt mit dem Kuulengräber af,
Dat he dat Kind em bringt to Graff.

Uns' Schult was bi de Isenboahn,
Mußt Dag vöar Dag tom Boahnhof goahn,
Kunn drümm nich, dat seel gliek em in,
Am annern Morg'n bi b' Gräffniß sinn;
Habb' nu dem Kuulengräber seggt,
Dat he dat Kind noah 'm Kirchhof bröcht'.

Un pünktlich kamm de goode Mann
Am annern Dag im Tru'rhuus an;
Fru Schulten lagg noch still im Bett;
„Ach Gott," seggt se, „wat is dat nett,
Nu kriggt dat arme Worm sin Recht
Un ward doch up'n Kirchhof bröcht;

Doa in de Kommer bi dem Kohl,
Doa steit dat Saark'ken up'n Stohl.
Un boaben up dat Kleederspind
Doa steit de Schachtel mit dat Kind,
Doch loaten S' man dat Worm doadrin,
Legg'n S' 't so, wie't is, in't Saark man rin."

De Mann deit, as de Fru em seggt,
In't Saark he rin de Schachtel leggt,
Schrüfft drup ganz sacht den Deckel an,
Nimmt af den Hoot — de goode Mann —

Un bäd't noch föar dat arme Jöahr
Ganz still 'n Voaterunser her.

Doarup geid mit dat Saark he af,
Dröggt't hen noah'm Kirchhof, leggt't in't Graff,
Brummt noch doabi, noah christlich Oart,
Sin Voaterunser in den Boart,
Schippt to de Kuul un sett't 'n Poahl
Un geid nu noah sin Hüüsken doal.

Wie Leed un Lust sich folgt alltied,
Was Wiehnachtshilgenoabend hüt,
Drüm habb' Fritz Schult im Putzgeschäft
Den Dag vöarher 'n Hüwken¹) köfft
Föar sine Fru, mit blauem Band,
De Strich doaran von ächte Kant.

Un'n grootet Peperkookenstück,
As wenigstens twee Finger dick,
Da habb' he unveroapenboart
In n' Schachtel up dat Spind verwoahrt,
Drüm kamm am Oabend ook de Mann
So recht vergnöögt bi Fieken an.

Knapp habb' he gooden Oabend seggt
Un Mütz' un Stäbel afgeleggt,
Geid he ganz still noah d' Kommer rin
Un denkt bi sich in sinem Sinn:
Wat Fieken woll föar Oogen möckt,
Wenn se dat Hüüwken ruter treckt!

He grabbelt up dat Spind nu rüm
Un stött twee Pött im Düstern üm;
Mank all' Scharteken, de boa stunn'n,
Was nich so licht de Schachtel funn'n:
Jitzt endlich habb' he s', tratt in b' Stuuw'
Un seggt: "Hier, Fieken, hest 'n Huuw'!"

---
¹) Häubchen.

Drupp gifft he ähr be Schachtel hen,
De Fru be fett't sich öaberrenn¹)
Un nimmt den Deckel in be Hüchb, —
Herrje, wat kreeg se to Gesicht —
Statt Kooken un statt Huuw' mit Band
Föllt ähr dat Kind, dat Worm in b' Hand!

De Kuulengräber was hüt koam'
Un habb'n unrecht Schachtel noahm,
Was mit be Huuw noah'm Kirchhof goahn,
Dat Kind, dat arme Worm, bleef stoahn;
Vöar Schreck beschwöögt²) dat arme Wief,
Dok Schult be stunn vöar Schreck ganz stief.

Doch foat't he sich as Mann geschwinn,
Packt be Proost't=Moahltied webber in,
Un geib doamit noah'm Goarden raf,
Möckt unner'm Bäärboom fix 'n Graff,
Doa grööft he't in un denkt bi sich:
Dem Schicksoalswill'n entgeit man nich!

Karl Löffler.
(Neumark.)

De Geschichte van'n Kanonen=Hante.

De Geschichte, be ick Ju 'zund, leewe Lööser, ver=
telle, hürt sich löö'nhaft an, awer ick kann Ju toschwöär'n
bie Wobdan, Krodo un Püsterich, wat de öll'ste dütsche
Götter weer'n, dat se bes up't letzte Tippelken woahr is'.

Däwerhupt mött ick een för alle Moal rächt fähreken
drüm bibben, dat Ji Ju'n Autor, we man mi nennt,
ne för'n Upschnie'r holt't, denn dat bin ick woahr un

---
¹) aufrecht. — ²) wurde ohnmächtig.

wahrhaftich ne. Wat ick vertelle, is' woahr, denn 't 'schään in be Welt wiet mähr un wiet pusseerlegere Dummheeten, aß alle Schriewer van be ganze Är' ne tosamm' lö'n köän'n. Uterdümm säg ick we jenner Gode: „Wä't glöwt, giwt 'n Dhoaler, un wä't ne glöwt, acht Groschen." — Hä' met be acht Groschen, gäwt se man ümmer hä', denn ick sieh't Ju bo' an, bat Ji miene Wuorde bezwiefelt.

Jn't Dörp löäwte ook 'n Kossöäthe — 'r woahnte hinger'n ollen Mießner — be heet be olle Schulte, awer meest häw'n se'n 'n ollen Jsegrimm 'nennt, wiel 'r bo'n goar to brummscher oller Kärbel weer, be met keen'n Minschen 'n Wuorb' rä'te un so eensamm we 'n oller Böär in'n Eekwald löawte.

Dat bat keen sähre klo'r Mann weer, köän'n Ji mi up Ehr' glowen, denn boabörch werb be Minsch jo ersch klok, bat 'r in be Welt 'rümkümmt un siene Meenungen met be Ännern uttuuscht. De olle Jsegrimm weer in sien'n Löäwen ne wie'r aß bes Barlincken 'koamen, wat brie Mielen woar un wohen 'r metünner up'n Vehmarcht fohr. Süst ha'r van be ganze Welt nischt 'wußt. Wenn Ji Ju bat or'ntlich ääwerbenkt, benn wer'n Ji be noahfol'nde Geschichte begriepen un glowen.

'n ollen Schulte sien öltster Soahn Fer'nand wur' to't Milletär ut'howen, un boa 'r 'n flöämscher Beng'l woar, so häw'n se'n mang be Artoll'rie noah Wrietzen an be O'r brocht. För'n Ollen weer bat 'n harter Schlach, wiel Nante be ganze Wörthschaft bebreew, awer 'r mußte sich schon brin fing'n un san' sich ook üm so lüchter brin, aß 'r to be riefe Buern tellte un gewiß ma'chen ollen Üserpott met harte Dhoaler vergraw'n har, wat be Buern bunnemoals no' bheeden; hüt sin' se ne mähr so bumm, hüt köpen se sich Papeere föär, be gobe Jnt'ressen bra'n.

Dat be olle Schulte ook giezich weer, bruk ick Ju kuum to versichern, hä weer stinkend giezich, un aß boahä

Nante to't Re'ment furt mößte, gaw 'r e'm fi'f Dhoaler met un dachte wunnersch, wat 'r e'm boa met'goäwen har.

Nanten is' de Awscheed fähre schwöär 'wur'n, aß 'r awer erscht in Wrietzen woar, doa wur't e'm no' ümmer schwöärer üm't Hart, wiel se fröh'r un ook hüt no' de Rekruten höll'sch kojoneer'n. Un dat is' no' üm so schlimmer 'west, aß de fi'f Dhoaler balle ut'göäwen wer'n un boa de gode Seele Roh' har. Denn wenn de Rekrut 'n Unneroff'zeer ne mähr trakteeren kann, denn kojeneert de'n no' mööhr; ko'neert werd 'r up alle Fäll', bloß wenn 'r wat drupgoah'n lett, wen'ger aß wenn dat ne de Fall is'.

Nante simmeleerte de erschte veer Wochen hen un hä, wo 'r Geld hä'nöähmen sull', oahne to stöähl'n. Van'n Ollen woar nischt to häw'n, denn dä har e'm bie'n Awscheed 'sächt, dat de fi'f Dhoaler för de erschte fi'f Moanatte reeken mößten, un Nante weer schon de ärschte verzähn Da'e met faar'ch 'wor'n.

So vöäl 'r ook simmeleerte, 't feel e'm nischt in.

Aß 'r awer eene Nacht ne schloapen kunn' un webb'r so siene Gedanken har — Nante weer 'n anschlääächscher Beng'l — boa mößt 'r met ee's lut uplachen, denn 't weer e'm wat in'fall'n, wodorch 'r sich Geld moaken kunn'.

— Bloß bat weer söähre unnerkötich[1]), sä' 'r to sich, wenn dä Olle mienen Breef örgend eenen Minschen weeß[2]), dä boavan wat versteiht. Na, 't blimt sich gliek, geiht et, denn geiht et, un geiht et ne, denn is't no' so.

Annern Morg'n sett sich de zappermen'sche Beng'l hen un schriwt an sienen Voa'r fol'nden Breef:

Leewer Voa'r!

Ick mutt Ju bo' schriewen, wie't mi geiht, un togliek hööarn, wat Ji, Muo'r, Annefie'n, Marieliese, Friede un mien Bro'r Franz moaken. Wat mi betrefft,

---

[1]) schlimm. — [2]) zeigt.

so bin ick, Gott sie Dank, no' rächt 'sund un hoffe ook, dat disser Breef Ju Alle bie goder Gesundheet trefft.

Exerzeeren mött ick alle Da'e van Morg'ns bes Awends, un 't fällt mi rächt schwöär, do' wür' ick dat All's gäärn braa'n, wür' ick ne van 'n Unneroff'zer un 'n Feldwöäwel so forchtboar ko'neert un trebbeleert. Notabene letzte Woche har ick drie Da'e streng'n Arrest, un ick schwöär Jo to, ick will leewer twintich Klaftern Klo'nholt hu'n o'r veer Wespel Hawer ganz alleene utdreschen, ähr ick no ee's¹) in streng'n Arrest goah'. Un doadran, leewer Voa'r, sin' Ji ee'ntlich Schuld, wiel Je mi vöäl to weenich Geld met'geew't. Hie bie't Re'ment mött nämmlich je'r Kanoneer siene eeg'ne Kanone häw'n — Ji weeten jo, dat ick bie de Artoll'rie stoah' — denn aß ick 'n Feldwöäwel frooch un sä': „Ick denk', de Kanonen gehöär'n 'n Keenich?" hät 'r mie utlacht un 'sächt: „Doa mößt de Keenich verfloocht vöäl Geld häw'n, wenn 'r je'n Lusewenzel 'ne Kanon 'köpen sull! De Kanon' mött sich je'r Kanoneer metbreng'n." — Aß ick mi noah erkünnichte, wat woll so'n Ding kost't, un se mi sächten hunnert Dhoaler, häw ick g'löwt, ick mött ümfall'n; wenn man't awer so rächt betracht't, denn is't een'tlich ne to vöäl, denn so'n oll't Ding is' van reen't Kopper und sähre schwöär. Ick bidd Ji doahä, leewer Voa'r, schickt mi do' met de nächste Post de hunnert Dhoaler, doamet man dat Ko'neer'n un 't Sitten 'n En' hät, o'r ick mött mi't Löäwen nöähmen; denn 't is' wörklich ne tum Utholl'n. Alle Da'e un alle Da'e krei ick't up't Brod 'schmöärt: „Na, hät de Himmelhund no' keene Kanone? Een Krüzdunnermohrenelement mött denn verfloocht'gen lie'rlegen Hund in't Liew foahr'n!" O Jees, o Jees! schimpen köän'n se, dat Een' ganz blu vör de O'n werd. Schickt mi do' man dat Geld, o'r ick belöäw't ne. De Postsekeltär hät mi 'sächt, dat Ji dissen Breef Middewoche krei't, wenn Ji a'so dat Geld

---

¹) einmal.

inpackt un'n Dunnerschdach up be Post göäwt, kann ick't
'n Sunnawend hie häw'n un kann do' denn 'n Sunndach
ro'ich schloapen. Brengt mi ne in de gröttste Noth un
schickt mi sofurt dat Geld. Doa is' Breedach's Kardel
besser d'ran; dä is' mang de Infant'rie, doa kost't 't
ne so vöäl. Rächt 'früt häw ick mi, dat de Marieliese
sich met Bellach's Luden verhieroadhen werd. Na, up
de Hochtied denk ick ook to sin', denn ick meen, vör 't
Fröhjoahr werd't woll ne to koamen. Dhot mi man
denn ennzegen Gefall'n un schickt dat Geld 'fort's aw,
doamet ick ne in no' grött're Ungelä'nheeten koam'; ick
ka sust ne schloapen.

Nu' größt Muor'n, Ännesie'n, Marieliesen, Frieden
un Franzen un blewt Alle rächt 'sund. Ick verbliewe
Jur trü'r Soahn
Nante Schulte.
Bie de dridde keenichlege Artoll'rie=
Brigoade, tweetet Re'ment, veerte
Kumpanie, ärschte Batterie,
de Kaserne rächts.
Wrietzen, denn 31. Juli 1832.

NB. Verträb'lt jo dat Geld ne, un schickt't so
balle aß möchlich, denn öäwen sächt mi de Feldwöäwel,
wenn Ji't ne balle schicken, loaten se't met 'n Ex'kuter
indriewen.

De olle Isegrimm, we se'n in't Dörp nennten —
ick meen nämmlich 'n ollen Schulten — keek ne weenich,
aß 'r denn Breef krichte; awer 'r sächte nischt, denn 't
weer öäwen 'n ollen Brummböär, de met keen'n Minschen
sprok. Un wat för e'm 'n Malhör, dat woar, dat 'r
van't Milletär awer ook abs'lut goar nischt verstund.
All's, wat 'r wußte, woar, dat de Infant'rie lopen
mutt, dat de Kafall'rie to Pöar is', un dat de Artoll'rie
Kanon'n hät. In'lücht't hät e'm doahä de Geschichte
schon, denn 'r meek sich sienen Versch so: 't werd woll
so sin, we be Jonge schriwt, denn All'ns, wat keenichlich

is', befunnerſch de keenichlege Fiscus, diſſe verfloochtege Kärdel, dat nimmt bloß, awer göäwen dhoon ſe in ähr'n Lööwen niſcht.

Hä hät ſich a'ſo hen'ſet't, de Treſorſchiene ut de Loa' 'noam'n um Nanten ſofurt a'wort:

Leewer Soahn!

Dienen Breef häw ick 'kricht un mi rächt ſähre 'krüt, dat de no', Gott ſie Dank, 'ſund bis', denn dat is do' de Huptſach' för 'n Minſchen. Wat uos betrefft, ſo ſin' wie ook no' rächt 'ſund, bloß Muo'r har letzt' webb'r ööhr Rieten un mößt vööl utſtoahn. Wat nu awer de Geſchichte betrefft, dat Do Di 'ne Kanone köpen mößt, ſo hät mi dat ööwen ne ſähre 'krüt, wiel't vööl Geld koſt't un ick't ook ne to liggen häw. Doa't awer ſin mutt, ſo ſen' ick Di met diſſen Breef fi'ftich Dhoaler un meen' ſo, dat Do Di villicht för dat Geld van een'n van Diene Kam'roaden, de groa' ut'beent hät, 'ne Kanon' olt köpen ka'ſt, denn ick denk' mi, dat ſe de Utgedeenten ne met noah Huſe nööhm'n. Ick wür' mi dat wen'geſtens verbidden, dat Do dat Oas met hiehä brengſt, wiel doamet licht 'n O'glück 'ſchä'n kann. Sök a'ſo, dat de eene old köpſt, doamet wie 't halwe Geld ſpoaren, un awor' mi, aß Di dat 'lung'n is'. Vör alle Ding, loat Di ne met anföhr'n un nimm Di vöär de Juden in Acht, de Je'n bedrö'n, de ſich met ſe inlätt.

Un nu bliew 'ſund. Wie größßen Di All' un ick verbliewe

Dien trü'r Voa'r
Friede Schulte.

Tornow, denn 2. Auguſt 1832.

De Breef is' ankoam'n, un Ji köän't Ju woll denken, miene leewſte Lööſer, wat Nante för O'n meek, aß de Feldwöäwel in de Sto' tratt un ſä':

„Kanoneer Schulte, hie is' 'n Breef met fi'ſtig Doahler."

Nante unnerſchreew verlä'n denn Schien, worup de Feldwöäwel wedd'r 'rutgung, awer dittmoal hät 'r an'n Schacko 'foat un 'ſächt:

„'t ſchient, aß aw Voa'r glöwt, de Beng'l leed't hie Noth. Man or'ntlich 't Geld toſamm' holl'n."

Un doamet gung 'r aw; awer van Himmelſchwer= nöther un Himmelhund woar keene Rä' mähr.

Beſſer benehm ſich no' de Unneroff'zeer, de lod 'n Kanoneer Schulte 'fort's to'n Glas Beer in, bloß Nante mößt 't betoalen, awer ne een Glas, ſünnern 'n Achtel, denn mang de Unneroff'zeers giwt 't metünner Kärdels, de ſo vööl ſupen, dat äähr de Vinſen to'n Hinnerſchten 'rutwaſſen, un to de Klaſſe hürte Nanten ſiener ook.

Nante hät awer innerlich 'lacht' dat 'r 'n Ollen fi'ſtig Dhoaler aw'dröäwen har, un hät nu erſcht rächte Corrage 'kricht.

Noa 'n poar Da'e ſchreew 'r 'n Ollen:

Leewer Voa'r!

Ju'en Breef häw ick richtich 'kricht un mi ſähr to 'früt, dat Ji no' alle 'ſund 'ſiet, wat ook met mi de Fall is'; bloß 'gröämt häw ick mi, dat Muo'r wedd'r 't Rieten hät.

Ick danke vöälmaals för de fi'ſtich Dhoaler, leewer Voa'r, awer leed dheet et mi, dat ick Ju mel'n nutt, olt kann ick hie keene Kanon' köpen, wiel Alle, de aw= goa'n ſin', äähre ſchon fröh'r verköpt häw'n. Ick bin to Pontius un Pilatus 'lopen, ſülwſt bie de Juden, denn ick ſächte mi, 't is' ganz eenegal, aw Do ſe van'n Chriſten o'r Juden köpſt, wenn ſe man billich krei'ſt; awer 't weer keene Möchlichkeet. In de ganze Stadt is' ook ne eene möähr to häw'n.

Ick bidd Ju do' a'ſo ſo ſähr aß möchlich, ſchickt do' man ſofurt de anner' fi'ſtich Dhoaler, doamet de Kärdels mi eenmoal en Roh loaten. Vorlüſtich häw ick de fi'ſtich Dhoaler bie'n Feldwöäwel an'toalt, bes Ji dat Anner' ſchickt. Loat't mi man ne in'n Stich, wat

Ju un mi to Schoa'n reeken wür', doa de Unneroff'zeer mi 'sächt hät, wenn de anner' fi'ftich Dhoaler ne no' disse Woch' he weer'n, denn krichten Ji Ex'kution, un dat kost'te ook no' tähn Dhoaler. Schickt mi doahä so balle aß möchlich dat Geld. Ick för mien Dheel will mi so vöäl inschränken, aß möchlich, doamet 't Ju man ne no' mööähr kost't.

Un nu' gröößt Muo'rn, Ännefie'n, Marieliesen, Frieden un Franzen, un vergöä't üm Goddes Will'n de fi'ftich Dhoaler ne, o'r ick bin o'glücklich.

Ick verbliewe
Jur trü'r Soahn
Nante Schulte.
Wrietzen, denn 8. August 1832.

Doamet dat Geld richtig ankümmt, sett ick Ju no' ee's miene Adresse höä:

An
Fernand Schulten,
Kanoneer bie de dridde keenichlege Artoll'rie-Brigade, tweetet Re'ment, veerte Kumpanie, ärschte Batterie
in
Wrietzen a. d. O'r.
In de Kaserne rächts.

Saldoatenbreef.

Notabene. Dat Geld mött spöä'stens 'n Sunnawend hie sin. Breng't mi ne in Arrest!

De olle Isegrimm keek un keek, awer 'r sächte wedd'r nischt, to Keen'n aß to siene Fru. Un dat olle Muor'ken hät goar nischt van verstunn'n, wiel se in öähren Lööäwen ne ut 't Dörp 'koamen is'.

„Joa, Friede, 't helpt nischt," sä' se. „Pack man no' fi'ftich Dhoaler in un schick se hen, doamet de arme Jong ne no' sitten mutt."

Un doanah is 'r an de Loade in 'n Alkowen 'goa'n, hät de olle schimm'lege Breeftasche 'rut'noamen, fi'ftich Dhoaler awtellt un sich to't Schriewen torächt 'sett.

Ji bruken awer ne to glöwen, dat 'r't ne har. De olle Jsegrimm har verschie'ne Üserpötte met määhre busend Dhoaler in'buddelt un har schon määhr aß de ganze Metgift van all' siene Kingher tosamm' 'kratzt, awer göäwen datt 'r nischt, wen'gestens ne godwillich.

Hä hät a'so dat Geld in'packt, un Marieliese mößt sich met'n Breef up de Strümpe noah Balz moaken, wo de nächste Poststazjon weer, wat dat gode Kind gärn 'dhoan hät, üm 'n Bro'r dat Sitten to spoar'n.

De olle Schulte hät sich awer so beielt, wiel 'r 'n Er'kuter un de tähn Dhoaler förch'te; denn doarin weer 'r 'n ganz praktischer Kär'l, denn de Erfoahrungen met de Er'kuter klok 'moakt har'n. Bekanntlich rüden ne bloß de boden, sünnern ook de keenichlege prei'sche Er'kuter sähreken schnell.

Jn't Dörp hät 'r awer keen Wuort 'sächt, un 't is' doahä ook ne ut'koamen.

De Postholler hät sich woll 'wunnert, wat för vööle Geld de Kanoneer Nante Schulte kreech, awer sä'n dha 'r nischt, wiel't e'm in Grun nischt angung.

So is' denn de Tüd vergoa'n, dat Nante Saldoat sin mößt, un ick mutt säg'n, 'r har sich so or'ntlich 'föhrt, dat 'r aß Unneroff'zeer för de Landwähr entloaten wur'. Met de hunnert Dhoaler van'n Ollen hät sich de Beng'l so in'richt't, dat 'r twee Joahr met utkeem; do' ha'r tolezt eenege Schull'n 'moakt un weer nu' van Nüen in Verlä'nheet, we 'r de betoahlen sull'. Aß'n Bedrö'r kunn' 'r unmeechlich van't Re'ment lopen, un 'r hät sich deswä'n hen'set't un hät 'n Ollen fol'nden Breef 'schröäwen:

Leewer Voa'r!

Wie Ji weeten, mött je'r Saldoat drie Joahr bie't Re'ment bliewen; nu' häw ick 't awer so 'moakt, dat se mi 'zund noah twee Joahr wüll'n lopen loaten, denn ick häw'n Feldwöäwel un'n Unneroff'zeer up miene Sie', awer ick kann hie ne furt, wiel ick eenege Schull'n 'moakt häw, un de kann ick ne betoahlen, denn Ji weeten jo, leewer Voa'r, dat Ji mi in de twee Joahr kein'n Pennich 'gööwen häwt, un ick häw Ju ook nie nich üm Geld 'schrööwen. Wenn ick nu' denk, dat Ji'n Knecht ook mööten Joahr in Joahr ut drießich Dhoaler gööwen, denn meen' ick, 't weer schon better, Ji schickten mi drießich Dhoaler, dat ick hie 'toahlen künn', un ick keem noah Huse, denn 't is' met mi do' ne anner' Sach', aß met'n Knecht. Will'n Ji dat, leewer Voa'r, denn schickt mi dat Geld un ick koam up Urloow to Huse, awer schickt 't balle, denn wenn ick dat dridde Joahr ärscht webb'r anfang', denn mött ick't ook to En' beenen, un dat weer do' sööhre schlimm.

Wat mi anlangt, so bin ick, Gott sie Dank, 'sund un wünsch' ook, dat Ji Alle mien Breef bie goder Gesundheet trefft. Rächt sähr häw ick mi 'früt, dat de Marieliese 'n kleenen Jong'n 'kricht hät, un dat se un 't Kind 'sund is'.

Gröößt Muo'rn, Annesie'n, Marieliesen, öähren Mann, Frieden un Franzen van mie un beholt't leew

Ju'n trüen Soahn

Fernand.

Wrietzen, denn 1. Juni 1834.

De Breef weer 'n Ollen leew un ook ne. Ärschtens sach 'r't woll gäärn, dat de Jong noah Huse koamen künn', wiel 't do' ne ganz anner' Sach' met'n Sööhn, aß met'n Knecht is'; tweetens hürt 'r't awer goar ongern, dat de Beng'l Schull'n 'moakt har, Geld häw'n wull' o'r ne furt künn'. Toletzt awer is' e'm wat in-'fall'n, un doa hät 'r sich an't Schriewen 'moakt.

Leewer Soahn!

Ick glow wörklich, dat De metünner 'n Bitz dööäsich bis', un 't dheet mi sähreken leed, dat ick Di dat ärscht schriewen mutt. Do bis' nu' twee Joahr bie de Saldoaten togestutzt, un doa har ick do' 'bacht, dat De mööhr Noahdenken har'st, aß 't wörklich de Fall is'.

Wat schriwste mi doa, ick sall Di drießich Dhoaler schicken, dat De Diene Schull'n betoahlen ka'st? wat, bielüsich 'jächt, sähre O'recht van Di is', Schull'n to moaken, doa De keene betoahlen ka'st. Ick bidd Di bo', häst De denn Diene Kanone ne? Ka'st De de nich verköpen? Ick denk do', fi'stich Dhoaler is' se no' unner Brö'r wärth, denn so werscht De se woll in be twee Joahr' ne aw'nutzt häw'n. Verköp se, denn we ick De schon fröh'r schreew, breng' mi dat Das ne in't Hus. Ick will't ne häw'n. 't derp bloß een't van Noahbersch Kinner biegoah'n, wenn groa' Keener to Hus' is' un 't kann't grötste O'glück passeer'n. 't schött sich Eener dodt, o'r schött Hus un Schüne in'n Klump, o'r 't bröckt woll goar Fü'r ut, ganz aw'sieh'n van, dat 't ganze olle Dörp bööwt. Dho mi a'so denn Gefall'n, Nante, un breng' mi dat Das ne in't Hus, sünnern verköp't. Ick will van dat Geld nischt häw'n, betoal man Diene Schull'n met un kumm noah Huse, denn Do dhöst mi hie in be Wörthschaft sähre noth.

Alle loaten Di gröößen un frü'n sich, dat de balle wedd'r kümmst. Grööß' ook 'n Feldwööäwel un'n Unneroff'zeer van mi, denn met so'ne Kärdels mött Eener stöäts höflich sin, un dat kost't ja ook nischt.

Ick verbliewe

Dien trü'r Voa'r

Friede Schulte.

Tornow, denn 4. Juni 1834.

Dat gefeel Nanten goar ne, denn de Olle har in siene Dummheet 'n Na'l up 'n Kopp 'troff'n; awer we ick Ju schon fröh'r sächte, Nante woar'n anschläächscher Beng'l. 't hät bloß twee Da'e 'brukt, doa ha'r ook schon 'ne A'wort för'n Ollen, un de lut'te:

Leewer Voa'r!

Ju'n Breef häw ick richtich 'kricht, un mi 'früt, dat Ji no' Alle god up de Beene sied; wat awer denn Vöärschlach betrefft, datt ick miene Kanon' verköpen fall, so mött ick Ju offen säg'n, bat geiht ne. 't is 'n grotet O'glück för mi, bat Ji ne bie't Milletär woart, denn süst wür'n Ji insieh'n, bat bat ne geiht. Ick häw Jo 'schrööäwen, bat ick van't Re'ment kunn', wiel ick 'n Feldwöäwel un 'n Unneroff'zeer up miene Sie' häw; denk' Ji benn awer, bat is' för ümsüst? De Köärbels sin' alle holl in'n Buuk, un doa häw ich ärscht spicken möten. Wo keemen benn miene Schull'n hä, wenn ick 'n Unneroff'zeer ne har mößt fi'stähn Doahler gööäwen, un de Feldwöäwel har mi goar ne los'loaten, wenn ick e'm ne miene Kanon' 'schenkt har Wenn sich Eener hie van't dribde Joahr drücken will, benn mött 'r ook 'n Feldwöäwel siene Kanone schenken.

Ick bibb' Ju a'so no'moals, schickt mi do rächt balle bat Geld, bat ick man surtkoam', benn ick sööähne mi sööähre noah Huse.

Gröößt Muo'rn, Ännesie'n, Marieliesen, Luden, Frieden un Franzen van mi. Ick bin no' 'sund un hoffe, 't werd met Ji Alle ook de Fall sin.

Un doamet verbliew ick

Ju'r trü'r Soahn

Fernand.

Wrietzen, denn 8. Juni 1834.

Dat ha'r god berächent. Dat de Fiskus ümmer bloß Geld häw'n will, un bat'n groter Hopen Minschen holl in'n Buk is', bat sach de olle Isegrimm lücht in. Üm'n Jong'n a'so to häw'n, un doa Muo'r sich ook so sööähken noah e'm sööähnte, packte bä Olle drießich Dhoaler in un schickte se Nanten.

Aß 'r nu' Geld har un siene Schull'n betoahl'n kunn', verlusterirt 'r sich no'maal met siene Kamroa'n — 't woar jo tum letzten Moal, bat he tosamm' weer'n! — awer 't bleew 'm doanoah verdammt wenig ääwrich, un 'r mößt sich up Schostersch Rappen noah Hus' moaken, wat goar ne noah sien'n Geschmack woar. Awer wat hulp't? hä kunn't do' ne ännern.

't woar 'n scheener warmer Harwestdach, aß 'r sich up'n Wech meek. De Va'lkens sungen so lustich in 'n Busch, un of mien Nante woar ganz fröhlich in sien Gemöbh; bloß 't hät ne lange du'rt, doa ha'r sich de Föte wund 'lopen un mößt sich tweschen Köstrin un Balz in 'n Schosseegrawen hensetten, un sich de Stebbeln uttrecken, wiel e'm de Föte so sööhre brennten, dat 'r 't ne möähr utholl'n kunn'.

Vör Langeweile namm 'r sienen Landwehrpaß rut un laß'n. Drup keek 'r wedder moal up de Lü', de up de Schossee an e'm vöröäwer fohr'n o'r leepen. Met ee's, aß 'r ne läre Postkutsche koamen sach, ha'r 'n Infall, öäwer denn 'r sülwst lachen mößt, we 'r awer schon mähr har, denn we ick schon sächte, hä woar immer 'n ga's anschlächscher Beng'l 'west. Un Ji sööäl'n glieks sieh'n, dat sich Nante to helpen wußt'.

Aß de Kutsche dichte bie e'm woar, reep 'r'n Postilljon an:

„Dau, Bro'r, holl ee's still!"

„Purr!" sä' de olle Nübel, dä Postilljon up de Station Balz woar. „Wat wi'st De van mi?"

„Bro'r," sä' Nante, „Do mößt mi metnöähm'n in Dien'n Wa'n; ick häwe quoade¹) Beene un kann ne mähr furt."

„Jau," erwedderte Nübel, dä'n ne wie'r kennte, „dat wür' ick rächt gärn dhon, awer ick darp't ne. Wenn mi de Schandare bie attrapeert bin ick üm mie'n Posten."

„We sull'n dat togoah'n?" a'wor'te e'm Nante. „Do mößt mi metnöähm'n, doa bruk ick ärscht goar ne lange to bibb'n."

Nante har nemmlich schon 'sieh'n, dat Nübel ne't Pulwer erfunnen har.

„Ick nutt?!" frooch de Postilljon erstunt. „Jau, häst De denn 'n Billet?"

---

¹) wunde.

„Dat bruk ick ne," sä' Nante. „Ka'st De lööſen?"
„Jau."

„Na, denn litz mi 'moal dat, wat hie steiht," un doabie weeß 'r e'm sien'n Landwehrpaß un laß' n e'm met de grotzte Ärnsthaftigkeet voär:

„Vöärtüger dieses, dä Kannoneer Fernand Schulte, ist hiemet van'n erschten September bes up Wiederet in siene Heemoath Tornow beorlowt.

Alle Cewil= un Milletärbehöärden werren hie= börch denstergöäwenst ersökt, denn p. Schulte frie un ungehinnert reesen to loaten un e'm nödhegen Falls Schutz un Biestand angediehen to loaten.

Wreetzen, denn 30. August 1836.

Keenichlege dridde Artoll'rie Brigade."

Atz 'r awer an de Stelle keem: „Alle Cewil= un Milletärbehöärden" lecht 'r 'n gehöäregen Noahdruck up de Wuorde „Schutz un Biestand," laß 't langsamm un tweemoal. „Is' dat dütlich un kloar?" fuhr 'r furt. „Ick häwe quoade Beene, kann ne lopen, un doa Do to de Cewilbehöärden 'hürst, möst De mi metnöähm'n."

De arme Nübel kratzte sich hinger't Oahr, denn vöärgekoamen woar e'm dat no' ne, so lang 'r atz Postilljon fohr, awer 't scheen e'm intolüchten, un so sä 'r: „Joa, denn krup man rin."

Un dat leet sich Nante ok ne tweemoal säg'n un fohr we'n Edelmann.

Atz se awer an de Vietzsche Heede keemen, krop 'r rut, denn bes up de Poststation trut 'r sich natörlich ne, tomal 'r sich van Vietze noah Tornow nischt umgung. Hä bedankte sich bie Nübeln un schloch sienen Wech börch 'n Busch in.

Doa kamm de Schandare Radinzel angelopen un reep mienen Postilljon an, 'r söll de Passageerkoarte vöärwiesen.

„Jau," a'worte' e'm Nübel, „ick häw jo Extrapost 'foahr'n un koame leddig torügge."

„Un do 'krop vör'n Wielken 'n Saldoat rut?" frooch Rabinzel 'n Bitz' spött'sch, denn 'r ko'neerte ook metunner gärn.

Nu' vertellte Nübel, we dat 'koamen weer, un Rabinzel wußte ärscht ne, aw'r dröäwer lachen sull' o'r ne, denn de Geschichte scheen e'm denn do' to pusseerlich. 'n Saldoaten kunn'r ne mähr inhoal'n, dä har 'n to groten Vöärsprung, awer an'tücht hät 'r 't do, doa't siene Pflicht woar.

Nu' sökten se un sökten se noah benn Däfrodör, un awgliek Nübel sienen Noamen ne kennte, sünnern bloß wußte, dat de Kärdel 'n Artolleriste ut Wrietzen weer, har'n se Nanten do' balle utspeoneert.

Se har'n e'm deswä'n awer nischt wie'r an, wiel de Meesten dröäwer lachen mößten, dä Bezörksfeldwöäwel in Soldin sä' awer bie Gelä'nheet vor de Kontrollrewisjon: „Schulte, dat 'r sich dat ne no' moal önnersteiht, denkt Hä denn, Siene Majestöät kann je'n lumpgen Kanoneer met Extrapost noah Huse schicken?"

Inwendich hät awer ook dä gestrenge Har' Feldwöäwel öäwer'n verdammten Beng'l lachen möten.

Nante keem a'so to Huf' un woar, we alle prei'sche Saldoaten, 'n braver, flüßeger, ährleger Kärdel, dä sien Re'ment Aehre moakte.

Spöä'r namm 'r de Wörthschaft an, un de ganze Kanonengeschichte wöär villicht geheem 'blöäwen, wöär se ne börch 'n Tofall 'rut'koamen, denn to vertell'n, mi to lang uphol'n wür'.

Van doa aw awer hät 'r Kanonen-Nante 'heeten, wat 'r sich ook ro'ich gefallen leet, bloß 'grönnt hät 'r je'smoal, wenn se 'n so nennten, denn 'r dacht benn an siene lust'ge Saldoatentüb, un we glücklich is' ne dä Mensch ofte in de Erinnerniß an fröh're Tüden?!

Westpreußische Mundarten.

E. von Almonde.
(Danzig.)

De Seelenwandering.
En Gespräk tweschen twe Buren.

Joost.

Na, Pauls, eck wensch von Harten Glöck!
Jun[1]) Jahn es von de Reis' gekamen;
Eck sach emm man det Ogenbleck,
He sitt schmock ut, häft togenamen;
Dat schwarte Kled, de Fedderhot
Steit emm, der Duhs! recht extra god.

Pauls.

Dat sall eck glowen; man de Jahn
Kost ok en Schwaret, kann eck seggen;
Dat kam mi op den Bidel an,
Denn jahrlitsch wer wat toteleggen.
Man wat de Alles häft gelerd,
Es ok en schönen Schelling werd.
Eck spar oft Näs on Ohren op,
Wenn he so anfängt to vertellen;
Wat häft de Alles en den Kop!
He schnakt, dat eem de Ohren gellen.
Man wenn dat wahr es, wat he secht,
Denn häft ons Predger doch nich Recht.

---
[1]) Euer.

Seht, Vader, eck verstah man nich
Dat Ding so sennrik¹) värtostellen,
Et es ok gar to wunderlich,
De Jahn kann dat man recht vertellen.
Ons Predger secht doch, dat de Dod
De Menschen drägt en Abrams Schot.
Min Jahn lacht äwer sonem Schnack;
He secht: de Geist kann gar nich starwen;
Dat Lief nennt he den Madensack,
Den waren ok de Maden arwen.
On onse Geist kregt sin Verblief
Stracks wedder en een ander Lief.
So bleft he emmers op de Welt
On kröpt²) op ene Stopenledder³).
Dat es en Ding, wat mi gefällt.
Denn hört, nu secht min Jahnke wedder:
De klenste Worm häft enen Geist,
De äwer alle Stopen reist.
He secht: Ganz unden steit de Lus,
On häft de op den Kop gekrägen⁴),
Denn kröpt är Geist en ene Mus,
De häft all enen grötern Brägen,
Denn en de Elk⁵), denn en dat Schap,
Bett endlich en de kloke Ap.
Wat men Jü, Joost? Son Düwelskop
Secht drist to Ju on mi: Herr Broder;
He stigt en Stopken höcher op
On schlickt en ene Menschenmoder.
De dommste Mensch grenzt an't Gedert⁶),
Jahn mend, eck selwst wer erscht en Perd.
Man eck sach emm gramstürich⁷) an
On säd: soont⁸) kann eck gar nich lawen⁹).
Stell, stell, Herz-Vader! säd min Jahn,
Gleewt He denn, He es all ganz bawen¹⁰)?

---

¹) sinnreich. — ²) kriecht. — ³) Stufenleiter. — ⁴) gekriegt, bekommen, hier so viel wie erwischt. — ⁵) Iltis. — ⁶) Gethier. — ⁷) böse blickend. — ⁸) solches. — ⁹) loben. — ¹⁰) oben.

Ehr He so hoch komt bett em Knop,
Stigt He noch mennge schöne Stop.
Ne, gleew He mi man rein gewes,
Dat darf Emm ganz on gar nich stören,
Dat He en Veeh gewesen es,
He kann noch Land on Lied regeren.
Als Bur deit He ja sine Plicht,
Ken Wunder, wenn He höcher stigt.
Man de hier nich deit, wie he sall,
De mott, säd nu min Jahn ok wedder,
Sobold he dod es, Knall on Fall
Zopp, zopp, herunder von de Ledder;
On ging he ok em Hermelin,
So fahrt he wedder en een Schwin.

Joost.

Na, Pauls, hört op, mi gruhelt all.
Wenn soont sick mäglich kunn geböhren[1]),
Sett eck den Fot nich mehr em Stall;
De Schlag must doch vör Schreck eem röhren,
Wenn so de Boll[2]) ut sinem Schlung
Mit enmal an to reden fung,
On wenn eck enmal schlachten wöll
Een groten, fetten Mastschabander[3]),
On de schregt under lud Gebröll:
Eck sen[4]) de grote Alexander!
Wat fung eck en de Angst wol an?
Gleew Jü, dat eck em dodschlan kann?
Mi gruhelt, wenn eck denken sall,
De Schwinjung dröft met sinem Tater[5])
Pur junge Herrschaft ut dem Stall;
De Deef Kartusch[6]) wer nu min Kater,
On dat för sinen Sünden Lohn
Em Kujel stok[7]) een Herr Baron.

---

[1]) zutragen, begeben. — [2]) Stier. — [3]) Mastochsen. — [4]) bin. — [5]) Peitsche. — [6]) der Dieb Cartouche. — [7]) im zahmen Eber stäke.

Pauls.

Ei, Vader Jooft, dat es eendoont[1]),
Wat onse Schwin on Rinder weren,
De Schurkes worden so gelohnt,
On dar se nu tom Veeh gehören,
Scher' eck mi väl an är Gebröll,
Wenn eck se enmal schlachten wöll.
Man, Vader Jooft, hört wider to.
De beste Mensch ward stracks en Engel,
Sobold he starwt, wie oder wo,
Was he ok noch soon armer Bengel,
On kregt een Lief, de es so fin
As wie de Spirtus ut dem Win.
De Engels send von Gott bestellt,
Dat se hübsch motten darop denken,
De Menschen hier op disser Welt
To allem Goden hentolenken.
Wenn eck erscht so een Engel ben,
Denn sall dat hier ganz bäter sen.
Geiht Alles denn na minen Kop,
Denn sall de Bur seck nich mehr plagen;
Podwood[2]) on Scharwerk hörd stracks op,
Den Vogt war eck na'm Düwel jagen.
On wenn de Bur häft utgeseit,
Denn sorg eck, dat dat Koorn god steit.
De Mäkens salen alle frien
On arbeitsame Männer kriggen;
De Hus= on Veehstand sall gediehn,
Keen Ploggeweng[3]) mehr leddig liggen.
Denn waren alle Nahbers stahn
On seggen: dat häft Pauls gedahn!

---

[1]) einerlei, ein Thun. — [2]) Fuhrdienst. — [3]) Pfluggewende (Morgen Landes).

August Boldt.
(Elbing.)

Am Niejaſchhöllgeoawend.[1])

De Doag ös all e Hoanſchrie länga. De Oawend kömmt 'ran, on noa däm Oawendbrod heab eena von ſeß bet ſäwe ön ganz Tomsdärp geiſtliche Leeda ſinge.

Schpäda goane be gode Frind tohop, om bän letzte Doag öm Joa ön Frindſchaft to beſchliete. De junge Lied briewe[2]) allalei Schpeelkes. Doa wat Glökk gegräpe, Tönn[3]) gegoate, Lichtke gedröppt, Schlorrke[4]) geſchmäte, Hakſelke[5]) gepußt, Roſemokke gejoagt.

Et watt hiede nich lang opgebläwe, denn önna Sölweſtanacht wanke de Geiſta. All de Seelkes von bän Mönſche, de öm Hus geſchtoarwe ſönn, koäme twöſche elf on twelf, om ſöff am heete Kachel va dat ganze Joa optowoarme. De Kachelbänk watt awgekroamt on witt geſchiat[6]) on bat Licht nich utgepußt. Nu watt Waſchwoata henngeſchteld, een Kamm henngelecht on bat längſte Handbog henngehängt.

Sea ſcheem[7]) watt Jeda angeſeene, de däm Noatanga[8]) diſſe Gloawe benäme wöll. He ſecht ömma: „J, ſe warre joa ok nich koame, oawaſch wenn ſe am Eng doach keeme, motte de oarme Geiſtakes doach ſea freere," on he moakt ſiene Kachel noach heeta.

Dat letzte Schpeelke von 'ne junge Mäkes ut Tomsdärp am Niejaſchhöllgeoawend ös, bat ſe e Fingahot voll Solt unga de Schettel op e Döſch ſchöbbe. Ös nu Moargens dat Solt taſchmolte, mott dat Mäke öm nächſte Joa ſchtoarwe. Wie freit et ſöff, wenn am Niejaſchmoarge dat Solt dreeg ös. Grotet Läwe göwt et aw, wenn et natt ös, wenn Frötzke oawa Hanske ſöff ön de Schtoaw to ſchlieke wußte on Woata 'ropp dröppelte.

---

[1]) Neujahrsheiligabend, Sylveſter. — [2]) treiben. — [3]) Zinn. — [4]) Pantoffel. — [5]) Häckſel. — [6]) geſcheuert. — [7]) ſehr ſchief. — [8]) Bewohner der Landſchaft Natangen in Oſtpreußen (um Schippenbeil und Friedland).

De Klookkoosa ut Schmeditte.

Et wea e narrscha Keadel, de Klookkoosa[1]) ut Schmeditte, schoab, dat he so freeg önt Gras biete mußt. Awarall wea he dabi, on ömma wußt he väl to vatelle on väl to roatschloage.

Döm eene Doag proald he mött sienem fiene Dösch on dat he Farkelbroade ät'. He hewt twelf Farkel gehewt, on alla sönn va em alleen gewese. „Na, na," secht Ohlert, „doa moßt Di joa dän Äkel äte." — „Da nä, öff leet mi all veatie[2]) Doag eent broade," meent dropp de Klookkoosa. — „Nu koost Di fast[3]), mien Klookkoosa," schreeg Luddwig Heß, „dat letzte ös joa denn e Schwien von verentwintig Wäke."

Eenmoal geit et däm Klookkoosa noach schlechta. He ös op eena Aufsjon biem Herr Farr. He ös sea kleen on kann schlecht seene, watt oawasch flietig möttbeede. Een Setzer, noach e Setzer, noach eena on — zum dritten. Wat kröcht he to sienem Schreck? E ganze Arm voll Oasseheana[4]).

Had he Heana on Göld öm Schtöch geloate, he had sea klook gedoane. Oawasch he nömmt se mött noa Hus. Wie se sien Ollsche sitt, blöwt se ganz schtöll schtoane, sett de beid Häng ön de Sied on nu kröcht he. Toletzt secht se: „Nu geist Du glick tom Herr Farr on lätst Di dat Göld trig gäwe. Du lätst Di önne Behusing mött däm Dieg nich mea seene!"

Ganz schtöll schlökkt söff de Klookkoosa mött all dän Heana tom Herr Farr. De ös oawa nich to Hus, on nu blöwt däm Onglökkskind nuscht äwerig, als mött de Heana wedda da Ollsche ön de Finga to falle. Se kömmt all bet an 't Poatke[5]) on moakt e Geseia[6]), dat de arm Schelm nich tom Woad koame kann.

Dän angere Doag ganz freeg schleppt he de Heana tom Herr Farr on secht: „Herr Farr, öff krieg keene

---

[1]) Klugkoser. — [2]) vierzehn. — [3]) fest. — [4]) Ochsenhörner. — [5]) Pforte. — [6]) Geschrei.

Ruh nich op ba Cab. Näme Se boach be Heana webba trig, mien Wiew joagt mi vom Gehefft raff." De Herr Farr keat föff an nuscht. He secht: „Leewa Frind, koam He webba, wenn He föff so väl Heana awgelope hewt, als He von mi gekofft hewt."

De Klookkoosa mott awgoane, on keen Doag vageit, bat he nich be Heana op et Bottabrob kröcht. De Heana broachte em e freege Dob.

„Woa geit be Wech noa Beenkeim?"

Twöfche Knipitte on Remitte kömmt Cena op 'ne lange Wäf'. Hia haut be seelge Biesta an eenem Soamabag[1]) all von sea freeg Gras va sien Kohke. He hewt va väle Joa bat Gehea bi Dennewitz valoare, bat he fast dow[2]) ös. Dat Sönnke geit ömma höcha, on be Schweet schteit däm Biesta va ba Stean. Doa schteit op eenmoal öm dröbbe Schwoad[3]) von em e Fremba, be schriet em to: „Na gode Moarge, öff wull man froage, woa geit boach be Wech noa Beenkeim?" — Onf' Biesta fifft föff op on secht: „Et ös hiebe ganz scheenet Wedbake[4])." — De Fremba ös halw ärgalich on schriet noach dolla: „Woa geit be Wech noa Beenkeim?" — De Biesta secht: „Dekk hau ömma geroab to op jenn Wiebehusch." — Nu watt be Fremba schlömm on flookt: „Tom Kriezhölgebielzinteonmehlsakk[5]), woa geit be Wech noa Beenkeim?" — On be Biesta meent: „J, vä schnött wat on hinge ganuscht." — Nu moakt be Fremba keat on geit on schömpt: „Dat Ju be Diewel hoale meeg!" — De Biesta scharpt sien Sens' on secht: „Dekk bebank mi."

---

¹) Sommertag. — ²) taub. — ³) Lage gemähten Grases. — ⁴) Wetterchen. — ⁵) Kreuzburg=Heiligenbeil=Zinten und Mehlsack.

Dr. Robert Dorr.
(Elbing.)

Verjahrsloft.[1)]

Wenn de Schnee weggeit,
Wenn de Marzloft weiht
On Di weeker[2)] hajt[3)] as Leefkes[4)] Hand,
Denn ward wiet de Brost,
Luder lacht de Loft,
On dat leewe Verjahr treckt ent Land.

Uf[5)] de Wiedenboom
Waakt nu op vom Droom,
Reckt sick, streckt sick, putzt de Ogen blank,
On wie seet[6)] dat klingt,
Wenn de Drossel singt,
On de kleene Meesk[7)] piept uf darmank.

Kömmt de laue Nacht,
Alles leewt on lacht
Buten[8)] en dem Feld na frier Wahl,
On bi fiener Bruut
Jucht[9)] de Kiewitt[10)] luud,
Eenmal, tweemal on denn noch eenmal!

On wie gern, Marie,
Weer uk ek bi Di
En der leewen, seeten Verjahrstied, —
Dröckd' Di an de Brost,
Hadd Di geern gepost[11)],
Weer ek nich von Di so wiet, so wiet!

[1)] Frühjahrsluft. — [2)] weicher. — [3)] streichelt. — [4)] Liebchens. — [5)] auch. — [6)] süß. — [7)] Meise. — [8)] draußen. — [9)] jauchzt. — [10)] Kiebitz. — [11)] geküßt.

August Schemionek.
(Elbing.)

Vor dem Herkulesbrunnen.

Als auf dem jetzt leeren Postament des Pfeifenbrunnens auf dem alten Markt noch der steinerne Herkules stand, entspann sich zwischen wasserholenden Mägden folgendes Gespräch:

Karline (eben angekommen): Wer es der Letzte?

Miene: Oech! man es es noch ne ganze Schoow Margellens[1]) vor mer. Setz man Emmer on Peed[2]) hen, wer könne noch lang laure.

Karline: Jettche, soag mer doch, was es das ejentlich for ne Popp, was dor of der Feif steht met dem Knöppel?

Jette: Na, weest das nich, das es der Kules.

Miene: Joa! oaber heh schriewt sich Herr Kules!

Jette: Na nu! Kules es genung! Wo wer öch so 'ne nackendige Mannsperschon vor Herr tittelire! —

Eine andere Magd läuft vorbei.

Karline (ihr nachrufend): Duche, wo wöllst hen?

Trine: Eh! öch hoabs so ens Leib gekreege, öch hoab zeviel Christtorbeere[3]) gegesse, nu well öch man fohrtz[4]) nach der Apthek loofe on mer vorn Düttche[5]) Fesserminzkuche koofe!

Karline: Na oaber wacht doch man en eenzigstes Ogenbleckche, so brock[6]) werscht es doch nich hoabe, öch hoab heit vom Briefcheträger en Brief gekreege, den wöll öch Der vorleese.

Trine: Ne, ne, Duche, öch muß renne, de Markenthorsche[7]) werd stracks zehn schloage, denn mache se bei ons zu, on öch hoab kenen Hausenschlössel.

---

[1]) Schaar Mädchen. — [2]) Tragholz zu zwei Wassereimern. — [3]) Stachelbeere. — [4]) sofort, sogleich. — [5]) 1 Silbergroschen, hieß auch Silberbüttchen. — [6]) eilig. — [7]) Uhrthurm in Elbing.

Oſtpreußiſche Mundarten.

Auguſt Stobbe.
(Königsberg.)

Hans onn Triene,
oder:
Wie de domme Hans klook wurd.

De Trien ſäggt:

Wenn mi een Mönſch doch ſägge möcht,
Wie öck dem Hans kunn kriege? —
Wenn öck em ſeh, wart mi to Moth —
Oeck weet nich wie, öck föhl' bet Bloot
Bet önt Geſöcht mi ſtiege.

Ett öß de Leew en eegen Ding,
Oeck kann et mi nich düde —
Da öß det Naberſch Chröſtian,
Datt öß doch een ganz andrer Mann,
Doch dem kann öck nich liebe.

Oeck leew' dem Hans, ſäggt ook de Muhm,
Datt öck mi moak tom Nare,
Dok weet öck woll, he öß mi goot,
Denn ſitt he mi, ſo wart he roth —
Watt häfft he roth to ware?

He leppt mi noah opp Stegg onn Wegg,
Als wull he ſöck terriete,

Doch bruuk öck em bloß antosehn —
Heidi! denn geiht ett önn de Been',
Als ob öck em wull biete.

Wer moakt dem domme Hans mi klook,
Wer öß datt woll öm Stande?
Du, löwer Gott, help Du mi doch,
Sonst friet de Hans 'ne Andre noch,
Denn grans'¹) öck mi to Schande.

Beer Wähke dernoah.

Deck sähd ju, datt mött minem Hans
Nich veel wör antofange,
Doch öß he nu a klooker Kopp
Onn öck vertell ju — paßt hübsch opp —
Wie datt öß togegange.

Wie sönd onlängst — de Hans onn öck —
Opp Kindelbeer²) gewese,
Da danzt det Volk onn sprung sehr veel,
Doch schöckt et söck, datt öck biem Spähl³)
Een Pand hadd uttolöse.

Wem öck da wähl', de kröggt e Poß⁴)
— Man bruukt söck nich to schäme —
Da häbb öck Alle affgeblötzt,
Mien dommer Hans blöw bett toletzt, —
Nu mußt öck em woll nehme.

Juchhe! Da krög öck nu e Poß
Von minem leewe Junge —

---

¹) weine. — ²) Kindtaufe. — ³) Spiel. — ⁴) Kuß.

Ett wör e Poß man so em Spähl,
Doch häfft he mi, bi miner Seel,
Det ganze Hart dorchdrunge.

Onn Hans — de wör als hadd de Poß
Det Muul em oppgeschloäte,
Sonst truud' he söck to keinem Woort,
Nu plappert he önn eenem foort
Trotz eenem Affekoäte¹).

Ook sproht he ganz gewaltig kloof,
Na Lühd, ju sull moal roäde! —
He sähd onlängst: „Mien truutste Trien,
Wie moäke Hochtiet opp Martin!"
— Wi sönd schon oppgeboäde! — —

Mutter onn Sähn.

Oeck häww gehört so manchet Leed,
Datt klung so hell, datt klung so söt,
Dok manchet Woort truff²) mien Gemöth,
Dat öck mien Läwdag nich vergät,
Doch wör datt Alles nich so schön,
So ilderlöwst³) ook Alles klung,
Als wenn mien Mutter sähd: „Mien Sähn,
Mien löwet Kind, mien ohler Jung!"

Wenn ött öm Läwe goot Di geiht,
Wenn hoch de Sönn am Himmel steiht,
Denn koame' Fründ' von alle Sied',
Du denkst: Wie goot sönd doch de Lüd', — —

---

¹) Advokaten. — ²) traf. — ³) allerliebst.

Datt Läwe, Fründ, geföllt Di sehr,
Watt denkst Du denn an Mög' onn Noth,
Du denkst bloß: Wenn doch morge wör'
Wie hüd' onn gistre, denn wör't goot!

Datt Alles ändert söck geschwind,
Denn wenn ett schlecht geiht, löwer Fründ,
Denn moakt söck Alles opp de Been,
Bett du toletzt steihst ganz alleen, — —
Onn Mancher — häst Du nich geseh'n! —
De sonst Dien Fründ bi Lost onn Spähl,
De schmött noäh Di dem erste Steen,
Di to verwunde Hart onn Seel.

Denn wart Di manchmoal so to Moth
Datt Du woll denkst: O wör' öck dood,
Öm Graff sie öck doch ganz alleen,
Ett dröckt mi nich de Liecheſteen!
— So denkst Du woll, doch datt öß schlecht,
De löwe Gott kennt Diene Noth,
Ook meent een Hart ett trü onn echt,
Dien Mutter öß ja noch nich dood.

Goah henn to ehr onn kloäg ehr vär,
Wie Du als Kind ehr häſt kloägt,
Onn grämst Du Di ook noch so sehr,
Du blöffſt nich länger mehr verzoägt,
Wenn Du versteihst datt Woort, so schön,
Wenn ett Di recht to Harte drung,
Datt Himmelswoort: Mien leewer Sähn,
Mien truutſtet Kind, mien ohler Jung!

Onn häst Du noch so väl gelehrt
Onn ditt stobeert onn datt stobeert,
Dien Krimskrams von Gelehrsamkeit
So'n Wunder wie bitt Woort nich deiht. —

Datt Allens moakt dem Kopp Di schwoär,
Doch Muttertrost e leichtet Hart,
Moakt wedder Diene Ooge kloar,
Onn Du vergättst, watt Di ook schmart.

D'rom, leewer Fründ, horch opp mien Lehr,
Hool' Diene Mutter recht önn Ehr',
Geiht se ook gar nich stramm onn fien
Onn hölt se nuscht von Pracht onn Schien;
Et red't so Mancher wunderschön,
Wat Alles bloß kömmt von de Tung,
Von Harte kömmt det Woort: Mien Sähn,
Mien leewet Kind, mien ohler Jung!

Heinrich Toball.
(Königsberg.)

Wer nicht wagt, kommt nicht nach Wehlau.

Ön oler Tiet föhrd äwerm Pregel
Noah Wehlau noch e Knöppelbrück,
Se wär so schwach, dat mancher Buer
Statt röwer, löwer fohr torück.

So simmeleerd ock enst e Käthner,
Ob he der Brück' vertrue sull,
Weil Dags vörher e groter Woage
Möt Mann on Muus im Pregel full.

Da keem ut Tapiau de Herr Landrath
On säd: „Forsch, forsch, mein lieber Mann;
Denn wer nicht wagt, kommt nicht nach Wehlau!"
Fohr to — on keem ön Wehlau an.

Sönd de Ostpreuße grob?

Een Schlesier on een Ostpreuß huckde
Gemöthlich bi 'nem Glaske Beer,
Vertellde Reiseabenteuer
On loawte öhre Heimath sehr.

De Schlesier meend: „So een Berliner
Ös wötzig, on de Schlesier froh,
Gemöthlich merschdendeels de Sächser,
De Ostpreuß grob wie Bohnestroh."

„Wat," schriet de Ostpreuß gliek dazwöschen,
„Du seggst, de Ostpreuße sönd grob?
Wascht Du torück dat Wort hier nehme,
Sonst hau ick Di önt anne Kopp!"

R. Reusch.
(Königsberg.)

Hans von Sagan.*)

Ee Handwerksmann habb söck de Huut
Schons ehrlich vullgesaape;
Sien halwet Stoop¹) wär ömmer uut,
Sien Muul wär ömmer aape.
 „Hei," reep he, „wat schadt mi ee Raps?
 Man noch ee Schnaps, man noch ee Schnaps,
 Man noch ee kleenet Schnapske!"

---

*) Bezieht sich auf den aus der Rudauer Schlacht bekannten Schuster Hans von Sagan, dem auf einer Pumpe in Königsberg ein Denkmal errichtet ist.
¹) Quartmaß.

Aff nu be Seeger Tiee schlog,
Da schloot be Wörth be Döre;
De Werkmann habd noch nich genog,
Man hei moßt ruutmarscheere.
    „Gevadder," schreeg he, „öff ook leer?" —
    „Na morge mehr, na morge mehr,
    Na morge kaam öck webber!"

Onn aff hei uut be Döre schoot,
Da wurd hei gooder Dinge;
Emm waff sau ilderlöwst[1]) to Moth,
Datt hei fung an to springe.
    Ganz kunterbunt sett hei be Been;
    Datt wär mal schön, datt wär mal schön,
    Datt wär bett Ilderschönnste!

Hans Sagan stund emm da be Dweer[2]),
De waff uut Holt geschnöckselt,
Mött sienem Fahnke von Papeer
Stief opp be Pomp gestöckselt.
    „Na," reep de Werkmann, „kleener Laps,
    Nömm doch ee Schnaps, nömm doch ee Schnaps,
    Nömm doch eemal ee Schnapske!"

Hans Sagan schweeg ganz mockestöll
Onn docht opp siener Pompe:
Laat dem man kose, wat hei wöll,
De Keerl blöfft doch ee Lompe!
    Wenn hei Di man nich runder rennt
    Von't Postement, von't Postement,
    Von't schwacke Postementke!

De Werkmann awersch wär nich fuul,
Hei leet emm nich tofröbe;
Hei schneet on schneet emm schöwet Muul
Onn wurd von Schnack nich möbe.

---
[1]) allerliebst. — [2]) Quer.

„Na," reep he, „drinkst Du keenem Schnaps?
Du wärscht ee Laps onn bößt ee Laps
Onn warscht ee Laps wull bliewe!"

Da wurd de Sagan rasend dull,
Hei tooch dem Pompehewert.
De Werkmann kreeg ett dull onn vull,
Datt hei tomm Düwel stöwert,
 Onn schriescht entlangs de ganze Stadt:
 „Hei deit mi watt, hei deit mi watt,
 Hei hefft mi watt gedahne!"

De Sagan stund am andre Dack,
Aff hadd hei nuscht gedahne;
De Werkmann awersch wär ganz mack,
Hei wull nich suupe gahne.
 „Nei," seed he, „nei, öck hebb ett satt;
 Hei deit mi watt, hei deit mi watt,
 Hei kunn mi doch watt dohne!"

Onn de Geschöcht hefft goldne Lehr
Ferr alle arme Lompe:
Wenn Eenem darscht, kaam hei man her,
Hans Sagan ward emm pompe!
 Onn dromm öff onse goode Stadt
 Uut aller Noth, denn bruukt se watt,
 Geiht se biem Sagan pompe!

Johanna Ambrosius.
(Pillkallen.)

Dat söte Marieche.

Ach Marieche, sötet Marieche mien,
Ach kunnst Du doch mien egen sien!
Eck kann nich läwe onne Di,
Du Engelskind, mien lev Marie.
Woll send wi beide, beide oarm,
Doch oarm to oarm, dat hölt sik warm,
War[1]) miene Fru, dat eck ehn Herz
Doch häbb fär all mien Glöck un Schmerz!
Seg joa, un eck benn äwerriek[2]),
Kein König kömmt an Glöck ons gliek! —

Et brust de Orgel, et lött de Glock,
De Brüdgam geiht en geborgte Rock,
He hätt keine egene Stevel an,
De junge, schmucke, leichtsennige Mann.
Un an sienem Orm en golb'gem Hoar,
Met Oge, hell wie de Sonn so kloar,
Do hängt Marieche, de schönste Därn,
Welk Glöck stroahlt von ehre schneewitte Stärn.
Wat froage se Beid' noa Acker un Plog,
Se hebbe sich nu, un dat ös genog. —

Fünf Johr send dohenn, vöer Kinderkes kleen
Gebrocht hett de Odebor Langebeen[3]);
De Mutter arbeit bitt spät en de Nacht,
Dem Mann erlohmt schon de Orbeitskraft;
Denn wie se sick quäle biem beste Wölle,
Et langt doch nich ömmer den Hunger to stölle.

---

[1]) werde. — [2]) überreich. — [3]) Storch.

De Mann ward verdrießlich ob all de Noth,
De Kinder griene to Hus no Brod;
Marieche negt noch für fremde Lüd,
De ohle Her Sorg huckt an ehre Sied.
Se kickt mit göftige Oge umher,
Ob nich wat entzwei to riete wehr;
Do kömmt de Mann möt dollem Gebrus
Torkelnd om ehnt des Nachts no Hus.

Em ärgert nu schon de Spänn an de Wand,
He hämt no dat flietge Marieche de Hand —
De Hieb troff got, noch ehner gev —
Ade du Glöck, gebuht ob Lev! —
Dä ohle Her Sorg en de Just sick lacht
Un schlöckt sick wieder dorch Newel un Nacht. —
Wat wimmert so schmärzlich em Stärneschien?
Ach Marieche, sötet Marieche mien!

Simon Dach.
(Memel.)
(1605—1659.)

Anke von Tharaw.

*Trewe Lieb' ist jederzeit
Zu gehorsamen bereit.*

Anke von Tharaw öß, de my geföllt,
Se öß mihn Lewen, mihn Goet on mihn Gölt.

Anke von Tharaw hefft wedder eer Hart
Op my geröchtet ön Löw' on ön Schmart.

Anke von Tharaw mihn Rihkdom, mihn Goet,
Du mihne Seele, mihn Fleesch on mihn Bloet!

Quöm allet Wedder glihk ön ons tho schlahn,
Wy syn gesönnt, by een anger tho stahn.

Kranckheit, Verfälgung, Bedröfnös on Pihn,
Sal unsrer Löve Vernöttinge[1]) syn.

Recht as een Palmen=Bohm äver söck stöcht,
Je mehr en Hagel on Regen anföcht;

So wardt de Löw' ön ons mächtich on groht
Dörch Kryhtz, dörch Lyden, dörch allerley Noht.

Wördest Du glihk een mal von my getrennt,
Leewdest dar, wor öm bee Sönne kuhm kennt;

Eck wöll Dy fälgen dörch Wöler, dörch Mär,
Dörch Yhtz, dörch Jhsen, dörch sihndlöcket Här.

Anke von Tharaw, mihn Licht, mihne Sönn,
Mihn Leven schlucht öck ön Dihnet henönn.

Wat öck geböde, wart van Dy gedahn,
Wat öck verböde, dat lätstu my stahn.

Wat heft de Löve däch ver een Bestand,
Wor nich een Hart öß, cen Mund, eene Hand?

Wor öm söck hartaget, kabbelt on schleyht,
On glihk den Hungen[2]) on Katten begeyht.

Anke von Tharaw, dat war wy nich dohn,
Du böst myn Dyhfken[3]), myn Schahpken, mihn Hohn.

Wat öck begehre, begehrest Du ohck,
Eck laht den Rock Dy, Du lätst my de Brohk.

Dit öß dat, Anke, Du söteste Ruh,
Een Lihf on Seele wart uht öck on Du.

Dit mahckt dat Lewen tom Hämmlischen Rihk,
Dörch Zanken wart et der Hellen gelihk.

---

[1]) Verknotigung. — [2]) Hunden. — [3]) Täubchen.

Verzeichnis der Schriftsteller,
die in diesem Buche vertreten sind, mit kurzer Angabe ihres Lebenslaufes.

Ahrens, J. F., geb. am 2. Oktober 1834 in Sarlhausen bei Kellinghusen, Holstein, wurde 1857 Lehrer in Segeberg, 1861 in Itzehoe, 1869 in Kiel und ist seit 1873 Direktor der dortigen Gewerbeschule. — Feldbloom. Seite 82—83

Almonde, Cornelius von, geb. im Jahre 1753 in Danzig, war hervorragender Kaufmann und niederländischer General-Konsul daselbst und starb am 20. März 1844. Seite 369—372

Ambrosius, Johanna (Frau Johanna Voigt, geb. Ambrosius), geb. am 3. August 1854 zu Begwethen bei Ragnit, konnte nur bis zu ihrem elften Jahre die Schule besuchen und war dann auf ihren eigenen kümmerlichen Erwerb angewiesen. Mit 20 Jahren verheiratet, verfaßte sie 1884 ihre ersten Gedichte, die durch die Zeitschrift Von Haus zu Haus und später durch die Gartenlaube weite Verbreitung und warme Anerkennung fanden. Gegenwärtig lebt Joh. A. in Gr.-Wersmeninken b. Lasdehnen. Seite 386—387

Asmuß, Martin, geb. zu Lübeck am 29. Septbr. 1784, „pilgerte" 1802 zu Pestalozzi nach Iferten, wurde von dort 1807 nach Dorpat empfohlen, wo er erster Lehrer an der Stadt-Töchterschule wurde; er erhielt 1811 feste Anstellung als russischer Kronbeamter und starb als Syndikus der Dorpater Universität am 26. Juni (8. Juli) 1844. — Plattd. Gedichte. Seite 155—160

Babst, Diedrich Georg, geb. am 24. Juli 1741 zu Schwerin, besuchte dort die Domschule, dann, als die Eltern infolge der Bedrängnisse des Siebenjährigen Krieges nach Lübeck flüchten mußten, das dortige Gymnasium. Er studierte Rechtswissenschaft in Rostock, wurde Prokurator, später Sekretär des Bürgerschafts-Kollegiums und starb daselbst am 21. April 1800. — Allerhant schnacksche Saken tum Tietverdriew. Seite 278—281

Bärmann, Jürgen Niklaas, geb. am 19. Mai 1785 zu Hamburg, widmete sich zunächst dem Kaufmannsstande, wurde später Lehrer, 1810 Vorsteher einer Privatschule, die er bis 1837 leitete. Dann wurde er Privatgelehrter und Schriftsteller und starb in Hamburg am 1. März 1850. — Rymels un Dichtels — Dat grote Höög- un Häwelboof. Seite 77—78

Bartels, Daniel, geb. am 18. November 1818 zu Lübeck, lernte in Hamburg das Malerhandwerk. Er wurde Gehilfe und später selbständiger Meister in diesem Berufe. Gegenwärtig bekleidet er die Stelle eines Kanzlisten bei einem Advokaten in Hamburg. — Der Grillenscheucher. Seite 78—81

Beckmann, Fritz, geb. am 13. Januar 1806 zu Breslau, zeigte schon früh ungewöhnliche Anlagen für das komische Fach. Er kam 1824 an das Königstädtische Theater zu Berlin und schuf dort, angeregt durch Holteis „Vagabunden", das Stück „Nante im Verhör", in dem er selbst die Hauptrolle spielte. 1845 wurde Beckmann erster Komiker am Burgtheater in Wien und starb daselbst am 7. Sept. 1866. — Nante im Verhör. Seite 332—333

Beyer, Joh., geb. 9. Dez. 1861 in Bremen, lebt daselbst als Lehrer. — Gedichte — Litter. Essays in Zeitschriften. Seite 67

Blum, Max, geb. am 23. Dezember 1863 zu Wohlkuhl bei Altstrelitz, besuchte das Gymnasium in Neustrelitz und widmete sich zunächst dem Kaufmannsstande. Bald jedoch verließ Blum diesen Beruf und lebt gegenwärtig als Schriftsteller in Berlin. — Gedichte—Spassig Läuschen — De Prügelreis. Seite 276—277

Boldt, August, geb. am 17. Februar 1838 zu Klein=Sausgarten bei Preußisch=Eylau, besuchte das Lehrerseminar in Preußisch=Eylau, wurde zunächst Lehrer in Hermsdorf und ist seit 1860 Lehrer der städtischen höheren Töchterschule in Elbing. — Ut'm Noatangsche. Seite 373—375

Bornemann, W., geb. am 2. Februar 1766 zu Gardelegen, besuchte das Gymnasium zum Grauen Kloster in Berlin und studierte in Halle Theologie. Nachdem Bornemann dort noch kurze Zeit als Predigtamtskandidat gelebt, verließ er die Theologie, wurde 1794 zunächst Sekretär, dann Generaldirektor der Preußischen Lotterie zu Berlin. Er trat 1849 in den Ruhestand und starb am 23. Mai 1851.— Plattdeutsche Gedichte. Seite 326—331

Boysen, Joh. Wilh., geb. am 24. Januar 1834 zu Neuenkirchen in Holstein, studierte in Kiel und Berlin, wo er 1860 promovierte. 1862 wurde er Lehrer an der Klosterschule in Roßleben, 1864 am Gymnasium zum Kloster in Magdeburg, 1866 am Gymnasium in Meldorf. Im 1870er Kriege starb Boysen an den Folgen einer Verwundung am 6. Dezember bei Epernay. — Leeder un Stückschen. Seite 84—86

Brandt, Adolf (Pseud.: Felix Stillfried), geb. am 26. Sept. 1851 zu Fahrbinde bei Neustadt in Mecklenburg, besuchte die Universitäten Rostock und Leipzig, wurde 1877 Lehrer am Gymnasium zu Rostock, wo er als solcher noch gegenwärtig lebt. — Bimeg'lang — Ok en Struß Läuschen un Riemels — De Wilhelmshöger Kösterlüd' — Ut Schloß un Kathen. Seite 273—275

Brinckman, John, geb. am 3. Juli 1817 in Rostock, studierte dort die Rechte, versuchte sich in England und war dann sieben Jahre Sekretär bei der brasilianischen Gesandtschaft in New-York. 1846 kehrte er nach Mecklenburg zurück, verschaffte sich seinen Unterhalt zunächst als Hauslehrer und errichtete dann eine Privatschule in Goldberg. 1849 kam Brinckman als Lehrer der neueren Sprachen an die Realschule zu Güstrow und starb dort am 20. September 1870. — Kasper Ohm un ick — Kleinere Erzählungen — Vogel Griep. Seite 188—201

Bueren, Gottfried, geb. am 10. August 1771 zu Wolbeck in Westfalen, besuchte das Gymnasium in Münster, studierte dann Rechtswissenschaft und bekam 1793 einen Ruf als Richter nach Papenburg. Im Jahre 1809 wurde Bueren Herzoglich Arembergischer und 1811 Kaiserlich Französischer Friedensrichter und starb am 3. Aug. 1845 zu Papenburg.—Gedichte. Seite 25—26

Dach, Simon, geb. am 29. Juli 1605 zu Memel, genoß seinen ersten Unterricht an diesem Orte; sodann besuchte er die höheren Schulen in Königsberg, Wittenberg und Magdeburg. Im Jahre 1626 bezog Dach die Universität Königsberg, um Theologie und Philosophie zu studieren. 1633 wurde er Kollaborator an der Domschule daselbst, 1636 Konrektor und drei Jahre später Professor der Poesie an der Universität. Nach langem Siechtum starb Dach am 15. April 1659. Seite 387—388

Dethleffs, Sophie, geb. am 10. Febr. 1809 in Heide in Holstein, weilte bis 1853 in ihrer Vaterstadt und fand dann Aufnahme im Schröderstift in Hamburg. Sie starb daselbst am 13. März 1864.— Gedichte in hochdeutscher und plattd Mundart. Seite 86—89

Dörr, Friedr., geb. am 30. April 1831 zu Schleswig, studierte 1852 in Tübingen und wurde, nachdem er zum Doktor promoviert, Vorsteher einer Erziehungsanstalt in Hamburg. 1864 übernahm er die Leitung des Altonaer Merkur, 1866 die der Lübecker Zeitung. Später siedelte D. nach Berlin über und wirkte auch dort bei verschied. Zeitungen. — Gedichte, zerstreut. Seite 183—185

Dörr, Julius, geb. am 23. Juni 1850 zu Prenzlau, seit 1881 Rendant der Sparkasse zu Freienwalde.— De Goderschlächter — Platt Land un Lüd — Druppen vörn Schnuppen. Seite 350—351

Dorr, Dr. Robert, geb. am 4. Sept. 1835 in Fürstenau bei Tiegenhof in Westpreußen, erhielt seinen ersten Unterricht in der heimatlichen Dorfschule, besuchte dann das Gymnasium in Elbing, 1857 die Universität in Königsberg. 1862 wurde Dorr Lehrer, 1872 Oberlehrer am Realgymnasium in Elbing. — Twöschen Wießel on Hacht — De lostigen Wiewer von Windsor. Seite 376

Eggers, Friedrich, geb. am 27. November 1819 zu Rostock, besuchte zunächst das Gymnasium, dann die Realschule seiner Vaterstadt und trat später als Lehrling in das kaufmännische Geschäft seines Vaters. 1839 kehrte er zum Studium zurück, machte 1841 sein Abiturium und bezog zunächst die Universität Rostock. Im Jahre 1842/43 studierte er in Leipzig, 1844 in München, 1845 in Berlin. 1848 promovierte Eggers in Rostock und trat 1849 in die Schriftleitung der Mecklenburgischen Zeitung. Im Herbst desselben Jahres siedelte Eggers wieder nach Berlin über, begründete 1850 das „Deutsche Kunstblatt", wurde 1863 Professor an der Akademie der Künste und starb als Leiter der preußischen Kunstangelegenheiten am 11. August 1872. — Plattdeutsche Gedichte — Tremsen. Seite 202—204

Eggers, Karl, Bruder des Vorigen, geb. am 7. Juni 1826, studierte zunächst in seiner Vaterstadt Rostock, dann in Leipzig, Berlin und wieder in Rostock die Rechte. Nachdem Eggers im Jahre 1853 zum Doktor jur. promoviert, wurde er 1854 Senator und Gerichtspräsident in seiner Vaterstadt. Infolge eines Brustleidens ging Eggers im Herbst 1856 nach Venedig und verlebte dort, nachdem er 1857 sein Amt aufgegeben, noch drei Winter. 1859 ging Eggers nach Wiesbaden, 1861 nach Berlin, wo er noch gegenwärtig als Schriftsteller thätig ist. — Plattdeutsche Gedichte, Tremsen (mit seinem Bruder Friedrich). Seite 204—209

Fehrs, Joh. Hinr., geb. am 10. April 1838 in Mühlenbarbeck in Holstein, wurde nach seiner Konfirmation Lehrer in dem Dorfe Störkothen, trat 1859 in das Seminar zu Eckernförde, wurde 1862 Hilfslehrer in Reinfeld, 1863 in Itzehoe, wo er seit 1865 eine Privat-Töchterschule leitet. — Lüttj-Hinnerk — Gedichte. Seite 161—163

Fischer, A., geb. am 22. Juni 1814 in Erfurt, besuchte die Schule seiner Vaterstadt, wurde Gerichtssekretär und starb daselbst als Kanzleirat am 12. Jan. 1890. — Schnozeln. Seite 323—325

Freudenthal, August, geb. am 2. September 1851 zu Fallingbostel, kam mit seinen Eltern im zehnten Jahre nach Fintel bei Soltau und widmete sich später dem Lehrerberufe. Seit 1870 lebt er als Schriftsteller in Bremen. — Gedichte. Heideckern. Seite 61—63

Freudenthal, Friedrich, Bruder des Vorigen, geb. am 9. Mai 1849 zu Fallingbostel, wurde Schreiber in Lamstedt, beteiligte sich als Freiwilliger an dem 1866er und 1870er Kriege und lebt seit 1874 als Landwirt in Fintel bei Soltau. — Bi'n Füer. Seite 63—64

Giebelhausen, F., geb. am 28. Dezember 1800 zu Frankenhausen in Thüringen, wurde nach dem Tode seines Vaters (1806) von seinem Großvater, einem Pastor in Thondorf bei Mansfeld, erzogen. Hier erlernte er die Mundart, der er später seine litterarischen Erfolge verdankte. Im Jahre 1815 trat er bei einem Oheim, der Apotheker in Zerbst war, in die Lehre. Im folgenden Jahre besuchte er das Gymnasium in Eisleben und studierte später in Halle und Berlin Medizin. 1825—1864 war Giebelhausen praktischer Arzt in Eisleben und ging dann als Privatmann nach Halle a. S., wo er am 1. Oktober 1877 starb. — Mansfeldsche Sagen und Erzählungen — Derr olle Mansfäller — Nischt wie lauter Hack un Mack. Seite 319—323

Giesebrecht, Ludwig, geb. am 5. Juli 1792 zu Mirow, studierte in Berlin und Greifswald und trat bei Ausbruch der Freiheitskriege 1813 als Unteroffizier in das mecklenburgische Husaren-Regiment.

1816 wurde Giesebrecht Lehrer, 1852 Professor und erster Oberlehrer am Gymnasium in Stettin. Im Jahre 1866 trat er in den Ruhestand und starb am 18. März zu Jasenitz bei Stettin. — Gedichte. Seite 209—211

Glaßbrenner, Adolf, geb. am 27. März 1810 in Berlin, beabsichtigte zuerst Theologie zu studieren. Da hierzu die bescheidenen Mittel seiner Eltern nicht ausreichten, widmete er sich zunächst dem Kaufmannsstande. Kaum 20 Jahre alt, wandte er seine Thätigkeit der Schriftstellerei zu, wurde 1832 Herausgeber des Sonntagsblattes „Berliner Donquixote" und erntete als Verfasser der humoristischen Schriften „Berlin, wie es ißt und — trinkt" ungeheuren Beifall. 1840 siedelte Glaßbrenner mit seiner Frau, einer gebildeten Schauspielerin, nach Neustrelitz über. Das Jahr 1848 sah ihn wieder in Berlin, von wo er 1850 nach Neustrelitz zurückkehrte und mit Daniel Sanders eine Zeit lang an der Spitze der Volksvereine stand. In demselben Jahre siedelte Glaßbrenner nach Hamburg über, kehrte 1858 nach Berlin zurück, wo er die Berliner Montagszeitung erwarb, die er bis zu seinem Tode am 25. September 1876 leitete. — Berlin, wie es ißt und — trinkt — Der politisierende Eckensteher — Schilderungen aus dem Berliner Volksleben — Berliner Guckkastenbilder u. s. w. Seite 333—346

Graebke, Hermann, geb. am 22. Juli 1833 in Lenzen a. Elbe, erhielt seine erste Ausbildung als Lehrer in dem Seminar zu Potsdam und wurde 1853 als solcher in Putlitz angestellt. 1865 ging Graebke nach Berlin, wurde dort zunächst Lehrer an einer Töchterschule, dann an der Dorotheenstädtischen Realschule und ist seit 1869 am Andreas-Realgymnasium angestellt. — Gedichte, zerstreut. Seite 346—349

Grimme, Fr. Wilh., geb. am 25. Dezember 1827 zu Assinghausen, besuchte das Gymnasium in Brilon und Arnsberg und studierte in Münster. Er wurde Lehrer in Arnsberg, Brilon, Münster und Paderborn, 1872 Gymnasialdirektor in Heiligenstadt. In den Ruhestand versetzt, starb er am Herzschlage am 3. April 1887 in Münster. — Gedichte — Schwänke und Gedichte — Balladen und Romanzen — Grain Tuig — Deutsche Weisen und verschiedene Lustspiele. Seite 1—12

Groth, Klaus, geb. am 24. April 1819 in Heide in Holstein, besuchte daselbst die Bürgerschule und wurde mit 15 Jahren Schreiber bei dem dortigen Kirchspielvogt. In den Jahren 1838—41 bildete er sich zu Tondern zum Volksschullehrer aus. Er wurde Lehrer an der Mädchenschule seiner Vaterstadt und beschäftigte sich hier fleißig mit höheren Studien. 1847 nahm Groth seine Entlassung, um sich in Kiel zum höheren Lehramt vorzubereiten. Infolge zu großer Anstrengung mußte er sich jedoch bald nach der stillen Insel Fehmarn zurückziehen, und in diese Zeit fällt das Erscheinen seines Quickborn. 1853 kehrte Groth nach Kiel zurück, 1855 ging er nach Bonn. Hier empfing er 1856 die Doktorwürde, ging 1857 nach Kiel zurück und wurde im folgenden Jahre dort Privatdozent für deutsche Sprache und Literatur. Das Jahr 1872 brachte sein Dichterjubiläum und große Ehrungen, vom Staate sowohl als von den zahlreichen Verehrern seiner unvergänglichen Dichtkunst. — Quickborn — Vertelln — Vœr de Gœrn — Fief nie Lieder — Ut min Jungsparadies. Seite 89—109

Harberts, Harbert, geb. am 26. Dez. 1846 in Emden, besuchte das Gymnasium seiner Vaterstadt, studierte in Bonn und wurde Lehrer in Gravenhag in Holland. Seit 1870 wirkte er als Schriftsteller in Breslau und in letzter Zeit als solcher in Hamburg, wo er am 1. Oktober 1895 infolge andauernder Nahrungssorgen sein Leben endete. — Wilde Ranken — An der Waterkant. Seite 48—49

Hector, Enno, geb. am 21. November 1820 in Dornum, studierte in Bonn und München, wurde 1859 Bibliothekar, später erster Sekretär am Germanischen Museum in Nürnberg und starb daselbst am 31. Januar 1874. — Ballscene — De Burendochten in Pension. Seite 50—52

Heidbreede, Gustav Ludwig, geb. am 19. August 1812 zu Bielefeld, starb als Rektor in Borgholzhausen am 4. Mai 1879. — Gedichte, zerstreut. Seite 39

Hermann, August, geb. am 14. September 1835 in Lehre bei Braunschweig, besuchte die Realschule in Wolfenbüttel, wurde 1862 Lehrer an der städtischen Bürgerschule in Braunschweig, 1885 Gymnasiallehrer und 1887 Turn-Inspektor daselbst. — Plattdeutsche Gedichte. Seite 314—315

Hill, Rudolf, geb. am 28. Juni 1825 in Prenzlau, wurde Stadtsekretär und starb daselbst am 21. November 1894. — Lütte Schnurren. Seite 351—354

Hobein, Eduard, geb. am 24. März 1817 in Schwerin in Mecklenburg, studierte die Rechte und ließ sich 1845 in seiner Vaterstadt als Advokat nieder. Daneben war Hobein Berater des dortigen Hoftheaters und Regierungskommissar der Mecklenburgischen Hypotheken-Wechselbank. 1875 wurde er zum Hofrat ernannt und starb am 28. Mai 1883. — Blömings un Blomen ut frömden Gor'n — Feldfrüchters Plattdütsch — Leeder un Läuschen. Seite 211—212

Jührs, Heinrich, geb. am 20. Februar 1844 in Altona, erlernte zunächst das Drechslerhandwerk, 1867 aber die Zahntechnik in Hamburg. 1868 besuchte er die Universität Kiel und lebt seit 1869 als Zahnarzt in Hamburg. — Hoch un platt — Spaßige Riemels — Die Tante Dibber. Seite 165—178

Junkmann, Wilhelm, geb. am 2. Juli 1811 zu Münster, studierte dort, in Bonn und Berlin Philosophie und Geschichte, wurde Lehrer am Gymnasium zu Münster und Coesfeld und später Parlamentsmitglied in Frankfurt a. M. Im Jahre 1851 wurde er Privatdozent der Geschichte, 1854 Professor in Braunsberg, 1855 in Breslau und starb daselbst am 3. November 1886. — Gedichte. Seite 26—27

Knoche, Richard, geb. am 2. Oktober 1822 zu Brakel in Westfalen, studierte in Paderborn und trat 1845 in das dortige Priesterseminar. Nachdem er verschiedene Seelsorgerstellen in Westfalen innegehabt, wurde er Divisionspfarrer in Hannover. — Niu lustert mol — Lähm up — Nix för ungud. Seite 40

Landois, Hermann, geb. am 19. April 1835 zu Münster, studierte Theologie und wurde 1859 zum Priester geweiht. Er promovierte 1863 in Greifswald, wurde Lehrer am Gymnasium zu Münster und ist seit 1869 Dozent der Zoologie an der dortigen Akademie. — Franz Essink — Krissbetten un Krossbetten — Sayholt. Seite 18—24

Lauremberg, H. W. (Johann), geb. am 26. Februar 1590 zu Rostock als Sohn eines Arztes, studierte in seiner Vaterstadt. Nach dem Tode seines Vaters besuchte er sechs Jahre die Niederlande, England, Frankreich und Italien, vollendete 1613 seine medizinischen Studien in Paris und erwarb 1616 den Doktorgrad in Rheims. Im Jahre 1618 wurde er Professor der Dichtkunst in Rostock, 1623 Professor der Mathematik in Sorol auf Seeland und starb daselbst in trüben Verhältnissen am 28. Febr. 1658. — Veer Scherzgedichte, 1653. Seite 281—285

Löffler, Karl, geb. am 10. Oktober 1821 in Tornow bei Landsberg a. W., lebte dort bis zu seinem vierzehnten Jahre, studierte dann in Berlin die Rechte, schied aber 1844 aus dem Staatsdienste und widmete sich dem Berufe des Schriftstellers. Später wandte er sich der Chemie zu, wurde 1860 Direktor der Zuckerfabrik Rothensee bei Magdeburg und von hier aus als Generaldirektor der Zuckerfabriken nach Rußland berufen. 1865 ging Löffler nach Amerika und leitete dort die New-Yorker Staatszeitung, kehrte 1868 mit seiner Familie nach Europa zurück, lebte als Privatgelehrter in Berlin und starb dort infolge eines Schlaganfalles im März 1874. — Ut't Dörp — För miene un anner Lüd Göärn — De Theerschwööler — Ut Ditschland — Mien König Willem — Dit un dat. Seite 354—368

Luhmann, Paul, geb. am 14. Januar 1862 zu Minden, besuchte die Bürgerschule seiner Vaterstadt von 1868—1878 und widmete sich dann dem Baufache. — Gedichte in Zeitschriften und Sammlungen. Seite 35—38

Lyra, Friedr. Wilh., geboren im Juli 1794 zu Achelriede bei Osnabrück. Er focht mit Auszeichnung in der Schlacht bei Waterloo und war der jüngste und einzige Offizier in seiner Kompagnie, der mit dem Leben davonkam; später trat er in den Civildienst, wurde Kanzlei-Registrator in Osnabrück und starb daselbst am 16. November 1848. — Plattdeutsche Gedichte und Erzählungen. Seite 41—42

Mähl, Joachim, geb. am 15. September 1827 zu Niendorf in Holstein, besuchte von 1845—1848 das Seminar in Segeberg, wurde 1851 Lehrer an der dortigen Seminarschule und 1854 Oberlehrer an der Knabenschule in Rheinfeld. Infolge eines Augenleidens mußte Mähl 1889 diese Stellung verlassen und lebt seitdem wieder in Segeberg. — Stuckchen ut de Mus'kist — Reincke Voß u. s. w. Seite 109—132

Meyer, Johann, geb. am 5. Januar 1829 zu Wilster. Bald nach seiner Geburt verzogen seine Eltern nach Schafstedt in Ditmarschen, und dieses wurde seine eigentliche Heimat. Mit seinem zehnten Jahre folgte er seinem Vater nach Söllerup in Schleswig, wo dieser eine Mühle gekauft hatte. Nach seiner Konfirmation trat Meyer als Müllerlehrling in das Geschäft seines Vaters, erlernte dann nach Beendigung dieser Lehre noch vier Jahre das Zimmererhandwerk und stand hierauf dem väterlichen Geschäfte als Geselle vor. Während dieser Zeit hatte sich Meyer durch Privatunterricht mit der deutschen und den alten Sprachen vertraut gemacht und seine ersten Gedichte in den Itzehoer Nachrichten erscheinen lassen. Mit 22 Jahren besuchte er die Meldorfer Gelehrtenschule, wo er nach $3^1/_2$ Jahren die Reife zur Universität erlangte. 1854 studierte Meyer Theologie und Philosophie in Kiel und wurde 1858 Lehrer in Altona. Von Juli 1859 bis Ende 1861 leitete er die Itzehoer Nachrichten. Juli 1862 begründete Meyer eine Idiotenanstalt in Kiel, der er gegenwärtig noch als Direktor vorsteht. — Plattdeutsche Gedichte — Plattd. Hebel — Gröndunnersdag bi Eckernför. — Die Schauspiele: En lütt Waisenkind — Dichter un Buern — To Termin — Rinaldo Rinaldini — Uns' ole Moderspraak u. s. w. Seite 132—139

Mindermann, Marie, geb. am 9. Dezember 1808 in Bremen, trat, nachdem sie gelegentlich einzelne Gedichte hatte erscheinen lassen, erst 1848 als Schriftstellerin auf und starb am 25. März 1882 in ihrer Vaterstadt. — Plattd. Gedichte. Seite 68—70

Müller, Foocke Hoissen, geb. am 15. Juli 1798 in Aurich, besuchte das Gymnasium seiner Vaterstadt, dann dasjenige in Oldenburg, studierte in Göttingen und Halle und begann dort seine Lehrerthätigkeit 1826 am Waisenhause. 1828 wurde Müller Lehrer in Torgau, 1833 in Brandenburg. Von dort kam er 1841 an das Gymnasium zum Grauen Kloster in Berlin und starb daselbst am 8. Okt. 1856 in einer Klinik. — Gedichte. Seite 43—48

Oesterhaus, Wilhelm, geb. am 9. März 1840 zu Detmold, besuchte das dortige Seminar, wurde 1857 Lehrer auf dem Lande und wirkt als solcher seit 1868 am Gymnasium seiner Vaterstadt. — Juse Platt. Seite 31—35

Palleske, Oswald, geb. als Sohn eines Pastors am 13. Oktober 1830 zu Wutzig, Kreis Dramburg, besuchte nach der Versetzung seines Vaters nach Vorpommern das Gymnasium zu Stralsund, sodann 1850—1854 die Universität Greifswald und wurde 1858 als Lehrer in Ueckermünde angestellt. 1862 ging Palleske nach Stralsund und ist dort seit 1884 Konrektor der städtischen Schulen und Leiter der Töchterschule. Seite 286—289

Piening, Theodor, geb. am 16. Juli 1831 zu Meldorf, besuchte das dortige Gymnasium, 1851 die Universität Kiel, 1852/53 Göttingen und lebt seit 1855 als Schriftsteller in Hamburg. — Snack un Snurren — De Reis' nan Hamburger Dom — Wat förn Winter. Seite 140—148

Plate, J. D. (Pseudonym Lüder Woort), geb. am 18. Januar 1816 zu Masen bei Hoya, wurde bald nach seiner Konfirmation von einem benachbarten Dorfe gegen eine Vergütung von drei Thalern für den Winter zum Schulmeister gewählt. Mit seinem 21. Lebensjahre besuchte er aber noch das Seminar in Stade, war zwei Jahre Hilfslehrer in Scharmbeck und sechs Jahre Lehrer in verschiedenen Orten des Bremer Gebietes. 1847 wanderte er nach Amerika aus, kehrte aber schon nach zwei Jahren zurück und lebt gegenwärtig als Lehrer in Altenbruch bei Otterndorf. — Plattdeutsche Dichtungen. Seite 151—155

Poppe, Franz, geb. am 24. März 1834 zu Rastede, besuchte 1849—1852 das Seminar zu Oldenburg, wirkte seit 1862 als Lehrer in seiner Vaterstadt, 1877 in Frankfurt a. M. und seit 1880 wieder in Oldenburg. — Winachtsbom. Seite 64—66

Prümer, Karl, geb. am 23. Mai 1846 zu Dortmund, besuchte das Gymnasium und widmete sich dem Buchhandel. Gegenwärtig lebt Prümer als Schriftsteller in seiner Vaterstadt. — De westfölsche Ulenspeigel — Geschichten un Gestalten ut Westfolen. Seite 12—18

Reiche, Theodor, geb. den 2. Septbr. 1839 in Adersheim bei Wolfenbüttel, besuchte das Seminar in Wolfenbüttel und wurde Lehrer in Braunschweig. Von 1889—1892 besuchte Reiche die Universität Jena und arbeitet seitdem an einem niedersächsisch-ostfälischen Wörterbuche. — Heitere Reimereien — Ernste Klänge — En Jeder dahen, wor'e henhört. Seite 315—318

Reusch, Rudolf, geb. am 4. Dezember 1810 zu Königsberg i. Pr., studierte die Rechte in seiner Vaterstadt, wurde 1839 Gerichts-Assessor und starb als Tribunalsrat in Königsberg am 28. Dezember 1871. — Plattdeutsche Gedichte. Seite 383—385

Reuter, Fritz, geb. am 7. November 1810 zu Stavenhagen in Mecklenburg als der Sohn des dortigen Bürgermeisters. Nachdem Reuter seinen ersten Unterricht von Privatlehrern im elterlichen Hause genossen, bezog er 1824 das Gymnasium in Märkisch-Friedland, später das in Parchim, von wo er 1831

zur Universität Rostock abging, um die Rechte zu studieren. Nach einem halben Jahre schon ging er nach Jena und trat dort den Burschenschaften bei, die die Errichtung eines einigen und freien Deutschlands anstrebten. Nach der allgemeinen Demagogenhetze 1832 kehrte er in seine Heimat zurück, wurde aber 1833 bei einem Besuche in Berlin verhaftet und wegen Hochverrats zum Tode verurteilt. Durch Friedrich Wilhelm III. wurde dieses Urteil in dreißigjährige Festungshaft umgewandelt. Die mecklenburgische Regierung reklamierte zwar wiederholt ihren Unterthan, doch es war vergebens. Reuter mußte seine Strafe in Silberberg, Glogau, Magdeburg und Graudenz unter unsäglichen Härten und Entbehrungen abbüßen. Auf endliche persönliche Verwendung des Großherzogs von Mecklenburg wurde Reuter aus seiner Haft in Preußen unter der Bedingung entlassen, daß er auch in seiner Heimat eingekerkert bleibe, bis er vom König von Preußen begnadigt werde. Hierauf verbrachte Reuter seine weitere Haft in der Festung Dömitz, wo er eine liebevollere Behandlung fand. Nach dem Tode Friedrich Wilhelms III. wurde der Gefangene vom Großherzog von Mecklenburg entlassen, ohne die Begnadigung Preußens abzuwarten. Reuter wurde nun Pächter eines mecklenburgischen Landgutes und erholte sich in dieser Stellung bald von seinen vielfach ausgestandenen Leiden. Nach dem 1845 erfolgten Tode seines Vaters fanden sich keine genügenden Mittel, ferner eine Oekonomie betreiben zu können. Fünf Jahre hindurch führte Reuter nun ein Wanderleben und verlobte sich dann mit Luise Kuntze, der Tochter eines Pfarrers. 1850 ging Reuter nach Treptow a. d. Rega, um eine eigene Häuslichkeit zu gründen und seinen Unterhalt durch Privatunterricht zu bestreiten. Zu seiner Erholung schrieb er hier seine Läuschen un Riemels, die er, weil er einen Verleger dafür nicht fand, auf eigene Kosten drucken ließ. Als sie im Jahre 1853 erschienen, hatten sie einen so überraschend großen Erfolg, daß Reuter mit seiner Luise oft von früh bis spät am Packtisch stehen mußte, um nur alle einlaufenden Bestellungen zur Ausführung zu bringen. Der Erfolg Reuters war so vollkommen, daß er beschloß, sich ganz der mundartlichen Dichtung zu widmen. 1856 siedelte er nach Neubrandenburg über und verweilte dort, bis er 1863 seine eigene Villa am Fuße der Wartburg bei Eisenach bezog. 1864 unternahm Reuter eine Reise nach Palästina und Griechenland und starb in seiner neuen Heimat Eisenach am 12. Juli 1874. — Läuschen un Riemels — Dei Reis' nah Belligen — Ut de Franzosentid — Ut mine Festungstid — Schurr Murr — Hanne Nüte — Ut mine Stromtid — Kein Hüsung — Dörchläuchting — De Reis' nah Konstantinopel.
Seite 212—273

Rocco, Willem, Sohn des aus Genua stammenden Reitlehrers Rocco, geb. am 22. März 1819 in Bremen, wurde nach dem Tode des Vaters im Waisenhause erzogen, ging im zwanzigsten Jahre zur Bühne und trat zuletzt in Halle a. S. auf, wo er gegenwärtig als Privatmann und Schriftsteller lebt. — Vor veertig Jahr — Geschichten ut'n Bremer Lamm — Scheermann & Comp. — Kinner un ole Lüde — De Komödjantenmudder. Seite 70—76

Runge, Karsten, geb. 29. März 1830 in Warder bei Rendsburg, ging 1850 nach Hamburg und erwarb sich seinen Unterhalt durch kaufmännische und litterarische Thätigkeit. 1858 und 1859 war er Mitarbeiter an dem derzeit in Hamburg erscheinenden Teut. Er starb daselbst am 20. März 1865 im Allgemeinen Krankenhause. — Niederdeutsche Gedichte, nur zerstreut. Seite 185—187

Sackmann, Jacob, geb. 1643 zu Hannover, studierte Theologie und war viele Jahre Prediger in Limmer. Seine meist plattdeutschen Predigten zeichneten sich durch drollige, oft in Derbheit übergehende Urwüchsigkeit aus. Sie wurden von seinen Zuhörern nachgeschrieben und nach seinem Tode herausgegeben. Sackmann starb am 4. Juni 1718. Seite 40a—40m

Schemionek, August, geb. den 8. August 1813 in Saalfeld in Ostpreußen, besuchte die dortige — damals königliche — höhere Stadtschule, trat zunächst in ein Elbinger, dann in ein Berliner Handlungshaus. 1837 begründete Schemionek ein eigenes Geschäft in Elbing, von dem er sich 1870 zurückzog. — Ausdrücke und Redensarten der Elbinger Mundart mit einem Anhange von Anekdoten. Seite 377

Schröder, Dr. Wilhelm, geb. am 23. Juli 1808 zu Oldendorf bei Stade, besuchte das Gymnasium in Stade und studierte in Leipzig. 1837 ging Schröder nach Hannover und begründete dort 1840 das Hannöverische Volksblatt. Nachdem er 1868 sein Blatt und seinen Besitz dort aufgegeben hatte, widmete er sich unter kümmerlichen Verhältnissen zunächst in Berlin, dann in Leipzig der Schriftstellerei und starb daselbst am 4. Oktober 1878. — Dat Wettloopen twischen den Swinegel un den Hasen — Heidsnucken — Haideland un Waterkant — Plattdeutsche Leeder un Döntjes. Seite 57—61

Schwarz, Albert, geb. am 16. Oktober 1859 zu Wandhagen bei Schlawe, besuchte mehrere Jahre die Berliner Hochschule für bildende Künste, wo er sich dem Studium der Malerei widmete, trat dann aber über in eine Berliner Zeitung, an der er heute noch als Schriftleiter thätig ist. Seite 312—314

Stillfried, Felix, siehe Brandt, Adolf.

Stinde, Julius, geb. den 28. August 1841 zu Kirch-Nüchel bei Eutin, besuchte das Gymnasium zu Eutin und trat 1858 bei einem Apotheker zu Lübeck in die Lehre. Nach zwei Jahren gab er diesen Beruf auf und besuchte die Universität zu Kiel, Gießen und Jena, um sich dem Studium der Chemie zu widmen. Nach seiner Promovierung war Stinde drei Jahre in einer chemischen Fabrik in Hannover thätig, lebte von 1864 daselbst als Schriftsteller und siedelte 1876 nach Berlin über, wo er seitdem eine reiche schriftstellerische Thätigkeit entfaltet. — Ut'n Knick — Die Familie Buchholz u. s. w. Seite 148—151

Stobbe, August, geb. den 3. November 1830 zu Grunwalde bei Labiau, studierte in Königsberg zuerst Philosophie und Geschichte, dann die Rechte und wurde 1854 Referendar. Seit 1861 wandte sich Stobbe schriftstellerischer Thätigkeit zu, hatte mehrere Jahre die Schriftleitung der Braunschweiger Zeitung, von 1873 ab, als jene einging, die des amtlichen Braunschweiger Anzeigers. Seit 1890 lebt Stobbe in Wiesbaden. — Niederdeutsche Gedichte, zerstreut. Seite 378—382

Storm, Theodor, geb. am 14. September 1817 zu Husum, studierte 1837 in Kiel, später in Berlin die Rechte. Nach abgelegter Staatsprüfung ließ sich St. 1842 in seiner Vaterstadt als Advokat nieder. 1852 verlor er infolge seiner politischen Gesinnung, die der damaligen dänischen Regierung nicht zusagte, sein Amt. 1853 verließ St. seine Heimat, um in preußische Dienste zu treten. Er wurde zunächst Assessor beim Kreisgericht in Potsdam und 1856 Kreisrichter in Heiligenstadt. Als Schleswig-Holstein 1864 von dänischer Herrschaft befreit war, zog es ihn zurück in seine Heimat. Er wurde zunächst Amtsvogt, 1867 Amtsrichter, 1879 Amtsgerichtsrat in Husum. Im Frühjahr 1880 trat St. in den Ruhestand, siedelte nach Hadermarschen bei Rendsburg über und starb daselbst am 4. Juli 1888. Seine Bedeutung für die Litteratur liegt auf hochdeutschem Gebiete. Seite 187

Tannen, Karl, geb. am 27. Juli 1827 zu Leer, widmete sich dem Buchhandel zunächst in seiner Vaterstadt, später in Aurich und seit 1849 in Bremen. Dort lebt er gegenwärtig, zumeist in schriftstellerischer Thätigkeit. — Dichtungen un Spreckworden. Seite 53—57

Toball, Heinrich, geb. am 16. Februar 1856 in Wehlau, besuchte die dortige Schule und lebt seit dem 1. April 1885 als Oberlandesgerichts-Sekretär in Königsberg. — Ostpreußische Sagen und Schwänke. Seite 382—383

Trede, Paul, geb. am 19. August 1829 zu Brockdorf, erlernte das Buchdruckgewerbe in Itzehoe, trat 1849 in die schleswig-holsteinische Armee, bereiste dann als Schriftsetzer Deutschland und die Schweiz und lebt seit 1856 als Korrektor wieder in Itzehoe. — Klaas vun Brockdorp — Abel — Lena Ellerbrok — Grüne Blätter. Seite 163—165

Voß, Joh. Heinr., geb. am 20. Februar 1751 zu Sommersdorf bei Waren in Mecklenburg, besuchte das Gymnasium in Neubrandenburg und wurde zunächst Hauslehrer auf dem Gute Ankershagen. 1772 besuchte Voß die Universität Göttingen, wo er mit Gleichgesinnten noch im selben Jahre den Göttinger Hainbund stiftete. 1774 besuchte der Dichter Hamburg, um Klopstock kennen zu lernen. Später ließ sich Voß, angezogen durch Claudius, in Wandsbek nieder. Im Jahre 1777 wurde er Rektor in Otterndorf, 1782 in Eutin. 1802 legte Voß sein Amt nieder, zog nach Jena, 1805 auf Wunsch des Großherzogs von Baden nach Heidelberg und starb daselbst am 29. März 1826. Idyllen, von denen zwei niederdeutsch. Seite 178—183

Wette, Hermann, geb. am 16. Mai 1857 zu Herbern bei Münster, studierte in Bonn, München und Halle Medizin, lebte in München und Wien und nahm dann seinen Aufenthalt als Arzt in Köln. — Gedichte in westfälischer Mundart — Was der Wind erzählt. Seite 27—29

Weyergang, W., geb. den 5. Januar 1839 zu Greifswald, besuchte die Königliche Bildungsanstalt zu Berlin und wirkte mehrere Jahre als Lehrerin in Deutschland, Frankreich und England. Gegenwärtig lebt Fräul. Weyergang als Lehrerin in Berlin. — Olle Schartekᵉn. Seite 290—308

Woort, Lüder, siehe Plate, J. D.

Wuthenow, Alwine, geb. am 16. September 1820 zu Neuenkirchen bei Greifswald als Tochter des Predigers Balthasar, kam später in das kleine Städtchen Gützkow, wo ihr Vater Superintendent wurde. Nach ihrer Verheiratung mit dem Kreisgerichtsrat Wuthenow in Greifswald im Jahre 1843 verfiel sie in ein geistiges Leiden, das sie viele Jahre hindurch an eine Heilanstalt fesselte. Den lichten Stunden jener Tage verdanken wir ihre besten Dichtungen, die seiner Zeit von Fritz Reuter herausgegeben wurden. Seit 1874 lebt die Dichterin wieder bei den ihrigen. — En por Blomen ut Annmarik Schulten ehren Goren — Rige Blomen. Seite 309—311

Zumbroock, Ferd., geb. den 18. Juni 1816 in Münster, besuchte das Gymnasium seiner Vaterstadt und widmete sich zuerst dem landwirtschaftlichen Berufe. 1852 gründete Z. den Münsterischen Anzeiger, lebte später als Rentner und starb am 18. Januar 1890. — Poetische Versuche, fünf Bändchen. Seite 29—31